Lo que le falta al tiempo

Ángela Becerra

Lo que le falta al tiempo

Una rama de HarperCollins*Publishers*

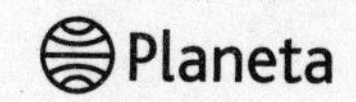

Para recibir información, diríjase a: HarperCollins Publishers, 10 East 53rd Street, New York, NY 10022.

Los libros de HarperCollins pueden ser adquiridos para uso educacional, comercial o promocional. Para recibir más información, diríjase a: Special Markets Department, HarperCollins Publishers, 10 East 53rd Street, New York, NY 10022.

Este libro fue publicado originalmente en España en el año 2007 por Editorial Planeta, S. A.

PRIMERA EDICIÓN RAYO, 2007

ISBN: 978-0-06-137512-5
ISBN-10: 0-06-137512-8

07 08 09 10 11 DT/RRD 10 9 8 7 6 5 4 3 2 1

Para Ángela y María,
mis hijas... mis alas

Cuando miras al abismo, el abismo te mira a ti.

FRIEDRICH NIETZCHE

1

Ella pensaba que la muerte era obscena, hasta que abrió el armario. Durante quince años había estado tentada de tocarla, pero su madre le había advertido que los muertos no se tocan.

Había llegado el día. Su madre ya no estaba para impedírselo y ella se sentía más sola que nunca. ¿Sería fría como imaginaba? ¿O aquella sensación de vida que parecía emanar de aquel cuerpo adolescente, encogido por el tiempo dormido, le regalaría algo más que una presencia sacrílega y muda?

Tiró de la palanca y el gran cofre de cristal aristado surgió de la oscuridad. Limpió con delicadeza la capa de polvo incrustado, hasta ver aparecer del fondo aquellas pestañas clausuradas que de pequeña tantas veces había querido abrir con sus propios dedos. ¿Por qué nunca había despertado por más que la llamaba?

Una luz cenital cayó de lleno sobre La Santa, marcando como un pincel los claroscuros de su tez sonrosada y serena, interrumpida por las marcas dejadas por las piedras. Sí, a pesar de las heridas infligidas con alevosía y de los cientos de años transcurridos entre esos cuatro cristales, la muerta seguía siendo bella: una bella dormida.

Ahora que volvía a verla, sentía que ese cuerpo la inundaba de calidez. ¿Los muertos acompañan más que los vivos?

¿Dónde había quedado aprisionado el corazón de esa pequeña adolescente? Una paloma blanca sin alas. ¿Seguiría latiendo inmóvil con sus sueños vacíos de esperanzas?

La cerradura lloraba óxido y sus manos, empapadas de presagios, vacilaban. Levantó la tapa y cuando estaba a punto de acariciar el rostro de La Santa, una antigua medalla que descansaba sobre el pecho inerte llamó su atención. ¿Era un escudo? Parecía un extraño símbolo, una especie de moneda que, a modo de jeroglífico, entrecruzaba algunas letras latinas creando un círculo cerrado, intrigante y bello. La retiró despacio, procurando no rozar los ropajes deshilachados de la muerta, temiendo despertarla de su eterno letargo. Después, en un gesto instintivo, miró a lado y lado buscando quien la recriminara. Nadie; sólo los ojos amarillos de su gata la observaban ausentes. Un pequeño robo, un regalo para su cuello. Más tarde, no tuvo el valor de tocar a la muerta por miedo a confirmar sus sospechas. ¿Y si estaba fría como su padre y su madre? ¿Y si se deshacía como las alas de una mariposa entre sus dedos? Seguiría pensando que era tibia; tan tibia y cálida como una hermana.

No estaba preparada para perder a otro ser querido. No, por ahora.

Empujó de nuevo el arca y el mecanismo volvió a esconder en la penumbra aquel secreto tan celosamente guardado.

Salió a la calle con la sensación de saberse protegida; la medalla que ahora llevaba escondida entre sus senos había pertenecido a La Santa; era como si estuviera a su lado y a cada paso que daba le dijera «estoy aquí, junto a tu corazón».

Cruzó la rue Saint-Jacques y tomó el camino de siempre, entreteniendo sus ojos en las empezuñadas gárgolas de la iglesia de Saint-Séverin; dragones, águilas y leones, como aves rapaces, parecían rugirle desde lo alto. Ahora ya no les temía. Después de abrir el sarcófago y enfrentarse cara a cara con la muerte, le quedaban pocos miedos por resolver.

El bullicio de las terrazas acabó por envolverla en alegrías. Su barrio tenía el alma joven y esa mañana de junio ella celebraría su veintitrés cumpleaños regalándose lo que llevaba ansiando desde hacía mucho: recibir clases del gran pintor y maestro Cádiz.

Sus cuadros eran un grito de provocación distante y a la vez intimidatorio. Parecía deleitarse manoseando la psiquis del observador hasta extraerle los deseos más escondidos, produciendo un estado de hipnosis sobre su obra de la cual era imposible liberarse.

Desde hacía años seguía su trayectoria. Lo conocía todo de él; su trazo inimitable, su personal colorido, su magistral técnica pictórica, y lo admiraba con veneración de principiante, aunque estaba dispuesta a que no se lo notara.

Habían hablado por teléfono, y a ella le pareció demasiado fácil todo. ¿Le estaría tomando el pelo?

En el trayecto al estudio de aquel gigante de la pintura acabó por decidir que se haría imprescindible; una alumna ejemplar capaz de aportar algo que al pintor le fallaba en sus cuadros: los pies. Aquellos manchones informes no acababan de estar a la altura del resto de su obra y habían acabado convertidos en uno de sus sellos, pero a ella no podía engañarla: era pintora y estaba convencida de que no sabía hacerlos mejor.

Una vez cruzó las entrañas de París, salió del metro en el Boulevard Montparnasse y fue deambulando entre mesas y tiendas. Todavía le quedaban treinta minutos y no iba a llegar ni un segundo antes, ni uno después. Caminó y caminó hasta alcanzar la calle que aparecía en el plano.

Frente al número 2 del passage de Dantzig se detuvo. Lo que veía no podía ser cierto. Aquello era una isla donde parecía gemir la naturaleza en su abandono. Decenas de cabezas mutiladas rodaban por los suelos entre madreselvas sin madre y cuerpos sin dueño. Un gato del color de la madera dormía sobre una mesa abandonada, mientras los pájaros hacían de las suyas en ese paraíso perdido en medio del tiempo. Sabía que el taller de Cádiz estaba en pleno corazón del barrio, lo suponía grandioso, pero lo que nunca llegó a imaginar es que fuera exactamente La Ruche, el pabellón de las Indias Británicas construido por Eiffel para la Exposición Universal de 1900. Parecía a punto de venirse abajo. A la entrada, las cariátides cansadas de años resistían estoicas el peso de la fachada. Tocó el timbre. Una voz grave, de violonchelo ronco, la invitó a pasar llamándola por su nombre. ¿Cómo sabía que era ella? ¿La estaría observando?

De pronto, sus manos le escurrían ansiedades. Se miró en el cristal de la ventana y se gustó.

El olor a trementina, pintura y disolventes le dio la bienvenida. Un desorden infernal se respiraba, sofocándola. Cientos de botes esparcidos por el suelo, en medio de diarios extendidos, fotos, montículos de arena, sacos de cemento, pegamentos, médiums, espátulas y pinturas derramadas, amenazaban con devorarla. No quedaba un solo centímetro limpio. Chorreones de acrílicos, óleos y gomas habían ido formando una especie de suelo lunar con cráteres y empinadas colinas de difícil acceso. ¿Cómo podía alguien trabajar en medio de semejante caos? Parecía que durante años nadie lo hubiese limpiado. A pesar de ello, aquel pabellón circular era una auténtica obra de arte de la arquitectura. Por un momento imaginó a Chagall, Kandinsky, Soutine, Modigliani, Giacometti, Calder, Picasso, todos sus ídolos reunidos en ese espacio único, y su pensamiento fue interrumpido por los pasos del pintor.

Lo vio venir enfundado en su mono de trabajo y todo él le pareció un cuadro viviente. Desde la serpiente de humo que dejaba su pitillo hasta los brochazos amarronados de su ropa llevaban su huella artística. Se detuvo frente a ella mirándola con ojos estacionarios y después de un largo silencio en que logró intimidarla, le habló.

—Mazarine, ¿se puede saber qué buscas?

—Aprender.

—Aprender... —repitió Cádiz succionando con avidez el cigarrillo que colgaba de su boca—. Qué ingenua eres. ¿No sabes que tu mejor maestro eres tú?

—Un pintor también tiene derecho a querer saber más. ¿Hay algo de malo en ello? Sólo trato de ser una buena artista.

—Yo no puedo darte lo que no tienes. ¿Tienes algo que dar?

—No sé... pruébeme.

—Tienes que saber. Dime... ¿llevas algo en tu interior?

Mazarine no sabía a qué interior se refería. Los ojos del pintor la repasaban sin clemencia, arrancándole la ropa. Le contestó desafiante.

—Claro. Todos llevamos algo dentro.

—Pues sácalo fuera. Deja que otros lo vean. Desnúdate frente al mundo, sin pudores ridículos. Recuerda, Mazarine: tu obra será tu verdadero espejo. Será ella, inclemente, quien hablará de ti.

La chica se quedó pensando. Su interrogatorio la turbaba. ¿Quién se había creído que era? ¿Dios? No tuvo tiempo de decirle nada. Volvía a hablarle.

—Para empezar... no me gusta que vayas con zapatos en mi estudio. Descálzate... sentirás la materia.

Mazarine se quitó las sandalias, dejando al descubierto sus delicados pies. Era verdad. Bajo su piel, el suelo era un inmenso cuadro seco que además la hería. Un pinchazo en uno de sus dedos la devolvió a la realidad. Aprendería a caminar sobre ese espacio sin herirse.

Mientras Cádiz buscaba entre el caos de materiales esparcidos algo que darle a la chica, una mujer desnuda, sentada sobre una plataforma circular, esperaba instrucciones del pintor.

—Toma… —Cádiz le entregó una tabla sucia—. Quiero que pintes directamente sobre esta madera.

—¿Qué pinto?

—No seré yo quien te lo diga. Nunca te diré lo que tienes que expresar. Eso sólo debe venir de ti.

Mazarine se fijó en los pies de la modelo y decidió obviar de un solo trazo todo el cuerpo, centrándose en ellos.

Le demostraría que ella sí podía dar algo, algo que a él le faltaba.

Empezó a tomar apuntes con destreza y Cádiz no pudo retirar los ojos de sus pies desnudos; una ínfima gota de sangre posada sobre uno de ellos destacaba su blancura. Eran perfectos, hermosamente cincelados y rozaban lo divino. Nunca en toda su vida había visto pies más finos. Parecían dos estilizadas alas. De repente, algo que llevaba tiempo entumecido se avivaba dentro de él. ¿Serían los pies de su nueva alumna los que le provocaban ese inesperado despertar?

2

A veces añoraba sus viajes sagrados haciendo de reportera indocumentada. Sara Miller era así. A punto de cumplir los sesenta, seguía prefiriendo el dulce anonimato del transeúnte, el radiante silencio de lo efímero, a ese despliegue de *flashes* y entrevistas en los que vivían sumergidos desde hacía muchos años ella y su marido.

Lo había conocido en pleno mayo del 68, entre gases, golpes, gritos y consignas lanzadas con adrenalina de revuelta estudiantil. Había volado de New York a París, enviada por el redactor-jefe de política de *The New York Times*, que la encontró perfecta para infiltrarse entre los jóvenes y cubrir como fotógrafa los impresionantes disturbios callejeros que tenían en jaque al gobierno del general De Gaulle.

Sólo llegar, se había sumado a sus consignas, abrazando el grito de espontaneidad intelectual y revolución idealista que se respiraba en medio de las llamas, el humo incendiario y los adoquines que se habían convertido en todo un símbolo: la revolución de las piedras y las palabras. El arma de la contra-violencia con la cual los estudiantes se defendían de las brutales palizas de la policía estatal.

Mientras inmortalizaba con su cámara los arrebatos policiales, lo vio surgir de la nada, envuelto en nubarrones de humo y lucha. Sudoroso, épico y gigante; con sus deseos libertarios enardecidos y un adoquín pintado de rojo en su puño amenazante, vociferando anhelos. Cada piedra, una palabra. Un héroe-símbolo proclamando un mundo nuevo.

Su negra melena enmarañada le daba un aire de gitano resuelto, y su chaqueta de tercera mano con el cuello de un visón derrotado, le dejaba desnudo ante su cámara. Era hermoso. Un animal salvaje. En ese instante, Sara olvidó por completo dónde estaba y para qué estaba, y se dedicó a acribillarlo con su Leika, a inmortalizarlo en su retina. Las piedras iban y venían a su alrededor, golpeaban envueltas en palabras y gritos, garrotazos de matraca, pero ella no las sentía.

En medio de la cólera de los gendarmes que pateaban y humillaban, y de los desafíos de los jóvenes que se defendían e insultaban, acababa de nacerle la pasión. Sus ojos y los de él saltaban por encima de los hechos, se buscaban, se perdían y encontraban en la refriega.

Ella disparaba, corría, enfocaba, esquivaba... se acercaba. Él gritaba, golpeaba, lanzaba, evadía... se acercaba. Cara a cara los dos, jadeando, sucios, agotados y expectantes, se encontraron para librar otra guerra, la del amor.

El encuentro los enajenaba y apartaba de la revolución. Una poderosa luz les pulverizaba las conciencias, silenciándoles el presente hasta desintegrarlos. La cámara sólo había sido la disculpa, el diálogo mudo de sus deseos. Atrás quedaban los sueños de muchos, una tierra fértil sobre la que empezaba a germinarles su propio sueño.

Ni ella habló, ni él hizo el menor intento de resistirse a la embestida fotográfica que la bella desconocida le propinaba. Las consignas de Sartre, el sentido de la *contestation*, las banderas, los puños, las voces, las pintadas... «*L'imagination prend le pouvoir... Il est interdit d'interdire...* Seamos realistas: pidamos lo imposible...», todo se desenfocaba y diluía en el lente de la Leika enloquecida.

Una vez agotados los carretes, las piedras, los gritos y empujones, se silenció la cámara. Sara y Cádiz fueron pegando sus caras, sus ojos, sus respiraciones, sus bocas, hasta encontrarse en el cemento de la calle, un gran lecho de piedra. Tirados, uno sobre otro, uno en el otro, uno dentro del otro. París enmudecía de beso.

Toda la tibieza jugosa nadaba entre sus lenguas. Una mezcla de sabores y palabras por decir se diluía en aquel espacio húmedo y oscuro. Largo... como un pasillo sin final.

A lo lejos, amortiguadas, se escuchaban voces: «Hay que cambiar la vida... *putains, putains...* No sueñen con ojos ajenos...», ellos continuaban soñando con sus lenguas.

—El amor está en el beso —le dijo Cádiz sin dejar de besarla—. Un beso no sabe mentir. Si no es de verdad, grita.

—A ver... ¿qué te dice éste? —ella lo miró introduciendo su lengua hasta el fondo.

—Que tienes la boca llena de preguntas oscuras.

—Si es verdad lo que afirmas con tanta rotundidad, ¿qué tal si me lees ésta?

Sara le había enseñado la lengua y él se la había mordido.

—Bruto.

Ése había sido no sólo su gran reportaje, sino el de su vida; el que la había marcado para siempre. Las fotos se fueron, se publicaron, se premiaron, pero Sara nunca partió. Había cambiado su hermoso silencio singular, su vida en solitario, por esa arrasadora alegría plural, la de los dos unidos.

Ella, con su francés de instituto y su escueto español aprendido de la criada mejicana que había hecho de niñera en su infancia, terminó viviendo en la minúscula buhardilla de pintor pobre que Cádiz tenía en pleno Barrio Latino. Deshaciendo y volviendo a hacer lo que no se decían pero sentían —en aquellos años el compromiso de un artista no estaba con el amor, sino con su obra—. Escuchando blues y *Je t'aime moi non plus* de Serge Gainsbourg en un sinfín de dedos y jadeos. Haciéndose los desvalidos, adelgazando a punta de besos y caricias, en una dieta de salivas tibias y besos de pétalos.

Sara acabó improvisando en un baño su cuarto oscuro, donde reveló las mejores fotos de su vida. Y prefirió enviarlas a separarse de esa locura que, sin tener pies ni cabeza, la había lanzado a la vida bohemia de un París glorioso y poético, cargado de sueños revelados y en pie de lucha; de excesos inteligentes que se respiraban en el aire; de latinos y jóvenes de todo el mundo, una gran babilonia de locos efervescentes de ideas por cumplir.

Sin planearlo ni pensarlo, en ese escenario vital se convirtieron en un ser dual. Ella, una maga prodigiosa del objetivo, empezó a viajar por todo el mundo atesorando las imágenes más audaces e increíbles, para luego venderlas a precio de oro a los grandes magazines. Él, genial instigador del descaro, apuntaba a inscribirse entre los genios de un nuevo expresionismo. Un diamante en bruto a punto de crear un movimiento revolucionario en la pintura contemporánea. Sara lo intuyó desde el principio y había ido inmortalizando cada obra que salía de sus manos, fotografiándolo en la intimidad de su estudio; agigantando lo todavía inexistente, para enviarlo como una gran primicia a los directivos de la sección cultural de *The New York Times*.

Así había empezado su fama.

De ser criticado y vilipendiado por eruditos y retrógrados, había pasado a ser admirado por los jóvenes más liberales, que pronto lo convirtieron en el gran icono de la modernidad y la libertad sexual.

Su obra era el arte dual. La expresión más audaz del dualismo de Descartes. Mente y cuerpo, bien y mal, razón e instinto, cuerpo y alma. La cara y cruz del ser humano. Lo púdico y lo impúdico en un solo concepto. El pecado y la gracia girando sobre sí mismos. Un famoso crítico de arte, levitando en su agudeza visual, había acabado bautizando su obra como Dualismo Impúdico.

Los grandes del mundo se reverenciaban frente al maravilloso despliegue de psiquis pictórica que sus cuadros reflejaban. Admiraban su desparpajo y violencia; su lengua descontrolada; su furia oscura. Su inaccesibilidad. Nadie, ni siquiera su mujer, había llegado a manosearle la parte más profunda de su alma, allí donde brotaban todos sus cuadros.

Sara estaba preocupada.

Mientras que ella disfrutaba de un momento glorioso y su genialidad se desbordaba en pedidos que no alcanzaba a satisfacer, reportajes exquisitos, sofisticados cócteles bañados de mundanales artistas, y sus trabajos se exhibían en el Hamburger Bahnhof de Berlín, la Tate Modern de London, el Guggenheim de New York... y los grandes museos del mundo, mientras la gente se moría por tenerla cerca, notaba en los últimos trabajos de su marido una pesadumbre y languidez que llamaban su atención.

Aunque era muy sutil y aún no salía a la luz de la crítica, presentía que la fuente inagotable de su inspiración empezaba a secarse. Desde hacía algunos meses lo sentía deprimido, silencioso y esquivo. Con una creciente paranoia que lo tenía al borde del desespero: pensaba que el mundo entero lo esperaba para burlarse de él. No podía aceptar que se dieran cuenta de que ya no era capaz de crear nada nuevo, de que su actual obra se repetía sin ningún estallido creativo.

Ya antes habían vivido tensiones similares, cuando alguna de las exposiciones de Cádiz no había logrado sobrepasar sus desmesuradas ansias de éxito y su ego se había resentido. Ahora, era distinto. Atravesaban momentos profesionales diferentes.

Siempre habían hablado de las famosas crisis. La de los cuarenta la sortearon pensando en los cincuenta; la de los cincuenta, pensando en los sesenta, pero ésta se les salía totalmente de las manos. Era una crisis producida por muchos motivos.

A veces deseaba que tanto esplendor focal no los hubiera iluminado; vivir en el más absoluto anonimato y poder envejecer con tranquilidad, sin exponerse a los reflectores y a las críticas. Estaban jóvenes, pero el mundo quería arrugarlos a la fuerza y lentamente lo estaba consiguiendo. Entre el antes y el después, la depresión se imponía.

Sin embargo, a pesar de todo su éxito, el tema pendiente de Sara era volver a vivir los años gloriosos, en los que ella y su marido se bañaban de mutua gloria, envueltos en su apoteosis y efervescencia; cuando ninguno de los dos miraba al otro para envidiarlo sino para admiralo.

Necesitaba con urgencia resucitar la alegría en Cádiz.

3

—¡Maldita niña! —mascullό el pintor entre dientes, observando a Mazarine alejarse descalza hacia la calle. Sus minúsculas sandalias se habían quedado olvidadas en un rincón, tal vez a propósito. —¡Maldita condenada! —volvió a decir sosteniendo la tabla de madera pintada por la chica.

El cuadro empezado por él aquella tarde y que descansaba sobre el suelo recibió la furia de sus botas, hasta acabar finalmente hecho astillas.

La modelo lo observaba estatuada sin atreverse a levantarse. Al notar su presencia, Cádiz le ordenó.

—¡Márchate! No vengas mañana.

Cuando se supo completamente solo, dio rienda suelta a su ira y frustración lanzando contra las paredes cuanto encontró a su alcance. Volaron por los aires pinceles, espátulas, tablas, gomas y trapos. Potes de pintura abiertos resbalaron lánguidos sobre los muros, en un llanto surrealista, convertido en lágrimas espesas. Las lágrimas de un pintor seco en la plenitud de su vida.

—¡ESTOY MUERTO! ¡MUERTOOOOO!

4

Mazarine no sabía cómo le había ido en su primer día de clase con el pintor. Las horas transcurridas en su estudio habían sido de un silencio grosero. El maestro no había vuelto a abrir su boca, ni siquiera para devolverle el adiós. Regresaba a su casa, no sabía si desilusionada, molesta o ambas cosas. Conocer a su ídolo la había dejado con una sensación de expectativa deshecha. Ni valía tanto, ni era tan atractivo como lo había visto en las revistas. Después de pasar toda la tarde con él, le quedaba una agria sensación de pérdida, de muerte. Las desilusiones son pequeñas muertes, pensó mientras se detenía en una pastelería del Boulevard Saint-Michel para comprarse una gran *tarte Saint-Honoré* con la que celebraría, en su inmensa soledad, su cumpleaños.

Delante de La Friterie la saludó su vecina, que seguía ignorando cómo hacía esa joven para vivir tan aislada de la vida en la antigua casa verde, la joya del barrio, no por lujosa sino por extravagante. Esa extraña vivienda era la única que mantenía sus ventanas cerradas todos los días y las noches del año, incluso en plena canícula de agosto. Durante un tiempo estuvo a punto de ser demolida, pero el ayuntamiento la indultó a última hora haciendo caso a los cientos de firmas recogidas por el vecindario que ya la había convertido en una de las indiscutibles señas de identidad de Saint-Séverin. Aprisionada entre dos edificios, aquella miniatura arquitectónica, de corte ligeramente Tudor y escasos metros de fachada, era una auténtica incógnita. Desde la muerte de la madre, ocurrida en plena adolescencia de la chica, Mazarine había cerrado a cal y canto todos los orificios que daban a la calle. A pesar de ello, una inexplicable cascada de lavanda se precipitaba desde el alféizar de una de las ventanas inundando con su aroma el exterior de la vivienda.

Una vez cerró la puerta, se miró los pies lanzando un suspiro. No estaba tan mal abandonar los zapatos. Acababa de tomar una decisión irrevocable: a partir de ese día renunciaba a calzarse. Le fascinaba sentir el suelo; lo había comprobado regresando a pie desde el estudio hasta su barrio. Dos horas caminando por calles, jardines y andenes, donde algunos curiosos le devolvieron, con expresión misericordiosa, una sonrisa al ver su desnudez inferior. Sus pies resistían estoicos la intemperie de la calle; salvo algunas pequeñas magulladuras que sanarían y terminarían creando su propia protección, viviría un París jamás sentido.

Fue a la cocina donde le recibió la cola envolvente de su gata y depositó la tarta en la nevera. Dejaría para más tarde el festejo. Ahora que había perdido el miedo, quería volver a ver a La Santa y sentir su compañía.

Subió despacio las escaleras tomando conciencia de las aristas de madera que rozaban sus adoloridos pies. Volvía a percibir el olor de la caoba lustrada y aquella angustia que sentía de pequeña cuando su madre le ordenaba irse a la cama y ella no quería desprenderse de lo único tibio que tenía: su regazo. Cansada de pedirle una hermana que nunca llegó, ahora se conformaba con la bella dormida.

¿Por qué no le hablaba si parecía tan viva? Sintió el vacío de su padre… y el de su madre. Sintió su propio vacío; todos los vacíos de la tierra en un eco sordo. Si sólo pudiera sentir una frase cálida y próxima, algo que le dijera que existía.

Sin palabras, la boca puede llegar a ser un agujero negro. Un gran pozo sin agua.

—Háblame, Sienna —le dijo al abrir el armario.

La dulce adolescente aparecía de nuevo entre las sombras, hermosa y... muda.

—¿Todavía tienes deseos por cumplir? ¿Siguen vivos? ¿O también fallecieron y están como tú, sin enterrar? ¿Quién te hizo esto, quién? ¿Por qué no te sepultaron nunca?

El serenísimo rostro parecía envuelto en un sueño majestuoso de paz.

—¿Quién eres?

Para Mazarine, La Santa era un enigma. Un alma enjaulada entre cristales. Una rosa fresca a punto de exhalar el primer y último suspiro. Un instante de vida entumecido en el tiempo. De pronto recordó que llevaba puesta la medalla que esa mañana le había quitado y volvió a tocarla, repasando con sus dedos el extraño símbolo grabado. ¿Qué querría decir esa mezcla de curvas entrelazadas y de iniciales cruzadas? ¿Por qué la llevaría puesta?

Al abrir el armario, lo que había permanecido dormido durante todos sus años empezaba a flotar en el aire. Eran preguntas remotas que no sabía responder.

Ahora que ya no temía a La Santa, aparecía un nuevo miedo, el miedo a no saber resolver ninguna de sus incertidumbres.

Esa noche, después de suponer poco, inventar mucho y no llegar a ninguna conclusión, sobre su almohada se dejó invadir por una pequeña alegría que la apartó de su maraña de inquietudes; imaginó la cara de Cádiz observando los pies que le había dejado pintados sobre la madera y se durmió sonriendo.

5

Cádiz se había despertado hambriento; hambriento de ubicuidad, de dualismo. Pero no del que reflejaban sus cuadros, sino de un dualismo diferente y a todas luces imposible. Quería estar joven y viejo al mismo tiempo. Tener la fuerza de sus veinte años y la sabiduría de sus sesenta. El ímpetu inconformista que le había hecho explorar tantos caminos hasta encontrar la luz en lo más profundo del ser humano: los deseos reprimidos.

El control sobre el propio cuerpo es una ilusión; en él no está el refugio, hay una inestabilidad que busca equilibrarse. Pudores y vergüenzas heredados se ven obligados a encontrar una salida; una animalidad que se enfrenta a sí misma desbordando y rompiendo todos los discursos ancestrales para regresar a la nitidez del ser primario.

Su obra no era la mutilación, como algunos se habían atrevido a bautizarla; era todo lo contrario: una embestida de sobresaltos, un choque de fuerzas completas. Un solo cuadro con dos caras. El mismo ser enfrentado a sus fantasmas y deseos. Por un lado, el virtuosismo virginal recatado y, por otro, el instinto en su estado más puro; una falda levantada al descuido y el descarnado deseo emergiendo entre las sombras de un dedo.

Aquel inconformismo juvenil le había llevado a saltar todos los obstáculos hasta colocarlo en la cima del mundo; esa búsqueda obsesiva de perfeccionismo ilusorio que le diera la gloria, ahora lo estaba matando. No resistía ser peor que nadie y menos que su joven alumna, aquella niña insignificante que le había hurgado en la llaga hasta abrirle un boquete por donde se desangraba. ¿Cuánto había tardado ella en darle una lección de maestría? ¿Dos horas? ¿Cuántos cuadros llevaba él destruidos en los últimos meses? ¿Cincuenta, cien? Nunca había necesitado de los pies para expresar su mundo. ¿Qué pasaba con los que había pintado Mazarine? ¿Por qué ahora eran tan importantes? ¿Por qué se sentía tan vulnerable frente a la vida?

Empezaba a añorar, y las añoranzas eran el signo inequívoco de que había dejado de ser y tenía que recrearse en el pasado para no perderse definitivamente en la humareda de su pira funeraria. Cada vez sentía menos y recordaba más.

Hacía bastante que mentía a su mujer sobre la cantidad de cuadros pintados en los últimos meses, esquivando su curiosidad con la disculpa de no querer enseñarlos hasta no tener finalizada toda la obra. Y no sólo lo hacía por él, porque su orgullo era incapaz de aceptar su aridez creativa, sino para no estropearle el momento glorioso a Sara, pues sabía que estaba viviendo su instante más pleno. Si bien nunca había sentido la más mínima envidia, su presente no le facilitaba digerir tanta genialidad, y menos venida de su mujer.

Ahora pasaba horas y horas, días y días, encerrado en La Ruche, procurando no dejarse ver por nadie, con la disculpa de «no molestar al artista» y amparado en sus whiskis. Queriendo disolverse en sus pinceles y sin saber cómo deshacer los grumos interiores que le iban llevando lentamente a la destrucción.

Su desorden residía en él mismo. Su manera de reordenar su universo había sido desordenándolo. Ir contra las reglas establecidas siempre le había funcionado. Desordenándose, se protegía del mundo, aunque eso ya no le servía. Del desorden había pasado al caos existencial. Hacía ya mucho que los colores habían perdido sus matices y ya no significaban nada para él.

Se asomó inquieto a la ventana, lanzando con su aliento bocanadas de vaho que iban empañando el cristal y creaban un improvisado lienzo, sobre el que dibujaba siluetas que nacían y morían sin acabarse de hacer. El portal de hierro estaba desierto y el camino de piedra y musgo, salpicado de luz y silencio, le espesaba la tarde. Mazarine no llegaba y ya eran más de las cuatro. Miró su reloj; se retrasaba una hora. Desde hacía tres semanas la única persona que entraba a su estudio era su alumna. Y a pesar de no tener claro por qué la dejaba pasar, pues en el fondo su presencia le hacía más consciente de sus carencias creativas, era ella también quien lo hacía sentir dios —una ambivalencia exquisita, otro dualismo: Miseria y Omnipotencia juntas.

Como dios, en sus manos estaba alegrarla o entristecerla. Mazarine lo admiraba y esperaba sumisa su aprobación o rechazo. Ella, con su escandalosa juventud y su sobrenatural talento, se rendía a sus pies. Maestro y alumna, cada uno representaba su papel a la perfección. ¿Qué otra cosa le podía pedir en ese momento a la vida?

Esa chica era su punto de apoyo para no caer, quien le evidenciaba su derrumbe, pero también su resurrección, aunque la tratara con una displicencia que rayaba en el autismo.

No podía empezar a pintar sin saberla cerca. Era como si el aura que la circundaba, aquella ingenuidad y sagacidad disimulada, le regalara inspiración. Un trasvase de energía, una lucha de fuerzas creativas. Sabiéndola allí, su mecanismo sensorial se disparaba. El ímpetu que desplegaba Mazarine en sus bocetos llenaba la estancia de magia y ganas.

—¿Por qué no llegas? ¿Dónde diablos te has metido?

6

La seguían. Estaba segura de que la seguían y además desde hacía un buen rato. Esa tarde Mazarine se había desviado de su ruta habitual, sólo para comprobar lo que venía temiendo. Aquel hombre, con pinta de marinero desteñido de asfalto y ojos estrábicos y nublados, que había salido del *ristorante* Gallo-Romano tropezando en la puerta al descuido, le iba pisando los talones. Durante toda la comida lo había tenido enfrente, y su mirada extraviada e incómoda no había abandonado ni un segundo su pecho, haciéndole indigestar su plato de pasta, que finalmente abandonó a la carrera con tal de huir. Pero el tipo, o no quería dejarla o se dirigía al mismo sitio que ella.

Decidió subir por la rue Saint-Jacques, que a esa hora era un río de estudiantes, hasta alcanzar La Sorbonne, donde finalmente entró. Allí se mezcló entre el barullo, simulando pertenecer a un grupo de jóvenes que se dirigía a una de las aulas. El hombre de los ojos nublados se había quedado fuera. Durante veinte minutos Mazarine caminó por los pasillos sin rumbo, matando el tiempo, hasta que finalmente abandonó la universidad. Miró a lado y lado; el extraño había desaparecido.

Esa vez se vio obligada a tomar el metro, aunque odiaba hacerlo, para no llegar aún más tarde al estudio de Cádiz. En el trayecto trató de olvidar lo sucedido dejando deslizar sus pensamientos con un placer que desconocía: ¿cómo debía de ser tener un padre? Un ser bondadoso que se ocupara de protegerla y cuidarla; de proveerle de todo cuanto necesitara. De adormecerle sus miedos con cuentos de princesas rescatadas de las garras del peligro por la espada de un caballero gentil. De cerrarle los ojos con un beso y un «no temas; si me necesitas, llámame» en las noches de tormentas y truenos; de arrullarla entre sus brazos fuertes; de llenarle sus agujeros de carencias con la certeza del amor filial que nada espera, que todo da. No tenía a nadie. Ni siquiera le había quedado una foto suya, ni un recuerdo. Sólo el frío helado de su frente cuando sus diminutos labios lo besaron en el cajón que se lo había llevado para siempre. ¿Dónde quedaba ese bendito cielo al cual su padre se había ido? ¿Por qué su madre no le aclaró, antes de irse también, que no hay ningún cielo, que a donde se van los que se quedan quietos para siempre es al centro de la nada?

No hay regreso. El cuerpo se deshace como las hojas de los árboles; la materia vuelve a la tierra. Pero... ¿y el alma? Aquel hálito que te lleva a sentir, ¿a dónde iba? Quería creer que la de su padre estaba intacta, que a la vuelta de un gesto, de un trayecto, volvería a encontrarse con él. Que tal vez en el metro existiría la parada CIELO, y apeándose se abriría el camino que le conduciría a él. Mazarine se abrazó a sí misma y sintió frío, un frío destemplado en pleno julio. ¿Y si gritara pidiendo que alguien la abrazara?

Los únicos abrazos que había sentido eran los de René, su amigo, su compañero de miedos, su novio, si a eso que había vivido con él se le podía llamar noviazgo: ir a escucharlo cada noche tocar el contrabajo frente a su casa, en la cueva La Guillotine, el bar de los nostálgicos de jazz del Barrio Latino, y después cogerle de la mano y aplacar sus inseguridades. ¿Por qué se había ido sin despedirse? Ella se enteró de su huida a Praga por casualidad, observando los recortes, las postales y las fotos que solían colgar en las paredes del local. Allí estaba él, con su instrumento a cuestas, haciendo de músico callejero en plena plaza de la Ciudad Vieja. Ninguna sonrisa y una mirada vacía, de temor, la misma que tantas veces le había visto. La misma que ella debía de tener en ese mismo instante.

¿Estaba exagerando? ¿Por qué sentía ese nudo en el estómago y la piel erizada hasta la nuca? Dio un vistazo a los viajeros buscando de nuevo al repulsivo hombre que la seguía, pero sólo se encontró jóvenes perdidos en la música de sus iPods, señoras inmersas en la novela de moda, ancianos idos en sus recuerdos y ejecutivos ejecutando agendas. No estaba.

Se relajó. La esperaba Cádiz.

¿Estaría molesto por su tardanza? Se tranquilizó recordando cuánto había progresado desde que lo visitaba.

A pesar de mantenerse incomunicados durante las horas que compartían cada día, estaba segura de que algo bueno estaba sucediendo. Poco a poco aprendía lo importante que era para un artista convivir con su locura interior; ella lo estaba comprobando con su maestro. Todo lo expresado en su obra, eran nada más y nada menos que fantasmas ocultos, y los de él estaban anclados en el deseo: deseaba demasiado. Sabía que el pintor espiaba su trabajo de reojo y, a pesar de no percibir ningún gesto especial, Mazarine empezaba a creer que no le disgustaba del todo lo que hacía. Que tal vez deseaba lo que ella tenía. Que... ¿la envidiaba?

La voz monocorde anunciando su parada la devolvió a la realidad. Al bajarse en la rue des Morillons, un escalofrío la recorrió de pies a cabeza helándole el alma. El hombre de los ojos nublados la esperaba en la estación con una sonrisa mortecina y una pipa colgando de su labio leporino. Al verla, dejó escapar una nube negra y de nuevo emprendió la marcha tras de ella, esta vez con total descaro.

El corazón de Mazarine palpitaba desbocado. ¿Qué quería ese hombre horrible que no le quitaba sus ojos espectrales de encima? Se miró el pecho buscando encontrar la clave. El medallón subía y bajaba al ritmo de su angustia. Estaba muerta de miedo. Al llegar a la puerta del estudio, fue pulsando el timbre con desespero, mientras gritaba:

—¡CÁDIZ! ¡CÁAAAAAADIZ!

La voz del pintor le contestó:

—Ya voy… ya voy… ¡Caramba! ¿Qué demonios te pasa?

El hombre desaparecía sin dejar rastro.

7

En el exterior del famoso Atelier n.º 17 de la rue Campagne-Première, donde Sara Miller tenía su estudio, se había formado una gran cola de gente. La fotógrafa realizaba un extenso reportaje; retratos a todo color de personas anónimas que había ido recogiendo esa mañana en una redada callejera, tal como los había encontrado; sin ningún tipo de maquillaje, ni *atrezzo.* Saltimbanquis rescatados del asfalto, mimos arrastrados del Beaubourg, músicos barrocos venidos de Montmartre, malabaristas de la nada, pintores del Pont Neuf, libreros de las orillas del Seine, drogadictos perdidos, *clochards* con sus carritos de súper desbordados de basuras, abuelas con sus caniches y sin oficio... Entre todos ellos, un hombre de ojos nublados y mirada estrábica aguardaba impaciente su turno lanzando humaredas por el hueco de su labio roto. A Sara le había intrigado esa mirada esquiniada y tenebrosa, decolorada por aquella tela blancuzca, que parecía observar la vida sin verla; un enigmático contraste a capturar con su lente. Se lo encontró deambulando en las afueras de la iglesia Saint-Séverin y, aunque no le contestó nada cuando le propuso asistir a la sesión, estaba allí.

La ayudante de la fotógrafa lo hizo pasar, advirtiéndole a su jefa que aquel hombre le producía asco y temor.

Durante el tiempo que duró el reportaje, el desconocido hizo todo lo que le pidió la mujer, con una mansedumbre propia de un niño obediente; lo hizo todo, salvo quitarse la camisa. Una vez lo invitaron a marcharse, recibió el dinero y partió sin modular una sola palabra.

—Es mudo —dijo la ayudante.

—No creo —contestó Sara.

—¿No te dio miedo su aspecto?

—Imagínate si yo fuera por ahí temiendo a todo lo que quiero inmortalizar.

—¿Te diste cuenta de su empeño en abotonarse la camisa hasta arriba?

—Pudor.

—O escondía algo.

—¿Una cicatriz?

—Tal vez.

—A lo mejor le falta una tetilla —sugirió la ayudante sonriendo.

—O está lleno de *piercings* y tatuajes.

—No creas —siguió diciendo la ayudante—. Si fuera así, te los habría enseñado todos como si fuesen trofeos. A ésos les encanta que los vean.

—¿Queda alguien más?

—Nadie. Era el último.

8

El atardecer había caído sobre el passage de Dantzig tiñendo de ocres las cariátides carcomidas de vejez que custodiaban la entrada al estudio. Con el baño de sol, el pabellón de Eiffel lucía su mejor porte, y los restos decapitados de las esculturas ahogadas en la maleza murmuraban el último secreto. El verano reventaba los oídos de los pocos artistas que preservando tradiciones pasadas de moda aún vivían alrededor del pabellón, simulando un renacer imposible del París artístico de los años veinte, cuando todo el esplendor brillaba en aquellos jardines y Kiki, además de modelo y amante de todos, hacía vibrar a los artistas con su alegría y desparpajo, irguiéndose por encima de las más bellas como la gran musa del Montparnasse: su reina. Ahora, pasado casi un siglo, era una insignificante perrita llamada Kiki que intranquilizaba al vecindario con sus ladridos.

En el interior de La Ruche, el pintor trataba infructuosamente de calmar a una indefensa Mazarine. Las manos de la chica temblaban descontroladas, presas de histeria. Lo de ponerse en el lugar del afligido cuando había dificultades le costaba mucho. Odiaba la debilidad. Le alteraban las desazones ajenas y nunca encontraba la frase justa que el otro necesitaba escuchar. No sabía acompañar. En situaciones como ésta, todo acababa reducido a una intolerancia absurda. A veces las palabras sólo sirven para no entenderse;

son letras muertas. Una conversación sin señas, de sordomudos. Ella estaba sola en su angustia, y él, solo en su incomprensión. Dos monólogos sin punto de encuentro. Por eso prefería el silencio de sus lienzos. Las crispaciones y tensiones desaparecían en los caudales de su pintura, que no le reclamaba nada y se lo dejaba hacer todo.

Al ver que lo que hacía o decía no servía para calmarla, Cádiz acabó ofreciéndole un trago de whisky de la petaca que siempre llevaba en su bolsillo.

—Bebe un poco, te hará bien.

Mazarine, que nunca bebía, chupó un gran trago.

—¿Mejor?

La chica lo miró y el pintor vio en sus hermosos e indescifrables ojos dorados una inmensa tristeza. Quiso saber más.

—¿Vives sola?

Primero un gran silencio, después un susurro.

—No.

Cádiz se dio cuenta de que no quería hablar.

—¿Empezamos?

Ella asintió.

—Hoy haremos algo diferente. Tráeme la tela que preparaste ayer.

Mazarine regresó con un gran lienzo sin marco y lo extendió sobre el suelo.

—Tengo ganas de soñar. ¿Sabes soñar?

La chica, que todavía esperaba una palabra de consuelo, no respondió.

—Está bien, lo haremos en silencio. Será más bello.

Cádiz se quedó mirando a su alumna. Su aspecto frágil le confería un halo de hermosura morbosa. Toda esa rebeldía desplegada en las semanas anteriores desaparecía, dando paso a una fascinante belleza desvalida.

Mazarine lo observaba atenta. ¿Lo había escuchado bien? Su maestro había dicho ¿HAREMOS? ¿Él y ella, JUNTOS?

Sería la primera vez que un cuadro de Cádiz estaría pintado a cuatro manos.

El pintor se acercó hasta su alumna sin dejar de mirarla un instante, y cuando estuvo frente a ella se puso de rodillas. La chica seguía sus movimientos, hipnotizada por sus ojos gastados y profundos, sin atreverse a pestañear. Despacio, las manos de él retiraron el largo del tejano que impedía ver los pies de su alumna. El roce del pantalón produjo en Mazarine un dulce cosquilleo.

Le gustó. Nunca nadie había tocado sus pies; era como una profanación de la parte más íntima de su cuerpo.

Uno a uno, cada dedo fue delicadamente rozado por el índice de Cádiz en una ceremonia lentísima. Entraba en cada espacio buscando acariciar lo inaccesible. Después, tomándose todos los segundos, continuó subiendo el pantalón, dejando al descubierto unas piernas perfectas.

Mazarine sentía las manos de su maestro en el centro de sus piernas, aunque éstas no habían sobrepasado sus rodillas. ¿Qué le estaba pasando?

Manteniendo el silencio impuesto, Cádiz cogió un poco de pintura negra y con un pincel fue dibujando sobre sus pies unas líneas delgadas que simulaban unas sandalias. Mientras lo hacía, el pintor supo que en ellos estaba su salvación. El deseo que se escondía detrás de esa visión era inmenso. Volvía a palpitarle el corazón como cuando era joven. Su creación pasaba por su deseo.

—Mazarine... —la voz de Cádiz le sonó diferente—. Enséñame a pintarte.

—No sé enseñar.

—Aprende. Aquí tienes mis manos.

Sin pensarlo dos veces, Mazarine cogió la mano del pintor que sostenía el pincel, miró sus pies reflejados en el espejo y de un trazo magistral los plasmó en la tela. Cádiz había sentido la fuerza creadora de la chica. Estaba viva y frente al lienzo no vacilaba.

La alumna lo miró desafiante, sabiéndose maestra.

—No está mal —murmuró el pintor sonriendo—. Nada mal. Ahora, déjame a mí.

Sobre los contornos marcados por Mazarine, Cádiz empezó a derramar de forma brutal un rojo sangre. Sudaba a mares, cubriendo y descubriendo. Estaba embrujado de arte. Acariciaba, raspando y poseyendo con furia; acabando con esa blancura virginal, en un duelo sagrado. A partir de los pies, la mancha se extendía a lo largo y ancho del cuadro, como si una gota inmensa de sangre se interpusiera entre el observador y los pies pintados. El resultado era impresionante.

Delante del cuadro, Cádiz jadeaba. El trance terminaba.

—Es magnífico —dijo Mazarine.

—«El valor de las cosas no está en el tiempo que duran, sino en la intensidad con que suceden.» Eso lo leí no sé dónde.

Mazarine se miró los pies. Así que a esto él le llamaba intensidad. Y lo que ella había sentido... ¿cómo se llamaba?

—Déjame lavarte.

Cádiz trajo una vasija con agua y fue retirando la pintura de los pies de su alumna, con la misma delicadeza con la que los había pintado. Mientras lo hacía, Mazarine supo que todo había cambiado. Ahora era importante para alguien, y ese alguien la necesitaba. Una vez terminó de secarlos, el maestro no pudo evitar acercar sus labios a ellos.

—Gracias —suspiró al besarlos.

9

En el cuarto oscuro de su estudio, Sara Miller colgaba las fotografías recién reveladas que había hecho la mañana de la redada callejera. A pesar de los avances, prefería el arte manual de gavetas, líquidos, papeles que se bañan en suaves inmersiones y magia de guante y pinza. Sólo recurría a las maravillas de la técnica a posteriori, si el fin último lo requería, y sólo como herramienta de trabajo, nunca como arma fundamental. Seguía convencida de que si no se domaba a la tecnología, sería ella quien al final acabaría tomándose el mundo, destruyendo el instinto sensible y fresco del ser humano.

La idea que pensaba llevar a cabo era sencilla, pero ambiciosa. Utilizando su ordenador de última generación, iba a computarizar todas las imágenes de tal forma que éste se encargara de devolverle en lugar de fotos, «personas» en tres dimensiones a las cuales sólo les faltara respirar para ser reales. Toda la muestra tenía un trasfondo político de protesta; el *underground* llevado al *overground*, a la superficie, a los ojos del mundo. El París vagabundo de los portales, de las plazas, de los puentes y de los rincones menos turísticos se pasearía por un grandioso escenario: Les Champs Élysées. Personajes como el *clochard*, con su carro del súper desbordado de latas, soledades, muñecas rotas y basuras, se mezclarían con el transeúnte de la gran avenida y, para más espectacularidad, a un tamaño mayor, casi un metro más alto que la media, para que de ninguna manera fuesen ignorados. Si su marginación les hacía invisibles esta muestra iba a devolverles la existencia.

—Ven a ver esto, Sara —le dijo su ayudante mientras ampliaba en la pantalla de su Apple una imagen.

—¿Qué pasa?

—¿Recuerdas el hombre que tanto nos impresionó?

—¿Aquel tan raro y que te produjo tanto miedo?

La mujer asintió.

—Mira qué he descubierto.

Sara se acercó y observó detenidamente lo que la chica le señalaba con el dedo.

—¡Dios mío!

10

A eso de la una de la madrugada y desde una cabina de la rue Monge, Ojos Nieblos hablaba por teléfono.

—Perdone la hora, señor. Lo he llamado todo el día, pero siempre me salía ese bendito contestador.

—...

—Si no lo hubiese considerado importante, no habría insistido.

—...

—Tal como le dije ayer, no me parece una copia. Le digo señor que lo he visto muy de cerca y podría ser auténtico.

—...

—Usted sabe cuánto lo hemos buscado. No tengo muchos datos, aunque quisiera. Es... cómo le diría, un pálpito.

—...

—No, no. De momento, creo que la he asustado un poco.

—...

—Lo que usted diga.

—...

—Con el debido respeto, señor, ¿usted cree que ella tiene idea de su valor? Lo lleva como si fuese un *souvenir* de esos que venden en el mercado de las pulgas.

—...

—De acuerdo, señor. Vamos a dejarla tranquila. Tranquilita, entre comillas, claro está.

11

Le gustaba ver cómo se iba despeñando la noche sobre las orillas del Seine. Esa tarde había llovido mucho y a pesar de la descarga torrencial, inusual para las fechas, aún quedaban nubes vagabundeando por el cielo sin dirección, perdidas como ella en la inmensidad de la nada. Dejándose arrastrar y colorear por un sol viejo que lanzaba sus últimos brochazos de pintor extenuado; las nubes, tan blancas, tan solas, tan pintadas por otro… como ella. En atardeceres tan quejumbrosos, Mazarine sentía que no podía contar ni siquiera con su propia compañía, por estar ausente de todo, hasta de su vida.

Los fines de semana, desde que había empezado sus clases con Cádiz, se le hacían interminables. Iba arrugando las horas como páginas de un libro en blanco, arrojándolas sin prisa al río. Observando cómo navegaban y se perdían entre los barcos, la gente y sus sonrisas; como si al hacerlo se lanzara a un suicidio y esa caída la redimiera por fin de sus propias ausencias.

Era verdad que desde que Cádiz la tenía más en cuenta, desde que su mano era la mano del pintor, la sensación de orfandad se había atenuado, pero de ahí a creer que su vida era algo valioso había un abismo.

Nunca hablaban mucho aunque, eso sí, no dejaban de mirarse, y estaba convencida de que en los ojos gastados de su profesor había algo más que una indagación del yo ajeno.

Cada tarde se había ido convirtiendo en una delicada ceremonia de miradas. Era como si él tomara toda su fuerza sólo con verla. No existía nada incorrecto, nada erótico y, sin embargo, ella sentía que algo pasaba en su presencia.Una especie de cálida protección, pero también de atracción producida posiblemente por todas sus carencias. De repente sintió ganas de escucharlo. No le hablaría, sólo quería sentir su voz ronca. Sacó de su mochila el móvil, marcó su número y una mujer le contestó. Colgó.

Se metió en la vieja librería Shakespeare and Co. y se encontró con la cara de Cádiz en la portada de un libro monumental que debía de pesar quince kilos y descansaba sobre un gran mueble: *Cádiz —Dualismo Impúdico— Alma y cuerpo del deseo.* Lo ojeó durante un largo rato, descubriendo fotos de su profesor, de todas las épocas, hasta detenerse en la que más le gustó. Aparecía envuelto en una espiral de humo que le salía del pecho, como del centro del alma, y sus ojos rompían el azul fumarado y se clavaban en ella con lujuria. Le dieron ganas de llevarse el inmenso ejemplar, pero era imposible, costaba cinco mil euros. Un lujo, incluso para los que tenían mucho dinero. Aprovechando un descuido del vendedor, Mazarine sacó un cúter de su cartera y, con mano firme, desprendió la página que enrolló rápidamente, escapando sin mirar atrás. Nadie la vio.

Ya en la rue Galande, y antes de meterse en su casa, se detuvo frente a la vitrina de una tienda de antigüedades donde se exhibían, entre jarrones griegos y esculturas art nouveau, pequeñas piezas incompletas en plata y bronce con tarjetas en las que se leía: *Argent de Grèce et de Rome antiques: monnaie cassée et à l'effigie de chouette, oiseau d'Athéna, déesse de la ságese..., ancienne monnaie romaine du* IIIe *siècle av. J.-C... Fleur d'Argent. Birmanie* XVIIIe *siècle...* Mazarine se acordó de su medalla que sin parecerse a ninguna de las expuestas en aquella tienda tenía un algo que la hermanaba. ¿Tal vez, la vejez?

Cuando estaba a punto de abrir la puerta de su casa, su móvil sonó. El número de Cádiz parpadeaba en la pantalla.

—*Allô?*

Una voz de mujer, con ligero acento extranjero, le habló desde el otro lado.

—¿Quién eres?

Mazarine se asustó y colgó. Un instante después, el teléfono volvía a timbrar.

—¿Por qué me has colgado? ¿Tal vez no era mi voz la que esperabas oír?

Esta vez lo desconectó.

12

Nunca le había pasado. Sara Miller notaba algo extraño en su marido. A lo largo de su vida matrimonial había ido presumiendo delante de sus amigas de conocerlo todo de él; de intuir y leer en sus ojos aquello que le preocupaba y adelantarse a los problemas antes de que no tuvieran solución. Esta vez era distinto. Llevaban dos meses sin hacer el amor y no era porque no lo hubiesen intentado; según rezaba el informe médico que ella había encontrado por casualidad escondido en la chaqueta de Cádiz, todo se debía a una disfunción temporal. Tal vez demasiada presión obsesiva, demasiado miedo a hacerse mayor, demasiados deseos de alcanzar aún más laureles, demasiado pedirle a la vida. Demasiado ego.

Él, tan ardoroso y sexual, tan entregado a la sensualidad y a saborear las plenitudes de la piel. Con esa personalidad tan intensa y a veces tiránica, reflejada en todo cuanto creaba y le rodeaba, tenía que estar sufriendo. A pesar de la insistencia de Sara en hablar a fondo del tema, su marido se refugiaba en el silencio, en el whisky y en su nueva exposición. Y ella había optado por respetarlo, dejándole ese margen de recogimiento que con sus ausencias iba marcando.

Los fines de semana eran otra cosa. Volvía a ser él: el gran Cádiz.

Se reunían en su exquisito ático de la rue de la Pompe, donde montaban grandes cenas para sus más íntimos. Aquel club cerrado de pintores, poetas y escritores que habían creado en los setenta, cuando todos eran pobres y trataban de abrirse paso en ese París postexistencialista con residuos de melancolías bohemias. Los temas eran siempre los mismos, las historias se repetían, pero las resolvían con distintos finales. Era un gusto lujoso reunir tantos cerebros pensantes, que además de disfrutar del ahora, fueran capaces de atravesar los años y situarse en medio de un Montmartre más lúdico, o del Boulevard Montparnasse en pleno surrealismo emergente, o volar sin moverse del asiento hasta las catacumbas del primer arte, ya fuera escrito, hablado, interpretado, cantado o pintado.

Ese sábado, el teléfono de Cádiz timbró mientras él se servía un whisky. Aunque no acostumbraba contestar el móvil de su marido por respeto a su privacidad, esta vez no sabía por qué lo había hecho.

—Cariño, alguien te ha llamado, pero no habló —le dijo Sara al verle regresar.

—Déjame ver —Cádiz buscó el registro de la última llamada. Allí estaba el número de Mazarine que no identificó—. No sé quién puede ser. Ya volverá a sonar.

Pero no había sonado.

Por eso, y sobre todo por una intuición repentina, Sara Miller había resuelto al final de la tarde devolver la llamada al número fantasma.

No era la primera vez que se enfrentaba a esos silencios telefónicos. De niña, su padre recibía continuas llamadas anónimas, muchas veces amenazantes, que sólo obedecían a su condición de juez insobornable. A las primeras ella les había temido tanto como a la oscuridad; pasados los años, y viendo que no eran más que llamadas cobardes, terminó por perderles el respeto. De tan cotidianas, la familia las fue convirtiendo en anécdotas que se sumaron a muchas otras, y pasaron a formar parte de la vida y las bromas de los Miller.

Otra cosa habían sido los primeros años viviendo con Cádiz. El séquito de mujeres, entre modelos, pintoras, poetisas, *hippies* revolucionarias y marchantes, que su encanto de pintor exitoso y extravagante arrastraba, había sido una de las «guerras» más jugosas: para ella... y también para él. En todo ese tiempo sobrevivieron a bombardeos de toda índole; a llamadas, rimel, ojos, guiños, bocas, notas, desvaídos repentinos y trampas tentadoras, con una sólida y abierta relación basada en la confianza. El alcohol, la yerba y las disertaciones profundas, que sólo conducían a una nada seductora, eran divertimentos puntuales que se quedaban sólo en eso: divertimentos. La total complicidad que les unía estaba por encima de los preceptos convencionales, de las infidelidades, de los prejuicios y de los compromisos superfluos. Ellos se habían sumado al París fresco, de libertades libertarias y rupturas de estereotipos, imponiendo sus propias leyes.

Pero eso había sido hacía ya mucho. En esa época los dos gozaban de una esplendorosa juventud, del ímpetu arrasador del triunfo, y no había ni una sombra en sus vidas. Ahora era distinto, o por lo menos así lo sentía Sara.

A pesar de que su realidad profesional, esa inmensa estrella que brillaba en el firmamento de la imagen con luz propia, era incuestionable, su realidad más íntima, la que no quedaba registrada en ninguno de los negativos que diariamente manipulaba, estaba ligada al infinito amor que sentía por Cádiz.

Poco le importaba que los artistas del Hollywood más recalcitrante se murieran por dejarse fotografiar por ella; o que los intelectuales más ariscos y ermitaños terminaran ofreciéndole en bandeja el gran reportaje; o que algún jeque árabe la contratara, ofreciéndole el oro y el moro con tal de tenerla como invitada. Lo que en ese momento de su vida quería conseguir y no podía era la felicidad de su marido.

Sus vidas se iban viviendo solas y no lograba hacer nada para modificarlas. Era como si hubiesen cogido demasiada fuerza, desbocándose en una carrera loca, sin atender a riendas ni a frenos. Ellos habían quedado enredados en sus bridas y estaban siendo arrastrados por el suelo sin misericordia. Los remolinos del triunfo les habían tragado de tal forma que se perdían en sus aguas. Se ahogaban de éxito.

De cara a la galería, todo iba de maravilla. De cara a ella, lo que estaba pasando aún no podía calificarlo.

—¿Cuándo me enseñarás algo de lo que estás haciendo? —preguntó Sara a su marido, mientras mordía la aceituna de su martini—. Me tienes muy intrigada.

Cádiz se acercó y le besó la nuca, haciendo que su mujer se erizara.

—No seas impaciente. Todo llegará.

—Te noto más... no sé, más... ¿tranquilo? Podríamos probar esta noche a salir por ahí, como en los viejos tiempos; perdernos en nuestro antiguo barrio, meternos en alguna cueva de jazz disfrazados de estudiantes pobres y después...

—No quiero hablar de eso, Sara.

—¿A qué te refieres con ESO?

—Ya sabes.

—No me has entendido, cariño. Sólo quería que nos distrajéramos un poco cambiando de paisaje.

Cádiz se apartó de Sara, acercándose al ventanal que daba a la avenue Foch. Un París barrido por la tarde manifestaba su soledad. Sobre el asfalto mojado los coches dibujaban estelas doradas, avanzando en procesión cansina. Pensó en Mazarine. En sus pies descalzos.

13

Había pegado la página robada con la imagen de ese Cádiz cargado de humo y sensualidad en la pared del lado de su cama. Era la primera vez que colgaba algo en su cuarto y, después de verlo, a Mazarine le gustó. Corrió con sus pinceles y acrílicos a pintar, alrededor de la cara de su profesor, decenas de pies que fueron saliendo del cuadro hasta manchar el techo de pisadas rojas y negras; figuras superpuestas entre sí vagabundeando sin rumbo, pisando la imagen de Cádiz en un caos maravillosamente surrealista. El arte era así. Un lienzo, un instante. El alma. Una pared en blanco, una violación. Una mancha, dos, cien. Un antes y un después. Como lo mejor y lo peor de la vida. Lo que no se pinta, no existe. ¿No era lo que le había dicho Cádiz el viernes anterior, cuando empezó a pintar sobre su espalda?

La humedad de la pintura en su piel, ese roce frío del pincel acariciando y dejando huella, le producía un cosquilleo interior sublime. Y después, siempre después de la pintura, la lenta ceremonia del lavado. El agua escurriendo, entrando, buscando canales, pliegues por donde deslizarse hasta formar delgados ríos profanos. Sí, con Cádiz se sentía niña frágil, protegida.

Lo ayudaba. Sabía que la obra que se estaba produciendo dentro de La Ruche sobrepasaba los límites marcados en sus anteriores exposiciones. El hecho de abordar por primera vez la temática de los pies dentro del Dualismo Impúdico era un reto que estaba multiplicando sus posibilidades de pintor revolucionario. Abría otros horizontes. Podían existir muchos «dualismos impúdicos»; incluso se podía trasladar a las cosas; el mundo de lo inerte también tenía cabida. Esa misma pared que acababa de profanar con sus brochazos, había perdido su pudor gris de lienzo triste.

Mazarine se acurrucó en la cama, pensando en Cádiz. De pronto empezó a improvisar una canción y se fue arrullando, meciendo su cuerpo: «Yo no soy nada de lo que me ocurre. Mi yo se divide.» ¿Lo había leído de Freud?

Se durmió.

Horas más tarde, en el interior de la casa verde, unos pasos recorrían palmo a palmo la estancia.

Ojos Nieblos había logrado burlar la cerradura, haciendo alarde de su destreza felina. Buscaba, abría cajones, cajas; miraba, escudriñaba, repasaba estanterías; esculcaba libros, carpetas y fólderes, seguido silenciosamente de la gata de Mazarine que parecía sufrir un trance hipnótico. No había nada. Lo que buscaba no estaba en la planta baja. Ni siquiera estaba seguro de que existiera en alguna parte de esa casa; simplemente había querido adelantarse, ser el más listo, para ver si podía dar una sorpresa al gran jefe y de paso a los demás.

Al empezar a subir las escaleras, escuchó una voz.

—¿Mademoiselle?... Ven aquí, gatita. Mademoiselle, qué mala eres. Mira que dejarme sola.

Era Mazarine llamando a su siamesa.

—¿Me vas a hacer levantar?

Silencio. Ni un solo miau.

—Está bien, ya bajo.

Ojos Nieblos se escondió rápidamente detrás de la puerta de la cocina, observando cómo descendía por las escaleras la figura grácil de la chica. El camisón de algodón dejaba traslucir un cuerpo menudo, de cintura fina y caderas suaves. Una preciosidad, pensó el intruso. Al agacharse para recoger a la gata, el hombre fijó la mirada en el medallón que colgaba del pecho de la joven y en sus senos pequeños y firmes. Sintió ganas de estirar la mano y tocarlos.

—Así me gusta. —Después de levantarla, Mazarine dio un beso en la boca a su gata y subió.

14

París despertaba con pereza de lunes. En el Barrio Latino, las persianas de hierro que cubrían las vitrinas y puertas de los negocios creaban una sinfonía de chirridos destemplados y protestones al ser levantadas por los encargados. Las mangueras lavaban las aceras y empezaba a oler a café y a *croissant* recién horneado. Mazarine había tenido una noche de pesadilla recurrente que la había dejado exhausta. Soñó que la observaban. Sentía un hedor a piel chamuscada junto a su cuerpo. Una especie de bulto sucio que le impedía moverse de su cama. Cuando había abierto los ojos, otros nublados la miraban sin verla. Había gritado pero su voz no le salía de su garganta seca. Quería correr, huir y los pies se le habían quedado pegados al suelo, rotos. Después volvía a soñar otra pesadilla; sus piernas eran blandas, como los relojes de Dalí. Se escurrían de su cuerpo, toda ella se escurría hasta caer desplomada sobre el suelo, derretida, en un gran charco informe. Cuando despertó, la luz invadía su habitación y ella descansaba bajo las sábanas. No había intruso ni fantasma, ni olor, ni ojos nublados: nada a su alrededor.

Se duchó y arregló sin prisas, y antes de abandonar la casa entró en la habitación de La Santa; dio dos vueltas al cerrojo del armario, un ritual que ya era diario, tiró de la palanca y apareció la bella dormida.

—Hola, Sienna —le dijo mientras limpiaba el cristal—. ¿Sabes una cosa? Creo que me he enamorado. Sí, tal como lo oyes: e-na-mo-ra-do. Pero no te voy a decir de quién. Es un secreto.

Minutos más tarde bajaba las escaleras como cuando era niña: deslizándose por el antiguo pasamanos de caoba. Ya en la puerta, se encontró con algo extraño en la cerradura. La llave no giraba con la misma suavidad de siempre, se atascaba. Haría cambiar el cerrojo y pondría un refuerzo interior. Pensó en René; en su habilidad para arreglarlo todo.

En la calle volvió a pararse frente a la tienda de antigüedades donde todavía se exhibían las monedas. Al fondo, un anciano salido del olvido, inclinado sobre un buró de estilo barroco, parecía formar parte del valioso mobiliario. Se quedó hipnotizada observándole. Su cabello de plata enloquecido de rizos, el monóculo adherido a su cara, la lazada en el cuello, el chaleco impecable, la barba larga y hermética; definitivamente era de otro tiempo. El viejo limpiaba con devoción mística el cuerpo de una pequeña bailarina que sostenía un arco entre sus manos. Al sentirse observado, levantó su mirada y con un gesto amable invitó a pasar a la chica, quien rehusó el ofrecimiento; entonces se puso de pie y con pasos cuidadosos fue deslizándose por la tienda, esquivando piezas y ornamentos sagrados, hasta alcanzar la puerta.

—Pasa, jovencita. ¿Buscas algo en especial? ¿Un regalo tal vez?

Mazarine negó con la cabeza.

—Sólo observaba. Lo siento, no era mi intención distraerlo.

—Hay distracciones que se agradecen. Tú estás viva, muchacha. Todo esto —señaló los objetos esparcidos en su tienda— son piezas muertas.

—Pero muy hermosas —añadió ella.

—Un cementerio sin tumbas. Metido entre tantas vejeces, acabas arrugándote. ¿No ves lo viejo que me he hecho?

En realidad sólo tengo veinte años. —El anticuario le guiñó un ojo y logró extraerle una sonrisa.

—Debo irme —dijo la chica.

—¿Vives por aquí?

—Cerca.

—Ven cuando quieras. —El anciano le abrió la puerta. Con el roce, los cristales multicolores que colgaban del techo despidieron con música a Mazarine. Antes de cerrar, el viejo reparó en el antiguo medallón que colgaba de su cuello.

—Una pieza magnífica —le dijo—. ¿Herencia?

Mazarine no contestó.

El hombre pareció no darse cuenta de su silencio y repitió.

—Absolutamente magnífica... —añadiendo en voz baja—: Ten mucho cuidado.

La joven lo miró con ojos interrogantes, pero él cerró la conversación con una petición.

—Vuelve pronto, a ver si le alegras los ojos a este pobre viejo.

«Ten mucho cuidado... cuidado... cuidado...» El eco de la frase del anticuario fue acompañando los pasos de Mazarine en su trayecto a la escuela de arte, donde se había apuntado a unos cursos veraniegos de aguafuerte. Repitió su ruta de siempre, pasando por debajo de sus monstruos de infancia. Otra vez volvían a amenazarla las gárgolas de la vieja iglesia, con sus garras de aves de rapiña a punto de lanzarse sobre su corazón. Otra vez volvía a temerlas. ¿También ellas querrían arrebatarle algo?

Recordó al repulsivo hombre que la había seguido hasta el estudio de Cádiz, y un helaje repentino recorrió su espalda. Pero lo fue mezclando con el perfume de las especies marroquíes que invadían su babélico barrio, la música árabe, las voces de griegos e italianos cantando a gritos, el olor a pescado fresco que escapaba de los restaurantes japoneses, las campanas de Notre Dame y la fría sensación de sus pies descalzos pisando los viejos adoquines callejeros. Sin saber por qué, acabó dando un rodeo por su antiguo instituto, el Lycée Fénelon, que por lo avanzado del verano ofrecía un aspecto abandonado, con las puertas cerradas y su viejo reloj marcando como siempre una hora imposible.

Allí había conocido a René, el único que compartía su gran secreto. El único que había visto, aunque sólo una vez y de eso hacía muchos años, a Sienna. Y le había hecho jurar sobre el cristal que nunca diría nada a nadie, pero por no decir, René ni siquiera le había dicho adiós. Se había ido sin avisar; sin darle tiempo a prepararse para la pérdida. Se había ido, como todo lo que se iba de su vida, en silencio. Ahora su secreto no estaba seguro... ¿o tal vez más, al haberse ido?

No lo amaba, de eso tenía la absoluta certeza, pues la única vez que se le acercó con intención de beso lo rechazó de tajo al sentir en su aliento el torpe deseo que le colgaba de sus babas calientes. Y no era porque no fuera guapo, pues muchas de sus compañeras se morían por él; era porque la química corporal no había funcionado. Sus cuerpos eran sustancias insolubles. A pesar de las muchas insistencias y de haber hecho hasta lo imposible por desearlo, René se había quedado a las puertas de una amistad interesada: la necesidad de compañía. Ahora quería encontrárselo, al menos para tener alguien con quien compartir lo único que tenía para ofrecer: sus temores e incertidumbres, aunque estaba segura de que esto no iba a suceder.

Necesitaba averiguar más sobre Sienna y esa nebulosa de siglos que cubría su cuerpo dormido. El secretismo de su madre sobre su origen, la prohibición de que alguien supiera de su existencia, su veneración enfermiza, sus rezos compulsivos, la insistente comparación que la había convertido en la rival de una muerta. Necesitaba averiguar lo que había quedado atrapado en el silencio de sus padres... y, sobre todo, en el medallón.

Desde que lo llevaba su vida estaba cambiando. No sabía describir de qué manera, pero era evidente que su arte experimentaba un engrandecimiento; como si la gracia divina la hubiera tocado con su varita mágica y todo cuanto realizara se transformara ante sus ojos, sin explicación. Comparaba sus trazos, los de sus libretas de estudios de la academia y, a diferencia de éstos, los actuales eran firmes y maduros. Estaba empezando a sentir que aquella antigua medalla era su gran amuleto, el artífice de sus logros... ¿La razón de que Cádiz la necesitara?

15

Tal vez la pasión y el amor sólo residen en la observación de lo amado, pensó Cádiz al ver a Mazarine acercarse a las rejas del portal de La Ruche y cruzar el camino al estudio. Le abrió la puerta y esperó detrás, dejando que fuera su alumna quien empujara.

Se había pasado el fin de semana imaginándola y ahora que la tenía delante quería mirarla en silencio; sin una palabra que rompiera la extraordinaria magia que le producía la contemplación de su imagen finísima, de repente tan necesaria.

Se miraron y permanecieron mudos viviendo el hechizo del encuentro. Alumna y profesor, suavidad y fuerza, juventud y madurez, ingenuidad y maestría, ímpetu y reflexión, instinto y experiencia, el equilibrio de la belleza duplicado en los contrastes.

Los ojos de Cádiz se deslizaron lentos por el cuerpo de ella, hasta caer rendidos a sus pies. El tejano de su alumna se arrastraba y sus dedos blanquísimos se asomaban desnudos, recibiendo el suave tacto de esos ojos gastados. Una espera incierta, una promesa.

La pasión que allí había arrancado empezaba a hacer su propio camino sin tenerlos en cuenta.

Después de muchas primaveras marchitas, un brote destiempado florecía en el corazón de Cádiz. Todo lo que había desfilado por su vida en los últimos años y que le había ido llevando a las puertas de un final insípido, desaparecía. Ese tren fantasma en el que sin darse cuenta se había subido, el que solapadamente lo conducía a aceptar una vejez con desgana, ahora le regalaba un viaje de regreso a la vida.

Una chica, que podía ser su hija, le enseñaba un camino de luz que lo sacaba de ese túnel espeso. Y se iba a dejar inundar por esa luz, aunque lo encandilara y le dejara ciego. Ver... sin llegar a más. Un placer nuevo.

—Mazarine...

Al oír la voz de su profesor, Mazarine sintió aletear una mariposa entre sus piernas.

—Quítate la camiseta.

Obedeció.

—Vamos a volar.

La imagen de su alumna dejando al descubierto sus delicados senos, y ese medallón oscilante en su pecho, produjo de nuevo en Cádiz el deseo de inspiración.

—Pareces una virgen bizantina —le dijo.

Sin tocarla, nada más que con la punta de su pincel, el pintor trazó debajo de sus senos una cruz de doce puntas de color granate. La humedad de la pintura se había hecho amiga de la sed de Mazarine, le saciaba la piel. Una gota espesa se desprendió de la cruz y la fue caminando. Resbaló por su ombligo, se coló en su pantalón, aterrizando en el centro de su pubis.

Un suspiro.

Sobre el medallón, la luz del sol descargó toda su furia, dejando a la intemperie sus relieves grabados.

—¿Conoces su significado? —preguntó Cádiz señalando la medalla.

Mazarine sentía la gota sobre su pubis, temblando, penetrando. No podía contestar. Su pensamiento estaba abajo.

Cádiz empezó a trabajar la tela en blanco, acariciándola con hambre, poseyéndola con desespero, con toda la fuerza de su recién recuperada pasión. En una agitación insaciable que le excitaba cuerpo y mente. El deseo nacido de la observación de su alumna mancillaba el lienzo y lo sublimaba hasta convertirlo en una obra de arte gloriosa.

¿Cómo iba a hacer para no acercarse a ella más de la cuenta, sin romper esa magia?

Más pintura, más colores, brochazos.

El pintor pasaba de la tela a la piel, sin distinción, en una locura cromática exquisita.

Confusión y caos. Piel y lienzo, un solo cuerpo. Sobre el pecho de Mazarine, otra gota y otra y otra resbalaban, entraban, bajaban sin permiso, profanaban su intimidad, su vergüenza, su no saber. Se paseaban libertinas dentro de los tejanos, acariciando con el tacto de muchos dedos sus piernas; ríos que morían en los pies dejándolos pintados de vida.

Un silencio y otra vez el violonchelo, su voz.

—Mazarine…

La alumna levantó su mirada brillante de deseo y la clavó desafiante en su maestro. ¿Qué más le iba a pedir?

—Sácate el tejano.

Era una locura. No podía continuar con ese juego; no sabía qué seguía, qué sentía. Todo giraba a su alrededor.

No se movió.

—Mazarine… —repitió Cádiz—. Sácate el tejano… por favor…

16

Empezaban a estar listos los primeros personajes de la exposición y el estudio de Sara Miller, con las esculturas tendidas en el suelo, iba cogiendo un aire de hospital de la misericordia y de morgue improvisada. El realismo de la obra impresionaba tanto que había optado por cubrirlo, para seguir trabajando sin distracciones.

La inauguración estaba programada para principios de octubre, quedaban escasos veinte días, y sería la primera exposición en la que sus obras se expondrían a la intemperie. Su *atelier* era un caos de especialistas que iban y venían, entre ordenadores, focos y medidores, ensayando y aplicando sofisticadas técnicas de conservación. El ejército de operarios manoseaba, levantaba, untaba, secaba y acostaba los polémicos cuerpos que vaticinaban una protesta enconada contra la marginación social parisina.

De todos los «acostados», quien causaba más impacto, aparte del *clochard* y de una anciana cadavérica, era el hombre de los ojos nublados y la boca rota, cuya mirada desteñida y desviada apuntaba a todas partes y a ninguna.

Sara le había alcanzado a hacer una foto antes de que se cerrara la camisa, y lo que había descubierto su ayudante al ampliar la imagen era una impresionante cicatriz redonda, en forma de sello antiguo, indescifrable para los que no lo conocían. Parecía como si un hierro candente le hubiese marcado el pecho en el sitio exacto del corazón, convirtiendo la piel en surcos chamuscados imposibles de esconder. Sin dudarlo, la fotógrafa la había elegido para la muestra. Ahora, convertido en un cuerpo tridimensional, el extraño transeúnte infundía pavor.

—¿Qué diablos es esto? —preguntó uno de los operarios señalando la cicatriz.

—Debe de ser un símbolo —contestó la ayudante acercándose al cuerpo.

—Lo marcaron como a un animal.

—No creas. Tal vez se marcó él; es posible que se lo hiciera por gusto. Que fuera como un ritual, una forma de hermanarse a un grupo. Yo he leído sobre muchas sectas y he visto algunos reportajes en el Discovery. Te sorprendería ver la cantidad de gente que en pleno siglo XXI vive atrapada en otro tiempo.

—Pero, hacerse eso en su propia piel..., infligirse semejante dolor.

—Hay tantas cosas que desconocemos de otros —sin dejar de hablar, retocó con un pincel las cejas de la escultura—. Casi todo. Si yo te dijera que pertenezco a la cofradía de los disolutos recalcitrantes y que en las noches nos reunimos en una cueva a gritar consignas, ¿te lo creerías? —La chica los miró a todos, inquisitiva—. ¿Verdad que no? Vivimos en medio de todo esto y lo ignoramos. Las apariencias engañan.

—De todas formas, a éste no me lo quisiera encontrar por la noche. ¿Te has fijado en su mirada?

—No seáis tan malos; yo le encuentro su punto de ternura.

—¡Dios!, ésta se nos ha enamorado.

Sara los interrumpió.

—Venga, chicos: recordad que hay muchos otros que esperan y se nos acaba el tiempo. Dejad a ese pobre en paz.

Se habían quedado sin vacaciones, pero Sara tenía la impresión de que esta vez a Cádiz no le había importado. Finalmente parecía que su marido había encontrado el camino perdido; andaba sumergido en su vorágine creativa, y por lo que le iba contando, porque aún no le había permitido ver nada, lo que traía su nueva obra iba a dar mucho que hablar. A pesar de verle muy poco, estaba encantada de sentirlo tan feliz. Las semanas de distanciamiento y desasosiego masculino se habían ido y ahora regresaba a la cama matrimonial renovado y loco; con todos los ímpetus de una juventud nueva que de pronto le hacían tanto o más joven que cuando lo conoció. Era como si sus problemas más íntimos finalmente se hubiesen desatascado y dieran paso a otro Cádiz, más provocador y divertido. Un amante que estaba dispuesto a disfrutar al máximo. Despertándose él, se despertaba ella, pues sus respectivos deseos siempre habían actuado como vasos comunicantes.

Desde el primer instante en que el lente de su cámara había descubierto a Cádiz, aquel lejano mayo del 68, su sexualidad había manifestado una ruptura.

Juntos habían experimentado el desprendimiento de todos los tabúes, algunas veces sin hablar, otras hablando. Las disertaciones intelectuales a las cuales eran fanáticos les llevaban a cuestionarse identidades y valores, a transgredir las reglas. Sus cuerpos eran objetos donde la animalidad desbordaba las estereotipadas clasificaciones de lo femenino o lo masculino, lo bueno o lo malo, lo bello o lo feo. Vivían en un mundo imaginario y se dejaban ir en el instinto, convirtiendo sus cuerpos en templos de experimentación; toda expresión, todo movimiento, un grito, una lágrima, el silencio, sugerían un nuevo estilo, unas veces fotográfico, otras pictórico; siempre creativo. Se obsesionaban en sublimar el placer, idealizando la piel. A la materialidad de la carne, yuxtaponían lo etéreo del espíritu.

Y eso se había ido reflejando en todas sus obras.

Durante mucho tiempo, las de ambos habían crecido de forma paralela. Los dos representaban lo mismo con diferentes técnicas. Era un arte que enfrentaba lo escandaloso a lo moralizante.

La afinidad entre ellos era indiscutible. Ambas obras se nutrían de las pasiones y las emociones primarias que experimentaban juntos. Creaban una conexión espiritual con los personajes que fotografiaban o pintaban, buscando con todo ello evitar a toda costa el equívoco de interpretar la imagen pintada o fotografiada como una sola realidad, la imitada o la captada por la cámara. Los dos disfrutaban narrando historias visuales, ofreciendo muchas realidades alternativas, distanciando el objeto de la ramplonería insustancial de la primera vista. Quien de verdad quería sentir, tenía que indagar en lo invisible del cuadro o del retrato.

Con los años, cada uno había ido separando el amor del trabajo, y aquello, antes que empobrecerlos, acabó enriqueciéndolos. Por eso terminaron agradeciendo en público a cuantos críticos se habían empeñado en calentarles la caldera de la envidia.

Aquellos que se jactaron de decir que Sara imitaba descaradamente a su marido tuvieron que reconocer que lo que había entre los dos no era imitación, sino una especie de simbiosis artística; un juego íntimo que tomaban y abandonaban a su antojo y que no sólo no obstaculizaba el crecimiento de sus artes respectivas, sino que, por el contrario, los llevaba a ofrecer universos psíquico-artísticos experimentales, de dimensiones extraordinarias.

Los días pasaron volando entre la hojarasca del recién estrenado otoño, los preparativos e inconvenientes de última hora, las expectativas idealizadas y el sexo recuperado.

Esa mañana, lo primero que hizo Sara Miller al levantarse fue descorrer la cortina y buscar alguna nube, pero tras varios días de intensos grises lo único que se encontró fue una inmensa luna perezosa, que había decidido quedarse, rompiendo el azul escandaloso del cielo. La inauguración estaba a salvo.

Aprovechó la alegría para meterse de nuevo entre las cobijas y hundirse en el cuerpo adormilado de Cádiz, que aún se hallaba perdido en el crepúsculo de un sueño. Al sentirla cerca, su marido la recibió con un abrazo íntimo, un roce en los senos y un nombre en un susurro:

—Mazarine…

17

Al caer la noche, en Les Champs Élysées cientos de espectadores y curiosos se agolpaban tras el cordón de seguridad, amenazando invadir las aceras donde las maravillosas esculturas de Sara se exponían y los invitados de lujo se paseaban. Muchas caras conocidas del mundo artístico y glamuroso exhibían con indignidad relampagueante sus lujos exteriores y miserias interiores, entre *fantasques* que paseaban sus carcajadas a la espera del objetivo indiscreto. Críticos con los dientes de sus plumas afilados planeaban sobre los personajes callejeros, buscando la caza del comentario ácido, del defecto o la disonancia de la obra. Radio, prensa y televisión, con sus cámaras, grabadoras y *flashes,* filmaban, grababan y flasheaban compulsivamente lo que se les atravesaba en el camino. Marchantes de porte excéntrico disparaban sonrisas a destajo alrededor de millonarios glaciales. Todos, absolutamente todos, esperaban ansiosos el arribo triunfal de la fotógrafa y el pintor.

Tras el corte de circulación de vehículos, que duraba diez minutos, el sonido seco de decenas de cascos azotando el asfalto silenció al público. Una estampida majestuosa de caballos blancos nacarados, de raza árabe, con sus sedosas crines al viento, irrumpía en la gran avenida; desde la place de la Concorde la manada se acercaba solemne precediendo a un insólito camión de basuras, pintado en oro, que arrojaba a su paso cientos de papeles dorados en los cuales se leía el nombre de la muestra: *Identidades.*

Coronada la emblemática vía, los caballos se alinearon a lado y lado del camión y, con paso piafé, lo fueron acompañando hasta detenerse delante del Grand Palais. Una exclamación de asombro los recibía.

De la parte trasera del camión descendió Sara Miller, seguida de su marido, ambos vestidos de negro noche y bañados por un aplauso unánime.

Mientras los artistas saludaban y posaban para los medios de comunicación, una chica descalza, que arrastraba un abrigo negro y se había ido abriendo paso a codazos entre la muchedumbre, alcanzaba finalmente el cordón que impedía la entrada al Grand Palais y esperaba.

Cádiz la alcanzó a ver de lejos. Aquel rostro blanquísimo y fresco, sin una gota de maquillaje, era de una pureza que dolía. La boina negra escondía su corta cabellera de miel, y sus ojos, como dos monedas de oro, resplandecían en la noche con un brillo entre ingenuo y malvado: una reina libando.

Se iban aproximando, rodeados de fotógrafos y micrófonos que disparaban preguntas sin misericordia.

—¿Qué opina de la obra de su mujer?

Una cámara le impedía verla. La esquivó y se fue acercando a ella sin poder evitar centrar la mirada en sus pies descalzos.

—¿La considera una protesta de orden político?

¿Qué demonios estaba haciendo allí?

—¿Es una muestra subversiva?

Bella… e inoportuna.

—¿Su silencio obedece a que no quiere opinar?

Se clavaron los ojos, interrogantes y silenciosos, en Mazarine. Reprochándola, ordenándole con la mirada que se marchara…

—¿En su próxima exposición contempla hacer algún homenaje a los marginales?

O se quedara, pero lejos… para saberla cerca.

—¿Cree que los recientes disturbios en los barrios periféricos tienen algo que ver con lo que hoy se expone?

Sara le dijo algo al oído, pero él no escuchó. Todos sus sentidos estaban en Mazarine. En las agitadas olas de su mirada, en la piel desnuda de sus pies.

—Cádiz, ¿se puede saber qué te pasa? —preguntó la fotógrafa aprovechando un descanso del asedio periodístico. Su marido volvió en sí y la tomó del brazo tratando de alejarla de la muchedumbre y, por supuesto, de su alumna.

—Demasiada gente. ¿Qué tal si entramos? Necesito un whisky doble.

Mazarine clavó los ojos en la fotógrafa, repasándola de pies a cabeza. Así que ésta era la mujer de Cádiz, la que tanto había visto en libros y revistas, la que llevaba estudiando desde hacía días, la que dormía con su pintor, la que lo acompañaba en todo... menos en la alegría que ella le daba. Aunque odiaba reconocerlo, tenía que aceptar que no sólo no estaba mal sino que, vista directamente, era una mujer imponente, que rezumaba fuerza y talento.

Sus miradas se cruzaron por un instante y Sara Miller le regaló una cálida sonrisa, que la chica devolvió observando de reojo a su maestro, para que no olvidara por quién estaba ahí.

La famosa pareja terminó perdiéndose en la nube de invitados, besos y cámaras, mientras Mazarine se quedaba fuera sintiendo la intemperie de su soledad.

Pasados muchos minutos, los curiosos empezaron a diluirse entre las sombras, al darse cuenta de que ya no pasaría nada más y la noche amenazaba tormenta. De repente, olía a lluvia y los relámpagos rompían un cielo que había pasado a vestirse de espesos nubarrones. Sin inmutarse, los ojos de la chica permanecían fijos en la puerta por donde Cádiz y Sara habían desaparecido. Sobre las cansadas aceras, sus pies helados seguían sin moverse.

No se iría. Quería volver a ver a Cádiz y que sintiera su presencia. Necesitaba intimidarlo, hacerle notar que ella existía a otras horas y no sólo para la pintura. Quería que la tuviera en cuenta.

Un aguacero repentino se desató y fue bañándola hasta empaparle los huesos. Su abrigo de lana destilaba agua, se alargaba con el peso, crecía, se abría y extendía ramificado, sembrándose en la acera como una enorme raíz... sus pies seguían sin moverse.

Desde el interior del Grand Palais, Cádiz la observaba derretirse en la lluvia; silencioso, ausente de la fiesta, con su vaso de whisky y su tristeza. A través de los cristales, sus miradas líquidas se fueron encontrando despacio, mudas, y empezaron a hablar.

—Mazarine, pequeña... ¿Qué haces allí, mojándote?

—Cádiz... no me dejes sola. ¿No ves que te necesito?

—Hay sitios donde no debes estar.

—¿No soy yo quien te da la inspiración?

—Lo que vivimos es un sueño. No lo estropees mezclándolo con la realidad.

—Tengo frío.

—Pequeña, pequeña mía... estás temblando. Vete a casa.

—Si me abrazaras un poco...

—Mañana volveré a ti, cuando rompa el alba.

—Necesito tu abrazo.

—Mañana posarás para mí. Y volveré a ver tu cuerpo de ave, a sentir tu corazón desconcertado.

—Si me tocaras.

—Sólo mirarte...

—Sentir tus manos, como siento tu pincel en mi cuerpo.

—Sin romperte, ni mancharte. Pura. Una virgen, mi virgen.

—Cádiz...

—Pequeña mía. Qué tarde me has llegado.

—Un beso. Sólo quiero un beso. Sentir tu lengua en

la mía buscando, chupando. Déjame saber a qué sabe tu beso.

—¡Qué tarde!… Este deseo violeta y rojo. No, mejor pintarte. Prefiero este deseo sin consumir. Un deseo que se pinta, no muere.

—Tu abrazo. Necesito tu abrazo.

—Sólo juguemos a sentirnos. Déjame sentir tu lienzo hecho de pieles y relieves, sentirlo con mis ojos.

—El roce de un cuerpo. Tu calor… tengo frío.

—Que no se rompa el hechizo.

—Ven…

—Que fluya libre la obra.

—Por favor…

—Esa bohemia del arte, el alma conectada a mis dedos desde tus ojos… sin más.

—Cádiz…

—Vete a casa, pequeña. Mañana volveremos a soñar.

—Ven…

Las lágrimas de Mazarine se fueron mezclando con la lluvia mientras Cádiz desaparecía del cristal. Una sensación de orfandad y rabia la fue invadiendo, agitándole el alma. Los sollozos crecían y la soledad se alargaba con su abrigo, sus raíces se clavaban en el cemento. Era un árbol abandonado en medio de la nada. De repente, el cielo se enfureció lanzando relámpagos frenéticos; espadas de plata que terminaron formando a su alrededor un círculo de luces y sombras que parecía protegerla; en su interior había dejado de llover. Un estruendo de cristales estremeció el Grand Palais y se adueñó de sus paredes, sumiéndolo en la incertidumbre. Las luces se apagaban y encendían al ritmo de los truenos. Era como si el manto helado de la noche hubiese entrado en el recinto donde se celebraba la inauguración y, sin piedad, invadiera todos los salones. Fuera, la silueta de Mazarine se recortaba fantasmal y altiva. Invencible.

En el otro extremo de la calle, y escondido tras una cortina de humo y agua, Ojos Nieblos juzgaba de lejos su escultura con admiración y rabia. Por un lado era impresionante verse a sí mismo dominando los andenes empapados con su presencia inmensa; por otro, se sentía que había defraudado a todos al quedar expuesto al público lo más sagrado que tenía: el símbolo. ¿Qué les iba a decir a todos cuando vieran el poco recato que había tenido al permitir fotografiar lo que debía mantenerse escondido?

Sin dejar de producir humaredas, se fue acercando lentamente al singular grupo escultórico al descubrir que, con el aguacero, los gendarmes habían desaparecido y la obra quedaba sin vigilancia.

Sobre el suelo las sombras líquidas se reflejaban tiritando de frío y él las iba aplastando con sus zapatos en un juego solitario. Al llegar al gran palacio de cristal, algo llamó poderosamente su atención. En medio de la calle, una mujer de abrigo nocturno y boina negra, una estatua sembrada, el único árbol sobreviviente de una selva arrasada se diluía frente a la entrada. La reconoció. Era la chica del medallón. Sin dudarlo, se dirigió hasta ella.

18

Hacía más de una semana que Mazarine no iba a La Ruche y Cádiz estaba desesperado por su ausencia. La última vez que la había visto había sido bajo la lluvia, pero cuando acabó la fiesta y la buscó en las aceras, había desaparecido; a pesar de haberla llamado varias veces y a diferentes horas, su móvil se mantenía desconectado. Aunque sabía dónde vivía, no pensaba buscarla. No quería que le notara su desespero. Sin darse cuenta, se había ido adaptando a ella; a sus silencios, a sus ojos y su piel; a su sensualidad y vitalidad. Su vida giraba a su alrededor y ahora que no la tenía, su obra estaba detenida.

Era como si aquella chica se hubiera adueñado de su espíritu creativo, dejándolo desnudo en la nada de sus inicios. Lo que trataba de hacer no le salía, y sus neuras y mal humor se habían disparado.

Los parámetros con los cuales siempre había juzgado su obra se diluían en una indefensión y dependencia creativa que acababan por confirmarle lo importante que era Mazarine en su vida. Ahora sabía cuánto sentía por ella. La echaba de menos de una manera angustiosa y se reprochaba no haberse acercado la noche de la lluvia, por lo menos para manifestarle cuánto le dolía verla tan sola. Le costaba reconocerlo: LA NECESITABA.

Además de la inseguridad del lienzo, de no saber qué rumbo tomar, ahora volvía a sentir la inseguridad de las sábanas.

Buscando sosegarse, una noche que se había acercado a su mujer con la intención de hacerle el amor, la sombra de su impotencia había planeado sobre sus cuerpos y, por más que Sara lo animó y llenó de caricias comprensivas, la inmensa frustración le había lanzado a la calle a altas horas de la madrugada.

Acabó refugiándose en un taxi, tratando de huir de él mismo, y terminó en su antigua calle que tantos años lo había acogido: la rue Saint-André-des-Arts. Allí, después de caminar un rato y merodear entre anónimos, se detuvo frente a la que fuera su madriguera.

Había llegado de Sevilla en el invierno del 65, escapando de sus padres, que lo querían convertir en pescador en su Cádiz natal, y con los pocos ahorros de Bernarda, su tía sevillana que siempre había apoyado su sueño, escondidos en un viejo calcetín.

A pesar de su juventud, lo tenía todo muy claro. Llevaba en la cabeza la obsesión de instalarse en el sitio de la movida artística parisina de aquellos tiempos: el Barrio Latino. Después de vagar durante días, de hospedaje en hospedaje, una noche conoció a un grupo de latinoamericanos, tan soñadores como él, que lo invitaron a su buhardilla-guarida y allí había acabado compartiendo habitación con una poeta uruguaya, dos escritores colombianos y un argentino que ejercía de loco haciéndose el cuerdo.

En aquella época, sus zapatos agujereados habían aguantado sin protestar la humedad callejera a punta de trozos de diario que se metía dentro; eso era lo de menos. Aún no era nadie, artísticamente hablando, pero él ya se sentía dios. Cada noche florecía en el dulce-amargo de sus veladas afónicas de cervezas y fumaradas, y si alguna vez la soledad se le hacía muy «cuesta arriba» y necesitaba cobijo femenino, la uruguaya le calentaba el lecho. Se la turnaban entre los cuatro, sin celos ni compromisos, y con el beneplácito de ella que decía amarlos a todos por igual.

En ese rincón todo valía. Desde sus soliloquios alegres, sus cantos y protestas, hasta las hambres y los miedos. Ni los fríos sin calefacción, ni los sofás rotos, ni los rugidos de tripas sin pan, ni siquiera las humedades que se colaban por el techo y le agujereaban la cabeza torturándole en las noches de lluvia lo desanimaban. Todo hacía parte de la travesía de avanzar en la vida. Eran los inicios bohemios de un proyecto de pintor.

Estaba convencido de que la suma de sus esfuerzos sería lo que le llevaría a subir cada escalón. No le importaban las cosas que a todos parecían importarles, como el dinero, la posición social, la familia, los viajes, las novias, la religión y el futuro. El lenguaje visual era su Biblia, su gran rebelión.

En ese minúsculo espacio, su grandeza interior había madurado, hasta darle un barniz de intelectual convencido.

Después llegaron las consignas callejeras.

Su revolución personal empezó a conjugarse y a unirse a la de muchos. Su grito coincidía con el grito lanzado por una nueva juventud francesa que sabía pensar y, como él, estaba hambrienta de libertades y deseos de cambiar el mundo.

Se había sumado a la revolución de mayo del 68, la gran revuelta por la vida.

Él era una minúscula pieza de esa masa de sueños que se lanzaba a la calle a espolvorear ideales en el aire, a derramarlos en las paredes y los suelos. Su pensamiento, como el de otros pintores, acababa convertido en *graffitis* garabateados a la carrera en los muros de La Sorbonne, las estatuas y los parques. Era una lucha que valía la pena.

Como muchos, creía en el arte como modificador del pensamiento; un instrumento sensible, capaz de despertar a las instituciones anquilosadas. Un grito que redefinía la cultura como algo útil a los propios interesados, los artistas.

Había que liberar de mitificaciones inadmisibles todos

los géneros artísticos. Teatro, cine, literatura, pintura y escultura no podían estar sujetos al absurdo de un sistema capitalista que sólo buscaba el rendimiento propio y excluyente. Había llegado la hora de liquidar el *laissez-faire* que había ido convirtiendo al mundo en un vertedero de despropósitos. Él hacía parte de la *contestation*, del grito que lo cuestionaba todo...

Con la *contestation* había llegado Sara.

Aquella americana hermosa de cámara valiente y boca de chicle, que supo capturarle el alma con su beso perfumado, convirtiéndose, como por arte de magia, en su musa y amante idolatrada. En su hermana y madre, la que le limaba sus angustias y protegía de sus desazones, regando con su fuerza sus flaquezas. La gran descubridora, quien lo había hecho omnipotente, un verdadero pintor de los deseos: el dios del pincel.

Le debía todo, aunque nunca se lo había dicho. Tal vez su vida habría tomado otro camino, su arte habría sido otro, de no haberla encontrado. Le contagiaba su energía vital, su fuerza y optimismo.

Toda su vida la había ido viviendo de cara a ella. Sus éxitos y resbalones, sus miedos e inquietudes, sus pequeños deslices, hasta sus *affaires* irremediables habían pasado por los ojos bondadosos de Sara.

Juntos habían asumido el veloz salto que de pronto los lanzaba de la pobreza a la opulencia. Sin aspavientos, como si fuera lo más normal del mundo. Algo a lo que ya estaban predestinados.

De sus padres había vuelto a saber muchos años después, cuando empezaba a figurar a nivel internacional y su fama se alzaba por encima de todos los artistas contemporáneos.

En una carta demoledora éstos le reprochaban que no usara su apellido, como si buscara huir de su pasado. Tuvo que explicarles que lo de abandonar su nombre no obedecía a ninguna vergüenza familiar, sino a una estrategia comercial. Había dejado de llamarse Antequera y se había bautizado a sí mismo como Cádiz, en honor a su origen y a ese inmenso sol de fuego que parecía no ponerse nunca y le seguía calentando en el recuerdo.

Una voz femenina lo despertó, devolviéndolo a la realidad.

—¿Tienes un cigarrillo?

El pintor sacó de su abrigo un paquete de Marlboro y le ofreció uno. La chica cogió tres.

—¿Puedo?

—Quédatelos —le entregó la cajetilla—. Tengo más.

La desconocida atravesó la calle enseñando lo que acababa de conseguir a un grupo de jóvenes bebidos.

—¿Qué, abuelo, te dejaron por otro? —gritó uno de ellos, mientras los demás reían.

Cádiz pensó en Mazarine. No quería quedarse cazando sombras furtivas, sintiendo el hambre del tiempo, ese deseo de ser joven que ya no tenía solución. Pero su ausencia le dolía en la piel.

Las risas se fueron alejando hasta perderse en las cenizas de la noche. Delante suyo, un letrero iluminado llamó su atención: Théâtre Chochotte. En la entrada, la silueta de un cuerpo femenino desnudo sugería un *show*. Pensó en todos los cuerpos que había ido pintando a lo largo de su vida, en el cuerpo de Sara que se desplomaba por los años, en el de Mazarine respingado de vida... en su impotencia. Entró.

Bajó las sórdidas escaleras de la cueva, que destilaba un aire decadente de cortinajes rancios, divanes trasnochados y luces muertas. Frente a ocho viejos solitarios, dos chicas se amaban con delicadeza al ritmo de una música. Sus cuerpos perfumados giraban despacio sobre una alfombra persa, se exhibían con dulce descaro, abrían las piernas, se acariciaban sin mirar al público.

Las lenguas en el pubis, los cabellos negros y rubios despeinados flotando en el aire, dedos de mujer entrando en las oscuridades húmedas, suspiros, quejidos, unos senos vivos, las botas negras y un collar como vestido… y Cádiz no sentía nada. Ni una brizna de deseo.

Mazarine… ¿qué me has hecho? ¿Por qué mis ojos sólo pueden nadar en tu cuerpo?

Abandonó el *show* cuando una de las chicas se acercó, buscando seducirlo.

Fuera, las calles helaban. Recordó la última conversación que había tenido con Mazarine mientras deslizaba su pincel sobre su vientre y le dibujaba una flecha azul que rozaba su pubis. Del tenso silencio habían pasado al mutuo disfrute de aquello que se había ido convirtiendo en un ritual: el acto de acariciar pintando y el de sentirse acariciada por los brochazos. La obra avanzaba y crecía en múltiples variaciones, como una sinfonía. Los dos vivían un estado de placer suspendido en un hilo.

—¿Sabes, Cádiz? A veces me gustaría pasarme la vida preguntando. Tal vez un día encuentre al poseedor de la verdad que yo quiero escuchar —le había dicho ella conteniendo sus suspiros.

—La verdad nunca es única. Hay muchas verdades y no suelen estar en ninguna parte. Somos nosotros mismos quienes las fabricamos… con nuestros deseos cumplidos. Cuando se cumple un deseo, hay una verdad como un templo.

—No me sirve tu respuesta. Dime, ¿por qué a unos les tocó tanto abandono y a otros tanta compañía?

—El abandono es un sentimiento, no un estado físico. ¿Te sientes abandonada?

—Sí, por ti.

—No puede abandonarse lo que no se posee.

—Pero yo me siento poseída. Cuando estoy contigo mi piel es poseída por tus ojos, tú me la robas mientras me miras.

—¿Disfrutas sintiéndote observada?

—Claro.

—Entonces eres cómplice de tu abandono.

—¿Te desculpabiliza involucrarme?... No creas que has ganado algo con lo que acabas de decir.

—No quiero ganar si perdiendo puedo mirarte.

La sonrisa ingenua de Mazarine lo había provocado.

—No dejes de sonreír —le dijo tomando dos apuntes en la tela—. Ahora, cierra los ojos.

Se había acercado a ella hasta rozar su aliento. Estaba a un centímetro de sus labios, de sus dientes, de su lengua rosa. Había estado a punto de besarla, pero se detenía a tiempo. Eso era más que un beso. La intención era más fuerte que el hecho consumado.

—¿Estás haciendo alguna prueba? —le dijo ella.

—Sólo calculo las distancias.

—Ve con cuidado. Es posible que el lienzo se acerque a ti.

—Ni te atrevas. Recuerda que soy tu maestro.

—Valiente maestro eres. Si de verdad lo fueras, me enseñarías a...

—¿Qué quieres aprender?

—¿Tú qué crees...?

Las risas de su alumna se fueron mezclando con el eco de sus pasos que retumbaban sobre las calles vacías del Barrio Latino. Su sombra se proyectaba sinuosa en la acera; al descubrirla volvió a aparecer la voz de Mazarine en su recuerdo.

—Los atardeceres pertenecen a las sombras, ¿te has dado cuenta? En las calles, los cuerpos se alargan, caen derrotados, son pisoteados, mueren de frío... Desaparecen, se los traga la oscuridad. ¿Qué es para ti la noche?

—Lo que le falta al día... —levantó la mirada y la clavó en ella—. Tu ausencia.

—¿Sientes mi ausencia como un abandono?

—No, porque tengo la certeza de que mañana volverás... ¿Volverás, verdad?

—¿Te duele no verme?

—No quisiera relacionarte nunca con el dolor. Prefiero la alegría. Cuando te veo, soy feliz.

—¿Y cuando no me ves?

—Entro en otra vida.

—¿Qué vida?

—La de verdad.

—O sea que aplicas el dualismo a tu propia vida. ¿Qué parte del dualismo soy yo?

—No quiero clasificarte. Eres dualismo en estado puro. No mi dualismo. Todos somos duales. Te veo ingenua pero también maligna, y eso me gusta.

—Maestro del dualismo, ¿qué opinas del tiempo?

—¿El tiempo?... —se quedó pensando un rato—. Es lo que nos falta a todos. En este momento, lo que me falta para llegar a ti.

Mazarine le miró provocándolo.

—Tienes toda la tarde. Acabo de llegar.

—No me refiero a ese tipo de tiempo, pequeña. Mi tiempo real te supera en casi cuarenta años.

—Olvídate de ese tiempo, estás aquí... y yo también.

—Mi pequeña Mazarine, aunque estemos aquí, no hay unión posible.

—Estás lejos porque quieres. Ven —la chica levantó sus brazos hacia él—. Acércate.

—No, ...es mejor así.

—¿Por qué?

—Un día sabrás por qué. Eres demasiado joven para entenderlo.

—Me dijiste que algún día me dejarías entrar donde guardas tus miedos.

—Pequeña, yo nunca te dije que tuviera miedos.

—¿Tú crees que no es miedo lo que te impide acercarte a mí? Todos tenemos nuestros temores. Conocí a un hombre que hasta los coleccionaba.

—De acuerdo, vamos a suponer que los tengo. Si me dejas entrar en tus secretos, te enseño mis miedos.

—Yo no tengo secretos.

—Mentirosa.

—¿Y tú? ¿Estás seguro de que no tienes miedos?

Cádiz asintió sonriendo.

—Mentiroso.

Miedo. Claro que tenía miedo. Ahora su miedo era que ella no volviera nunca más. ¿Cómo era posible que le estuviera pasando eso a su edad? ¿De qué huía, saliendo de su casa a esas horas? ¿Qué buscaba en aquellas calles?

Volvía sobre su pasado. Iba recorriendo un escenario vivido, tratando de pescar sueños en el lago de su memoria que le sirvieran para su presente. Algún deseo olvidado en el recodo de una esquina, algo que se hubiera quedado en aquellas calles, tan vividas por él y su mujer, y les resucitara... a ambos Tenía ganas de volver a desear a Sara como al comienzo de su relación, de sincronizar sus anhelos con su tiempo, de que deseo y edad convergieran, de aceptar lo inevitable: el inicio de su decadencia. Pero el recuerdo recurrente de su alumna no lo dejaba.

De pronto, llegando al cruce de una esquina, una nube de luciérnagas azules fosforecía en la oscuridad, iluminándole el camino con su luz intermitente. Parecían estrellas fugaces al alcance de la mano.

Sin darse cuenta, sus pasos lo habían llevado hasta la casa verde donde una cascada de espigas lilas se desbordaba, invadiendo de aromas la rue Saint-Julien-le-Pauvre. El impresionante matorral descendía exuberante por las paredes, cubriendo la puerta de entrada y desparramándose sobre la calle. Era un río vegetal que buscaba con urgencia saciar su sed en el Seine.

En medio de las flores de lavanda, unos ojos eléctricos surgieron del verde y le saltaron encima. Era un gato.

—Vete. No me gustas —le dijo.

El animal lo miró fijo sin moverse.

Dentro, Mazarine buscaba a su mascota en la penumbra; no podía dormir. Todavía arrastraba la fiebre de la neumonía y aunque ya había abandonado el hospital, se sentía infinitamente débil.

—Mademoiselle... —el grito le salió en un hilo.

Se fue arrastrando hasta la ventana y un ataque de tos la extenuó. Sin apenas fuerzas, logró asomarse a la calle, protegiéndose del frío con una manta.

—Mademoiselle... ¿qué haces? Gata malvada.

De nuevo la tos volvía, obligándola a refugiarse en la cama.

19

—¿Qué te pasa, niña? —le había preguntado el anticuario a Mazarine al encontrársela en la calle—. Tienes muy mala cara.

—No es nada —le contestó ella, aun sabiendo que llevaba dos noches tosiendo sin descanso y con unas fiebres que iban a más.

—¿Cómo es que vas descalza? ¿No tienes zapatos?

—No los quiero.

—No puedes ir así en pleno frío, es una locura. Tienes ojos de fiebre —le tocó la frente—. Y estás ardiendo. ¿Dónde están tus padres? ¿Saben que no te encuentras bien?

—Demasiadas pregun... —Mazarine empezó a toser hasta perder el aliento y caer.

Al viejo le había tocado llevarla de urgencia al hospital más cercano, donde decidieron ingresarla después de comprobar que padecía una bronconeumonía aguda.

Durante toda la semana, Arcadius no dejó de visitarla ni un solo día. Mazarine le recordaba a su única nieta, fallecida en un absurdo accidente hacía poco menos de un año. Debía de tener la misma edad que ella y se la veía igual de sola.

Empezó llevándole chocolates. Se sentaba en silencio al lado de su cama, tratando de adivinar sus pensamientos y sobre todo sus sentires; tratando de entender a través de ella a su nieta perdida. Para un hombre mayor y solitario, imaginar el universo de un joven después de tantos años ejerciendo de viejo, puede llegar a ser muy difícil. El haber vivido y sobre todo sufrido crea una capa de ausentismo de la cual es muy difícil desprenderse. La ilusión ni se cuestiona: ha desaparecido, y la fatalidad entra a formar parte de su realidad, convirtiéndole sin su autorización en un ser descreído, un comportamiento que es incapaz de ser apreciado por sí mismo.

En el hospital le preguntaron si era familiar. Había mentido porque sabía que de no hacerlo le habrían impedido cuidarla y él necesitaba urgentemente redimir la culpa de la muerte de su nieta. No podía volver a abandonarla.

A pesar de que Mazarine no le llegó a aclarar dónde estaban sus padres, dio por seguro que, o había perdido el contacto por aquello de las rebeldías juveniles, o andaban de viaje, o igual que le había pasado a la madre de su nieta, habían muerto. Lo que sí estaba clarísimo era que su mirada no lo engañaba. Desde el primer día que la vio aparecer por la tienda, supo que algo escondía.

Hay miradas que no saben mentir. La de la tristeza se reconoce de inmediato; detrás de ella hay un universo helado que desconcierta. Los ojos lloran sin dejar caer una sola lágrima y, aunque la boca sonría, están despegados del rostro, ajenos a la mueca formal. Ésa había sido la última mirada que había visto en su nieta la tarde que se despidieron en la tienda, como si nada, antes de lanzarse al Seine. Una mirada que sólo después había entendido, cuando ya nada podía hacerse, cuando le tocó reconocer su frágil cuerpo rescatado de las aguas del río, tres días después de su desaparición.

—¿Por qué está conmigo, *monsieur*? —le dijo Mazarine tras encontrárselo de nuevo a su lado al despertar.

—¿Hasta cuándo voy a pedirte que no me llames así? Cada vez que lo haces, me añades años. Arcadius, soy Arcadius.

—Está bien, Arcadius. ¿Por qué me cuida? Pasa mucho tiempo conmigo, está descuidando su *boutique*.

—Ya te dije que vivo en un cementerio de cosas muertas. Dudo que me echen de menos. Si algo bueno tienen los muertos es que dejan de sentir... de sufrir.

—¿Usted cree? Hay muertos que siguen muy vivos después de fallecer. Unos dejan en herencia sus propias incertidumbres; otros, sus misterios, lo que callaron cuando tenían voz.

—¿Eres huérfana? —el viejo volvió a insistir.

Mazarine esquivó la respuesta.

—Tengo una gata que ya debe de haber muerto de hambre.

—No te preocupes, me la he quedado yo. La tengo en mi tienda.

—¿Cómo es posible?

—Ayer se asomó por aquí. —Señaló la desangelada ventana de la habitación—. Era un maullido peludo que no dejaba de llorar; supuse que era algo tuyo.

De pronto Mazarine palpó su pecho con desespero. No estaba, el medallón había desaparecido.

El anticuario supo lo que buscaba y sonrió.

—No te preocupes. Lo tengo yo. Te lo sacaron para hacerte las placas de tórax. ¿Tienes idea de lo que llevas colgado en tu cuello, jovencita?

—Démelo, por favor.

—Te lo daré si me contestas de dónde lo has sacado.

—No tiene derecho a confiscarlo.

—Querida niña, por algo como esto —enseñó el medallón y volvió a guardarlo—, mucha gente ha matado. Es mejor que me lo quede hasta que salgas de aquí.

—Por favor... —suplicó Mazarine.

—Volverán a hacerte más radiografías, o te quedarás dormida. Te lo quitarán y después no sabrás qué se ha hecho. Estará más seguro conmigo. ¿Confías en mí?

—Yo no sé qué es eso. Confiar es una palabra que nadie me enseñó. —La chica extendió su mano—. Entrégueme mi medalla.

El anciano no pareció escuchar lo que le pedía.

—Hace muchos, muchos años, en el siglo XII, un pueblo entero desapareció por culpa de ese símbolo y lo que representaba. ¿Quieres saber más?

Mazarine se sorprendió por lo que acababa de escuchar. Aquella nebulosa que rodeaba el cuerpo de Sienna y que durante tantos siglos había permanecido encerrada en el oscurantismo de aquel cofre, posiblemente empezaría a desvanecerse. Por fin sus interrogantes se abrirían. Asintió con avidez.

—Eran espléndidos. Profesaban el amor de forma sublime. Crearon su propio credo, un mundo artístico amoroso que iba más allá de todos los convencionalismos. Era amor en estado puro. Su modernidad y refinamiento fue condenado, simple y llanamente, porque iba contra lo establecido y no comulgaba con los preceptos dictados por la Iglesia romana.

—¿Qué tipo de amor era ése?

—Para ellos, la palabra pecado no existía. Aunque sí la visión dualista del universo.

—¿O sea que... todo estaba permitido?

—No, no es tan sencillo de resumir. Era una gran ideología, donde todas las expresiones del arte se fusionaban con el amor. Un amor libre de tabúes y miedos, algo que en aquel entonces era impensable. Pero tenían su propio credo. Antes de ir más allá, déjame decirte que lucharon contra todo, incluso dieron la vida por salvar su doctrina. Si aquello hubiese continuado, hoy seguramente el amor sería otra cosa. Muchas mujeres murieron en la hoguera acusadas de brujas, otras acabaron siendo apedreadas...

—¿Apedreadas? —Mazarine pensó en las marcas dibujadas en el rostro de Sienna. Aquellas heridas podían haber sido producidas por las piedras.

El anticuario continuó.

—Sí, y violadas por caballeros de dudosa moral, que las querían como trofeo de caza.

—Pero, ¿qué hacían para mere… —Un acceso de tos impidió a Mazarine acabar la frase. Su cara se fue amoratando y la tos no la dejaba respirar. El anciano tocó el timbre, mientras acercaba un vaso de agua a sus labios.

—Toma, bebe.

La chica continuaba tosiendo y un hilo de sangre empezó a brotar de su nariz.

Una enfermera entró, y al ver al viejo lo riñó.

—No debería hacerla hablar. Está muy delicada. ¿Qué tipo de cuidados son ésos? Haga el favor de marcharse.

Mazarine agarró la mano del anticuario. Al ver este gesto, la asistente decidió darle una oportunidad.

—Está bien —dijo, mientras limpiaba el rostro de la enferma—. Le permitiré que se quede un rato más, con la condición de que la deje dormir. En estos momentos es lo que más le conviene.

Después de un rato, el espasmo cedió. Mazarine quedaba exhausta y muda. Con los ojos llorosos y la mano extendida volvió a pedirle el medallón al anciano.

—Mira que eres tozuda. —Arcadius metió la mano en el bolsillo de su americana, lo sacó y se lo entregó—. Es tu responsabilidad.

En la planta tercera del hospital Val de Grâce, un hombre de mirada esquiniada y pipa apagada en su boca rota se paseaba inquieto, esperando el momento en que el anciano marchara de la habitación.

20

Desde aquella noche en que la vio descalza en medio de la lluvia, Ojos Nieblos no había parado de especular.

Una de las características de pertenecer a la Orden de los Arts Amantis era que las mujeres nunca se cubrían los pies. A pesar de que esa práctica había ido desapareciendo, tal vez en algún sitio escondido estaba resucitando. Si además la chica llevaba el medallón, no era tan descabellado imaginar que posiblemente conocía el paradero del cuerpo de La Santa, ya que el símbolo sólo podía haber sido robado de su cuello.

Los antiguos escritos occitanos que lograron salvarse de la destrucción masiva a la que fueron sometidos lo citaban claramente: *...y siendo bien entrada la noche, un grupo de creyentes adentráronse en el bosque por aquellas quebradas ariscas, iluminados sólo por el deseo de dar con el rincón donde los verdugos escondían el lacerado cuerpo de La Santa. Aprovechando el cansancio de los asesinos que dormían aún sus iras satisfechas de muerte, los afligidos rescatáronla de la humillación final. Su piel de sonrosada finura conservábase aún con la tibieza de la vida. Invadidos de una inmensa aflicción, recogieron en un cáliz su sangre derramada y envolvieron su cuerpo lastimoso en un lienzo inmaculado. Después la portaron hasta una recóndita cueva escondida entre la maleza, donde las ancianas venerables la aguardaban. Allí, a la luz de las antorchas y con la ayuda del agua extraída del pozo bendito, las muy virtuosas limpiáronle una a una las infinitas heridas* *provocadas por la horrenda y cruel lapidación. Ungieron su delicada piel con ungüentos y aceites perfumados, y bendijeron sus pies, marcándolos con la señal de la cruz. Una vez su cuerpo hubo adquirido un aura dorada y resplandeciente, lo cubrieron con una dalmática de brocados nacarados enriquecida de oro y púrpura como merecía su rango, y trenzáronle su larga cabellera de doncella con una profusión de ramas de espliego. Sobre su delicada frente ciñeron una corona de flores silvestres azuladas y, antes de finalizar la ceremonia, colocaron sobre su pecho el símbolo de los Arts Amantis, un medallón de plata martillada con las iniciales consagradas del bienaventurado dogma. Rodeáronle más luego de luz y lágrimas, danzas de pies descalzos y cantos de versos virginales, de poetas que alabaron y acompañaron hasta el amanecer a quien tanto habían amado…*

De ser todo cierto, cabría la posibilidad de que la joven de la lluvia estuviese relacionada con la Orden y tal vez perteneciera a una de sus vertientes secretas. Sin embargo, algo no coincidía: nadie que se preciara de amar aquel credo era capaz de ir por ahí sin proteger el sagrado medallón, la gran reliquia de lo que había sido y podría volver a ser. ¿Cómo era posible que lo hiciera tan descaradamente, cuando uno de los requisitos era la total discreción?

La noche que se infiltró en casa de la chica pudo quitarle el medallón mientras dormía, pero eso no hubiera sido correcto. La instrucción que tenía era la de observar sus movimientos, sin hacer ningún tipo de intervención, y así lo hizo. No sólo se había extasiado ante su delicada imagen de virgen dormida, sino que había comprobado el intenso magnetismo del aura de su cuerpo, acostándose a un palmo de ella en silencio. Así permaneció observándola hasta el amanecer, y cuando partió de la casa verde se sintió renovado. Era como si aquella chica le hubiese traspasado su frescura. Con su sola presencia, su cuerpo manifestaba un gran poder; se sentía más hombre.

Días después, había intentado volverlo a hacer, pero la puerta no había cedido. Un triple cerrojo le impedía violentar la cerradura.

Por eso, cuando la encontró sola y mojada en medio de la calle, sospechó que reuniéndoles el destino quería decirle algo más. Eran demasiadas coincidencias sin explicación. Quiso comprobar si era de los suyos acercándose de nuevo, pero lo hizo de forma equivocada. Al tenerla delante le lanzó a bocajarro el santo y seña de la Orden, *Mon énergie, c'est l'amour*, esperando como respuesta la contraseña secreta *Je l'accepte. Je te le donne.* Al oírlo, ella huyó despavorida, saltando entre los coches que circulaban a esas horas por Les Champs Élysées, que a punto estuvieron de atropellarla. A pesar del rechazo, corrió tras ella tratando de gritarle que no se preocupara, que no quería hacerle daño, pero la chica del medallón era una gacela asustada y en la loca carrera se le había escabullido. No quiso darse por vencido y tomó un taxi, buscando llegar antes que ella a la rue Galande. Cuando el coche se detuvo frente a la fachada verde, descubrió que en la habitación de la chica acababa de encenderse una luz. Incomprensiblemente, Mazarine había llegado antes que él.

Después de los hechos vividos esa madrugada, se abrían como mínimo dos posibilidades: la primera, que se hubiera asustado y estuviera involucrada en un hipotético robo del cuerpo de La Santa y, la segunda, y tal vez más factible, que perteneciera a la Orden y el encuentro la hubiera cogido por sorpresa. En cualquiera de los casos, la chica sabía que él buscaba algo, pues quedaba claro que lo había reconocido. Más que nunca necesitaba aproximarse y salir de dudas. Fuera como fuera, aun desobedeciendo, iba a descubrir lo que escondía.

A la mañana siguiente, aunque la orden recibida de su superior no era exactamente ésa, decidió vigilarla y actuar por su cuenta.

Mientras observaba la casa verde y esperaba que hiciera su aparición por la puerta, la descubrió en la acera, otra vez descalza, hablando con un anciano que, a juzgar por los gestos, parecía recriminarla. Sin tener tiempo de asimilarlo, fue testigo de su desvanecimiento. Así se enteró de su enfermedad y de su ingreso en el hospital Val de Grâce.

Lo demás había sido fácil; siguiendo al viejo, supo el número de la habitación.

A pesar de ir cada día, hasta ese momento había sido muy complicado acercarse a ella. El personal sanitario no paraba de entrar y salir con inyecciones, máscaras, nebulizadores y terapias respiratorias. Siempre había alguien acompañándola, y lo que él deseaba era quedarse a solas en total intimidad. Llevaba cinco días de guardias perdidas y el personal comenzaba a fijarse demasiado en él.

Ahora, finalmente parecía que podría entrar. El viejo se había despedido y la enfermera de la noche le había inyectado el somnífero. La imaginó dormida en la penumbra y se excitó. Entró de puntillas en la habitación y sin perder tiempo se fue directo a la cama. Allí estaba, pura y angelical, soñando. Levantó las sábanas y se tendió a su lado. Volvía a sentir esa fuerza femenina de la que tanto había leído y nunca, salvo aquella noche de sueño robado, había podido comprobar. A pesar de la enfermedad, su energía virginal había crecido. Se quedó mirándola, llenándose de su fuerza hasta debilitarla. A través del camisón se transparentaban sus delicados senos; en medio, el medallón brillaba.

Media hora más tarde, el hombre de la mirada desteñida abandonaba el hospital con una mueca de satisfacción en su labio leporino y las manos en el interior de su abrigo. Sus dedos acariciaban el tacto rugoso y metálico de una medalla. La apretó fuerte en su puño cerrado mientras sonreía.

21

—¡Mi medallón! —gritó Mazarine al despertarse y darse cuenta de que no lo llevaba—. Devuélvamelo.

Arcadius le acarició los cabellos.

—Ay, jovencita, esta vez tengo que decirte que no lo tengo. Te lo di ayer, ¿recuerdas?

—No es verdad, dígame que no es verdad. Usted lo tiene.

—No te preocupes, llamaremos a la enfermera, tal vez ella sepa algo.

Arcadius tocó el timbre y una asistente de bata blanca entró.

—La chica quiere saber si, por alguna razón, ustedes retiraron el medallón que colgaba de su cuello.

—No puedo contestarle, acabo de entrar. Preguntaré al turno de la noche, aunque dudo de que lo hayan hecho. ¿Cómo era?

Mazarine rompió a llorar.

—No llores. —El viejo tomó las manos de la joven entre las suyas—. Aparecerá, es muy probable que lo tengan. ¿Estás segura de que lo llevabas puesto?

—Segurísima. Antes de quedarme dormida lo escondí en mi pecho.

La enfermera salió y minutos más tarde volvió a aparecer, pidiendo al anciano que la acompañara.

—Es posible que haya sido víctima de un robo —le dijo en voz baja—. No es frecuente, pero alguna vez ha sucedido.

Por eso, antes de ser ingresados, pedimos a los enfermos que no guarden objetos de valor en las habitaciones. —La enfermera miró al viejo con gesto de impotencia—. Lo siento.

—¿Lo tiene? —preguntó ansiosa Mazarine.

No hizo falta que le contestara; la mirada cabizbaja del anticuario respondió. Se sentó junto a ella murmurando.

—Te lo advertí, jovencita. Mira que te lo advertí.

22

Era auténtico.

Antes de comunicarse con los miembros de la Orden, Ojos Nieblos se reunió en secreto con un joyero especialista en arte medieval, quien tras analizar detenidamente la pieza concluyó, sin lugar a dudas, que el medallón era auténtico. En aquella época, los poderes atribuidos a la plata convertían a los objetos realizados en ese metal en amuletos que preservaban de los demonios, la peste, la muerte en combate y, lo más importante en este caso, aseguraba a quienes los portaban el amor eterno del ser amado. Si a todo esto se añadía su valor como pieza única, reliquia sagrada e histórica, el símbolo podría adquirir en el mercado negro un precio desorbitado.

Tras escuchar la noticia, Ojos Nieblos se encontraba en una verdadera encrucijada. Acababa de sentir el aguijón de la ambición, algo con lo que no contaba. La gran medalla de la Orden de los Arts Amantis estaba en su poder y todos los dones atribuidos a ella podrían enriquecerlo. ¿Y si la vendía al mejor postor? Sus manos temblaron con sólo pensarlo. Se imaginó rodeado de lujos, ordenando, pidiendo y recibiendo. No tenía por qué decirlo; si falsificaba la pieza y la devolvía a la chica, nunca nadie se enteraría de la verdad, ni siquiera ella.

—Es importante comunicarlo inmediatamente a la Orden. Lo hará, ¿verdad? —le dijo el orfebre.

Ojos Nieblos aterrizó al escucharlo. Lo que había soñado, se iba.

—¿Cómo sabe usted de…?

—¿De la Orden? Somos muchos… buscando lo mismo. ¿Dónde está el cuerpo?

—Aún no lo sé.

—Debemos unirnos.

—¿Cuántos sois? —sin esperar la contestación, Ojos Nieblos continuó preguntando—. ¿En vuestro grupo hay alguna mujer?

—Se extinguieron, no quedó ninguna. ¿Y en el vuestro?

—Tampoco.

—Sin mujeres, los Arts Amantis acabaremos por desaparecer.

—Bueno, hay una joven… la que llevaba el medallón.

—¿Pertenece a la Hermandad?

—No he podido comprobarlo. Hablaré con mi superior, tendremos que reunirnos cuanto antes.

—TODOS —añadió el orfebre.

—Todos.

Antes de marchar, Ojos Nieblos levantó la mano.

—*Mon énergie, c'est l'amour.*

El joyero extendió la suya.

—*Je l'accepte. Je te le donne.*

23

Volvía a tenerlo. No sabía cómo, pero esa mañana el medallón inexplicablemente había regresado a su cuello. Ahora más que nunca Mazarine deseaba saber qué secreto se escondía tras él.

Lentamente su salud se restablecía y ese día le daban de alta. Arcadius entró con un ramo de lavanda en su mano y se lo entregó.

—Lo he cogido de tu casa, ¿sabes? El espliego sigue invadiendo las aceras con su espléndido aroma. El párroco de Saint-Julien-le-Pauvre dice que pronto no habrá quién entre a su iglesia y, por tu culpa, se quedará sin feligreses.

La chica lo llevó a su nariz y lo aspiró.

—Adivine quién ha regresado…

El viejo levantó las cejas asombrado, mientras ella se incorporaba y dejaba al descubierto el medallón.

—¿Cómo es posible?

—Yo tampoco lo entiendo. Las enfermeras dicen que ellas no fueron.

—Déjame ver. —Arcadius lo examinó por encima—. ¿No lo habrás escondido tú, verdad?

—¡Cómo puede pensar eso!

—Entonces, no entiendo nada. No tiene sentido que quien lo robó, lo devuelva. Sobre todo teniendo en cuenta que sería una pieza por la que pagarían una fortuna. Necesito que me digas de dónde lo has sacado. Tal vez esto nos ayude a comprender.

Mazarine observaba el medallón en su mano. No podía revelarlo. La Santa era su familia, lo único que tenía.

—Era de... —se quedó pensando— ... de mi abuela. Sí, de mi abuela.

—¿Y quién era tu abuela?

—No la conocí; me lo dejó en herencia.

—En herencia... —repitió el anciano—. ¿De dónde era tu abuela?

—No lo sé, Arcadius.

—Pues es muy sencillo: pregúntaselo a tus padres. ¿Puedo hablar con ellos?

—Nunca están, viajan mucho.

—Mazarine, me ocultas algo. Mira, jovencita, yo puedo entender muchas cosas, incluso que seas huérfana y no tengas a nadie. Eso no es un pecado, es... mala suerte. Muchos vivimos solos y eso no nos convierte en apestados. ¿Lo eres? ¿Eres huérfana?

—No, no lo soy. Y no quiero que me vuelva a preguntar más sobre este tema.

—Tienes muy mala relación con ellos, ¿verdad?

—Digamos que... —la chica decidió seguir con el engaño— no hay comunicación.

—Como la mayoría de los jóvenes. Te sientes incomprendida, ¿no es así?

La chica asintió, incómoda por tener que mentir a quien tan bien se había portado y tan buena persona parecía, pero no le quedaba otro remedio.

—Todo esto te lo preguntaba —siguió diciendo el anticuario—, sólo para tratar de desentrañar el misterio que encierra tu medallón.

—Arcadius, usted me dijo que era el símbolo de una secta. ¿Qué tipo de secta?

—Una secta herética medieval.

—¿Qué quiere decir herética?

—Que cuestionaban la Iglesia establecida, por esta razón se les consideraba ateos. Se hacían llamar los Arts Amantis, pero el verdadero origen de su doctrina se remonta al siglo x, a los bogomilos.

—¿Bogomilos? ¿Qué es eso? —interrumpió Mazarine.

—Un movimiento que nació en Bulgaria. Fueron considerados herejes por la Iglesia, porque negaban la Santísima Trinidad, la divinidad de Cristo y la realidad de su forma humana. Al ser duramente perseguidos, se fueron extendiendo por la Europa occidental hasta calar en Francia, donde pudieron desarrollar ampliamente su doctrina dualista.

Al escuchar la palabra dualismo, Mazarine pensó en Cádiz y en su Dualismo Impúdico.

—Mazarine... ¿me estás escuchando?

—Sí, perdone. Es que todo esto es nuevo para mí. Me hablaba de la doctrina dualista.

—Exacto. Dualista, porque creían en dos grandes poderes creativos: uno, el responsable de crear todo lo bueno, y otro, el responsable de crear el mal. Era una religión antagónica al catolicismo, que quizás habría llegado a sustituirlo de no haber sido aniquilada tan brutal y salvajemente.

En el sur de Francia fueron los cátaros quienes se encargaron de difundirla con total fidelidad. Consideraban a la Iglesia como una institución corrupta; en general menospreciaban sus sacramentos, rituales y jerarquía, sus monjes y monjas disolutas. Para ellos lo importante era retomar las enseñanzas puras de Cristo: pobreza voluntaria, castidad estricta, amor fraternal y vida asceta. Esto hizo que algunos vivieran de forma inmoral, aduciendo que el único infierno era el encarcelamiento del alma dentro del cuerpo, y que otros buscaran una salida que no fuera ni la prohibición absoluta, ni la inmoralidad.

—¿Y qué tienen que ver los Arts Amantis con todo aquello?

—Pues mucho, digamos que fueron los disidentes de los cátaros. En su gran mayoría eran jóvenes artistas, poseedores de una gran emotividad y espiritualidad, que estaban de acuerdo con muchos de sus dogmas pero discrepaban en uno: el mal que provenía del deseo carnal no tenía por qué condenar al ser humano. Desear un cuerpo no era malo; no era negándose al placer donde se hallaba la redención; no era en la prohibición donde estaba el alcanzar la pureza. Se podía ser puro concibiendo el cuerpo como templo sagrado, como energía dadora y receptora de vida.

—¿O sea que creían en el amor libre?

—No como lo entendemos ahora. Para ellos, la experiencia física de dos cuerpos debía trascender al campo espiritual y estaba marcada por el culto y la fascinación de lo femenino. Era siguiendo estas prácticas como se sacralizaba la vida. El hombre elegía a una mujer, «su mujer espiritual», y se consagraba por entero a ella. La posibilidad de poseerla físicamente se excluía desde el principio, aunque era posible la contemplación de su cuerpo e incluso las caricias; a cambio de esta inaccesibilidad voluntaria, esa gran tensión interior despertada se manifestaba en un florecimiento fastuoso de todas las artes de la época.

—En realidad, el artista estaba eligiendo una musa, ¿verdad, Arcadius?

—Algo así. En esa transmutación del deseo en pieza artística, la mujer era divinizada. Si a todo ello se sumaba que dicha mujer fuera una doncella, la fuerza y la vitalidad se engrandecían.

Mazarine lo observaba sin entender nada. Bogomilos, herejes, cátaros, doncellas... La historia nunca había sido su fuerte y lo que decía el anticuario le sonaba lejano e incomprensible.

—No acabas de entenderlo, ¿verdad? Digamos que los Arts Amantis... —pensó un momento— eran como unos «*hippies* contemplativos», aunque esa definición no acaba de gustarme. Todavía me falta por explicarte mucho más; la exquisitez de su arte, por ejemplo. Te enseñaré un libro antiguo que narra muy escuetamente sus orígenes y su estilo de vida, pero tendrás que imaginar mucho, pues de las hogueras se salvó muy poco. Yo he ido haciendo una reconstrucción basándome en conjeturas y leyendas. Ya lo irás viendo. Lo comprenderás todo, lentamente. Viajarás en el tiempo, como yo lo hice mientras lo leía, hasta situarte en aquella época. —Se levantó de pronto—. Anda, arréglate. He venido para acompañarte a casa, ¿no te acuerdas?

—¿Me promete que seguiremos con la charla?

—Cuando te pongas bien, me invitas a un café y...

La chica no lo dejó acabar; daba por hecho que a partir de ahora se reunirían con frecuencia.

—Y... ¿Mademoiselle? Soy una mala madre, hace días que no pregunto por ella. Mi pobre gata.

—De pobre, nada, jovencita; ha sido feliz destrozando las cortinas de mi tienda.

El médico, acompañado de su asistente, les interrumpió. Traía el alta con las últimas recomendaciones escritas que entregó a Arcadius. Después, se dirigió a Mazarine.

—Si quiere recuperarse pronto, le aconsejo que no salga de su casa en dos semanas. Y otra cosa: quiero advertirle, por si nadie se lo ha dicho —miró al viejo—, que ir descalza por la calle con estas temperaturas es una auténtica locura, señorita. Haga lo que quiera, pero yo de usted no me arriesgaría. Nunca había visto moda más descabellada.

Se despidió y la enfermera se quedó explicando los trámites a seguir antes de abandonar la clínica. Cuando finalmente quedaron solos, Arcadius sacó de una bolsa unas zapatillas de deporte y se las entregó a la chica.

—Eran de mi nieta. No te importa, ¿verdad?

Mazarine se las probó. Le quedaban un poco grandes, pero terminó calzándoselas con desgana; ahora sus pies no resistían estar cubiertos por nada, salvo por la pintura con la que Cádiz los vestía.

Pensó en él. Lo echaba tanto de menos y estaba tan enfadada con su comportamiento de la última noche que no sabía qué era más grande, si su rabia o la falta que le hacía.

24

¿Le había parecido oír la voz de Mazarine? ¿O era su imaginación la que le jugaba una mala pasada? Cádiz estaba casi seguro de que la chica que llamaba a la gata era ella. Levantó los ojos en dirección a la ventana buscándola, pero ya no estaba.

Al escuchar el grito de su dueña, el pequeño felino que antes se había lanzado sobre él en plena calle trepó por los matorrales de lavanda, hasta escabullirse por la ventana abierta de la misteriosa casa.

Cádiz decidió llamarla.

—Mazariiiiine...

Silencio, sólo un ladrido lejano. De nuevo insistió, esta vez gritando.

—MAZARIIIIINE...

El nombre retumbó en la soledad helada de la noche, fue y volvió por la rue Galande buscando respuesta. Un vecino se asomó y lo silenció con un contundente ¡SSSSSTTTTTTT!

En el interior de la casa verde, Mazarine acababa de escuchar la inconfundible voz de Cádiz llamándola y se preguntaba cómo había llegado a enterarse de que vivía allí. De pronto, su enfermedad desaparecía confundida en la alegría de saberlo cerca.

Fuera, las campanas de Notre Dame alzaban el vuelo anunciando una mañana adelantada, enfrentándose a un cielo cerrado, aburrido y pesimista. En su interior, otras campanas empezaban a sonar. Su profesor estaba fuera y ella se moría por verlo. Se asomó a la ventana y, cuando estaba a punto de contestarle, la tos volvió.

—Mazarine… ¿eres tú?

El espasmo persistía, impidiéndole hablar.

—Dios, ¡estás enferma! ¿Hay alguien contigo?

Durante un rato no fue posible que Mazarine contestara a sus preguntas. Cuando Cádiz vio que empezaba a calmarse, volvió a hablar.

—¿Estás sola?

La chica asintió.

—¿Puedo entrar?

Mazarine dudó un momento, pero al final le lanzó las llaves y Cádiz se abrió paso entre la maraña perfumada, hasta alcanzar la puerta. Cuando sintió que su profesor accedía al recibidor, lo llamó.

—Sube.

Cádiz dio una rápida ojeada. Una penumbra áspera y cenicienta cubría el lugar con un manto de abandono. El gran salón estaba frío y, en la oscuridad, sus muebles y cortinajes de brocados anacrónicos le daban un aire de otro siglo. Del techo colgaba una inmensa araña de cristal revestida por una gruesa capa de olvido. Paseó sus ojos por las estanterías dormidas, rebosantes de libros y antiguas porcelanas, buscando algún vestigio de vida familiar. Nada. Todo olía a encierro y a soledad opresiva.

En el rellano de la escalera, como una hermosa visión fantasmal, lo esperaba Mazarine, descalza, con su camisón blanco y su tos persistente.

—Lo siento —le dijo él mientras subía—. ¿Por qué no me avisaste que te encontrabas mal?

El frágil cuerpo de su alumna seguía estremeciéndose con los espasmos. A pesar de ello, estaba hermosa. Sus cabellos desordenados y ese abandono infantil la cubrían de un aura de irrealidad cristalina. La abrazó, olía a sábanas tibias; el contacto con su cuerpo diminuto, perdido en la desnudez ligera del algodón de su pijama, le produjo un sentimiento ambiguo, paternal y a la vez erótico. Lo primero le molestaba. Luchó por espantarlo. De ninguna manera quería sentirla como una hija. Prefería seguir deseándola. La experiencia de percibirla abandonada en la penumbra, en aquel sitio tan lúgubre, no sabía por qué lo excitaba tanto.

—Te echo de menos, pequeña mía.

A pesar de encontrarse débil y de que el abrazo de su profesor era tan placentero, Mazarine no quiso rendirse a su verbo. Estaba dolida por haber sido ignorada la noche de la lluvia.

—¿Cómo supiste que vivía aquí?

—Éste también es mi barrio.

—¿Vives por aquí?

—Ya no. Viví hace muchos años, en Saint-André-des-Arts, pero aún sigue siendo mi lugar preferido. Hoy volví para buscarme.

—¿Para buscarte?

—Sí. En el fondo, cuando te has perdido dentro de ti no tienes más remedio que buscarte fuera. ¿Y sabes a dónde vas a parar? Paradójicamente, a los sitios donde vivías cuando creías que no eras nadie.

—Y hoy, ¿te habías perdido?

—Cuanto mayor eres, más perdido puedes llegar a estar. A veces, la madurez no es garantía de sabiduría, pequeña.

—¿Qué te hace sentir perdido? —le preguntó Mazarine atrapando entre sus dedos las toscas manos del pintor.

Cádiz no respondió. Eran tantas las cosas que lo hacían sentirse así, que prefirió callar la respuesta y acompañarla hasta su habitación.

—Estás enferma, tienes que descansar. Me quedaré hasta que te duermas.

—Pues entonces, no me dormiré.

—¡Qué bella eres! Claro que te dormirás. Recuerda que aquí yo soy el mayor y me debes obediencia.

Mazarine sonrió, había olvidado el enfado. Se metió en la cama, dejando a su lado un espacio vacío.

—Ven, acuéstate conmigo.

Cádiz se sacó el abrigo y acercó una silla al lecho.

—Ni hablar. Déjame que te mire mientras duermes.

—Ven —los brazos extendidos de Mazarine insistieron.

Cedió. Se sentía muy cansado.Terminó sacándose los zapatos y acostándose en silencio junto a ella. El calor del cuerpo afiebrado de su alumna fue derritiendo su frío callejero, y con él, su cansancio de vida. La ternura que le provocaba Mazarine era inmensa; el deseo, infinito. Empezó a recorrer con su dedo los suaves perfiles de su rostro; ella era todos los colores primarios; pureza sin mezclas ni trementinas. Provocación y paz. Su mirada de amanecer se entregaba luminosa a sus caricias. A su paso, su rostro cogía la expresión de un jazmín abierto, o se cerraba como una flor dormida. Sus mejillas encendidas tenían el tono de la vida. La deseaba y era en esa pasión sin consumir donde más vida hallaba, aunque también lo hacía sufrir.

Quería hundirse en ese cuerpo joven y que su frescura lo redimiera hasta hacerle sentir que todavía podía, que lo que parecía muerto sólo estaba dormido, pero algo se lo impedía. Estaba convencido de que, una vez consumidos sus ardores, todo se derrumbaría. Su carrera y su vida.

Nunca le había pasado con ninguna mujer.

En sus años más locos, deseo y saciedad iban unidos. Si le gustaba una modelo, la pintaba, se excitaba, le hacía el amor y la desechaba. Capricho y logro, hambre y comida, sed y agua eran todos un mismo juego. Lo que anhelaba lo obtenía siempre.

De pronto, mientras acariciaba los labios de Mazarine, su mirada se desvió a la pared. Allí estaba él, destilando seguridad y fuerza, con los ojos desbordados de futuro y osadía.

Una sencilla página de otro tiempo, arrancada de un libro y pegada al descuido, adornaba las ilusiones de una joven que empezaba a vivir.

Ese otro Cádiz de papel, fresco y vital, lo observaba confiado entre el humo de un cigarrillo ya quemado.

¿Dónde había ido a parar aquel Cádiz tan lleno de ideales por cumplir? ¿No había sido la vejez quien había terminado arrebatándoselos?

La certeza de que lo soñado acababa siendo sólo una realidad a medias desmitificaba la magia y la belleza del soñar.

¿Y no eran los sueños, aquellos deseos que le habían hecho levantar cada mañana?

Tanto saber, tanto haber constatado sus límites extralimitándose le proyectaban ahora a buscar, en otra piel más joven, lo que había ido gastando a manos rotas creyendo que nunca se agotaría.

Ahora se asía con desespero a lo que le quedaba y no era suyo. Vivía en un permanente insomnio. En una vigilia tediosa que no lo llevaba a nada. Que incluso le hacía pensar que, de no ser porque aún su piel no se pudría, seguía vivo.

Había ido hasta aquel barrio para encontrarse y, de repente, se había dado cuenta de que allí él ya no estaba. Se había convertido en un fantasma que vivía a través de un deseo, un deseo provocado por Mazarine.

Estaba vivo por ella.

25

Esta vez, Sara Miller sabía que esa huida repentina obedecía a otra cosa.

A pesar de estar acostumbrada a que Cádiz a veces se ausentara a mitad de la noche y corriera a su estudio a pintar, arrastrado por alguna imperiosa necesidad, los comportamientos de su marido en los últimos días la alertaban de que algo raro le estaba sucediendo.

Desde la noche de la inauguración en el Grand Palais, Cádiz no parecía hallarse en ninguna parte. Era como si hubiera perdido el sentido de su vida. Su carácter de triunfador innato ya no concordaba con sus últimos comportamientos de marcadas inseguridades. Bebía más que nunca y estaba más hermético que siempre. En su rostro se dibujaba una ansiedad azarosa que lo llevaba compulsivamente a salir y entrar, a ir y venir, como esperando algo que no se producía. Era como si su vida se hubiese fracturado y nada de lo que hacía tuviera sentido.

Abandonaba el diario sin leer, exigía, pedía y cuando le traían se comportaba con los sirvientes de manera despótica. Si Sara le preguntaba algo, no respondía. Evitaba la compañía de su mujer, sobre todo en las noches, procurando meterse en la cama tarde, cuando estaba seguro de que ya dormía.

Y Sara ya no podía más.

¿Quién, a lo largo de su existencia, no tenía secretos sin

confesar? ¿Vacíos y frustraciones paladeados a escondidas? ¿Alguien había osado preguntarle a ella, a la exitosísima Sara Miller, en el atardecer de su existencia, qué opinaba del matrimonio, del futuro, de su sentir más profundo, de lo que llevaba vivido y bailado?

Tantos años pasando la vida, percibiendo a través de la cámara los dolores ajenos. Haciendo como si todo tuviera un sentido, o dos, o tres. Metiéndose a hacer arqueología del alma en los ojos de los fotografiados, ausentes con cara de pasar por la vida sin pena y con gloria. La gran mentira. Muchos de ellos, con sus existencias disonantes y sus deseos aparcados.

Tantos años buscando desenmascarar unas realidades universales ocultas, que sólo la madurez enseña sin piedad. Que la vida es un ir y venir de la nada a la nada. Que somos unos pobres hámsteres enjaulados, haciendo girar una rueda que no nos lleva a ninguna parte y, a cambio, nos agota hasta hacernos creer que hemos recorrido muchos kilómetros de vida y que nuestro esfuerzo ha valido la pena y merecemos dormir, porque mañana será otro día. Más ilusiones, nuevas metas o retos que nos vuelven a hacer girar la rueda, para andar, andar y andar, sin dar ni un solo paso que nos conduzca a algún paraíso perdido donde todo cobre un sentido.

Sí. Estaba aburrida, y vacía, y sin ánimos, y se sentía sola, inmensamente sola y con el alma cansada.

Si su marido sufría por su impotencia repentina, ella arrastraba a cuestas una frigidez paulatina que, sin percibirlo, había ido entrando en su vida. Los fingimientos estaban servidos, encadenados uno a uno, noche a noche. Sequedad sensorial, sequedad vaginal, sequedad espiritual. ¿Desde cuándo?

No era la menopausia; ésa ya le había pasado por encima, arrebatándole hormonas, regalándole sofocos, palpitaciones y sudoraciones. Esto que estaba sintiendo o sufriendo era otra cosa.

Si su marido se encontraba en el ocaso de la ópera que representaba, ella ya había interpretado el penúltimo canto del cisne.

¿Por qué, existiendo tanto amor, tanta confianza, no habían sido capaces de asumir el conjunto de sus soledades y sus miserias?

¿Por qué nunca hablaban sobre la sombra que planeaba sobre ellos, esa vejez que les acechaba día y noche?

Sus respectivas arrugas interiores empezaban a dolerles. A cada uno de forma distinta. Eran dobleces que se iban haciendo lentamente, mientras reían y se lo pasaban en grande. Grietas que escondían dentro mugre, suciedades que nunca se limpiaron y que nadie, salvo ellos mismos, podían quitar, si es que aún estaban a tiempo.

Empezaba a levantarse el alba. A través de la ventana, la silueta de un París helado, escupiendo desde las alturas bocanadas de bostezos fatigados, enturbiaba aún más el paisaje meditabundo de Sara.

Cádiz no había regresado.

—*Madame*... ¿se encuentra bien? —La voz de la asistenta interrumpió sus reflexiones—. ¿Le apetece un café?

—Ay, mi querida Juliette, lo que quisiera en este instante no está en una cafetera.

Juliette llevaba trabajando para ellos toda la vida. Era discreta y cálida, y Sara la sentía de la familia.

—No se preocupe, *madame*. —La vieja sirvienta la miró a los ojos con cariño—. Todos acaban volviendo.

—No es en el regreso donde está la solución. Es mucho más complejo.

—A veces nos vamos para tratar de encontrarnos. Al hacernos mayores nos perdemos. No sabemos qué hacer con tanta sabiduría. Preferiríamos que nos lavaran y quedar desnudos frente a la intemperie de la ignorancia. El problema de la edad es que, de repente, todo deja de sorprendernos, y es en la sorpresa donde está la vida.

—Estoy cansada de todo, Juliette. Me gustaría estremecerme por algo, temblar de gozo... Me siento marchita.

—Todos queremos ser lo que una vez fuimos. Sentir lo que una vez sentimos. A estas alturas de la vida, *madame*, ya ni siquiera nos sorprenden los sueños. Empezamos a repetirnos.

El sonido de la llave girando en la cerradura de la puerta principal las interrumpió. Acababa de llegar Cádiz. Juliette se metió en la cocina para dejarlos solos.

—¿Qué haces levantada tan temprano? —preguntó el pintor a su mujer, mientras se acercaba y le daba un beso que ella esquivó.

—¿Dónde estabas?

—Nunca me has hecho esa pregunta, Sara.

—Nunca te había sentido tan lejano.

—¿Qué te pasa?

—A mí, nada. ¿Qué te está pasando a ti, Antequera?

Cádiz fue hasta el bar y se sirvió un whisky doble. Cuando su mujer se enfadaba, cosa que no solía ocurrir, lo llamaba por su apellido.

—¿Bebes a estas horas?

—No he dormido.

—Dime, ¿qué diablos te está pasando?

—Sara... no lo sé.

—Quiero la verdad.

—¿Qué verdad? No hay nunca una verdad concreta. La verdad verdadera no existe. Una frase se convierte en verdad cuando corresponde a lo que tú quieres oír. ¿Qué quieres que te diga si estoy más perdido que tú?

Sara lo observaba esperando una respuesta. Cádiz vació de un solo trago el vaso de whisky.

—Un deseo… me tiene atrapado un deseo —dijo en voz muy baja.

—¿Te has enamorado? ¿Es eso lo que te pasa? ¿Es eso lo que quieres decirme con esa frase?

—Estoy exhausto, Sara.

—Contéstame de una vez.

Cádiz la miró con ojos cansados. No se sentía con ánimos de confesar nada, ni siquiera de abrir la boca.

—No. No estoy ni enamorado ni de ninguna manera. No estoy ni aquí ni allá… no me siento en ninguna parte. He perdido hasta mi identidad. ¿Lo entiendes?

—¿De dónde vienes?

Cádiz se alejó sin contestar. Sabía que Sara no entendería lo que estaba sintiendo por Mazarine; que era muy difícil explicarle que había pasado la noche metido en la cama de una chica de veintitrés años, y que la energía que su cuerpo emitía lo hacía sentir intensamente vivo. Que no sólo no la había tocado sino que, contemplándola, encontraba el único sentido a su vida. Se metió en la habitación. Sara también.

Cuando su mujer estaba a punto de preguntarle de nuevo, el pintor la detuvo.

—No, Sara… por favor. Ahora no; no puedo contestarte.

De un solo gesto, Sara rasgó su pijama delante de su marido hasta quedar completamente desnuda y cogiendo sus flácidos senos entre sus manos lo increpó.

—¿No te seducen? ¿Te parecen demasiado decrépitos? ¿Ya no sientes ganas de chuparlos?

Cádiz bajó la mirada.

—¡Cobarde! Mírame, soy yo, tu mujer. La Sara de siempre, envejecida como tú. O es que no te has visto. ¡Vamos!…

Lo cogió del brazo y lo arrastró hasta el espejo.

—¿Te has mirado alguna vez de verdad?

En un ataque de histeria, Sara trató de arrancarle la ropa, pero él se lo impidió.

—¡Mírate! ¿Crees que lo que se refleja es una mentira?

¿Que el espejo trata de engañarte? Estás viejo, VIEJO como yo. Se nos cae la piel a pedazos. Empezamos a oler a pasado y ningún perfume puede ocultarlo. Nuestras bocas ya no saben a miel, saben a moho, a MOHO. ¿Lo entiendes? ¡MÍRATE! Estás quedándote calvo y fofo. ¿Crees que no me he dado cuenta? Tus cejas crecen, tus orejas se llenan de pelos... ¡MÍRATE! ¿No ves tus arrugas? ¿O es que acaso sólo ves las mías?

Cádiz sintió pena por los dos. En el forcejeo, ella se derrumbó y empezó a llorar. Se acurrucó en el suelo, con su pálida desnudez derramada sobre el parquet.

La abrazó.

Un torbellino de pasiones enredadas acabó absorbiéndolos hasta lanzarlos a la cama. Sara le arrancó la camisa. Él se bajó el pantalón con urgencia. Su virilidad se levantaba del letargo con furia. Estallaba sobre el cuerpo de su mujer en llantos confusos. Sara gemía, Cádiz lloraba. No sabían qué sentían, pero sentían. Sus cuerpos vividos se arqueaban, crujían, crecían, se enroscaban y desenroscaban hambrientos. Subían, subían, subían... hasta lanzarse en un precipicio sin memoria. Sin nombres ni pasados. Con los ojos cerrados para no verse y desilusionarse. Una caída en picado... El regreso.

Se quedaron durmiendo todo el día, temiendo abrir los ojos y encontrarse con una realidad desteñida. Un cuadro sin colores, una fotografía sin tramas, desgastada por la luz del tiempo. Temiendo despertar en otro sueño o pesadilla que no fuera la de ellos vivos.

26

Esa noche, los Arts Amantis se habían reunido como siempre en las antiguas catacumbas parisienses, en una galería aislada de los turistas que aún conservaba la macabra intimidad de otros tiempos. La entrada, a través de un estrecho túnel, conducía a un rústico panteón de caliza cubierto por los huesos de algunos de sus predecesores, sacrificados en las antiguas masacres occitanas y que finalmente reposaban allí. En un ambiente de antorchas, ecos y semipenumbras, el grupo discutía el único hecho importante de los últimos tiempos: La Santa.

Eran muchos y para la ocasión vestían los mantos blancos con el símbolo bordado en sus pechos. Pintores, escritores, catedráticos, músicos, artistas, gentes que sólo llevaban como herencia el deseo de perpetuar unas doctrinas en desuso. Ni una mujer.

—¿El cuerpo? —preguntó Ojos Nieblos al jefe de la Orden—. No sé dónde puede encontrarse, señor. Ni siquiera sé si existe.

—¿Qué es más importante, encontrar el cuerpo de La Santa o descubrir si la chica es su descendiente? —preguntó uno de los asistentes.

—¿Qué te hace pensar que es una descendiente? Tal vez exageramos y nada es lo que parece.

—¿Y el medallón? —increpó uno de ellos.

—¿Y el anciano que la acompaña? —dijo otro.

—¿Y si es una trampa?

—Podríamos encontrarnos frente a una impostora...

—O a una insensata.

—Sí, quien osa jugar con nuestro símbolo no es digno de pertenecer a la hermandad.

—Tal vez sea una pobre muchacha asustada. ¿No lo habéis pensado?

—¡ORDEN! —gritó el jefe—. Así no llegaremos a ninguna parte. El sentido de la reunión no es conjeturar sino tomar cartas en el asunto. Nuestros antecesores se devanaron los sesos tratando de encontrar a dónde fue a parar el cuerpo de La Santa. Hoy —señaló a Ojos Nieblos—, nuestro hermano dice contar con una pista sólida. Dejadle hablar.

—Sí, que hable —dijeron al unísono todos.

Ojos Nieblos asintió nervioso, mientras añadía.

—El orfebre puede corroborarlo.

—Sí, señor —dijo el joyero—. La pieza que examiné puede ser la auténtica. El grabado, sin lugar a dudas, reproduce el símbolo de la Orden. El metal no es una aleación: es plata pura del siglo XI, grabada como las monedas de la época. Yo diría, casi sin temor a equivocarme, que es el medallón que colocaron a La Santa al morir.

—A pesar de que el mandato no era sustraerlo —apuntó el adalid mientras dirigía una mirada de reproche a Ojos Nieblos—, esto nos ha dado una cierta seguridad. Ahora sabemos que el rastro desaparecido durante siglos vuelve a brillar y está entre nosotros.

—Ella es pintora, señor. Por eso me atrevería a sugerir que puede ser de los nuestros. Tal vez pertenezca a una rama de los Arts Amantis que nosotros desconocemos.

—Lo dudo —interrumpió uno de los asistentes.

—Acude cada tarde a La Ruche a tomar clases.

Ojos Nieblos trataba de apuntarse un tanto.

—¿En La Ruche? —preguntó uno de los artistas—. ¿Donde Cádiz?

—¿Lo conoces? —inquirió el jefe.

—Quién no lo conoce, señor. Gracias a él, mi arte se quedó sin darse a conocer. Lo monopolizó todo: galerías, marchantes, grandes exposiciones, publicaciones...

—¿Crees que el tal Cádiz intuye lo que ella podría ser? —preguntó de nuevo el guía.

—Si lo intuye estamos perdidos. La influencia que ese hombre tiene puede hacer que ella desaparezca y no la encontremos nunca. Tiene todo París a sus pies.

—¿Qué puede estar pasando en el estudio del pintor?

—¿No se os ha ocurrido pensar que el cuerpo de La Santa podría estar escondido allí? ¡Es un lugar tan aislado! Nadie imaginaría jamás que en ese sitio pudiera esconderse algo.

Los asistentes habían entrado en una espiral de supuestos. Sospechaban, sentenciaban y condenaban. Entre tantas conjeturas, de pronto, la reunión iba cogiendo otros derroteros. Todos andaban excitados.

—¡Dualismo Impúdico! —gritó el artista ofendido—. Ése es el pseudo-movimiento que se ha inventado ese hombre para bautizar su obra y venderla a precio de oro. ¡Pura basura!

—Calla —replicó otro—. Estás llorando por la herida. No eres objetivo.

—¿Y qué tiene que ver el Dualismo Impúdico con nuestra santa? —preguntó uno de los asistentes.

—Silencio, señores, por favor —dijo el jefe, y mirando a Ojos Nieblos agregó—: ¿Has traído fotos de la chica?

—Sí, señor. Y también del medallón.

Ojos Nieblos sacó de debajo de la túnica un sobre con algunas fotografías de Mazarine durmiendo, tomadas la noche en que había entrado a su casa, y las extendió en un altar de piedra. Todos se acercaron. Al verla, hubo una exclamación general.

—¡Es una virgen!

—Tú —el guía señaló a Ojos Nieblos—. Encárgate de buscar alguna pista en el estudio del pintor. Haz fotos de todo cuanto veas y rodee a la muchacha aunque aparentemente no tenga ninguna relación. Síguela a sol y a sombra, y sobre todo —le aconsejó— no la asustes. Actúa con discreción y evita que vuelva a verte. Esto es un trabajo de astucia y no de fuerza. Hemos esperado siglos, no tratemos de resolverlo todo en dos días. Volveremos a reunirnos cuando sea el momento.

El guía de la Orden dio por terminada la reunión. Y levantando la mano recitó con fervor.

—*Mon énergie, c'est l'amour.*

Todos le respondieron.

—*Je l'accepte. Je te le donne.*

27

Mazarine caminaba descalza por las heladas aceras de Les Champs Élysées, arrastrando su negro abrigo de lana, su soledad y sus desilusiones. Tras su enfermedad, había reanudado sus visitas sagradas a La Ruche, y sus días transcurrían al borde del amor y de la frustración por no encontrar la fórmula para traspasar el límite que Cádiz marcaba entre ambos. Un sinvivir mutuo que hacía equilibrios funambulescos en la cuerda de un hambre sin saciar. Una voracidad estrepitosa sin salida.

Rabia y amor. Cárcel y frío.

La exposición de Sara Miller continuaba invadiendo las aceras, convirtiendo en paisaje cotidiano esos seres anónimos que se alzaban como gritos sobre el pavimento impersonal de la vida. Nadie los miraba. Las miserias ajenas ya no sorprendían a los caminantes. Había demasiadas desgracias propias por arrastrar como para añadir el peso de las de otros.

En su recorrido por la gran avenida, Mazarine tropezó de pronto con la escultura del hombre que la había seguido durante días. No podía creer lo que veía. Su repugnante perseguidor se erguía en actitud desafiante y, para su sorpresa, enseñando una impresionante marca en su pecho que le era familiar.

Sin dejar de mirarlo, Mazarine buscó entre el abrigo hasta encontrarse el medallón. Lo extrajo, incrédula, miró y comparó: la señal que llevaba aquel hombre en su piel era idéntica al símbolo que colgaba de su cuello. ¿Qué estaba pasando? ¿Qué había detrás de ese emblema? ¿Quién era ese ser extraño y repulsivo? ¿Qué quería? Escondió la medalla dentro del abrigo y miró a su alrededor, buscando aquellos ojos nublados que últimamente no dejaban de seguirla. No estaban.

Ese atardecer, Cádiz la había citado en el Arc de Triomphe. Sería la primera vez que se verían en un sitio diferente del estudio. Mientras avanzaba, unos finos copos de nieve empezaron a caer sobre su rostro anunciando noche de blanco satén. La nieve le gustaba; en su blancura hacía desaparecer todas las impurezas callejeras. Convertía a París en una ciudad melancólica, un lugar olvidado por todos, que amortiguaba los gritos desesperados del mundo en su silencio blanco.

En pocos minutos las calles habían quedado inmaculadas. La gente corría a esconderse, los paraguas se abrían, pero ella caminaba tranquila observando las huellas que dejaban sus pies desnudos. El suelo se había convertido en una tela más a ser pintada.

De tanto ir descalza ya nada le dolía. No sentía ni frío ni calor; se había inmunizado contra la intemperie. Llegó al final de la avenida y la silueta oscura de su pintor rompió el paisaje de niebla.

Allí estaba él, bajo el Arc de Triomphe. Solitario e impenetrable; con su gabardina negra pintada de nieve y sus mechones blancos despeinados, arrojando bocanadas de humo que se mezclaban con la bruma. Observándola fijamente con su mirada tibia y sus ganas contenidas.

—¿Por qué me has citado aquí? —le dijo Mazarine regalándole un beso en la nariz.

—Es nuestro triunfo.

—¿Triunfo? ¿Sobre qué?

—Sobre la vida. La estamos desafiando y estamos ganando.

—Eso crees tú. La vida ya nos ganó, no nos deja unirnos. Te ha llenado la mente de prejuicios.

—Pequeña, no hace falta estar unidos para ser felices.

—Eres un masoquista… y, además, sádico.

—Soy un realista… y, además, soñador.

—No sé ni por qué sigo yendo a tu estudio, ni por qué vengo aquí. No sé ni por qué te hago caso.

—Porque no puedes no hacérmelo.

—Me aburren tus condicionamientos, ¿ves? En eso sí que se te nota la edad. Parece que todo lo tuvieras estudiado y medido. ¡Con lo fácil que sería dejarte ir!

—¿Ir? ¿A dónde? Donde tú quieres ir, yo ya estuve. Y créeme —la abrazó con ternura—, no te estás perdiendo nada. Es mucho más emocionante lo que hacemos. Ven…

Cádiz la situó delante de un foco de neón que emitía desde el suelo un haz de luz.

—Ponte delante.

Mazarine le siguió el juego y Cádiz, con su aliento caliente, fue creando en el aire un halo que llegaba hasta su boca. Entonces ella lanzó un soplo de aliento, y en el centro ambos se juntaron creando una conexión blanca, perfectamente visible.

—¿Sientes mi beso?

—Sí —le dijo ella sonriendo.

—Pues es exclusivo y único. Así sólo nos besaremos tú y yo.

—Quiero más.

Cádiz se fue acercando hasta rozar sus labios y detenerse en sus bordes.

—Vamos —le dijo cogiéndola de la mano.

Subieron las escaleras rozándose las almas, hasta coronar el arco. Arriba, no encontraron ni un solo turista.

Una sensación de inmensidad y dominio los invadió. Desde esa altura, la vida podía ser lo que ellos quisieran. Eran los amos de su propia grandeza. Estaban en el centro de una estrella luminosa, l'Étoile, donde convergían las arterias de la ciudad. Los coches iban y venían en estreses coreografiados monocordes. Los semáforos ordenaban y automatizaban, prohibían o permitían. Nadie desobedecía. Los seres humanos olvidaban sus rebeldías, se habían conformado con sus vidas. Nadie levantaba la vista para mirar arriba.

De pronto Cádiz se sentía más joven que nunca. En lo alto de aquel arco el mundo estaba a sus pies.

Cada vez nevaba más. Un tul helado les acariciaba en su silencio. Los pies desnudos de su alumna resplandecían sobre el blanco y él no podía apartar sus ojos de ellos.

—Deja que los bese —le dijo.

Sin esperar respuesta, Mazarine lo vio lanzarse como un niño sobre su golosina. Los fue besando despacio, con devoción, pasando la punta de su lengua por cada uno de sus dedos, hundiéndola entre sus pliegues, comiéndose la escarcha. Lamiendo cada centímetro. Sus ganas empezaban a escalar. Mazarine sentía su lengua quemante y sedienta. Esta vez, ¿podría ser?

Se abrió el abrigo.

Sólo llevaba su piel como vestido. Su cuerpo desnudo quedó expuesto a la nieve. Los copos iban cayendo sobre sus hombros, se deslizaban entre sus senos tibios, resbalaban sobre su pubis de miel. Se derretían y goteaban sobre el rostro de Cádiz, que la miraba desde abajo, consumiéndola con sus ojos.

No podía resistirse.

Tantos cuerpos vistos, dibujados, poseídos y pintados, y sólo éste lograba dominarle. La tendió en el suelo con furia, arrancándole el abrigo. Sobre la sábana de nieve, la belleza desnuda de su alumna, vestida sólo con el medallón, le alborotó la lujuria. Estaba poseído. Era un loco enamorado. El corazón de Mazarine buscaba una salida, trotando desbocado. El de Cádiz estaba en la punta de sus dedos.

Las manos del profesor se metieron entre las piernas de su alumna. Un quejido suavísimo. Nunca nadie había osado tocar aquel espacio.

—No puedo —gritó Cádiz.

No podía. Todas sus angustias giraban desordenadas: su exposición a punto de inaugurarse, el público, su obra, la prensa, su ego, la edad, su ira, su promesa, la sequedad creativa, su impotencia... Sara. El miedo a perder todo lo conseguido lo paralizaba. Los minutos gloriosos en los que se sentía el rey del mundo habían pasado, dejándole una inseguridad aterradora que procuraba, sin éxito, esconder. Volvía en sí. El ardoroso cuerpo de Mazarine, extendido en la nieve, jadeaba desconcertado.

—Lo siento, pequeña. Lo siento de verdad —le dijo recogiendo el abrigo y cubriendo su desnudez.

En el último escalón que llevaba al mirador del Arco, Ojos Nieblos observaba la escena, procurando descifrar alguna pista que lo condujera a La Santa.

Se despidieron frente a la llama del soldado desconocido, en un ritual de silencios gritados. Deseando que el débil fuego les calentara lo que acababa de helarse. Él se alejó desganado por la avenue Foch, hundiendo su vergüenza en su gabardina. Ella permaneció estatuada frente a la débil luz, aplastando con sus pies las alas de un águila de bronce que nunca levantaría el vuelo.

Antes de dejarle partir, Mazarine quiso insultarlo, decirle todo lo que pensaba y sentía, pero lo vio tan derrotado que prefirió callar. Tampoco ella tenía a nadie más. Si lo perdía del todo, estaba perdida. No dejaba de ser una niña triste, sola y vacía. Un pájaro fracturado antes de tener alas. Una esfinge de yeso, hueca por dentro.

Le había llegado la adultez sin un recuerdo placentero.

De su padre no conservaba más que el frío mortal de su frente en el cajón, y de su madre sus ojos inquisidores, sus rabias frustradas, su dedo amenazador ordenándole modales y sus insoportables reglas que sólo le habían servido para desgraciarle su niñez.

Toda su vida había estado cargada de terrores diurnos y nocturnos. Un olor a pánico pegado a sus vestidos. Una infancia sin esperanzas ni palabras. Un jadeo por sentirse amada que nunca nadie satisfizo. Por eso, su gran juego infantil había sido esconderse en el armario con La Santa y jugar a ser otra santa. A veces buena y a veces mala. En ese oscuro rincón, todo lo que necesitaba lo obtenía. Era el único sitio donde sentía que su vida no era una equivocación, que ella no era el fruto de un error. Que no había nacido para ser una cosa, un mobiliario más de aquella casa lúgubre.

Era un lugar sagrado capaz de adoptar múltiples formas.

Allí podía expandirse hasta el infinito o empequeñecerse por gusto hasta convertirse en una insignificante pero molesta mota de polvo; la que ensuciaba el alma de su madre. La que le recordaba a su progenitora su desgracia... La que al final la había matado. Porque hasta de eso la había acusado en su lecho de muerte. Ni siquiera en ese último momento su madre le había regalado una frase digna de un buen útero.

Allí, lo que quería oír lo fabricaba su imaginación. Todo fluía como el caudal de un río. Era muy fácil.

Hablaba con La Santa y se sentía escuchada; escuchada, que era lo mismo que querida.

Allí podía cerrar los ojos e imaginar una vida en tecnicolor, como la de las películas; pintar los abrazos que nadie le daba, inventar los besos que nunca recibía. Allí no molestaba, era bien recibida. Allí hacía parte de una historia, no se sentía un bulto amenazante e incómodo. Allí paseaba por jardines y playas, por calles sin monstruos, y la gente le sonreía, no era un ser invisible. Allí todo era transmutable. La oscuridad era luz. Lo feo, bello. Una muerta era una viva.

Una niña, una muñeca. Una lágrima, una sonrisa. Un silencio, una palabra.

En el sueño eterno de La Santa estaba toda la magia de su vida. Por eso la quería.

Ahora, necesitaba urgentemente regresar a su casa y meterse en el armario con Sienna. Necesitaba que la consolara, que le dijera no sabía qué. Quería algo, algo que podía ser la muerte... o la vida. En momentos como éste, eran tan iguales las dos...

Mazarine apuró el paso, abrazándose a su abrigo mientras las lágrimas rodaban, se congelaban y convertían en diamantes sobre sus mejillas aún ruborizadas. Seguía nevando y las terrazas de Les Champs Élysées desprendían voces, humaredas y aromas de cervezas y cafés. Finalmente, antes de llegar a la place de la Concorde, desapareció en la boca del metro.

28

Esa mañana Pascal se había levantado conservando fresca aquella hermosa aparición que le había impedido conciliar el sueño: la imagen de la chica del abrigo negro y los pies desnudos que había visto en Les Champs Élysées la noche anterior. El largo cárdigan se abría y cerraba al ritmo de sus pasos, enseñando unas piernas infinitas que parecían no acabarse nunca. Un ángel descalzo, perdido en medio de la tierra. ¿Habría sido verdad lo que sus ojos vieron?

Se reprochaba no haber sido capaz de acercarse a ella, pero su respetuoso pudor por las lágrimas ajenas se lo había impedido. Se la veía una chica hermosamente triste, confundida en sus brumas interiores.

Nunca había podido descifrar lo que escondía una lágrima, a pesar de haber visto muchas.

Había regresado de Harvard después de terminar con honores su posgrado en psicosis, y necesitaba reactivar de nuevo su vida en París.

Mientras se duchaba, pensó de nuevo en la muchacha. ¿Quién en su sano juicio era capaz de ir descalzo en plena nieve? ¡Cuánta sensualidad era capaz de contener una imagen fuera de contexto, desfasada de estación!

¿Cuántos pies desnudos había visto en medio de las playas que nunca le produjeron el más mínimo goce interior? Sin embargo, el magnetismo de éstos lo había desvelado toda la noche.

A sus treinta años, la psiquis humana todavía era un océano por explorar y descubrir. Por eso había decidido dedicar su vida a estudiarla, porque seguía sin conocerse a sí mismo a pesar de los muchos psicoanálisis a los que se había sometido. Ahora, creía que entendiendo a los demás lograría desvelar su yo más íntimo. Sus pacientes podían ser sus espejos más próximos. Mientras ellos pensaban que le pagaban por entenderlos, él sólo trataba de encontrarse en ellos.

Los seres humanos le daban pena. La mayoría vivían desvalidos, a la espera de una aprobación del mundo para reafirmarse en su rol de seres vivos.

Cuanto más estudiaba y profundizaba en el hombre, más lejos se sentía de encontrar la verdad. Más lejos se sentía de pertenecer a ese lugar llamado Tierra. Él era otra víctima de la vida. Sin pedir ser traído al mundo, ahora tenía que hacer malabarismos para encontrarle sentido a ser parte de él. ¿Cuántas personas existirían que pensaran así?

Se enfundó sus tejanos desteñidos y su chaquetón de cuero y salió a la calle. Era vísperas de Navidad y todavía no había comprado un solo regalo. La mañana la gastó observando vitrinas, explorando anticuarios, tratando de encontrar algún objeto que por su valía fuera capaz de expresar lo que hacía tiempo no decía a sus padres: que, a pesar de los abandonos sufridos, los amaba.

Cuando lo tuvo todo, tomó un taxi que lo dejó en la rue Robert Lindet y se dirigió al bar de la esquina, donde esperaba sorprender a su padre con su llegada intempestiva.

Mientras vigilaba la salida, se entretuvo observando al hombre que, vociferando improperios, aporreaba compulsivamente una máquina tragaperras. Otro enfermo de soledad a la deriva de las ansias de un triunfo efímero, pensó.

De repente, el antiguo portal de hierro se abrió, dejando caer sobre el abrigo negro de una chica los copos de nieve acumulados. Pascal abandonó la taza de café y dirigió la mirada a sus pies: iba descalza. Se levantó de un salto. La había reconocido. La muchacha que salía de La Ruche era la misma que le había impedido conciliar el sueño la noche anterior. Observó cómo se alejaba por el passage de Dantzig y sin dudarlo decidió seguirla. Dos manzanas más adelante la abordó.

—¿Por qué llorabas anoche? Quien te hace daño no merece tus lágrimas.

Mazarine levantó la mirada sorprendida y se encontró con unos ojos bondadosos que la acariciaron.

—Déjame —le dijo arisca, continuando su camino.

—Perdona, sólo busco hablar contigo un momento. Ayer te vi en Les Champs Élysées; ibas muy triste.

—Lo siento. No acostumbro hablar con extraños.

—¿Qué tengo que hacer para que no me consideres un extraño?

—Que no me hables.

—Si tuviera quien me presentara ante ti, ¿dejarías de considerarme un extraño?

Mazarine lo repasó de arriba abajo y asintió.

Entonces Pascal decidió jugar a ser otro. Se puso delante de ella simulando un encuentro.

—Hola, chica delabrigonegroylospiesdesnudos: te presento a mi amigo Pascal. Está loco por conocerte... Pascal, venga, no seas tímido. —Él mismo extendió la mano hacia Mazarine, quien la estrechó sonriendo.

El juego del desconocido era el mismo al que ella jugaba con La Santa. El truco había funcionado.

—¿Cómo te llamas?

—Mazarine.

—Tienes un nombre musical. ¿Vives cerca?

—No, pero me gusta caminar.

—¿Me dejas que te acompañe un rato?

—Sólo un rato.

Caminaron bajo el manto grisáceo, aguantando un frío premonitorio que amenazaba navidades blancas.

—¿Qué harás esta noche? —preguntó Pascal tratando de no romper la comunicación por banal que fuese.

—Lo de siempre.

—Es Navidad, ¿no la celebras?

—Navidad… ¿Qué es Navidad?

—No sé. Imagino que familia, encuentros, regalos, abrazos…

—… y estupidez —añadió Mazarine—. No me gusta.

—¿No tienes recuerdos de esas fechas? Yo procuro conservarlos. Es lo poco que se salva de mi niñez.

—Oye… —Mazarine cambió el tema—. Me quedo aquí.

—¿Aquí? ¿En plenos Jardins du Luxembourg?… ¿Y tu casa?

—Ya está bien de hablar. Adiós, Pascal. Disfruta de tu noche navideña.

—No te vayas. ¿Puedo llamarte?

Mazarine lo pensó. Tal vez un poco de compañía no estaba tan mal. Cádiz ni siquiera había sido capaz de interesarse en qué haría ella.

Acabó dándole el número de su móvil, y quedaron para comer un día de ésos, pasadas las fiestas de fin de año.

Pascal se fue alejando sin ganas, girándose de vez en cuando para observar a la chica que terminó sentada en un banco. No quería dejarla, pero tampoco quería incordiarla más. Había quedado prendado de su ausencia y de ese punto de melancolía que exhalaban sus ojos.

Mazarine había dejado de mirar a Pascal y se entretenía observando la gran fuente helada por la que se deslizaban dos pájaros despistados. En el centro, las esculturas de David y Goliat se morían de frío. El paisaje de árboles desnudos era desolador. Aquellos jardines que en verano rebosaban de jóvenes tomando el sol, mordiendo sus *baguettes*, sus reivindicaciones y sus libros, estaban desiertos. Tan desiertos como ella en todas las estaciones del año.

Se quedó pensando en Pascal. ¿Por qué no había querido

que se quedara, si parecía inofensivo? ¿Qué le impedía relacionarse con la gente? ¿Por qué se castigaba tanto?

Al llegar a la casa, se encontró en la puerta un paquete con un gran lazo y una tarjeta con un Papá Noel. Al abrirla escuchó el «jo, jo, jo» de un mecanismo interior. La enviaba Arcadius; en ella la invitaba a celebrar en su tienda las fiestas de Navidad. No le apetecía. Subió y se encerró en el armario, donde la esperaba Sienna.

29

Ring... Ring... Ring... El teléfono de Mazarine no paraba de sonar, pero ella no quería contestarlo. Estaba escondida en su guarida secreta, la que tantos hubieran considerado anormal y que para ella era el único lugar vivible: su santuario.

Se entretenía remendando sus últimas heridas, a sabiendas de que los hilos con los que las cosía eran frágiles y volverían a romperse. Se restauraba como un cuadro antiguo, destruido por los vándalos y el tiempo, aplicando compresas, rellenando agujeros, emparejando bordes, avivando colores, escondiendo los espectros que se asomaban en las sombras.

No estaba enferma, no lo estaba. Sólo eran desconsuelo y abandonos derivados de una niñez equivocada, de unos padres ausentes.

Ring... Ring... Ring... El teléfono insistía y no la dejaba en paz.

Desgarrada, mordida por la soledad, con ganas de arrancarse de sí misma, enredada en la ausencia de un amor imposible que le daba y le quitaba y cada vez que la rozaba la erosionaba más. El amor... una sed aparecida de golpe, que le secaba la garganta y la estrangulaba. Un hambre nueva jamás sentida, que no rugía en el estómago sino en el alma.

La cara de Cádiz, la nieve que lo cubre todo. Ella desnuda, su vergüenza. Una llama encendida... o apagada, el homenaje a un soldado desconocido que a nadie le importaba. Mejor no tener memoria. Una ausencia de memoria, de rostros, de gestos. No tener cuerpo. Prescindir de la memoria del tacto, de la mirada, de la palabra... Haber nacido muerta. Sí, haber nacido muerta. Una presencia mentirosa. Estar sin estar.

Ring... Ring... Ring... ¿Por qué no la dejaban en paz?

Salió del armario y contestó.

—¿Mazarine? Soy Pascal. ¿Te acuerdas? Nos conocimos esta tarde.

—¿Qué quieres?

—Verte. Tengo algo para ti.

—Ahórrate regalos.

—No es un regalo.

—Entonces... ¿qué es?

—Ya lo verás.

—Es muy tarde.

—No acepto un no como respuesta.

—Déjame en paz.

—Tú no quieres que te deje en paz, Mazarine. Sólo es un escudo, una defensa. Tus palabras no coinciden con lo que leí en tus ojos. Y ya sabes, los ojos son el espejo del alma.

—¿Qué sabes tú del alma?

—Mucho. Somos dos iguales.

—No me conoces.

—Yo no. Pero mi alma sí.

—Deja de hablarme como un sabelotodo.

—¿Por qué tienes tanta rabia?... ¿O es dolor? —la voz de Pascal se hizo más suave—. No te haré daño. Confía en mí.

Mazarine quería colgar y no podía. Peleaba consigo misma para no rechazar la mano que le estaban tendiendo. Miró a La Santa y se lo consultó. Quería que le dijera que sí, que le convenía verlo. Discutió con ella hasta llegar a un acuerdo: se encontraría con él.

Quedaron en reunirse media hora más tarde en el café La Palette, de la rue de Seine.

Cuando llegó, Pascal ya estaba allí, con un ramo de rosas

en la mano y una sonrisa cálida en los labios. Una luna de silencio coronaba la noche limpia sobre un París perfumado de nieve recién horneada. Las algarabías escapaban por las ventanas de las casas, llenando de vida y alegría el frío de la medianoche.

El café estaba cerrado por la celebración navideña, como muchos de los establecimientos.

Caminaron sobre los copos hasta alcanzar los márgenes del río, sin decirse ni una sola palabra. Era lo que Mazarine necesitaba en ese momento. Alguien vivo, capaz de respetar su presencia sin obligarla a decir o a no decir lo que ella no quería. Una persona que no fingía parecer, sino que era. Un ser anónimo, sin famas pendientes —o por lo menos eso era lo que creía—, que sólo buscaba ofrecerle su compañía en esa noche lúgubre. Ése era el regalo: una amistad sin porqués, nacida de la nada, de un encuentro fortuito.

Pascal había decidido no abrir su boca mientras ella no lo hiciera. Había quedado locamente prendado de su sobrenatural presencia, su indefensión y su enigmático mundo. De sus pies descalzos y su aislamiento extremo. Podía ser un caso para su consulta, o tal vez no. ¿La estaba persiguiendo por su posible historial clínico? No. No era por eso, no podía engañarse. Fuera lo que fuera, rompía todos sus esquemas. Todo lo leído y analizado sobre el amor a primera vista, su convencimiento de que esa teoría era imposible, de que atracción y amor eran dos cosas muy distintas, se había pulverizado la noche anterior, viéndola caminar por Les Champs Élysées. Al final, la emoción se imponía sobre la razón. Los casos difíciles habían sido su especialidad en la consulta, pero ninguno a la hora de enamorarse. Y de ella, como de ninguna otra, se había enamorado, y además perdidamente.

Como todos los seres humanos, una parte de aquella chica estaba en un lugar lejano. Y era ese territorio íntimo e inalcanzable, el que brillaba en el fondo de sus ojos, lo que más le seducía. Mazarine iba a ser para él, tardara lo que tardara en conseguirla.

Uno no cree en el amor a primera vista hasta que no le llega y lo fulmina, pensó Pascal observando el perfil transparente de la chica, su barbilla, su cuello… y sus pies.

El silencio no paraba de enhebrar palabras mudas que iban y venían entre los dos sin encontrar destino. Finalmente, una resbaló.

—Frío… —dijo Mazarine—. Tengo frío.

Pascal se quitó su abrigo y la cubrió. Después, la abrazó. Ella dejó que lo hiciera, se sentía demasiado frágil.

—Cada palabra que decimos tiene sensaciones, desprende vida o muerte. ¿Has pensado en esto alguna vez? —le preguntó Mazarine.

—Nunca, pero tienes razón… —Pascal buscó una palabra que la abrigara—. Fuego. ¿Te calienta la palabra fuego?

Mazarine pensó hasta visualizar el calor de una chimenea ardiendo y asintió.

Durante un rato estuvieron jugando a imaginar vocablos y alcanzaron a alejarse de París sólo soñando. Sumergiéndose en mundos más etéreos. En palabras que volaban como libélula o pétalo, que acariciaban como pluma o pincel, que derramaban sus sabores como miel y vino… hasta aterrizar de nuevo en las sombras del Pont au Double, muy cerca de la casa de Mazarine.

—¿A qué te dedicas, Pascal?

—A escuchar.

—¿A escuchar qué?

—Vidas.

—No me asustes. ¿No serás cura? No me irás a decir que te dedicas a sanar las almas afligidas por el pecado y que por eso me has buscado, ¿verdad? ¿Soy tu gran obra misericordiosa del día? Dime…

—No.

—Entonces... ¿qué eres?

—Hace tiempo que trato de no ser sólo una profesión.

—Está bien, no me lo digas. Adivinaré.

Pascal no esperó a que ella continuara.

—Soy psiquiatra.

—O sea, que vives entre locos —hizo una mueca de perturbada—. Mejor dicho, estás un poco loco.

—Todos estamos un poco locos, Mazarine. Forma parte del equilibrio. Nuestra existencia es un círculo abierto. Una carencia o frustración nos empuja a una búsqueda y ésta a otra y a otra... Cuando el círculo se cierra, dejamos de vivir.

—No me hables de vida.

—Entonces, mejor no hablemos...

Pascal la acercó aún más. Sentía la energía que desprendía el menudo cuerpo de Mazarine. Le atraía tanto que no podía soltarla. Ella se dejaba abrazar y llevar, abandonando su cabeza sobre aquel hombro que le ofrecía cobijo. Parecían dos enamorados de toda la vida, paseando su amor nocturno por las orillas del Seine. Se acercaban desde sus carencias, desde esa zona oscura donde valía más no entrar para no caer en su trampa: la exacta medida de las soledades individuales, imposibles de llenar.

Sin embargo, Pascal ignoraba que la mente de Mazarine estaba en Cádiz.

Lo imaginaba entre gentes elegantes y ríos de *champagne*, celebrando con su mujer, y quién sabía con quién más, unas fiestas donde ella no existía ni existiría nunca. Cuanto más lo imaginaba, más se acercaba a Pascal.

Llegaron hasta Notre Dame, donde un borracho dormía entre cartones y botellas vacías, y sin esperar a que Pascal la besara, Mazarine se lanzó a su boca y le plantó un beso profundo, largo y líquido, que le robó hasta el último aliento. A diferencia de su profesor, él sí se dejaba.

30

Ojos Nieblos andaba desesperado. Tantos días vigilando los movimientos de Mazarine sólo le habían servido para excitarse mucho y nada más. Ni uno solo de sus comportamientos lo llevaba a sospechar que escondía algo, ni siquiera que pertenecía a algún hipotético grupo disidente de los Arts Amantis. Todo lo que hacía empezaba a parecerle una tediosa rutina totalmente estéril. Mazarine era la típica muchacha solitaria y rebelde que, como tantas, prefería la compañía de hombres mayores a la de chicos de su edad. Él, que había llegado a considerarla casi la resurrección de La Santa, ahora sentía vergüenza ajena de su descarnado comportamiento. Sobre todo, del que había presenciado en el Arc de Triomphe. Una mujer así no podía pertenecer de ninguna manera a la Orden. Una cosa era dejar que la admiraran, ofrecer la energía que poseía para que fuera recibida pasivamente, y otra muy distinta, revolcarse en la nieve sin ningún pudor.

Ahora estaba casi seguro de que el medallón había caído en sus manos por pura equivocación y, llevándolo ella, se denigraba. Lo único que le quedaba por hacer, antes de proponer a la Orden cerrar de una vez el caso y disculparse con el superior por todo el alboroto causado, era encontrar la manera de interrogarla sin asustarla, para tratar de desentrañar de dónde lo había sacado, y que esto le ayudara a avanzar en la pesquisa sobre el cuerpo. O en el peor de los casos recuperar el medallón, olvidándose de todo, y guardarlo como una reliquia.

Acercarse le implicaba un rechazo seguro, ya que su aspecto físico siempre había sido el gran impedimento para aproximarse a las mujeres, a no ser que lo hiciera provocando lástima.

La única vez que logró introducirse en la casa verde, de eso hacía ya algunos meses, no encontró nada sospechoso. Salvo la asombrosa energía de la chica, totalmente comprobada por él y que en las historias escuchadas se decía que poseía La Santa, nada la acercaba a la Orden.

Tras muchos días sin hablar con Arcadius, ese sábado Mazarine lo invitó a desayunar en La Friterie. Tal como le había prometido por teléfono, el anciano llegó con un antiguo pergamino escrito en occitano, donde aparecía una pequeñísima ilustración que recordaba en sus formas los relieves del medallón.

En la mesa contigua, Ojos Nieblos escuchaba atento mientras se bebía una taza de *café au lait*, escudándose en las páginas extendidas de la última edición de *Le Figaro*.

—Mi querida niña —le dijo el anticuario con voz seria—. Quiero que tomes absoluta conciencia del valor de lo que llevas en tu cuello. He estado investigando y he encontrado una historia…

OCCITANIA, 8 DE ENERO DE 1244

EN LAS EMPINADAS LADERAS DE LA MONTAÑA DEL POG

—¡Noooo!… ¡Noooo!

Una hermosa adolescente corría descalza entre los nevados matorrales, tratando de huir de las sucias manos y el mortecino aliento de un monje.

—Piedad... Tened misericordia —suplicaba.

Su delicado cuerpo finalmente era alcanzado por él y arrojado con violencia a la nieve.

—Por favor... —lloraba—. Por favor...

Mientras su perseguidor rasgaba con lascivia enfermiza su vestido hasta dejarla desnuda,la turba de bestias enloquecidas que lo acompañaba se preparaba para embestirla.

Los aullidos inconsolables de un chico se mezclaban con los de ella, rompiendo el silencio de la noche sin que nadie los escuchara. En todo el valle se respiraba el olor de la muerte.

Después de que el monje hubo descargado todos sus instintos, clavando y desclavando con furia su puñal de carne erecta entre las piernas de la niña, los demás verdugos cayeron como buitres a comerse las sobras.

—¡Bruja!...

Sus violencias desgarraban...

—¡Engendro del demonio!...

Rompían...

—¡Hija de Lucifer!

Humillaban...

Semen, salivas que colgaban, fluidos que laceraban y quemaban. Una jauría de animales devorándola, arrancándole a mordiscos las entrañas.

Sus últimas súplicas se silenciaron bajo las sucias manos del monje que apretaba y apretaba sus labios impidiéndole respirar. Poco a poco sus piernas dejaron de luchar, sus brazos languidecieron, sus poros se cerraron.

La usurpación de su alma, su vergüenza, la herida mortal y su dolor desparramado la dejaban inerte. Sus ojos cristalinos fijaron su mirada en el cielo. Una luna roja y distante estaba siendo testigo de su muerte. Sobre la nieve se fue extendiendo, silenciosa, una gran mancha de sangre y violación.

—¡La has matado! —gritó uno de ellos.

—¡Maldita hereje! No esperó a que la quemáramos viva.

—Qué nos importa. Prendámosle fuego —sugirió otro.

—¡No! —El superior recogió una piedra del suelo y la lanzó sobre la cara de la chica. Al verlo, los demás hicieron lo mismo.

Una lluvia de piedras fue cayendo sobre el cuerpo de la virgen violada...

Ya no dolía.

... hasta sepultarla.

Mientras Arcadius leía una narración escueta y fría, Mazarine había imaginado, con el alma apretada por la pena, los gritos, los insultos y vejaciones, el miedo y la impotencia de aquella niña perdida en medio del bosque. Estaba segura de que esa adolescente era La Santa. Lo presentía. Las marcas sobre aquel rostro, que durante tantos años ella había querido limpiar como si se tratase de tizne, y tanto la intrigaban, podían ser las producidas por la brutal lapidación. Esa niña tenía que ser Sienna. De pronto, Mazarine lo interrumpió.

—¿Sabes cómo se llamaba?

—No. Este pergamino está incompleto. Lo hallé por casualidad, escondido entre las páginas de un viejo libro que me llegó en una partida de esas aparentemente sin importancia. Una antigua biblioteca de un anciano que murió, y su hijo, parece que sin saber muy bien lo que atesoraba el padre, la subastó al mejor postor.

—Pero... tú me hablaste en la clínica de los Arts Amantis.

—Claro, pero no puedo asegurar nada. Todo son suposiciones, conclusiones a las cuales han llegado mis astucias de viejo. Me faltan muchos datos.

—¿Y el medallón?

—Ése es el tema. Lo que no acabo de entender es qué hace este sello —señaló una pequeñísima marca en una esquina del pergamino—, el símbolo de los Arts Amantis, en esta historia. Observa. —El anticuario sacó una lupa de su bolsillo y la colocó delante del documento—. ¿Este dibujo no te recuerda el relieve de tu medallón?

Mazarine acercó la medalla hasta el lienzo y comparó.

—Es… ¡idéntico!

—Sin duda, esta historia tiene que estar relacionada con los Arts Amantis, querida niña. Desgraciadamente, son piezas sueltas. Nada concluyente.

—¿Y qué pasó con el cuerpo?

—Si seguimos fielmente las tradiciones de la época, es probable que fuese tomado por los agresores como un trofeo.

—Pero, ¿qué podían hacer con él?

—Mostrarlo ante los demás, sembrar el miedo. No olvides que para ellos la chica era una bruja: su gran pieza de caza. Leones sangrientos con la cabeza de una gacela entre sus dientes.

—¿Y si no hubiese sido así? —preguntó Mazarine.

—Entonces, es posible que aquella niña fuera la hija de un gran señor feudal y que, a pesar de estar muerta, su cuerpo fuese recuperado para darle digna sepultura.

—¿Y si no la enterraron, Arcadius?

—¡Ay, niña!, estás entrando en el tortuoso terreno de las reliquias. ¿Sabes que durante muchos, muchísimos años, existió el tráfico de ellas? Se pagaban sumas de dinero exorbitantes por poseerlas. Eran consideradas verdaderas joyas. Quien lograba hacerse con alguna, de la manera que fuese, tenía asegurado el auténtico tesoro eterno. En aras de recibir esos favores sacrosantos, se cometieron terribles barbaridades. Los cuerpos de los considerados mártires eran troceados y cada parte vendida. Y si alguien se hacía con el cuerpo entero, el valor era incalculable.

Mazarine no podía imaginar que alguien fuera capaz de trocear a Sienna. Para ella, su santa aún estaba viva. La gran incógnita era: ¿cómo había ido a parar ese cuerpo a su casa? ¿Por qué tanto secretismo al referirse a ella?

Las únicas frases alusivas a la muerta y que cada mañana salían de boca de su madre eran: «Ve a ver cómo amaneció La Santa» y un «¡No la toques!», seguido de «Ni se te ocurra decir a nadie que Sienna vive aquí». Lo demás y verdaderamente importante había quedado en la nebulosa de su impenetrable silencio.

Arcadius notó que la chica había dejado de escucharlo y llamó su atención.

—Mazarine, ¿dónde te has ido?

—Pensaba... en aquella pobre niña. Lo siento, continúa.

—Necesito hablar con tu abuela.

—Imposible, Arcadius.

—Tú, querida niña, quieres saber mucho, pero no colaboras. Si tuviéramos una sola pista. Dime... ¿dónde está tu abuela?

—Muerta, Arcadius. Mi abuela está muerta.

—Entonces, si queremos saber más sobre el medallón, no hay otra solución que hablar con tus padres.

—Eso... —la chica bajó la mirada—, tampoco va a ser posible.

—Ahh... *mon chérie*, por fin confías en mí. —El anticuario la abrazó—. Eres huérfana, ¿verdad?

Desde la otra mesa, Ojos Nieblos seguía la conversación sin pestañear. El viejo sabía mucho más de lo que él había imaginado. Necesitaba como fuera hacerse con el antiguo pergamino para enseñarlo a su superior y demostrarle lo eficaz que podía llegar a ser en sus pesquisas. Necesitaba, por una vez, que se sintiera orgulloso del niño basura que había salvado del triturador de desguaces hacía muchos años.

¡Violada! ¿Por qué nunca se había hablado en la Orden de la manera como en realidad había muerto La Santa? ¿Sería que no tenían ni idea de lo ocurrido?

La Santa, alrededor de la cual siglos atrás habían realizado tantas ceremonias secretas, había sido violada por un repugnante monje. Violada, en medio de la nieve.

¿EN LA NIEVE?...

¿Sería posible que se estuviera repitiendo la misma historia? Lo que él había presenciado en el Arc de Triomphe...

¿no era también otra especie de violación? ¿Para qué si no aquel viejo pintor había lanzado el cuerpo de la chica a la nieve? ¡Para violarla!

Sí, Mazarine no podía ser otra que… ¡la reencarnación de La Santa! De ahí provenía aquella inexplicable energía que exhalaba su piel.

Dentro del cuerpo de Mazarine vivía el espíritu de Sienna.

31

La grata sorpresa que Sara y Cádiz se llevaron la noche de Navidad distrajo sus depresiones y desajustes de los últimos días.

No podían creer que su hijo, después de tantos años sin querer saber nada de ellos, apareciera cargado de regalos, sin un solo reproche —ya estaban acostumbrados a ellos— y alegre como nunca lo habían visto.

Aquel chico, abandonado en su castillo de cristal de la rue de la Pompe mientras sus padres resplandecían entre los focos, los viajes, las exposiciones y la fama, volvía diferente. O al menos eso fue lo que percibió Sara al abrazarlo. Incluso se había dejado besar por ella, y hasta había mantenido una distendida aunque corta conversación con su padre sin que ninguno de los dos se alterara.

El posgrado, haber alcanzado la madurez y quién sabía qué más, le habían hecho girar sus desprecios, consiguiendo que esa noche la fiesta respirara el aire familiar de viejos festejos navideños.

Al sentirlo tan próximo, a Sara le habían dado ganas de prepararle montañas de galletas, las que siendo niño y durante tantas tardes le había rogado que cocinara y ella «no tenía tiempo»; de contarle todos los cuentos que no le había contado porque «no tenía tiempo»; de escucharlo por todos los años que no lo había hecho porque «no tenía tiempo».

Le habían dado ganas de abrazarlo, acariciarlo, bañarlo,

secarlo, peinarlo y vestirlo. De llevarlo al colegio y recogerlo. De jugar con él en el parque y correr a perseguirlo y hacer castillos de arena en las playas y subir a los árboles y a las norias y bajar por montañas rusas y por toboganes y gritar con él en las mansiones del terror.

Y llevarlo al cine; una madre con su hijo, no una sustituta y un abandonado. Y esconderse con él entre las sábanas y jugar a las sombras con la linterna que tantas veces le hacía apagar, y jugar a despertarlo con cosquillas... y escucharle sus risas.

Le habían dado ganas de cantarle todas las canciones infantiles nunca cantadas, *Frère Jacques, frère Jacques, dormez-vous?, dormez-vous? Sonnez les matines, sonnez les matines, ding, dang, dong...*, pero el tiempo ya había pasado y su hijo ni cabía en su regazo ni entendía esa euforia tardía de amor materno.

Sólo ahora se daba cuenta.

La famosa «falta de tiempo» le había arrebatado el placer más grande que una madre podía tener: saborear a su hijo en los momentos más sencillos y cotidianos. Se había perdido los trozos más sabrosos de la tarta de la vida.

Pascal había crecido al margen de sus ajetreadas vidas artísticas y ahora se dedicaba a otro arte mucho más difícil y de menor brillo: tratar de entender a los demás, incluyendo en ese vasto universo a él mismo.

Volvía a París con un deseo muy íntimo. Necesitaba curar sus sentimientos lastimados a través de quienes le habían producido las heridas: sus padres.

Ni Freud, ni Jung, ni Adler, ni Reich, ni Klein, ni siquiera Lacan, con todas sus teorías, terapias y análisis, le habían resuelto sus vacíos e inconformismos. Hoy, después de mucho deambular y experimentar, regresaba para tratar de aplicar la técnica más sencilla y primigenia: la curación a través de la comprensión y el amor. El rencor sólo le había separado de sus padres y llevado a perder muchos años en los que ninguno de los tres había ganado.

Ese distanciamiento, buscado a través de una carrera en el extranjero, de múltiples cursos con diplomas, máster y PhD en las más prestigiosas universidades del mundo, lo había dejado lleno de conocimientos pero vacío de afectos.

Si con treinta años cumplidos todavía no se había acabado de enamorar de nadie, tal vez era porque en su inconsciente no tenía resuelto cuál era la figura femenina que buscaba. Su propio interior era uno de los casos más difíciles de resolver. Había vuelto para buscar en su madre lo que se le había perdido.

—Sara... —desde muy pequeño había dejado de llamarla madre—. No me quedaré mucho rato.

—¿Por qué?

—He quedado con alguien.

—¿Una chica? —Sara lo miró con cariño—. ¿Tienes novia? Sabemos tan poco de ti.

—Y yo. Yo tampoco sé de mí.

—A veces creemos que no sabemos de nosotros, pero sólo estamos confundidos. Nos perdemos tratando de encontrar lo que no entendemos. Déjame mirar, a ver qué veo. —Levantó la cara de su hijo y se metió en sus ojos—. ¿Estás enamorado?

—Tal vez.

—¿No lo sabes, hijo? Cuando el amor te llega no hay lugar a confusiones. Es rotundo como un nacimiento. Como cuando tú llegaste con tu grito y tu llanto... —Se quedó en silencio, recordando—. Fue el día más hermoso de mi vida. Todavía puedo sentir tu olor a piel recién nacida. Aleteabas entre mis piernas como un gran pez buscando el mar. ¡Estabas tan vivo! Resbalabas acuoso, fresco...

Pascal miró a la mujer que tenía enfrente. Se la veía gastada y derrotada. No era la Sara que recordaba de su niñez. Aquella presencia vital y hermosa, siempre activa; cuanto más activa, más viva. Con planes de última hora, conversaciones brillantes y llamadas urgentes. Sintió pena por ella y por él.

—Eras un bebé hermoso. Me mirabas con tus ojos curiosos, me buscabas hambriento con tu boca, arañando, pidiendo... y yo... ¡qué tonta fui! No quise amamantarte para no estropear estos colgajos —se tocó los senos—, mi orgullo femenino. Y ya ves, el tiempo se encargó de consumirlos. ¡Cuántos errores estúpidos! ¡Qué fácil era amarte!

—Madre...

—Hacía tanto tiempo que no me llamabas así. —Sara se acercó a él mirándolo con ternura—. Estás... no sé, distinto.

—Tú también.

—¡Me equivoqué tanto! No sabes cuánto lamento mis ausencias. No supe ser madre.

—No importa. Ya pasó. Yo también me equivoqué al desaparecer tanto tiempo. ¿Cómo estás? —Tomó la mano de su madre entre las suyas.

—Estoy... a secas. Sin adjetivos. Hace tiempo que ya sólo estoy, ¿sabes?

—Y... ¿Cádiz? —miró a su padre que se bebía un whisky al otro lado del salón mientras observaba ausente la nevada—. ¿Cómo está él?

—Lleva días viviendo en otro mundo.

—¿No estáis bien?

Sara no contestó; a cambio quiso darle un consejo.

—Aprovecha ahora que estás joven para sentir.Todo se agota. Tendrías que ver desde aquí, desde mis sesenta años, cómo se ve la vida. Tu padre y yo empezamos a ser sobrevivientes. Sobrevivientes de una nada.

—¡Qué cosas dices! Debería darte vergüenza. Estás en la mitad de la vida. ¿Y tus fotografías? ¿Y tus exposiciones? ¿Y todo vuestro arte? He ido siguiéndoos a través de las noticias.

—No hagas caso de todo lo que dicen. Demasiada luz efímera no alcanza a iluminar tantas tinieblas.

—A ti lo que te pasa es que estás deprimida.

—O he aterrizado en la realidad, cariño. Uno no se va muriendo sólo por fuera. Empiezo a sentir mi muerte por dentro. Ésa es la peor, ¿sabes por qué? Porque trabaja a escondidas, muy lentamente, para que nadie se entere. Y, ¡zas!, de golpe te la encuentras deambulando por tu alma tan campante, y cuando te das cuenta se ha adueñado de todo.

Pascal miró el reloj.

—Te estoy distrayendo, hijo. Ya hablaremos otro día.

—Lo siento, madre. Se me hizo tarde. Quisiera continuar hablando contigo. Lo que dices... no es del todo cierto.

Sara lo miró escéptica, pero no quiso contrariarlo.

—Vete tranquilo.

—No puedo faltar.

—Ya lo sé. Se te nota en los ojos: te cabalgan. Hablaremos otro día, ¿verdad? Ahora que ya estás aquí...

—Deséame suerte.

—Si yo fuera ella, me derretiría ante ti.

Pascal se acercó a su padre y se despidió tendiéndole la mano —todavía su generosidad no era tanta como para abrazarlo—. Cádiz permaneció mudo, ausente de todo, con su whisky vaciado y sus deseos puestos en la rue Galande. Ni siquiera giró su cabeza para verlo marchar.

Sara, en cambio, lo fue siguiendo hasta la puerta. Antes de despedirse, se fundieron en un abrazo largo. El cuerpo de su hijo volvía a recibirla. Su acogedor pecho era el de un hombre fuerte y sensible. Tal vez el niño que había sido, el pequeño Pascal, permanecía agazapado en algún rincón de su corazón. Tal vez... y allí, tarde o temprano, iba a acceder.

Pascal no sabía si volvería. Regresar a aquel espacio donde había sufrido tantas soledades de pasillos y alcobas, de teléfonos y voces de padres lejanos le revolvía el alma.

Esa noche se le habían avivado todas sus solitudes infantiles, pero también empezaba a entender.

¿Qué tipo de amor podía ser el que siempre esperaba recibir sin nunca dar? El único camino que les quedaba para reencontrarse era el de la comprensión. Comprendiéndola a ella, iba a comprenderse él. Después, a lo mejor, vendría su padre.

Cerró la puerta pensando que la voluntad era el primer paso para la curación del alma. Ahora sabía que tenía, porque así lo quería él, un alguien llamado madre.

32

Los días transcurrían encadenados uno a otro. Un largo tren con múltiples paradas: Cádiz, Pascal, Arcadius, Sienna… Deseo, confusión, enigma, pena…

De aquellas noches encogidas por el abandono y el frío, Mazarine pasaba ahora a noches de bares y sentimientos encontrados.

Desde que se veía con Pascal se sentía confusa. Por un lado, estaba convencida de que la obsesiva atracción que sentía por Cádiz era irremediable e imposible de calmar hasta no haberla consumado. Por otro, le gustaba tener a una persona que la tratara con delicadeza, buscando siempre complacerla. Que quisiera darle lo que el pintor le negaba.

Pascal no dejaba de preguntarle sobre su vida, y ella jugaba a mentirle, inventándose otra más atractiva e interesante, creyendo que con ello lograba despistarlo. De tanto fantasear, a veces olvidaba lo dicho y se encontraba en verdaderos aprietos para recomponer la historia.

Una de sus grandes mentiras era que sus padres vivían en el extranjero y se veía con ellos de vez en cuando. Otra, y no sabía por qué lo había dicho, que tenía una hermana gemela.

Se mostraba totalmente hermética respecto a dónde vivía, a pesar de que Pascal insistía en que no le importaba el sitio; que simplemente quería acompañarla hasta su casa y compartir algunos minutos más en un lugar tranquilo, sin tener que acudir siempre a algún café o bar cargado de humos y ruido.

Sabía que dominaba al psiquiatra por el simple hecho de que él se había enamorado perdidamente de ella y parecía no querer perderla por nada del mundo. Pero así como sentía que a Pascal lo sometía con toda su fuerza, era incapaz de hacer lo mismo con su profesor. En La Ruche se comportaba como una alumna expectante, dócil y, muy a su pesar, débil.

Iba ralentizando a conciencia la elaboración de los cuadros temiendo que, una vez finalizada la obra, Cádiz prescindiera de su presencia, y eso, estaba segura, no iba a poder soportarlo.

La madurez del pintor le seducía mucho más que la juventud del psiquiatra. Mientras con Cádiz jadeaba porque la tocara e hiciera finalmente suya, un deseo febril que se prolongaba y crecía, con Pascal huía de caricias comprometidas.

Entre los dos hombres había más que un abismo. Se entretenía comparándolos, encontrando en cada uno razones para no abandonarlos.

Lo que a Pascal le sobraba, a Cádiz le faltaba. Lo que el psiquiatra no tenía, el pintor derrochaba.

Las conversaciones con su profesor la introducían en un mundo de experiencias y pasado, siempre pasado. Con él caminaba por un escenario de decepciones alargadas y descreimientos; de sombras, algarabías y reflectores que no alumbraban ni siquiera los recuerdos. Bajo la mirada pesimista de sus años, su profesor le mostraba otra vida. Mucho más próxima a ella y a sus desilusiones y ganas de desaparecer que la de Pascal, tan llena de expectativas y metas por cumplir.

Con Cádiz estaba segura de que nada era seguro, y era en esa inseguridad donde radicaba su sufrimiento y su alegría. Era ese sinvivir su más grande excitación. En cualquier momento podía pedirle que se marchara, porque «el gran cuadro» ya estaba pintado. ¿Su profesor le enseñaba? No sabía. Era posible que fuera así... o no. ¡Qué más le daba! Lo que sí tenía claro era que lo necesitaba. La pasión que le provocaba, esa agitación enfermiza y obsesiva, la mataba y resucitaba a cada instante.

Con Pascal, en cambio, sentía una sensualidad templada. Un algo suavizado y modosito, no porque él no quisiera otras temperaturas ni porque su atractivo fuese menor —de hecho era mucho más guapo que Cádiz—, sino porque ella era incapaz de dispararse. Las ganas de explorar sus sentimientos se desvanecían en medio de la sensatez milimétrica que proyectaba el psiquiatra. Con él, el asunto sexual quedaba fuera de contexto. Le hacía falta desordenarse.

Se perdía escuchándole hablar sobre las ansias de alcanzar metas, lograr imposibles, cambiar el mundo y convertirse en el gran salvador de las almas enfermas. Los proyectos en los cuales empezaba a incluirla estaban muy lejos de sus deseos. Eran imágenes reflejadas en un espejo invisible.

Desde que Arcadius le había contado la historia de la violación, su relación con La Santa era mucho más íntima. Ahora no sólo hablaba con ella, sino que la peinaba y cuidaba como si fuera una hermana. La frescura y belleza de sus facciones le hacían dudar de que en verdad estuviera muerta. Se mantenía a la espera de que Sienna despertara de su sueño y empezara a vivir los años perdidos.

Una mañana, tratando de limpiarla, se sorprendió al sentirle la piel tibia y tersa. Su rostro resplandecía y sus mejillas rosas parecían encendidas.

A través de su túnica deshecha, y en el sitio exacto del corazón, se transparentaba con nitidez el símbolo de los Arts Amantis marcado con fuego sobre su pecho. Era el mismo que había visto en la escultura del hombre que la había perseguido y que aún se exponía en Les Champs Élysées.

¿Sienna estaba cambiando? ¿O era su deseo el que la llevaba a verla de otra manera? ¿Qué tipo de relación podía tener ese hombre sucio con la hermosa dormida? ¿Hasta cuándo iba a poder guardar ese secreto?

Necesitaba hablar con Arcadius.

Pero... ¿qué podía decirle si era incapaz de desvelar lo que escondía? Lo que guardaba en su armario no era sólo el cuerpo de una santa. Eran todas las historias, sobre todo las suyas, las más íntimas: las de Mazarine encerrada en su silencio. Su vida, sus lágrimas, sus frustraciones y sus risas. Allí no sólo estaba Sienna, también estaba ella. Sacando a la luz ese cuerpo, su alma quedaba al descubierto.

Necesitaba hablar con Arcadius.

33

¿Qué le pasaba con los pies de Mazarine? Si no los veía, sentía que se ahogaba. Ahora que los tenía entre sus labios, Cádiz sabía que no podía perderlos.

—¿Sabes cómo me siento? —le dijo a su alumna, chupando con devoción uno a uno sus dedos—. Como el último náufrago de un barco que sucumbió en el mar. Agarrado a tus pies, floto entre las aguas desiertas de la vida.

—¿Qué te pasa con mis pies?

—Voy a contarte algo que me pasó cuando era mucho más joven que tú. Pero una cosa te digo: te queda terminantemente prohibido burlarte de mí, ¿de acuerdo?

Mazarine asintió juguetona, esbozando una sonora carcajada sin sonido. Pasó la mano delante de su boca y con un gesto ceremonioso hizo como si atrapara su sonrisa entre los dedos hasta esconderla dentro de su camiseta.

—¿Preparada?

—Sí, mi señor —le contestó siguiéndole el juego.

—Debía de tener unos dieciocho años. Por aquellos días yo ejercía de pintor callejero en Sevilla... ¡Ahhhh, Sevilla! Tendríamos que ir un día a Andalucía, tú y yo juntos, pintando, soñando... Te llevaría a conocer lo que es la alegría en estado puro... Córdoba, Granada... sus pueblos blancos: pañuelos al viento. Te enamorarías de ese sol, pequeña mía. La luz más violenta está ahí. Es lasciva y carnal. Marca perfiles y sombras como ninguna... es la luz que un verdadero pintor necesita. —Cerró los ojos nostálgico—. ¡Ahhhh, Sevilla!... cuánta sensualidad en el aire. Caderas que invitan a pecar, ojos que apuñalan dulcemente, bocas libertinas, carcajadas de ciruelas maduras que estallan jugosas... Te imagino bailando con tus pies descalzos... —La vena andaluza de Cádiz de repente emergió con toda su fuerza—. Con un traje de faralaes rojo... sangrantemente rojo. O no; mejor blanco, manchado con tu virginidad... ¡bella!...

Por un momento, el pintor soñó que era joven y se paseaba de la mano de su alumna por el barrio de Santa Cruz. La veía cabrioleando su danza por la plaza de Doña Elvira. Sobrevolando con sus pies alados las orillas del Guadalquivir. En su trance, escuchaba nítido el sonido de los cascos de los caballos... iban en coche por el parque de María Luisa.

Mazarine, queriendo saber más, interrumpió su ensoñación.

—Cádiz, ¿qué te pasó en Sevilla?

—Es verdad, me perdí. Como te decía, mientras en mi cuaderno cogía apuntes de todo lo que me sorprendía, delante de mí una hermosa gitana de ojos de miel quemada, boca de azafrán florecido y cabellos de yegua salvaje cantaba y bailaba por bulerías en plena calle. Jugaba a adivinar la suerte de los descreídos. Yo, que era un inexperto en eso del amor, sólo al verla supe lo que era el deseo: VIDA, pequeña mía, PURA VIDA. Nada ha cambiado. Aún sigo pensando lo mismo: el deseo es lo que mueve el mundo. Sin deseo, la vida dejaría de ser...

Mazarine lo observaba extasiada. De besarle los pies mientras hablaba, Cádiz había pasado a pintar sobre ellos lenguas de fuego que subían por sus piernas y rozaban con la punta del pincel su pubis desnudo. Una hoguera que ardía.

—Supe que dejaría mi virginidad en ella y por ella. La agarré por los ojos y me la llevé entre callejuelas y besos a mi huerto. Nos metimos en un hostal de mala muerte, buscando encontrar la vida entre nuestras piernas. ¡Ay, pequeña mía!... y cuando se sacó los zapatos y se quitó las medias...

—¿Qué pasó? —preguntó, curiosa.

—Emergieron dos monstruos. Unos pies enormes, de empeines altos, venas dilatadas y dedos masculinos que no coincidían con su rostro.

Mazarine soltó una carcajada.

—Te dije que no te burlaras.

—Lo siento, no puedo evitarlo. ¿Y qué hiciste?

—Dios mío, ¡imagínate! ¿Qué podía hacer? Esa chica me miraba jadeante. Inmediatamente cubrí sus pies con la sábana, pero ella insistió en destaparse... Yo la arropaba y ella se destapaba. La pobre no entendía.

Mazarine no paraba de reír.

—Cuanto más observaba sus pies, menos me apetecía. Era terrible. Decidí concentrarme en la zona superior. De rodillas hacia arriba. Quería olvidar lo visto.

—¿Y?

—Y nada. No podía hacerlo. La imagen era demasiado fuerte. Sus uñas garfias seguían clavadas en mi pensamiento. A pesar de ver mi reacción, o tal vez por ello, la gitana no paraba de insistir. De pronto, se me ocurrió proponerle que se pusiera de nuevo los zapatos, que me excitaba verla así. Y al final, con mucho, muchísimo esfuerzo, lo logré. Pero el daño ya estaba hecho.

Mazarine lloraba de la risa.

—¿Así que te ríes, eh? Ya verás.

La joven comenzó a correr al ver que Cádiz quería lanzarle un gran pote de pintura. En pocos segundos su cuerpo caía al suelo bañado de rojos anaranjados.

—Revuélcate —le ordenó Cádiz, juguetón—. Deberás pagar tu burla, insensata.

Mazarine seguía riendo, untando sus manos en la pintura, marcando líneas sobre su cuerpo con los dedos. Su sexo desnudo palpitaba.

—Sigue tocándote… acariciándote. Voy a pintarte tal como estás, pequeña. Con ese brillo que quema tus ojos. Será el cuadro más bello de la exposición: *Virgen amándose.*

Cádiz se lanzaba de nuevo a la vida. En un lienzo de dos metros de largo inmortalizaba un deseo infinito por saciar. Sus pinceles expresaban toda su lujuria. Eran la extensión de su sexo hambriento; se hundían en la tela desquiciados, fecundándola una y otra vez… su excitación crecía a través de su arte.

Mazarine nadaba en su propio placer. Pintándose a sí misma, recorriéndose entera, descubría el arte de sentir su propio tacto. Su índice caminaba, exploraba rincones prohibidos, subía lomas, se deslizaba por valles y ríos recreándose majestuoso en sus vertientes húmedas. Entraba y salía sin preguntar a nadie… y sin vergüenza.

Los ojos de su profesor estaban entregados a su cuerpo, era un arte nuevo. A través del cuadro, un instinto animal les unía sin rozarse.

¿Por qué no podía sentir lo mismo por Pascal?

34

ARRÊTE! C'EST ICI L'EMPIRE DE LA MORT.

Esa noche, algunos de los Arts Amantis, provistos de sus antorchas, sus nobles túnicas y sus credos, cruzaban ceremoniosos esta inscripción tallada en piedra sobre el arco que daba acceso a las catacumbas.

Las antiguas canteras galorromanas, reconvertidas en criptas que de día rebosaban turistas, de noche se convertían en lugar de encuentros clandestinos como el que ellos estaban a punto de protagonizar.

Hacía más de trescientos años sus antepasados, mezclándose con el vulgo que trasladaba los millones de huesos de todos los cementerios de París a las canteras, aprovecharon para esconder ahí, y en un sitio seguro, los cientos de restos mortales de los Arts Amantis sacrificados en Occitania. Cruzando la ciudad a plena noche, en carretas cubiertas por velos negros, los despojos habían llegado hasta los subterráneos sin que nadie se percatara de que aquellos restos no pertenecían a ninguno de los cementerios aledaños.

Más tarde, y en una labor que les llevó interminables noches de trabajos silenciosos, habían construido, incrustando en medio de los trescientos kilómetros de galerías repletos de huesos y cráneos, un gran templo. A él se accedía a través de una pieza de mármol grabada en latín en la que se leía: *Animae et Corpore: Principium et Finis.* El mecanismo de acceso camuflado en la pared desembocaba en un complicado pasadizo —El Laberinto de los Perdidos— que, salvo para los Arts Amantis, era imposible ser transitado sin perderse.

Como en el resto de las catacumbas, aquella excepcional bóveda de diez metros de altura contenía filas ordenadas de huesos que rodeaban de forma circular el altar.

Aunque ninguno de los Arts Amantis había visto el cuerpo de La Santa, sabían que durante años había sido venerado en ese sagrado lugar. El gran bloque de piedra caliza continuaba aguardando la reliquia desaparecida.

—Fraternos —empezó diciendo el jefe de la Orden—. Hoy nos hemos reunido aquí para tomar decisiones. Nuestro hermano —señaló a Ojos Nieblos— no ha cesado de trabajar en la delicada búsqueda que nos atañe y tiene algo importante que decirnos. Adelante, Jérémie.

Ojos Nieblos carraspeó tratando de sacarse el miedo. Antes de hablar, el pánico a no cumplir con las expectativas de su superior se apoderaba de su lengua.

—Ha... ha... hace algunos días tuve acceso a una información que considero delicada y digna de respeto hacia nuestra Santa. Me tomé la libertad de sustraer de la tienda del anticuario un documento que hace tiempo debía estar con nosotros. Un testimonio, me atrevería a decir que vital, de la historia de nuestra venerada Sienna.

Ojos Nieblos extrajo del interior de su túnica un delgado tubo de madera. Lo abrió y entregó al jefe el pergamino que Arcadius le había enseñado a Mazarine aquella mañana de sábado en La Friterie.

—Acercaos —pidió el jefe de la Orden, desenrollando el pergamino.

Alrededor del altar, los Arts Amantis crearon un círculo y escucharon con atención la voz del jefe leyendo el documento occitano. Al terminar, un silencio helado se apoderó del recinto.

—¡Cuánta infamia! —murmuró uno de ellos.

—No puede ser que nuestra Santa sufriera tal ignominia.

—¿Quién nos asegura que fuera ella?

—¿Y quién más podría ser? Observa —dijo uno de ellos, señalando la esquina del pergamino—. Es nuestro sello. Siempre supimos que el documento que hablaba de la ceremonia de recuperación del cuerpo estaba incompleto. Le faltaba la gran verdad.

—La violación es peor que la hoguera. El cuerpo de nuestra virgen sufrió la ofensa más abominable.

—Y eso no es lo peor —habló de nuevo Ojos Nieblos—. Estamos a punto de volver a perderla.

—¿Qué quieres decir, Jérémie? ¿Perder... a quién?

—A la nueva santa. Puedo aseguraros que la energía que desprende su cuerpo es sobrenatural. Yo lo he comprobado estando cerca. —Ojos Nieblos recordó la noche que había dormido a su lado—. La chica... es la reencarnación de nuestra Sienna.

Se escuchó un murmullo general que silenció con su voz.

—La otra noche estuve a punto de presenciar otro episodio de violación sobre la nieve. La historia quiere repetirse. El tal Cádiz ha estado a punto de violarla frente a mí.

—¿Por qué creéis que su arte tiene tanto éxito? —interrumpió envidioso el pintor que lo conocía—. Se está nutriendo de su fuerza, la que nos pertenece.

—Ni siquiera sabemos si ella es de los nuestros. Esas suposiciones son descabelladas. ¿Dónde está el cuerpo, Jérémie? Nos habías prometido encontrarlo. Sigues siendo el mismo mediocre. No vales para nada.

—¡Silencio! No nos pongamos nerviosos. Todo tiene su tiempo —dijo el jefe.

—La Orden ya no es lo que era, señor —habló uno de los asistentes—. Estamos degenerando en envidias y odios, mientras el arte va desapareciendo. ¿Cuánto hace que no hay un verdadero florecimiento? Se está perdiendo su verdadera esencia. Su memoria. Minimalismo, conceptualismo, negación del expresionismo... del realismo... el arte abstracto. La pintura está sufriendo una terrible polución visual. Los ordenadores, Internet, la inmediatez de la imagen, el video... Ya no hay vanguardias. Nada pregunta por el ser humano y la violencia, o por el hombre y el amor. No hay inspiración... La muerte y el deseo, Eros y Tánatos. La guerra y la miseria de la condición humana... Nada nos mueve.

—Sí —afirmó otro—. Estamos secos.

—La Orden no es sólo Arte. ¿Qué pasa con nuestras creencias? No podemos pensar que lo único que nos mueve es la ambición. Nuestra espiritualidad debe primar por encima de todo. Acordaos de que nuestra manera de concebir la vida es «actuar sin actuar». Una fuerza sutil en tensión, que busca la unidad y la restauración de todo aquello que mueve al mundo. Fe y amor, hermanos. La lucha del guerrero y la espiritualidad del clérigo. El impulso devocional y la pasión amorosa.

—Pero no tenemos a quién venerar.

—Eso no es cierto. Hemos venerado a nuestra mártir aun sin tenerla, porque sabemos que existe. Nuestra dama sagrada debe continuar impulsando todos nuestros actos.

—¿Creéis que en verdad su cuerpo posee la fuerza suficiente para devolver a la Orden su vitalidad? ¿En qué cambiaría nuestra vida si la encontramos? —preguntó el escéptico.

—Es algo sagrado, pura cuestión de fe. Si no lo crees, no eres digno de pertenecer a esta Hermandad.

—Ya está bien. Los absolutismos no son buenos —dijo el jefe—. Nuestro principal objetivo es recuperar el cuerpo de Sienna. Todo lo que nos distraiga debe ser descartado. Propongo lo siguiente: dado que Jérémie está familiarizado con el tema, os recuerdo que fue él quien descubrió a la chica del medallón, vamos a darle un voto de confianza. Dejemos que se guíe por su instinto. ¿Tienes algún plan, Jérémie?

Ojos Nieblos afirmó con la cabeza, antes de hablar.

—Tal como os dije en la anterior reunión, sigo convencido de que en el estudio del pintor está escondido el cuerpo de La Santa. Pero no he podido entrar. Hay un dispositivo de seguridad a prueba de todo. ¿No se os ha ocurrido pensar que Cádiz podría pertenecer a alguna otra vertiente de los Arts Amantis? Al fin y al cabo, dicen que es un gran pintor.

—La reflexión no es del todo absurda y ya la habíamos contemplado. Su obra habla sobre el Dualismo, y nuestra doctrina tuvo sus orígenes en la dualidad del ser humano. Pero... ¿por qué iba a querer hacerle daño a la chica?

—¿Estás seguro de que quiere hacerle daño?

Ojos Nieblos le contestó.

—Después de escuchar la historia de Sienna y presenciar lo que mis ojos vieron, encuentro grandes paralelismos.

—Demasiadas conjeturas —añadió el escéptico.

—¿Y si yo me introduzco en su estudio con alguna disculpa? —sugirió el pintor envidioso—. Así podríamos averiguar algo más. Tal vez él tenga algo que ver con la desaparición del cuerpo.

—Te recuerdo que, cuando La Santa desapareció de esta cripta, el pintor aún no había nacido.

—Ni ninguno de nosotros —apuntó a lo lejos una voz.

—Tu idea no está mal... nada mal —opinó el jefe de la Orden, dirigiéndose al pintor—. Bien. El paso siguiente es tratar de entrar en contacto con Cádiz.

—Os pido que me dejéis unos días —dijo Ojos Nieblos—. Antes, me gustaría investigar un nuevo personaje que empieza a ser asiduo en el entorno de la chica. Todavía no tengo ningún dato sobre él, pero me parece interesante averiguar quién es.

—De acuerdo —concluyó el jefe—. Esperaremos tu llamada para entrar en acción.

35

Eran las tres de la mañana y, a pesar de que su habitación estaba caldeada, Sara Miller se había despertado envuelta en un malestar indefinido, tiritando de frío. En los últimos años el helaje se le metía en el cuerpo desde el otoño y no marchaba hasta bien entrada la primavera.

Se levantó y caminó a tientas por el pasillo hasta el ventanal del gran salón. Le dolían los huesos y el alma. Encendió un cigarrillo y miró a la calle. La oleada de frío que azotaba Europa había llegado a París, congelando sus calles y monumentos. A lo lejos, la silueta de la Tour Eiffel asomaba triste entre la bruma. Las sombras se erguían sobre la ciudad, creando una sola unidad de formas póstumas. Un paisaje ceniciento, de sueños desoladores perdidos en la majestuosidad de una ciudad vacía.

No tenía ganas de nada. Toda la energía que la había hecho avanzar en la vida desaparecía. Su última obra continuaba victoriosa en las aceras de Les Champs Élysées, pero ella no tenía deseos de seguir. Miró el reloj y decidió marcar el teléfono de su marchante y amiga en New York. Al otro lado se escuchó un grito de alegría.

—¡Sara! ¿Qué haces a estas horas despierta?

—Necesitaba hablar con alguien.

—¿Te pasa algo?

—No puedo dormir, hace un frío aterrador.

—Tú nunca me llamas para decirme que tienes frío. Te está pasando algo grave.

—Tal vez.

—¿Y Cádiz?

—Duerme.

—No me refiero a ese tipo de respuesta. ¿Estáis bien?

—Sí, creo que sí.

—¿Crees... o estás segura?

Sara se quedó en silencio.

—¿Sara? —preguntó la voz.

La fotógrafa volvió a hablar.

—Sospecho que se ha enamorado locamente, pero por más que lo pienso no logro entender de quién.

—Pero... si a ti nunca te preocuparon los enamoramientos de Cádiz.

—Esta vez presiento que es distinto. Está totalmente hermético; no quiere hablarme de ello y yo no quiero estropearle su próxima exposición. Después de mucha espera, parece que su obra avanza.

—¿Por qué no te vienes?

—¿Y dejarlo?

—Por unos días te vendrá bien. Tengo una exposición de una extraordinaria pintora colombiana: Catalina Mejía. Tienes que ver sus cuadros. Son magníficos.

—Déjame pensarlo.

—Conocerás gente nueva. Hace tiempo que no te acercas por tu ciudad. Te presentaré amigos y te olvidarás un poco de todo. Deja que Cádiz te eche de menos...

—¿Y si lo pierdo?

—¿Si lo pierdes?... ¿He escuchado bien? Ésta no es la Sara que yo he admirado siempre. Quien tendría que estar preocupado de perder a alguien es él. Lo que tú necesitas es airearte. Si no lo perdiste en aquellos años locos... Olvídate de él... por unos días. Tengo una idea de la que quiero hablarte. ¡Un bombazo!

—Nada me ilusiona.

—Cuando te explique lo que tengo en mi cabeza, te ilusionarás. ¿Vendrás?

—No te lo aseguro.

—Sí, vendrás. Dime que sí.

—¿Cuándo es la exposición?

—En quince días, lo justo para que no te lo pienses más.

—De acuerdo, iré.

Al colgar volvió a meterse dentro de ella, en su ovillo interior. Una minúscula mariposa había perdido sus alas y se arrastraba hasta su nido convertida en larva. ¿Por qué no podía sacudirse de la piel esa pérdida que todavía no se había producido?

Encendió un nuevo cigarrillo, y otro y otro, hasta que amaneció. La pesadilla de la noche no se había llevado sus angustias. Tenía que hacer. Pensar. Moverse. Buscar. Encontrar. Distraer al monstruo de la duda. Entender. Hacer como si existiera. Comer. Andar. Conversar de cosas sin sentido. Reír de nada. Llorar de risa. Aunque la risa no llegara. Crear sin ganas. Desaparecerse de todos los espejos. Y de los cristales que reflejaran su ánima.

—¿Qué te pasa, cariño? —La voz de su marido le llegó de lejos.

Sonreír. Tenía que sonreír. Sara se dibujó una sonrisa en la boca y contestó.

—Es el frío, no me ha dejado dormir.

—Ven. —Cádiz le pasó el brazo por el hombro y la atrajo hacia él.

—Me voy a New York —le dijo, deshaciéndose del abrazo.

—¿A New York? ¿Por qué? ¿Para qué?

—Tú y yo sabemos que algo está pasando entre nosotros. No soy idiota.

—No te entiendo, Sara.

—Tienes que resolver un tema y esta vez no puedo ayudarte. Necesito alejarme de todo, hasta de mi propio desconcierto. Estoy muy cansada.

—¿Crees que New York es el mejor sitio para descansar?

—Allí nací. Quiero perderme en sus calles, volver a no ser nada.

—No tienes que irte. Lo que me pasa no tiene solución; no es lo que imaginas.

—No te mientas a ti mismo, Cádiz.

—¡Mírame! Estoy viejo, Sara. Tú misma me lo has dicho. Viejo… para todo. Es sólo vejez y me repugna. La vejez es el final. Mientras éramos jóvenes nunca nos preocupó tomar conciencia de que el tiempo pasaba. Creíamos que siempre iba a estar allí, a nuestro lado. Dándonos y dándonos, cuando en verdad lo que hacía cada segundo era quitarnos y quitarnos. Nos chupaba la sangre con su alegría estival. Estamos hablando y… aquí está, ¿no lo sientes? Acechando con su tic tac escabroso. Arrancándonos el aliento a mordiscos. Robándonos el aire; las migajas de alegrías que pudieran quedarnos… Me lo está quitando todo… De pronto me he despertado viviendo mi peor pesadilla: ya no soy digno de alcanzar la belleza.

—¿Es bonita?

—Sara… no hay nadie.

—Todo envejece, Cádiz. Incluso aquello que una vez fue hermoso puede llegar a ser repulsivo. Nadie se libra del tiempo, nadie. Lo único que no cambia es la honestidad. Ésa sí que no envejece. Ser honestos con nosotros mismos… —Sara lo miró con amor— … y con las personas que amamos.

—No hay nadie.

Cuando Sara Miller escuchó la segunda negación de su marido, supo sin lugar a dudas que mentía. Que era hermosa. Que la desconocida era hermosa y joven, lo que ella ya no era. Que Cádiz se había enamorado… y que iba a sufrir. Que iban a sufrir.

Horas después pidió a su secretaria que le reservara una *suite* en el hotel Mercer de New York. Se iría no en quince días, sino al día siguiente.

36

Desde que se veía con Mazarine, Pascal procuraba comportarse como un hombre sin profesión, a pesar de que algunas actitudes de la chica le empezaban a preocupar como psiquiatra. Percibía que tenía una vida oculta, a la cual él no tenía acceso. Estaba casi convencido de que lo de su hermana gemela era una invención infantil, que tal vez encubría una carencia. Pero su magnetismo era tanto que ni siquiera él mismo podía apartarse de su influjo. Estaba sometido a su albedrío.

Aquel halo de indefensión, que contrastaba con la vehemencia con la que exponía sus argumentos, le seducía. Si no quería hacer algo, no había poder humano que la convenciera. Era ella quien empezaba a dominar la relación, y él, sabiéndose un perdedor enamorado, se dejaba arrastrar por su fuerza.

A pesar de haberle rogado que no fuera descalza por las calles, por lo menos hasta que el invierno amainara, Mazarine se empecinaba en no hacerle caso. Si bien la sensualidad que desprendían sus pies era sentida hasta lo más hondo de su cuerpo —no sabía por qué quería privarse de degustar aquella delicada visión—, también era cierto que le despertaba su más elevado instinto protector.

Nunca en toda su vida se había encontrado con una mujer que desprendiera tanta energía y le provocara tantas sensaciones y tan dispares. Las pocas horas nocturnas que ella le dedicaba cubrían con creces sus días.

Era un torbellino de fuerza que lo arrastraba, lo seducía, lo obnubilaba hasta enloquecer. La deseaba con todas sus fuerzas. Pero la distancia que ella había marcado desde el comienzo de la relación le impedía un acercamiento más allá del de un noviazgo a la antigua usanza. Era como si Mazarine estuviera fuera del tiempo y de la cotidianidad de la vida. Acceder a su cuerpo era algo impensable, y aquello le producía un deseo mayor. Cuando la sentía a su lado, le invadía una sensación de irrealidad mística. Después de haber tenido todos los *affaires* juveniles que había querido, lo que sentía por Mazarine lo derrotaba por completo.

Caminaban cogidos de la mano entre el bullicio de la noche que empezaba. El Boulevard Saint-Germain acogía sereno a los transeúntes que escapaban del trabajo, enfrascados en conversaciones, risas, exclamaciones y planes nocturnos. Mientras Mazarine saboreaba como niña hambrienta un *palmier pur beurre* que acababa de comprar en la pastelería, Pascal le propuso detenerse en su librería favorita: L'Écume des Pages. Sobre las mesas verdes, cientos de libros de arquitectura, fotografía y arte eran hojeados y analizados por aquellos que, al no poder comprar, no se privaban del placer de observar. Art nouveau, art déco, modernismo, racionalismo... Todas las corrientes pictóricas. Impresionismo, surrealismo, expresionismo, die brücke... Las obras, en ediciones lujosas, competían en belleza. Junto a ellas, la de Cádiz, con fotos realizadas por Sara, era la gran sensación. El mismo libro que Mazarine había visto en la librería Shakespeare and Co., del que había robado una página, era hojeado por un cliente que aprovechaba para tomar apuntes.

Pascal estuvo a punto de contarle a la chica que el hombre que estaba en el libro era su padre, pero se contuvo. Mazarine estuvo a punto de contarle que el hombre que estaba en el libro era su amado profesor, pero se contuvo. Sólo verlo en las fotos se le encogió el alma. No pudo seguir del brazo de Pascal.

—Salgamos de aquí —le dijo, lanzando a una papelera el *palmier* que no pudo seguir comiendo—. Me ahoga el olor a libros.

—Pues a mí es lo que más me gusta: el aroma de las páginas impresas. —Pascal la miró; su rostro estaba pálido—. ¿Te sientes bien? Te invito a un café, ¿quieres?

Mazarine sintió el dolor de no tener a su profesor en ese instante, de que el vehemente Pascal no fuera Cádiz.

Ya en Les Deux Magots se escondió tras su impenetrable silencio, aquel escudo que el psiquiatra estaba empezando a conocer. Se había ido de sí, mientras la espuma de su capuchino se diluía en la taza y la cucharilla giraba y giraba mezclando recuerdos. El rostro de Cádiz, sus ojos observándola, su risa persiguiéndola... sus manos repintando su cuerpo. No soportaba estar sin él. Necesitaba a Cádiz para ser. Después de un buen rato perdida, su voz se abrió.

—Pascal, ¿tú crees que las vidas que ya están destrozadas pueden volver a pegarse? ¿Recoger los pedazos y unirlos como si fuesen porcelanas rotas?

—¿Por qué me lo preguntas?

—¿Tú no arreglas vidas? ¿No es a eso a lo que te dedicas?

—Para que una vida se arregle, primero hace falta quererla. Querer la vida.

—¿Cómo se puede querer a un intangible?

—La vida no es un intangible, Mazarine. Tócate. Es tu cuerpo, tu respiración, lo que ves... —pasó su dedo por su boca—. Lo que sientes.

—Amamos lo que no podemos tener, Pascal. Es en la carencia donde está el dulzor. Lo que poseemos no nos duele. En cambio, lo que no podemos alcanzar...

—¿Quién te dijo que el amor es dolor?

—¿No amas más al agua cuando tienes sed? Si se une el deseo y el objeto deseado, todo se diluye, deja de valer la pena.

Pascal se acercó, buscando sus labios.

—Déjame probar. Tengo sed.

—No —le dijo Mazarine, apartándolo—. No quiero que se te peguen mis reflexiones. Me gusta como piensas.

—También puede pasar que se te peguen las mías —añadió Pascal acercándose a ella. Buscó su boca y la besó—. Mi sed por ti no se calma bebiendo, ¿te das cuenta? Sigo sediento. Cuanto más bebo de tu agua, más la amo.

Mazarine pensó en su sed. En la de ella. Tenía sed de Cádiz. Una sed que se le ponía en la garganta y la quemaba. Un dolor mudo que suplicaba y erosionaba. Ni un solo beso. Cádiz no le había dado ni un solo beso.

—¿Por qué estás tan triste, pequeña?

—No me llames pequeña, ¿me has oído? Nunca más vuelvas a llamarme pequeña.

Mazarine quería guardar esa palabra para su profesor. Le pertenecía. Él era el primero que la había llamado así, y sí, por qué no iba a reconocerlo, junto a su profesor se sentía pequeña y desvalida.

—Está bien —le contestó Pascal—. Sólo quería acariciarte con mis palabras.

—Pues elige otra, *mon amour.*

Pascal no quiso seguirle el juego y volvió a insistir en lo que de verdad le importaba.

—¿Qué te tiene tan triste? ¿Es lo mismo que te llevó a llorar la noche en que te vi por primera vez?

—Mira, Pascal, no me cabe duda de que tus intenciones son buenas y quieres ayudarme; pero te voy a decir una cosa: primero, yo no soy tu paciente, y segundo, no tienes que preocuparte por mí porque no me pasa absolutamente nada. Si quieres estar conmigo, tienes que entender que el silencio y la melancolía forman parte de mi carácter.

—Llevamos viéndonos casi tres meses y ni siquiera sé a qué te dedicas.

—Eso no tiene nada que ver con lo que me preguntas.

—No quiero que sientas que te estoy interrogando. Ésa

no es mi intención. Desde el amor que te tengo, quiero conocerte mejor... para avanzar.

—¿Avanzar? ¿Hacia dónde? ¿Tú crees que si sabes más de mí avanzamos?

—No sé si avanzamos, pero por lo menos no nos desencontramos. Podría pasarnos que de no conocer nada el uno del otro, no tengamos futuro.

—¿Futuro? Esa palabra no tiene futuro. ¿No te das cuenta de que media humanidad vive pensando en el futuro y se queda sin presente? Estar vivo para quedar muerto. Ése es el futuro. ¿Qué diferencia hay entre la vida y la muerte?

—Un abismo, Mazarine. Entre la vida y la muerte hay un gran abismo que no quieres ver.

—La muerte es sólo un sueño. Cerrar los ojos. Descansar. ¡Qué más da! Estamos de paso. Por eso no importa a qué te dedicas, pues todo lo que haces son entretenimientos para no ver que nos dirigimos a estar muertos.

—Está bien. Si no quieres decírmelo, no importa.

—Estudié Bellas Artes.

—¿Y tu hermana?

—¡Ay! Mi hermana se pasa el día durmiendo. Ésa sí que vive bien. No hace nada.

—¿Y tus padres?

—Ya te lo he dicho, siempre están lejos. No los veo nunca.

—¿Los echas de menos?

Mazarine recordó el instante en que besaba la frente helada de su padre muerto, y asintió.

—A mi padre. Sólo a mi padre... a veces.

—¿Se lo dices?

—No. —Mazarine levantó su mirada y la clavó en Pascal—. Oye, no quiero hablar más de eso. ¿Por qué no haces como yo? ¿No ves que nunca te pregunto nada? ¿Sabes por qué? Porque no me importa. Me importan estos ratos en los que hablamos y paseamos. ¿Me invitas a cenar? Hay un pequeño *bistrot* cerca de aquí.

Sobre la mesa, la boina de Mazarine y su bufanda aguardaban. Sus pies descalzos resplandecían en el suelo ajedrezado. Pascal se levantó y dejó unas monedas junto a la cuenta. Mientras se colocaba el abrigo y se preparaba para marchar, pensó que al llegar a su apartamento iba a buscar el libro de psicopatologías.

37

El frío continuaba su persecución implacable. A Sara Miller la había recibido New York con una nevada inusual para la época. El East River, que desde hacía más de diez años no se congelaba, exhibía en sus aguas embarcaciones encalladas en medio del hielo. A pesar de ello, se alegró de estar allí.

Mientras el taxi cruzaba el Brooklyn Bridge, se entretuvo tratando de imaginar sobre el mutilado *skyline* de Manhattan el anterior paisaje, donde tantos reportajes había realizado utilizando las Twin Towers como símbolo de poderío financiero.

Desde el execrable atentado del 11 de septiembre, el espíritu de su ciudad había cambiado. Con él, no sólo habían desaparecido las Torres Gemelas. A pesar de que los años habían pasado, la terrible masacre continuaba extendiendo su onda expansiva. Aunque ya no se hablaba de ello por temor a encontrarse con el dolor, todos los rostros habían unido sus razas en una sola cicatriz: la del miedo. Siempre que volvía, leía a través de ellos la sombra del espanto, de aquellas tres mil almas que quedaron vagando para siempre en la conciencia colectiva de la Gran Manzana. Todavía le costaba digerir aquel doloroso impacto visual que la abofeteaba.

Ahora regresaba huyendo de su propia sombra, pero ésta se empecinaba en seguir acompañándola.

Mientras hacía la maleta, Cádiz le había insistido en que se quedara. Que su viaje no iba a hacer que cambiara nada, pero ella, más que nunca, necesitaba alejarse.

En el camino al aeropuerto trató de localizar a Pascal para despedirse, pero había sido imposible; de su móvil salía una voz automática diciendo que el número marcado no existía. Después de haber compartido con ellos la cena navideña, su hijo había desaparecido de nuevo de sus vidas.

A medida que pasaban los días, verlo y hablar con él se le iba convirtiendo en un hermoso recuerdo, un sueño de Navidad. Ése había sido el gran regalo, su acercamiento.

Su hijo le dolía.

El desconocimiento que tenía de él y de su vida le producía vergüenza. Había estado al margen de sus inquietudes infantiles, de sus rebeldías adolescentes y también, con toda seguridad, de sus lagunas emocionales. Ignoraba cómo logró llegar hasta donde había llegado sin tener un sólido soporte afectivo.

Los años de internado en Suiza, que Cádiz y ella habían visto como la mejor opción para su educación, acabaron por alejarlo definitivamente de ellos y acercarlo a un mundo de soledades bien vestidas. En el banco siempre había dinero para todos sus caprichos, que nunca habían sido diferentes a estudiar, estudiar y estudiar. Y aun pudiéndose desgraciar en aquel mundo en el que todo lo material le era dado, su comportamiento se había revelado en contra. Había sobrevivido. Ahora empezaba a entender que esa obsesión estudiantil de su hijo, ese hambre de saber, sólo escondía una manera de llenar sus vacíos. ¿Seguiría en París? ¿O habría iniciado otro curso en cualquier lugar del mundo? ¿Qué podía hacer para recuperarlo?

El taxi se detuvo delante del hotel. Finalmente, había llegado. Un sofisticado portero la recibió con el paraguas. En el *lobby* había agitación. Karl Lagerfeld, con su ceñido pantalón negro y su camisa blanca de cuello eterno, estaba reunido con su equipo de diseñadores y con algunas modelos. Sus dedos metálicos se agitaban, dando órdenes. En el exterior, los *paparazzi* trataban infructuosamente de captar desde los cristales alguna instantánea para las revistas de moda. Al otro lado del salón, Benicio del Toro, escondido tras su gorra, estudiaba el último guión, mientras en la mesa contigua el cantante Robbie Williams reía con un amigo. Ése era el Mercer Hotel. Todo podía darse con la mayor naturalidad del mundo. Aunque estuviera lleno de famosos, nadie miraba a nadie. Allí se sentía cómoda, pues su popularidad se daba como algo natural, y por más que los *paparazzi* insistieran y buscaran camuflarse, no había manera de que se colaran dentro.

Le dieron la *suite* de siempre y, sólo llegar, decidió meterse en la bañera para sacarse el frío del cuerpo. Se quedó dormida dentro del agua y la despertó el teléfono.

—¿Sara?

—*Ohhh, my God!* ¿Dónde estás?

—¿Tienes idea de la hora que es? Estoy en el *lobby*. Te recuerdo que quedamos para cenar.

—Lo siento. Sube.

Sara se cubrió con el albornoz y corrió a la puerta. Se fundieron en un gran abrazo. Anne era su mejor amiga, su marchante y gran consoladora. Mientras se vestía, la puso al corriente de todo. De Cádiz, Pascal, la exposición... Se quedaban a cenar en el restaurante del hotel.

Bajaron y mientras esperaban la mesa, se bebieron dos Dry Martini.

—Te comenté que tenía algo para ti, Sara —le dijo Anne, con su contagiosa vitalidad—. No me lo vas a creer, pero el día que me llamaste tuve un sueño espectacular.

—Venga, dímelo ya. ¿De qué va?

—Es un trabajo delicioso y de una estética como no te imaginas. Ya sabes que cuando sueño, tengo buenas ideas.

—Va, deja de venderte y sigue.

—Quiero que lo hagas tal como lo soñé.

—Ya veremos.

—Sara, soñé que hacías un reportaje de gordos. Los maravillosos gordos de Botero. Fotografías de colores rabiosos, en sitios emblemáticos de New York. Parejas, familias, retratos íntimos... Ya sabes que aquí puedes encontrar un *casting* de escándalo. Imagínate que con ese material, además de montar una exposición espléndida, creamos un libro de dimensiones gigantescas. Se me ocurre: un metro por setenta centímetros. Y hacemos una edición limitada de cinco mil ejemplares firmados, ¿te lo imaginas? Y se venden con una preciosa pieza de titanio que sirve como peana que lo aguanta. Toda una obra de arte, de coleccionista. ¿Qué te parece?

Sara la observaba sin entusiasmo. Totalmente muda.

—¿No ves la idea? —continuó, como si no hubiera visto su desánimo—. Si quieres, podríamos arrancar mañana mismo. Pongo en marcha el *casting*, los permisos, localizaciones, derechos... Lo que sea. Ya sabes que si algo has conseguido en todos estos años es que New York, si el proyecto es tuyo, se rinda a tus pies.

—No sé... no me veo con fuerzas.

—Anda, mujer. Tú lo que necesitas es un buen meneo, sentirte vital y este reportaje es pura energía. Imagínate a una pareja de gordos en el interior de Tiffany's. —Anne gesticulaba, creando encuadres en el aire—. Él observa a su mujer, que va vestida de rojo sangre y no le caben más diamantes encima. Collares, pendientes, pulseras y anillos se desbordan en sus carnes mientras que con su boca abierta trata de engullirse el diamante más grande del mundo. ¿Sabes cómo se llamaría la muestra? *Excesos.*

Cuanto más escuchaba, más atractivo le iba pareciendo el tema a Sara.

—Te interesa... —Anne la miró fijamente—. Acabo de ver ese brillo en tus ojos que sólo lanzas cuando algo te interesa de verdad. El vestuario correría a cargo de aquella estilista fantástica, Berta Guerin, la que siempre te ha conseguido todo. La traemos de Barcelona. ¿Qué me dices?

—De acuerdo, te has salido con la tuya. Pero se hará a mi manera.

—Como siempre.

Cenaron *pizza* de trufa blanca, esa exquisitez que el paladar de Sara añoraba tanto en París, y quedaron de verse al día siguiente en la galería de Anne para poner en marcha el sueño de los *Excesos.*

Las escalinatas del Radio City Hall, los ascensores del edificio Chrysler, la recepción del Waldorf Astoria, el Madison Square Garden, una *limousine* a la entrada del hotel Plaza eran algunos de los sitios elegidos por Sara para realizar el inmenso reportaje.

Los permisos iban cayendo, y los días también. Las enormes concentraciones de obesos a las puertas de la agencia de *casting*, el torbellino de modistos que hacían los trajes a medida, los zapateros, los maquilladores y peluqueros, el estilismo; todo se había puesto en marcha y distraía las penas de la fotógrafa.

En Anne's Gallery de Wooster Street se celebraba con un cóctel la inauguración de la impresionante muestra *Estados de ánimo* de Catalina Mejía, y Sara Miller se paseaba con su copa de *champagne*, esquivando conversaciones fatuas, típicas de estos eventos, sin acabar de entender qué diablos hacía en medio de tantos artistas a los que no deseaba conocer. De repente, vio que la pintora colombiana se le acercaba.

—Me gustan tus cuadros —le dijo Sara—. Son rotundos y viscerales. Ya sabes que el alma de un cuadro es una víscera latiendo, y los tuyos laten.

—Gracias... ¿Cómo está Cádiz?

—¡Ohhh!... bien, bien. Muy ocupado, preparando su próxima exposición.

—Anne me habló que tienes un proyecto fantástico entre manos.

—Bueno, ya sabes cómo es Anne. Te envuelve en sus maravillosas redes. En realidad, me gustaría encontrar una especie de paraíso para realizar otro proyecto que me ronda hace tiempo. Un paisaje de montañas infinitas, como telón de fondo, sobre muchos verdes. Árboles milenarios. Quiero hacer un barroquismo natural. En lugar de grandiosas catedrales, árboles. La inmensidad del paisaje frente a la insignificancia del ser humano.

—Espera... —Catalina llamó a un hombre que estaba al fondo de la galería—. Tengo el paisaje más hermoso que hayas podido imaginar nunca: el Quindío.

—¿Quindío? Y eso, ¿qué es?

—Una lujuria de excesos de la naturaleza, un lugar mágico situado en medio de las cordilleras de Colombia. Las antiguas tribus quimbayas lo bautizaron con el nombre de Quindío, que en el idioma quechua significa paraíso. Y no andaban nada equivocados. Allí he llegado a contar hasta cuatro arco iris en una sola tarde, uno encima del otro. Las montañas se desbordan de cafetales doblados de racimos y de plátanos que los protegen con su sombra... Guaduales que beben de los ríos, orquídeas perezosas que florecen en todos los rincones adheridas a troncos húmedos, y mariposas inimaginables que se posan en ti y se dejan tocar domesticadas por el aire tibio. Hay tantas cosas...

Un hombre de unos cincuenta años, vestido de impecable negro, se acercó a ellas y Catalina lo recibió con una frase.

—Le contaba cómo es tu región, Germán. Te presento a... —El recién llegado la interrumpió y con un gesto ceremonioso acercó la mano de la fotógrafa a sus labios.

—No hace falta que me la presentes. Sara, es un honor para mí conocerla. Su obra es extraordinaria. Acabo de llegar de París, donde pude admirar su última muestra: realmente sobrecogedora.

Siempre que la adulaban, Sara se sentía incómoda. No sabía hasta qué punto lo que le decían era esnobismo o verdad.

Esquivó los elogios con una sonrisa rápida, pero el recién llegado insistió en continuar alabándola...

—No sea modesta. Usted ya es parte de la historia... —dijo hasta hacerla ruborizar, algo que hacía mucho tiempo no le pasaba.

—Germán tiene una magnífica hacienda en pleno eje cafetero —aclaró Catalina.

—A la cual queda desde ya cordialmente invitada —añadió el hacendado—. ¿Conoce usted Colombia?

Sara negó con la cabeza.

—Una fotógrafa de su sensibilidad —la miró directo a los ojos—, no debería perdérsela.

Anne los interrumpió. Buscaba a Catalina. Una pareja se había enamorado de uno de sus cuadros.

—Os la robo —les dijo, guiñándoles el ojo.

La cálida conversación con aquel acento de eses musicales arrastradas, la charla inteligente, la sonrisa abierta y fresca, los ojos negros intensos y los refinados modales de Germán Naranjo fueron conduciendo hábilmente a la fotógrafa hasta un nítido paisaje que se le perfilaba ante sus ojos sin buscarlo. Dos copas de *champagne*, tres, cuatro... la primera sonrisa... ¿la última oportunidad? ¿Y si aceptaba y al finalizar su reportaje en New York seguía hacia Colombia?

38

¿Qué pasaba con aquel hombre que insistía a las puertas de La Ruche? ¿Por qué no lo dejaba en paz? Si tal como afirmaba desde el citófono decía conocerlo de su época de estudiante de la Academia de Bellas Artes, ¿cómo era posible que no se acordara de su nombre?

Cádiz decidió, después de tres pesados días de insistencia, dejarlo pasar.

El pintor de la Orden de los Arts Amantis finalmente pisaba el estudio de su rival. Con fingida camaradería le fue dando detalles y señas del profesorado de aquella época, hasta hacerle recordar a Cádiz que en verdad sí habían sido compañeros. Lo que no recordó era la envidia que siempre le había tenido.

Delante de un lienzo, Mazarine pintaba bajo un chorro de luz que caía de la inmensa cúpula del techo y la convertía en una delicada aparición. Ahora que la veía, entendía por qué Jérémie afirmaba sentirla como la reencarnación de La Santa. Su energía era indiscutible, y el trazo de su mano, preciso y sabio.

—¿Tu alumna? —el envidioso pintor de los Arts Amantis señaló a la chica.

Cádiz no respondió. Le incomodaba la intromisión y excesiva familiaridad del personaje.

—¿A qué has venido, Flavien? No puedo perder el tiempo. Ya han pasado demasiados años; somos demasiado mayores para, a estas alturas, creernos colegas de nada.

—Me gustaría hablarte en privado de un asunto importante.

—Puedes hablar, estamos en privado.

—¿Y ella?

—Es de la familia.

—Está bien. ¿Has oído hablar de los antiguos cátaros?

—¿Los cátaros? ¿A qué viene esto? ¿Qué tienen que ver contigo o conmigo?

—Mucho. Creo que tu Dualismo Impúdico está inspirado en el que ellos profesaban.

—¿Piensas que yo me inventé el término Dualismo Impúdico? No entiendo nada de lo que hablas.

—Creemos que perteneces a una rama de los cátaros. Tal vez eres medio hermano nuestro, aunque... —lo miró cínico— un mal hermano. Escondes algo que no es sólo tuyo.

—¿Quiénes son los que creen? ¿De qué diablos me hablas? ¿Te has vuelto loco?

—Tienes algo que nos pertenece y nos lo vas a entregar. Por las buenas... o por las malas.

Mazarine oía de lejos la conversación. ¿Por qué le preguntaban a Cádiz por los cátaros?

—¿Dónde escondes el cuerpo de nuestra Santa?

¿Cuerpo? ¿Santa? ¿Era verdad lo que escuchaba? Mazarine se erizó.

—¿Qué santa? ¡Fuera de mi estudio! —Cádiz lo cogió por el brazo y lo arrastró hasta la puerta.

—Deberías compartir tu éxito con nosotros, Cádiz... y también tu inspiración —miró a Mazarine, quien rápidamente se escondió el medallón.

—¡Fuera de aquí!, Flavien. Estás completamente chalado.

—¿La tienes sepultada entre tus pinturas? —señaló los grandes montículos que tapizaban el suelo—. ¿O tal vez está entre las paredes? —Sus ojos se pasearon por todo el salón—. ¿Es ella quien te ha dado la fama y la gloria?

—¡Fuera, fuera! Márchate o llamaré a la policía.

—Sabemos que escondes a nuestra Sienna y vamos a descubrir dónde. Te lo advierto: no descansaremos hasta encontrarla. No estoy solo, somos muchos. Tenlo presente.

—Largo… ¡largo de aquí!

—Cádiz… ¿qué pasa? —preguntó Mazarine con voz muy suave.

—No te preocupes, el señor ya se marcha.

—Tal vez la chica quiere decirnos algo.

Mazarine se acercó al hombre y lo miró a los ojos proyectando seguridad, aunque en el fondo le inspiraba un miedo terrible.

—¿Qué le pasa, señor? ¿Le cuesta aceptar que hay un pintor más grande que usted? ¿Es acaso envidia lo que esconden sus palabras?

—Déjalo, Mazarine.

El pintor de los Arts Amantis le clavó su mirada y vislumbró bajo su camiseta el medallón.

—Te gustaría hablar conmigo a solas, ¿verdad, jovencita? Tal vez tú sepas más que él —le dijo, mientras Cádiz lo empujaba y arrastraba por el camino hasta cerrarle la puerta en sus narices.

—No se te ocurra volver nunca más por aquí, ¿me has entendido?

La había liado… ¡y de qué manera! Un bruto integral, eso es lo que era. ¿Por qué no había sido capaz de contenerse y simplemente inventarse otra cosa para hacerse lentamente amigo del pintor?

Los celos le habían podido más que la prudencia. Verlo rodeado de cuadros magníficos, envuelto en aquel halo de *grandeur* e inspiración divina, era una soberbia provocación desde todo punto de vista humillante.

Ahora, ¿cómo diría a los Arts Amantis que había desaprovechado la maravillosa oportunidad que se le había presentado en bandeja?

En su monólogo, Flavien se recriminaba mientras se dirigía por la rue des Morillons a coger el metro.

Y la chica... esa hermosura virginal que había estado a punto de sonreírle, ¡cuánta fuerza concentraba en su menudo cuerpo!

—Imbécil, ¡eres un imbécil! —exclamó a voz en grito, bajando por las escaleras del metro.

Las personas que acababan de apearse se giraron.

—Sí, señores y señoras —se puso delante de ellos—. Aquí tienen al imbécil más grande de París.

La gente lo esquivó, pensando que era otro de los muchos locos que poblaban las calles de la ciudad.

—¡IMBEEEEÉCIL! Merecerías que te pegaran —repitió, mientras se cerraban las puertas tras él.

39

En el estudio, Mazarine había dejado de pintar. Estaba aterrorizada. El hombre que acababa de marchar quería quitarle a su santa. Despojarla de lo único que tenía.

—Pequeña, estás temblando. —Cádiz se acercó a ella y la abrazó—. No tienes por qué preocuparte. A lo largo de mi vida he tropezado con alguno que otro desquiciado. ¡Pobres! Aunque quieran parecer violentos son inofensivos. ¿Te imaginas pedirme a mí el cuerpo de una santa? —rió con ganas—. Y aquella historia de si somos medio hermanos...

Los pensamientos de Mazarine viajaban a toda velocidad. ¿Por qué no podía sincerarse con nadie? ¿Y si lo hiciera con Cádiz? No. Con él sería con el que menos. ¿Qué iría a pensar de ella? ¿Y el anticuario? Si le contaba a Arcadius su secreto, ¿la ayudaría? ¿Y Pascal? No, no podía confesárselo a ninguno.

Si alguien se atrevía a quitarle a su santa, ella no podría vivir... no querría... no sabría...

—Mazarine, olvídate del incidente. No tiene la más mínima importancia. ¿Seguimos?

Antes que perder a Sienna, prefería morir.

—Ese miserable te ha roto la inspiración. Vamos a hacer un descanso. ¿Salimos a pasear un poco? —se quedó pensando—. Ya sé, te invito a comer.

Mazarine aparcó los nubarrones que desfilaban por su cabeza.

—¿A comer?... ¿Fuera?

Nunca la había invitado a salir. Sus encuentros sólo tenían lugar en La Ruche. Salvo aquel atardecer en el Arc de Triomphe, el exterior los desconocía como pareja.

—Iremos a un lugar muy especial, al que hace tiempo quiero llevarte. Sitios que esconden en sus paredes las confesiones íntimas de los más grandes del arte.

—¿Dónde?

—En el corazón de Montparnasse. Si tú y yo hubiésemos vivido aquella época... ahhh... La Rotonde, La Coupole, Le Dôme, La Closerie des Lilas. Tú, mi gran musa, mi amor, mi pintora... (un suspiro) mi amante... Perdidos en la Cantine de Vassilieff, emborrachándonos de arte. Unidos hasta el delirio por este amor a la belleza que tanto me ha dado y tanto me consume. Expresando la feroz alegría, la enlodazada tristeza... la rabia asesina, la frustración efímera... Tú y yo bailando el gran vals: el teatro de la vida, mi pequeña. La hermosa farsa. La comedia interpretada magistralmente.

Mazarine lo observaba enamorada. Eso era lo que más amaba de él. Esa pasión derramándose sobre ella en palabras. Su insensata sensatez.

—Elegirás tú.

—No sabría elegir. —Mazarine se cubrió los ojos con las manos—. Llévame donde quieras.

—¿Así que... quieres jugar? Eso me gusta. Prepárate.

Cádiz se sacó el mono y se puso el abrigo.

Salieron a la calle. La sensación de caminar de la mano de su profesor la llenó de alegría. Quería saltar, gritar. Se sentía niña y adulta. Alguien importante.

A pesar de que Cádiz insistió en tomar un taxi, ella prefirió caminar. Por nada del mundo quería perderse la emoción que le producía el aire frío sobre sus mejillas ardiendo de euforia enamorada.

Él le pasaba el brazo por su espalda, la apretaba por

la cintura, reían. Jugaban a ser niños, saltaban charcos, contaban los pasos, timbraban en las casas de los desconocidos para después huir. Ella le regalaba locuras infantiles...

Sus pies descalzos se enterraban en los restos de nieve que se derretían al sol, se embarraban, el pañuelo de Cádiz los limpiaba. Hablaban, ella cantaba canciones parisinas, las inmortales de Edith Piaf...

Quand il me prend dans ses bras,
Il me parle tout bas
Je vois la vie en rose...

Era feliz. El tiempo no existía.

Il me dit des mots d'amour
Des mots de tous les jours,
Et ça me fait quelque chose...

Estaba a su lado, la llevaba en volandas.

Il est entré dans mon cœur,
Une part de bonheur
Dont je connais la cause...

Un espacio infinito... nada o todo alrededor. Una verdad: sólo ella y Cádiz.

C'est lui pour moi,
Moi pour lui dans la vie
Il me l'a dit, l'a juré
Pour la vie.

El Boulevard Montparnasse, el de Raspail... qué más le daba. Su sueño caminaba sobre espacios imprecisos. ¿Estaba en la *rive gauche* o en la *rive droite*? En ninguna. Un instante diáfano en medio de la vida… la vida en rosa.

Et dès que je l'aperçois
Alors je sens en moi
Mon cœur qui bat.

Un resquicio de primavera empezaba a florecer en las esquinas. En algunas terrazas se recogían los protectores plásticos, aquellas cortinas que aislaban del frío y de la vida al comensal con hambre de asfalto. Las mesas de los *bistrots,* las *rôtisseries* volvían a llenar las aceras… *Bonjour, mademoiselle ; bonjour, monsieur… nous avons des Coquilles Saint-Jacques, entières et vivantes, de belle taille…* los camareros invitaban, provocaban almuerzos al aire libre.

Las espumas de las cervezas subían, los cristales de las jarras chocaban, todos festejaban una estación que prometía sonrisas. Hasta el Balzac de Rodin, altivamente abrigado sobre su pedestal, parecía querer bajarse y celebrar. La gente quería creer que el frío había marchado. Para ellos, ya no existía.

Cuando llegaron al Boulevard Montparnasse, Cádiz cubrió los ojos de Mazarine con su bufanda negra. Ella accedió encantada. Sabía que ese tipo de rituales les pertenecían a los dos.

—¿Te dejas guiar?

—Soy toda tuya.

—A ver si aciertas.

Ante la mirada atónita de los caminantes, el pintor conducía por la acera a su alumna provisionalmente ciega.

—¿Jugamos a las adivinanzas?

Mazarine asintió, agitada.

—¿Dónde te llevo?

—¿La Closerie des Lilas?

—Fría, fría.

—Ya sé. La Rotonde.

—San Balzac, ilumínala.

—A ver… ¿la estatua de Balzac?

Cádiz rió.

—Helada.

Atravesaron la avenida, con el semáforo a punto de ponerse en rojo.

—Corre, pequeña.

La sensación de ir a oscuras, en medio de la calle y a pleno día, era algo nuevo que la excitaba y agudizaba su oído. Las bocinas, sus pasos desnudos en el asfalto, todo se magnificaba. Se detuvieron.

—¿Te rindes?

—No, déjame pensar… —Tras un momento de silencio—: Ya lo tengo: La Coupole. Seguro que es La Coupole.

El *maître* de Le Dôme salió a su encuentro y Cádiz lo silenció con un gesto.

Entraron y los ojos de los comensales se clavaron en la chica de abrigo negro, pies descalzos y ojos vendados y en su maduro y enigmático acompañante. Mazarine escuchó los murmullos a su alrededor y sintió sus inquisidoras miradas, pero no le importó. Nada ni nadie le iba a arrebatar su alegría.

El profesor la ayudó a subir las escaleras situándola delante de la mesa que siempre le reservaban, aunque muchas veces no apareciera. Entonces, descubrió sus ojos.

Mazarine se emocionó. El lugar estaba lleno de pequeños cuadros con fotografías y referencias de Modigliani. Todo el restaurante era una alegoría al momento más vital de aquel París artístico. Las paredes rebosaban de anécdotas, pintores y modelos; del ambiente bohemio del París de Kiki.

—¿No me decías que tu pintor favorito era Modigliani?

Pues aquí tienes. Éste era su rincón. Aquí venía a comer con Jeanne Hébuterne, su gran y último amor.

En la pared, una frase escrita de puño y letra del italiano rezaba: *Pintar a una mujer es poseerla.*

—Pintar a una mujer es poseerla —leyó Cádiz en voz alta, mirando a Mazarine—. Cuánta razón tienes, amigo.

—Pues yo no estoy de acuerdo.

—No discutamos lo indiscutible. Tú ya eres mía.

Mazarine se molestó.

—¿Tuya?... No estés tan seguro.

Por primera vez Cádiz sintió el aguijón de la duda. Nunca se le había ocurrido pensar que podía no tenerla; que alguien podía arrebatarle su dicha.

—¿Tienes a alguien?

Mazarine mintió.

—No, pero podría —sonrió, socarrona, al darse cuenta de su repentino interés—. ¿Estás celoso, profesor?

—¡Qué dices! Aunque tuvieras a otro, tú, pequeña, ya eres mía. Si no me crees, repasa nuestros lienzos.

—Los cuadros... son sólo pinturas.

—Como pintora que eres, nunca deberías decir eso.

—Lo que cuenta es la verdad, Cádiz.

—Un día escuché que la verdad es una mentira.

—Si eso es así, entonces... ¿qué es la mentira? —preguntó Mazarine.

—¿Sabes cuántas verdades pueden existir en una tela? Todas y ninguna. Sin embargo, hay una cosa que esas telas no pueden esconder: lo que sentimos mientras las pintamos. Esto sí que es una verdad. Esos lienzos gritan deseo, pequeña. DESEO. Picasso decía: «El yo interior está forzosamente en mi tela... haga lo que haga, estará. Incluso estará demasiado... El problema es lo demás.» Ahí lo tienes: tu deseo y el mío, el gran yo interior, fusionados sin poder esconderse.

Mazarine lo observaba sin decir nada. De pronto, Cádiz

recordó la frase que hacía un momento ella había pronunciado: «¿Tuya?... no estés tan seguro», y sintió de nuevo, esta vez más fuerte, la punzada de los celos. Calló, la miró a los ojos y tomándola de las manos volvió a preguntar, esta vez suplicante.

—Pequeña mía... ¿tienes a alguien?

40

Mazarine llevaba tres noches seguidas anulándole las citas con disculpas superfluas e inconsistentes, y su voz sonaba a mentira; a querer sacárselo de encima con dulzura.

A pesar de que se moría por verla, Pascal prefirió no agobiarla y emplear ese tiempo libre en tratar de estudiar su caso.

El mapa psicológico que iba trazando de ella no se aguantaba de ninguna manera. Lagunas de conjeturas, probabilidades y, sobre todo, silencios. Con tantos vacíos, era casi imposible sacar alguna conclusión.

Trató de hacer una ficha.

Nombre: Mazarine.
Apellidos: ¿?
Edad: 23 años.
Padres: .... Viven: ¿?
Hermanos: Sí. Una hermana gemela.
Nombre de la hermana: ¿?
Quién nació primero, ella o su hermana: ¿?
Infancia: ¿?
Tipo de relación que tuvo con su padre: ¿? Posible falta de padre.
Tipo de relación que tuvo con su madre: Posible relación de incomprensión.
Estudios: Bellas Artes. (Apunta una gran sensibilidad.)

A qué se dedica actualmente: ¿?
Dirección: ¿? … ¿El Barrio Latino?

Nada, nada, nada. No sabía nada de ella y sin embargo estaba enamorado hasta del aire que respiraba. Pero su amor no era ciego: su profesión no le engañaba. Cuanto más la observaba, más convencido estaba de que escondía algo, aunque no lograba identificarlo. Mazarine tenía unas barreras impenetrables sobre su vida afectiva y todo lo que concernía a su familia y amistades. Era como si nunca hubiese tenido ni memoria ni pasado y se hubiera creado de la nada la noche que la vio caminando por Les Champs Élysées.

Sus innegables ausencias mientras estaban juntos, su mutismo, ese irse de sí y volver como si nada retomando una conversación ya pasada. Las claras alusiones al poco valor que para ella tenía el presente, sus descreídas reflexiones sobre él futuro y el sentido de la vida, la escasa emotividad que mostraba cuando él se le acercaba y la excesiva dulzura con la que a veces se refería a la muerte, la situaban en un extraño lugar. ¿Era normal o anormal? ¿Quién se atrevía a dictar los patrones de normalidad en un mundo donde cada vez se cometían más locuras en su nombre? Se sentía perdido. Empezó a merodear por sus estanterías rebosantes de tratados de psiquiatría, psicología, neurología… Abría y cerraba libros. Indagaba en sus archivos, extraía carpetas de antiguos casos tratando de descubrir algo que le diera una pista.

Buscaba, sabiendo que la respuesta no la iba a encontrar allí; que ningún libro podía resolver sus dudas. Buscaba, tratando de hallar en una página lo que no podía llenar… Buscaba, sencillamente, para no sentirse solo.

Tomó el DSM-IV *Manual diagnóstico y estadístico de los trastornos mentales* y lo fue hojeando despacio. Un sinnúmero de clasificaciones, traumas y penas se desbordaban en orden alfabético. Con la A: Abusos físicos, Agorafobia, Ansiedad, Angustia, Amnesia, Anorexia, Aversión, Alcohol… Con la B:

Bipolar, Bulimia, Borderline… Con la C: Catalepsia, Cleptomanía, Consumo de sustancias, Cocaína, Cannabis, Convulsiones… Con la D: Demencia, Delírium, Depresión, Desintegración, Deterioro, Disomnia, Duelo, Dolor… traumas humanos, destrozos producidos la mayoría de las veces por el entorno. Sintió pena de que tantos seres se encontraran desaparecidos dentro de sí mismos. En esas oscuridades que palpaba tantas veces en su consulta y que tanto lo agotaban, pero también le daban las fuerzas de seguir luchando. Mientras iba pasando las páginas, llegó a Trastornos adaptativos y fue leyendo hasta detenerse en Trastorno de la personalidad no especificado: «esta categoría se reserva a los trastornos de la personalidad que no cumplen los criterios de un trastorno específico de la personalidad». ¿Qué tipo de trastorno podía tener Mazarine? ¿Trastorno antisocial? ¿Antisocial depresivo con rasgos melancólicos? ¿De estructura histérica?…

De repente, cerró el libro. Pero… ¿qué estaba haciendo?

¿Y si no le pasaba nada a ella y al que le pasaba era a él?

Estaba tan ansioso de que su relación creciera y avanzara a su ritmo, que el hecho de que Mazarine no lo siguiera le provocaba una gran impaciencia.

¿Quién era él para tratar de hacer un dictamen sobre la salud mental de Mazarine? ¿Se había mirado de verdad alguna vez a sí mismo? Si él fuera el paciente, ¿en qué tipo de trastorno se clasificaría? ¿O se creía tan cuerdo que pensaba que nada le afectaba? ¿Era perfecto?

Después de recriminarse ampliamente, volvió a colocar el DSM-IV en la estantería y miró su móvil. Ni una sola llamada de Mazarine. Nunca lo buscaba ni enviaba mensajes. De no ser por él, posiblemente Mazarine desaparecería de su vida tal como había entrado. Evaporándose como una nube de nieve-polvo en una ventisca. A veces sentía que toda la fuerza de la relación la ponía él, y ella simplemente se dejaba querer.

No pudo contenerse por más tiempo.

La llamó.

Mazarine caminaba por la rue Galande cogida de la mano de Cádiz cuando sonó su teléfono.

—Contesta —le dijo él, viendo que ella lo dejaba sonar.

—No es importante.

—Haz el favor de contestar —insistió su profesor—. ¿O es que no quieres que yo escuche la conversación?

Había olvidado apagar el móvil.

—*Allô?*

—Siento llamarte a estas horas. Quería saber cómo te encuentras.

Cádiz soltó su mano.

—Ya hablaremos en otro momento —contestó Mazarine, contrariada.

—¿Estás ocupada?

—Sí, oye... ya te llamaré. *D'accord?*

Pascal insistió, presintiendo que la chica estaba acompañada.

—¿Hay alguien contigo?

—*Au revoir!*

Colgó.

Estaba acompañada. Seguro que estaba acompañada. ¿Cómo no se le había ocurrido pensar que podía tener a alguien? Pero, si era así, ¿por qué no se lo había dicho? ¿Por qué le había permitido ilusionarse? ¿Casada? No, imposible. Era demasiado joven. ¿Y si tenía una doble vida? ¿Si era una *belle du jour*? Pascal estaba loco de celos.

Tenía a alguien. Estaba seguro. Tras la llamada, Cádiz sentía a Mazarine nerviosa.

—¿Quién era?

—Una amiga.

—No me mientas, pequeña. Sin querer, he escuchado la voz de un hombre.

—Era una amiga y ya está bien. ¿Verdad que yo no te pregunto por tu mujer? Pues tú no deberías preguntar.

—¿Cómo es? Imagino que es joven, ¿verdad?

—Ya te dije que no tengo a nadie. Para mi desgracia, me robaste el corazón.

—¿Y qué crees que has hecho tú con el mío?

Mazarine lo miró triunfadora.

—Por cierto, hay algo que quiero saber: ¿por qué últimamente me invitas a salir de noche? ¿Dónde está Sara?

Al escuchar el nombre de su mujer, Cádiz se molestó.

—¿Por qué tenías que nombrarla?

—Porque existe.

—Lo has estropeado todo.

—No está aquí, ¿verdad?

—No voy a hablarte nunca de mi otra vida.

—Muy bien. Entonces, no me pidas sinceridad. Si tú tienes derecho a una vida sin mí, yo también tengo derecho a la mía sin ti. ¿Qué te parece si a este estilo de relación le llamamos Dualismo... —se quedó pensando— ... Impúdico?

Cádiz no contestó. Sabía que la chica tenía toda la razón, pero no se la iba a dar. Cambió de conversación.

—Así que quieres enseñarme tu guarida.

—No, mi guarida, no. —Mazarine pensó en su armario—. Allí no entra nadie más que yo... a no ser que se convierta en mi total confidente y para ello necesito fidelidad. ¿Qué te crees tú? Yo también tengo mis secretos. Lo que quiero mostrarte es otra cosa. Un local muy especial: La Guillotine, la cueva donde un grupo de músicos tocan un jazz que te mueres. Hasta te olvidas de que puedes llegar a enloquecer de claustrofobia.

Cuando se fueron acercando, Cádiz le preguntó extrañado.

—¿Ésta no es tu casa?

—Sí. El *pub* está justo enfrente.

—¿Han regresado tus padres? Porque me has dicho que tienes padres, ¿verdad? Hay luces en las ventanas.

Mazarine siempre dejaba las luces encendidas, aunque fuera de día. Así, cuando llegaba en la noche, sentía que alguien la esperaba: la total omnipresencia de Sienna.

—Nunca me has hablado de ellos.

—¿De quiénes? Ah, sí... porque no tengo nada que contar. Hacen su vida; hoy están, pero mañana pueden volver a marcharse sin decir ni adiós. Somos muy independientes. Yo no les cuestiono a dónde van y ellos, a cambio, me dejan en paz. *Liberté familière. C'est la vie, mon amour.* Ven...

La chica arrastró a su profesor dentro del bar. El ambiente estaba cargado de humo, y en el aire serpenteaba el sonido de una trompeta haciendo un solo magnífico. Bajaron por las estrechas escaleras de piedra y se sentaron en ellas, al no encontrar ninguna mesa vacía. El grupo de chicos interpretaba con maestría *Cornet shop suey,* un clásico de Louis Armstrong.

Cádiz observaba a su alrededor. Un lugar atestado de jóvenes homenajeando creaciones musicales de otro tiempo que, por su fuerza, habían sido indultadas del olvido. Allí estaba reunido el gran patrimonio efímero: la carne joven y el intelecto fresco, con el don de redimir lo que ellos consideraban un clásico moderno. Allí estaba él, adherido a Mazarine día y noche. Bebiendo de su fuerza y juventud el gran elixir de la vida.

Había sido un verdadero descanso que Sara se marchara para no tener que verse en la tesitura de dar explicaciones, desde todo punto de vista imposibles. La sabiduría que tanto admiraba en su mujer lo dejaba libre para probar y decidir. Y estaba probando. Probando a ser lo que no podía ser. El compañero de una niña de veintitrés años, que bien podría haber sido su hija y hasta su nieta; pero no se daba por vencido. Esa mano joven le guiaba y enseñaba con una espontaneidad que él ya hacía mucho había perdido. Lo acercaba a la alegría... algo tan lejano. Le tendía un lazo que lo amarraba a la vida. La abrazó y Mazarine recostó su cabeza en su hombro. Al sentirla tan cerca, Cádiz hundió su nariz en sus cabellos y los besó. Olían a champú de melocotón, a primavera.

En la semipenumbra del local, un silencio roto sólo por una voz íntima, imitando a la perfección a Ella Fitzgerald... *Oh, Lady be good,* y el sonido oscuro y certero del contrabajo a lo Ray Brown.

La vio. ¿Era ella? Sí.

Sentada en la escalera, estaba la chica de sus sueños: Mazarine... abrazada a otro. ¿A quién? Una cabeza le impedía verlo. Se movió hasta encontrar el mejor ángulo: sólo alcanzaba a ver unos cabellos blancos. ¡Estaba con un viejo!

41

Hacía muchos días que Arcadius no sabía nada de Mazarine; por eso le sorprendió verla aparecer esa mañana por su tienda.

—Me tenías totalmente abandonado, jovencita. ¿No te importa hacer sufrir a este pobre anciano? ¿Dónde te has metido? Siempre que trato de buscarte, no te encuentro.

—Lo siento, Arcadius. Estos días ando muy ocupada. Tengo que hablar con usted.

—¿Qué te pasa? Te noto muy excitada.

—Lo invito a un café. ¿Puede?

—Para ti, siempre estoy disponible.

El anticuario se levantó, cogió su gabán y giró el cartel que colgaba de la puerta: *Fermé.*

Salieron a la calle. Un sol espléndido iluminaba la rue Galande. La primavera hacía su entrada triunfal, invadiendo las calles de turistas que buscaban en sus mapas cómo llegar a la Île de la Cité. El puesto de flores vertía en las aceras ofertas perfumadas. Rosas, *liliums*, girasoles y ramos exóticos aromatizaban el aire exhibiendo ruborizados sus colores. Esquivaron los jarrones y se fueron caminando en dirección a Saint-Séverin.

—Necesito que me explique más sobre las reliquias, Arcadius.

—La otra noche entraron en mi tienda.

—¿Qué dice?

—Me robaron. ¿Recuerdas aquel pergamino que te enseñé? —la chica asintió—. Desapareció. Encontré la cerradura forzada y todo revuelto. Quienes violaron el cerrojo buscaban dinero, y al no encontrarlo decidieron llevarse algunas cosas, entre ellas el libro donde guardaba el pergamino.

—¿Usted cree que era dinero lo que querían? ¿No sería que precisamente andaban buscando lo que esconde el pergamino?

—¿Por qué lo dices?

—No sé, Arcadius. Usted me habló de que existía un tráfico de reliquias. Ese pergamino habla de un cuerpo. Tal vez estén buscando eso: el cuerpo de una mártir.

—¿Aquí?

—¿Y por qué no? Usted tiene objetos muy valiosos.

—Tú sabes algo de todo esto, ¿no es así?

Mazarine quería decírselo pero no se atrevía. Optó por lo de siempre: mentir.

—El otro día escuché una conversación.

—¿De quién? —preguntó intrigado el anticuario.

—Dos desconocidos. Hablaban de los cátaros, del dualismo y de una secta… Uno de ellos mencionó el cuerpo de una santa.

—Hay sectas que aún perviven en la más absoluta clandestinidad. ¿Sabes quiénes eran?

—Parecían dos artistas y hablaban de la inspiración… de cosas de las que usted me ha hablado y que se relacionan con los Arts Amantis.

—¿Dónde los escuchaste?

—El sitio es lo de menos, Arcadius. Estaba comiendo, en… —se quedó pensando a ver qué le decía— … en el Boulevard Montparnasse.

—¿Será posible que sean los restos de los Arts Amantis que todavía se mueven entre nosotros? —pensó en voz alta el viejo.

—Parece que andan buscando el cuerpo de una santa llamada Sienna. ¿Tiene alguna idea de para qué lo quieren, Arcadius?

—Has despertado de nuevo mi curiosidad. No sé qué tienes, pero me haces sentir vivo. —El anciano cogió su mano y la besó con ternura—. Bendita niña, ¿ves? Ahora necesito saber más.

—Tengo miedo…

—¿De qué?

—De que me quieran quitar mi medallón.

—Tu medallón no es lo que quieren. Ahora estoy seguro de que su pérdida temporal fue un robo. El porqué lo devolvieron es lo que no me encaja, pues de hecho podría ser considerado reliquia sagrada, a no ser que piensen que… —hizo una pausa— … que tú les puedas llevar a alguna pista.

—¿Yo?

—¿Te has sentido vigilada?

—Hace unos meses. Un hombre de aspecto tenebroso me estuvo siguiendo, pero se cansó.

—¿Por qué no me lo dijiste?

—Aún no lo conocía.

Arcadius se quedó pensativo.

—Se me acaba de ocurrir una idea —dijo tras unos segundos de silencio—. Tengo un viejo amigo que a lo mejor quiere ayudarnos… si todavía vive, claro.

—¿Quién es?

—Un antiguo platero, perteneciente a la Logia de Orfebres de París. Aunque hace muchos años perdí el contacto. Hummm… sólo Dios sabe dónde andará. Ya sabes niña, a estas edades lo más seguro es que haya viajado a aquel desierto donde los cuerpos se convierten en brisa que nadie oye.

—¿Y qué puede saber él?

—¡No sé cómo no se me había ocurrido antes! Puede saber cosas… muchas cosas. Siempre lo consideré una persona culta y reservada; todos sabíamos que tenía sus secretos. Él fue quien por primera vez me habló de los Arts Amantis, y, ahora que lo pienso, con una vehemencia inusual para su temperamento.

—¿Es peligroso?

—¿Quién? ¿Él?

—O... los Arts Amantis.

—Todo es peligroso en la vida si lo ves desde el miedo, Mazarine. La única cosa a la que debemos temer es al miedo mismo, lo dijo sabiamente Roosevelt.

—Entonces, ¿lo llamará?

—Esperemos que siga vivo. Cada vez me queda menos gente en este mundo. Temo que yo mismo voy viviendo horas que ya no merezco.

—No diga eso, Arcadius.

—Dime, ¿por qué estás tan interesada en saber tanto? ¿De dónde salió tu medallón?

Mazarine le dio un beso en la mejilla.

—Me parece que todavía tienes muchas cosas que confesarme, jovencita. ¿Qué te parece si, en lugar de buscar a mi amigo, eres tú quien empieza a aclarar mis dudas?

—Necesito saber por qué quieren ese cuerpo, Arcadius. Es lo único que le puedo decir. Por favor...

—Está bien. No sé qué te traes entre manos. Ni siquiera sé quién eres en verdad, pero a mis años... ¿crees que importa algo? Trataré de hablar con mi amigo. ¿Adónde quieres ir a parar con tanto secretismo?

—No me pregunte más. Un día le contaré. Ahora, prométame que me ayudará. ¿Lo hará?

—Hummm... Si me vuelves a besar, tal vez me lo piense.

Mazarine volvió a besarlo y el anticuario rió.

—Te advierto que si mi amigo ha muerto, no tengo a nadie más. Ya lo sabes.

42

La obra *Excesos* era colosal. Un trabajo impresionante, como todo lo que salía de la lente de Sara Miller. Cada retrato era una auténtica maravilla artística. Bofetadas provocadoras, intrigantes, irónicas y grotescas, en unos escenarios fascinantes, de lujos sobredimensionados y derroches satíricos que rozaban la perfección. Tras una larga estadía en su ciudad, que se prolongó cerca de siete semanas, esa noche Sara se encontraba en la disyuntiva de regresar a París o escapar a cualquier rincón del mundo. Quería un lugar donde los vientos la arrastraran y volatilizaran hasta desintegrarla de la vida. Quería olvidarse permanentemente de que existía. Tenía ganas de llegar al final, atravesar el último dintel que la dejara en el anonimato de la nada.

De Cádiz no había vuelto a tener noticias, ni quería tenerlas. O por lo menos eso era lo que se decía a sí misma. Estaba segura de que en ese momento su marido vivía una gran historia de amor, ya que nunca, ni en la más grave de las crisis, había dejado de llamarla. Le dolía su silencio, pero sabía que, con su huida, ella misma lo había propiciado y por dignidad no estaba dispuesta a romperlo.

De la *Big Apple* tomaba pequeños mordiscos para paliar el hambre de saberse comprendida y acompañada.

Pero no la saciaba. La *Big Apple* era sólo eso: una apetitosa fruta que tentaba, pero no alimentaba.

Cada noche salía a cenar con Anne, que no la dejaba ni a sol ni a sombra, y trataba de distraer sus desazones invitando a amigos que la adulaban y consideraban la diosa de la fotografía. Palabras, palabras huecas, frivolidades, entremeses, discursos aislados carentes de sintonía. No había conexión posible con ninguno de ellos, ya que lo que Sara necesitaba era encontrar la armonía. Un paisaje exterior que coincidiera con su interior. Encuentros de ideas y sentimientos, un diálogo acorde con sus vivencias más íntimas. Reflexiones sobre la existencia y las degradaciones del hombre y la mujer en el ocaso de la vida.

Necesitaba hablar del ser humano, de sus carencias, emociones y dolores. Encontrar una persona que le dijera que sí, que tenía toda la razón en sentir lo que sentía, que era normal lo que le estaba pasando.

Le parecía que estaba sola en ese deambular reflexivo que la dejaba exhausta; en esa crisis existencial en la que estaba inmersa. Pero sabía que, para la mayoría de la gente, los abatidos apestaban. Y ella estaba profundamente abatida. Su conversación podía llegar a ser muy aburrida para todos los que, tratando de huir de la realidad, preferían las banalidades como escudo protector.

En medio de una perorata de vanidades a cual más estúpida, Sara se puso de pie.

—Me voy.

Todos se giraron. No entendían cómo una mujer tan exitosa y *cool* no se encontrara a gusto en Lotus, el restaurante de moda del Meatpacking District.

Anne se levantó de inmediato y le rogó.

—Sara... ¿los ves? —señaló al grupo de artistas—. Están aquí por ti.

—Lo siento, no quiero estropear vuestra cena.

—Te acompaño.

—Ni hablar, tú te quedas. Estos días ya has hecho bastante.

—Sabes que te quiero, Sara, y odio verte sufrir. Una mujer como tú no puede permitirse...

La fotógrafa la interrumpió.

—No puede permitirse ¿qué? Estoy harta de permitirme o no permitirme. Quiero erradicar esa palabra de mi léxico.

—Tienes razón, lo siento. Yo no soy quién para darte consejos.

—¿Sabes qué es lo más grave, Anne? Que por primera vez en mi vida no sé qué hacer.

—Pues si no lo sabes, no hagas nada. Espera...

—No puedo. Mañana me subo al primer avión que salga.

—Así no puedes ir a ninguna parte.

—Es posible que ésa sea la fórmula. No tener ni destino ni trabajo pendiente. Siempre he estado programada.

—Te encontrarás igual que aquí, pero más sola. No lo hagas.

—Adiós, Anne.

Sara no quiso ceder a los ruegos de su amiga, que hasta el último momento insistió en acompañarla. Salió a la calle. Llevaba un agujero en el corazón que no sabía llenar. Quiso llorar, pero no le salió ni una lágrima. Estaba seca.

El aire de la noche olía a brea y a gasolina quemada. Quería caminar, perderse y que fueran sus pasos, sin marcarles un rumbo, quienes la condujeran.

Desde las chimeneas de la red subterránea, los vapores del agua caliente subían, se colaban por las rejillas de las aceras y salían al exterior, formando espirales fantasmagóricas. Las aceras estaban tan vacías como ella.

En el camino se encontró con algunos *homeless* envueltos en páginas del *The New York Times, The Independent* y *The Wall Street Journal.* Las primeras planas de noticias cubriendo los cuerpos desnudos de los sin techo. Una foto que no haría, porque no servía de nada denunciar las injusticias. ¿Cuántos años gastados mostrando al mundo lo que sus ojos presenciaban? El planeta Tierra desmoronándose: hambrunas, éxodos, guerras, mujeres maltratadas... una carrera perdida y desviada. La esencia de su profesión, los reportajes-denuncia convertidos en meros divertimentos preciosistas.

Había perdido todos sus años persiguiendo un sueño imposible, pues por más denuncias que plasmara, siempre existiría en cada esquina una historia sin resolver.

Prostitutas, ricos, pobres, jóvenes, viejos, risas, tristezas... En la oscuridad de la noche brillaban como estrellas las miserias humanas.

Llegó al hotel de madrugada, con los pies cansados y el alma en desorden, y antes de subir pidió un Dry Martini que le sirvieron en el bar del *lobby*. Sus ojos recorrieron una a una las mesas solitarias. Al fondo y de pie, observando el gran ventanal, un hombre bebía una copa de *champagne*. La luz exterior caía sobre el cristal de la copa, convirtiendo en oro el licor. Sara no pudo dejar de encuadrar la escena; era perfecta: *La soledad del viajero.*

Sacó una pequeña cámara que solía cargar en su bolso y disparó. El hombre, al sentirse observado, se giró y empezó a aproximarse a quien acababa de hacerle la foto.

Al principio, Sara no lo reconoció, pero cuando lo tuvo cerca supo quién era y sintió vergüenza.

—Lo siento —le dijo—. No pude evitarlo. La luz, tu espalda, la copa...

—¿He escuchado bien, Sara Miller?... Para mí es un honor que tu cámara me haya encontrado interesante.

—¿Qué haces aquí?

—He llegado hoy. Ya sabes, mi vida es ir de aquí para allá. Me hablaste tan bien de este hotel que decidí probarlo.

—No sabía ni siquiera que hubieras marchado.

—Bueno, tampoco tú me llamaste nunca. ¿Cómo iba a decírtelo?

—Mañana... me voy.

—¿Regresas a París?

Sara esquivó la respuesta.

—Lo que te propuse la noche del cóctel es en serio, sin ningún compromiso. Puedes quedarte en «San Jorge», mi finca, el tiempo que quieras. No sé por qué, pienso que te irían muy bien los aires colombianos.

La fotógrafa lo invitó a sentarse. Se alegraba de volver a verlo. Aunque habían hablado poco, Germán Naranjo parecía un hombre de fiar. Seguía sin entender por qué era tan cordial con ella.

—¿Vives en el campo?

—Eso quisiera yo, pero no puedo. ¿Sabes, Sara? Uno acaba siendo esclavo de su propia fortuna. A veces me canso de todo esto. ¿No te parece ridículo? Me gustaría volver a mis orígenes campesinos de caballos, vacas y ordeños.

—¿Y por qué no vuelves?

—Porque ya es demasiado tarde. Mi vida se subió a otro tren y me costaría demasiado apearme. No estoy preparado.

—¿Tienes familia?

—Mi mujer... perdón, ex mujer, ya es harina de otro costal.

—¿Qué quiere decir eso?

—Bueno, que ha rehecho su vida. —No pudo ocultar un deje de tristeza en su voz—. Y mis dos hijos viven felices en Miami.

—Me hablas de tu ex mujer, de tus hijos, pero... ¿y tú?

—¿Yo? Si te refieres a volver a enamorarme, no quiero saber nada de esos temas.

—¿Te duele?

—¡A quién no le duele esta vida, Sara! Lo que pasa es que es mejor distraerse, y eso es lo que te propongo. ¿Aceptas?

—No puedo. De todas maneras te lo agradezco.

—¿Otro Dry Martini?

—¿Por qué no?

El camarero los miró con cara trasnochada. Diez minutos después volvía con otra copa de *champagne* y el cóctel.

—Eres muy joven para estar tan solo —le dijo Sara a Germán, mordiendo la aceituna de su copa.

—Cuarenta y ocho años son muchos cuando se ha vivido intensamente. Pero, ¿por qué no me hablas de ti?

—Imagínate, si tú dices que cuarenta y ocho son muchos años, ¿qué te diré yo que estoy a punto de cumplir los sesenta? Soy una vieja cansada y sin ningún interés. Toda mi fuerza se quedó en las fotos. Ellas me robaron la vida.

El alcohol empezaba a hacer efecto en su lengua y necesitaba hablar.

—¿Te sientes satisfecha?

—No me hagas reír. La satisfacción total no existe. Siempre hay algo que la acaba destrozando. Complejos de culpa, por ejemplo.

—Sara... siento que tu interior te está pidiendo algo a gritos.

—¿Viajar a Colombia, por ejemplo?

—¿Por qué no? Te lo prepararía muy bien. Tienes a todo el personal de la finca a tus órdenes. Aquel reportaje del que me hablaste te saldría maravilloso. Hay unos árboles espléndidos: ceibas, samanes, carboneros, guaduales, yarumos... el río La Vieja...

—Suena tan bonito.

—Es bonito —la corrigió Germán—. Sentirás el goce de volver a la infancia. ¿Sabes que las niñas se hacen aretes con las semillas de las guamas? En la hacienda hay una pequeña escuela para las hijas de los trabajadores. Ellas te enseñarían.

—¿Guamas? —Sara rió. Ella convertida en niña con aretes colgando de sus orejas... no se veía.

—Podrías participar como profesora de algo. ¿Qué tal de fotografía? Tu español es muy bueno.

Sara lo miró con su copa vacía. Quería otro Dry Martini. Germán también pidió más *champagne*.

—Sara, la vida a veces te da regalos. Hay que aprender a

recibirlos. Estarás sola, con diez mil hectáreas exclusivas para ti. ¿Qué te parece?

La fotógrafa se lo pensó unos segundos hasta que finalmente contestó.

—Está bien. Iré a tu paraíso… ¿cómo dices que lo bautizaron los indígenas?

—Quindío.

El barman se despidió y ellos se quedaron solos en el salón hablando sobre todas las cosas que se les pasaron por la cabeza.

Aspiraciones, ilusiones, infidelidades, frustraciones, soledades, compañías, juventud, madurez… Arte, mucho arte. Libros, ciudades, exotismos, precariedades, opulencias… Los temas fluían mientras los Dry Martini circulaban por la sangre de Sara a gran velocidad y las copas de *champagne* burbujeaban en las neuronas de Germán.

Finalmente, cuando estaba a punto de amanecer y el personal del Mercer cambiaba de turno, decidieron con desgana dar por terminada la velada.

Al entrar al ascensor, Sara pulsó el número 3. Germán, ninguno. Ella se extrañó.

—¿Y tu piso?

—Voy al mismo.

El ascensor se cerró y la intimidad del acero provocó un silencio incómodo que los llevó a mirar a ningún lado. Al llegar al tercero, el ascensor se detuvo.

—Llegamos —dijo Sara por decir algo.

—Sí, llegamos —confirmó Germán.

Después de tanto diálogo se habían quedado mudos.

Caminaron por el pasillo en silencio. Ella se detuvo delante de la puerta de su habitación y la abrió. Él se fue a la de enfrente. Se despidieron con una mirada rápida y se perdieron dentro. Cuando Sara se metió en la cama, los primeros rayos de sol quemaban las sábanas.

Se quedó profundamente dormida y soñó con el verde

encendido que estaba a punto de conocer. Con el río La Vieja y sus rápidos; con las ceibas y los guaduales; con cientos de mariposas que caían sobre ella como pétalos alados... Estaba en el edén quindiano y su cuerpo se encogía; era pequeña, ínfima, una brizna de hierba en la inmensidad de la montaña... Uno, dos, tres... cinco; decenas de arco iris se dibujaban en el cielo sólo para ella, una bóveda infinita rayada de colores... era feliz.

43

Se quedó dos días más en New York, que aprovechó para encontrarse con el único hermano que le quedaba y visitar la tumba de sus padres. Ya no tenía prisa por huir. Había encontrado un destino inmediato y se dejaba ir en la aventura.

No volvió a verse con Germán Naranjo, pues al día siguiente de la velada nocturna él había abandonado el hotel muy temprano, dejándole una sencilla nota y una tarjeta con nombres y números telefónicos.

Querida Sara:

San Jorge te espera. El personal de la hacienda ya se ha puesto en marcha. Sólo tienes que confirmar a mi secretario el día y la hora de tu llegada. En la tarjeta encontrarás teléfonos (también el mío, por si lo has perdido).

Disfruta del paraíso mientras yo me quemo en este infierno financiero.

Un beso,

GERMÁN

Estaría sola, que era casi lo mismo que decir desnuda, en la inmensidad de un país que desconocía por completo. ¿Y si la soledad era peor que el ruido?...

¿Y si, por el contrario, encontraba la paz y se reconciliaba consigo misma?

Antes de abandonar el Mercer llamó al piso de Pascal. Por el cambio de horario tendría que estar allí. El teléfono timbró y timbró, hasta que finalmente escuchó la voz adormilada de su hijo.

—¿Pascal?

—¿Quién es?

—Tu madre… soy tu madre.

—¿Ha pasado algo? —Pascal encendió la lamparilla y miró el reloj. Eran las 4.25 de la madrugada—. ¿Sabes la hora que es?

—Lo siento, hijo. Quería escucharte —la voz de Sara se quebró.

—Madre, ¿te encuentras bien? ¿Dónde estás?

—En New York.

—¿Y Cádiz?

—No sé.

—Algo te pasa.

Sara calló. Hablar con su hijo la emocionaba. Después de pasar saliva, le contestó.

—No, de verdad. Sólo quería que supieras que… que te quiero mucho.

—Lo sé, madre, lo sé. ¿Cuándo regresas?

—Necesito desaparecer un tiempo. ¿Lo entiendes, verdad? Me esconderé en un sitio alejado de todo, pero quería que tú lo supieras… por si me pasa algo.

—Deja de asustarme. ¿Os habéis… separado?

—Bueno, digamos que necesitamos pensar. Ya sabes, así son las crisis matrimoniales. A veces nos cansamos el uno del otro.

—¿Te ha tratado mal?

—Déjalo, son cosas nuestras. Me voy a Colombia. Me han invitado a pasar unos días en la zona cafetera.

—¿A… Colombia?

—Me han dicho que es un país fascinante. Y ya conoces mi debilidad por lo bello. Desconectaré del mundo, Pascal.

¡Hace tanto tiempo que lo necesito! Fuera móviles y compromisos. Parece mentira, pero desde que apareció ese bendito aparato se perdió la intimidad del no estar cuando no se quiere.

—¿Sabe alguien más... adónde vas?

—¿Te refieres a tu padre? No, y no quiero que lo sepa. Pero, por si acaso, toma nota de estos números.

Sara le dictó los de la tarjeta que le había dejado Germán, y Pascal los apuntó, rogándole que se cuidara.

—Madre... cuando vuelvas, necesito hablar contigo.

—¿De qué? Dímelo ahora.

—No. Es demasiado importante para ventilarlo por teléfono. Avísame cuando estés aquí, ¿de acuerdo?

—Me dejas intrigada.

—Bueno, ya tienes un motivo para regresar pronto.

—¿Me das una pista?

Pascal no contestó.

—Te quiero, madre.

—Y yo a ti, hijo.

Sara Miller colgó y una sonrisa se dibujó en sus labios. La relación con Pascal iba cambiando. Lo sentía próximo y cálido, y se preocupaba por ella. ¿Qué querría decirle?

No permitió que Anne la llevara al aeropuerto JFK ni quiso contarle de su viaje secreto; ni siquiera le habló de la noche pasada en compañía de Germán. No quería que especulara sobre lo que no tenía que especular. Se despidieron por teléfono y quedaron de ultimar detalles sobre la inauguración de su último trabajo.

En Bogotá la recibió un hombre de voz cantarina y modales educados que, tras los saludos pertinentes, la condujo por pasillos que se salían del circuito tradicional de pasajeros hasta un avión privado. Germán Naranjo había dado órdenes de que fuese tratada como lo que era: una artista respetada por el mundo.

Cuando el avión despegó, desde la ventanilla, el espléndido paisaje le fue pintando los ojos. La sabana se extendía majestuosa enseñando su eterna primavera. Las alas del avión atravesaban el sembrado de nubes escultóricas que ella no paraba de fotografiar. Le dieron ganas de abrir la puerta y saltar sobre aquellos algodones esponjosos.

Al acercarse a la zona cafetera, el espectáculo había ido creciendo en belleza. La piel de ese país acariciaba.

Sobre una trenza de montañas azuladas se vislumbraba una extensa zona de retazos almohadillados, que desde arriba formaban una colcha vegetal indescriptible. Una apoteosis frugal de café, flores, palmeras, ríos serpenteantes, cascadas, lagos... verde, mucho verde estallando vital ante sus ojos. Tras el fastuoso banquete visual de bienvenida, aterrizaron en el aeropuerto de Armenia, donde un calor suave salió a su encuentro.

Había llegado a su escondite. Sin planearlo, la vida le brindaba un alto en el camino.

Pasó la primera noche acostada en el techo de un cobertizo, presenciando un cielo estrellado jamás visto, que vino a iluminarle fugazmente las oscuridades de su alma. El aroma húmedo de la tierra la embriagaba... el silencio roto por los búhos la arrullaba. En aquel lugar el tiempo era otro tiempo, el espacio flotaba en una mágica irrealidad. Todo era relativo. Hasta allá no llegaba el mundo. Esa sencillez la maravillaba.

Durante días caminó por sendas abiertas a punta de machete y se familiarizó con la fauna del lugar; le contaron leyendas antiguas como la de los árboles yarumos que nacían de los gusanos mojojoi y la de la vieja adornada de oros que los conquistadores encontraron a la orilla del río, y por eso al río le llamaron La Vieja; hizo fotos a los sauces estrangulados que parecían llorar en medio de la selva; subió a *jeeps* Willys destartalados y se mezcló entre campesinos, gallinas cacareando, sacos de café y racimos de plátanos; visitó Salento, con sus fachadas de colores, su plaza de banderas, sus niños engalanados de domingo y su emisora tricolor deambulando en bicicleta; se infiltró en las cantinas de mesas repletas de botellas de cerveza y campesinos; aprendió a cantar a grito pelado la música guasca, y le explicaron cómo cantarle al despecho para sacarse la «tusa» del dolor; visitó el Valle del Cocora con su infinito jardín de palmas de cera acariciando el cielo; comió truchas recién pescadas hasta hartarse... Hizo todo lo que pudo para pertenecer a aquel universo tan libre de acicales. Se olvidó de quién era... pero no de por quién sufría.

¿Qué estaría pasando en París?

Descansando en una hamaca tras una larga caminata, y dejando que el sopor de la tarde la adormilara, se la encontró Germán Naranjo. Sara tenía los ojos cerrados y él creyó que dormía. Se le acercó de puntillas y la observó un buen rato. Uno de sus grandes placeres era contemplar la vulnerabilidad de una mujer dormida. Había un cierto romanticismo barroco en esa escena. Un instante fulgurante, el desprendimiento de la conciencia y el inicio de la placidez del sueño. Estaba poseyendo su quietud. Esos segundos eran de él.

Debía de haber sido bella. La relajación del sueño alisaba su piel y le permitía imaginarla tal como había sido en su juventud. Una belleza serena y elegante. El óvalo de su rostro altivo se rendía en un suspiro. Su pecho subía y bajaba acompasado. ¿Estaría soñando?

De repente, como si le hubiera escuchado el pensamiento, Sara abrió los ojos. El encanto se rompía.

—Dios mío... ¡Qué sorpresa! No sabía que vendrías. ¿Cuándo llegaste? —le dijo tratando de componerse la camisa y ponerse de pie.

—Ni se te ocurra levantarte. Te estaba observando.

—¿A mí?

—Siento decirte que observar no es una actividad exclusiva de los fotógrafos.

—¿Y qué viste?

—Una mujer hermosa.

—Qué mentiroso eres.

—¿Un Dry Martini?

—¿Por qué no? Desde New York que no bebo ninguno. Me he pasado al aguardiente…

—Veo que ya dominas las costumbres locales. Eso está bien.

—Germán… —Sara hizo una pausa—. Gracias. Este viaje ha sido el regalo más bello de mis últimos años. Te debo una.

—La conversación de aquella noche en el hotel, el que me hubieses escuchado, también fue un gran regalo para mí. Como ves, estamos en paz.

El hacendado llamó al mayordomo y éste regresó trayendo en la bandeja dos cócteles.

—Te invito a cabalgar esta noche. Habrá luna llena —le dijo Germán, tras chocar su copa con la de ella.

—No sé si me acuerdo. Hace tantos años que no subo a un caballo.

—Sólo déjate ir y sigue su ritmo. Cabalgar es una cuestión de armonía, un movimiento con música interior. Compases perfectos. Tú y el caballo convertidos en un solo ser. Es… como hacer el amor.

Sara se quedó en silencio. Hacer el amor. ¡Hacía tanto tiempo que ella no lo hacía! Sentir… ¿Cómo debía de ser volver a vivir aquel suave cosquilleo en sus entrañas? Cambió de conversación.

—No tengo el equipo apropiado.

—Te aseguro que esta noche… —la miró directo a los ojos— no lo vas a necesitar.

44

Mazarine contemplaba pensativa el delicado rostro de Sienna. Aquel sueño eterno era diferente al de los muertos; mientras éstos habían perdido el alma y se convertían en fríos personajes de cera como los vistos en el Musée Grévin, ella parecía resplandecer de vida. Observaba su pecho, esperando el gran respiro que la despertara de su eterno letargo, y a veces, sólo a veces, le parecía sentir aquel halo perfumado de espliego flotando sobre ella como el anuncio de una primavera a punto de florecer.

La visita de aquel pintor que irrumpió en La Ruche pidiendo a gritos a su profesor el cuerpo de una santa, el extraño personaje que durante días la persiguió y las nada descabelladas suposiciones del anticuario le tenían despiertas todas sus inquietudes. Ahora quería saber de qué manera había llegado el cuerpo a su casa.

¿Qué tenía que ver Sienna en todo lo que le estaba ocurriendo? ¿Cómo era posible que no existiera ningún familiar, ni abuelos, ni tíos, ni primos, nadie a quien acudir que le explicara el origen de ese secreto? ¿Habrían dejado sus padres algún documento o alguna pista que la llevara a entender lo que estaba sucediendo? ¿Por qué querían arrebatarle el cuerpo de su querida Sienna, si era lo único que le quedaba en su vida?

Revisó con los ojos, palmo a palmo, el interior del gran cofre de cristal, buscando algún detalle. Lo que quedaba de la túnica no parecía decir nada. Sólo los bordados en hilos de oro que seguían los bordes de su manto llevaban algo llamativo: unos textos presumiblemente en occitano, de difícil comprensión, dado el deterioro en el que se hallaban.

¿Y entre las manos? Su mirada se detuvo asombrada. ¿Qué era lo que alcanzaba a verse entre sus dedos? Ese fino cordel, anudado al dedo del corazón a modo de anillo... ¿cómo no lo había visto antes? Algo parecía esconderse bajo sus manos entrelazadas.

Mazarine se acercó aún más.

—Lo siento, Sienna —le dijo mientras levantaba con suavidad sus manos tibias, dormidas.

¡Una llave! Escondida bajo sus manos, una oxidada llave permanecía atada al fino cordón de cuero. Despacio y con mucho cuidado, Mazarine decidió desanudar la delgadísima cuerda y retirarla.

¿Una llave? ¿Sería eso lo que buscaban quienes perseguían el cuerpo? Pero... ¿una llave de qué? ¿Adónde la conducía este hallazgo?

Una llave sin cerradura no era nada, simplemente era una mitad sin resolver. Por fuerza, aquel descubrimiento debía de conducirla a algún lugar o a un gran secreto. Empezó por analizarla. Los extraños arabescos tenían sin duda un significado, y aquellas seis pequeñas piezas que sobresalían a lo largo de la llave parecían diseñadas en exclusiva para algo. Se detuvo en la última: el diminuto grabado... ¡era el mismo símbolo del medallón!

¿Quién la habría escondido allí? Ahora tenía que encontrar la cerradura, que era casi lo mismo que buscar una aguja en un pajar. Corrió a su habitación y escondió la llave bajo la almohada; después, se despidió de La Santa, hablándole con dulzura sobre sus planes.

Salió a la calle y se dirigió a la tienda de Arcadius. Los cristales que colgaban de la entrada la anunciaron, rompiendo el profundo silencio del local. El anciano levantó la mirada, pero esta vez no salió a su encuentro.

—Hola, Arcadius. ¿No se alegra de verme?

—Siempre me alegras la vista, jovencita. Es que últimamente ando con la ciática alborotada.

—Pobre. ¿Quiere que lo acompañe al médico?

—No te preocupes por mí y cuéntame. Has entrado con mucho ímpetu… ¿Tienes algo que decirme?

—Quería preguntarle si finalmente pudo ponerse en contacto con su amigo, el orfebre.

—Ya lo he localizado y lo más importante está resuelto: aún vive. Pero todavía no logro hablar con él. Las veces que lo llamé no lo encontré, aunque me he hecho amigo de su mujer; parece que me confunde con alguien y me ha estado contando ciertos temas.

—¿Qué temas?

—Los que nos interesan. Es posible que la anciana sufra demencia senil; sin embargo, ha dicho cosas muy coherentes. Su marido se escapa algunas noches, dice que a reunirse con los miembros de una logia, y no precisamente la de los orfebres de París.

—Tiene que hablar con él pronto, Arcadius. Es importante.

—Bueno, niña, ¿a qué viene tanta prisa?

—Usted ya sabe… aunque no se lo diga, tiene la virtud de leer mis pensamientos.

—Ya me gustaría tener también la de corregírtelos. Así no vas a ninguna parte. Lo malo es que lucho contra un rival muy fuerte: tu juventud. —El anciano cogió el teléfono—. Déjame volver a insistir.

Esta vez, el joyero estaba en casa. Hablaron y quedaron para encontrarse esa tarde. Con una disculpa de lo más anodina, Arcadius había logrado que el orfebre se entrevistara con él.

A las cuatro en punto entraba en su tienda el platero que meses antes había examinado el medallón de Mazarine, la valiosa pieza que le había llevado el hombre de los ojos nublados.

Los primeros minutos los ocuparon en recordar tiempos pasados, los siguientes en quejarse de la edad y los achaques, y los últimos entraron en materia.

Arcadius le explicaba que lo había llamado para que verificara la autenticidad de una remesa de joyas y monedas antiguas que acababa de recibir. Tras analizar y dar por buenas las piezas, el joyero terminó enfrascándose en una larga y amena conversación con el anticuario.

A lo largo de la tarde se fue generando entre ellos una auténtica camaradería. Una especie de hermandad coincidente que los llevaba a compartir las mismas ideas de cuanto tema tocaban. El orfebre era un solitario empedernido, venerador de la belleza en todos los órdenes, descendiente de una dinastía de artesanos que iban perpetuando su arte en los metales. Arcadius, en cambio, era el preservador de ese y muchos artes. Quien se encargaba de buscar, comprar, limpiar, pulir, cuidar y restaurar las piezas abandonadas por los muertos, hasta encontrarles otros dueños que supieran valorarlas y cuidarlas como era debido. Muchas veces había llegado a rebajar el valor de alguna de ellas al adivinar en el brillo de unos ojos el amor que le tendría.

Cuando llegó la noche, el anticuario acabó cenando en casa del orfebre. Una conversación culta, que discurría entre merovingios, visigodos, templarios, vírgenes negras, masones, melkitas... historias cargadas de odios y amores. De luchas, sangre y verdades enfrentadas.

Después de beber unas cuantas copas del Armagnac destilado por la familia y fumarse un Davidoff Chateau Margaux que hacía tantos años no saboreaba, acabaron yéndose en su conversación al sur de Francia. Fueron saltando por encima de los siglos hasta perderse en los campos occitanos entre Perfectos y Perfectas cátaros, trovadores, señores feudales, ceremonias como el *consolamentum* y preceptos. Cuando rayaba la medianoche, aparecieron finalmente en la tertulia los Arts Amantis, y con ellos la oscura e incompleta historia de La Santa.

Arcadius no pudo reprimir su curiosidad.

—¿Cómo es posible que se sepa tan poco del ser más venerado por ellos?

—Hubo un robo. El terrible e imperdonable robo de un cofre que contenía toda su historia. Lo que se conserva fue rescatado de las profundidades infinitas del tiempo por familias que, continuando la tradición, decidieron contarlo y ha pasado de generación en generación como una misteriosa leyenda. Cuentan que La Santa era la hija de un gran señor feudal. Una princesa de una bondad y hermosura extraordinarias. Se paseaba por las calles acompañada de su doncella, y decían que en medio de la sórdida corte de mendigos que se arremolinaba a su alrededor en busca de favores, ella, sin ningún tipo de temor ni escrúpulo, se les acercaba y con sus dulces manos los tocaba, curándoles la lepra y otras enfermedades, incluso las del alma. Para muchos, la sola contemplación de su imagen sanaba. Su padre no podía detenerla. La fuerza de su bondad era tal que no había poder humano que no cayera rendido a sus pies. Era la gran abanderada de la justicia. En su castillo, decenas de necesitados, viejos, lisiados, locos y abandonados encontraban cobijo, comprensión y comida. Todo cuanto salía de sus manos se convertía en arte. Bordaba, pintaba y cantaba como los ángeles, pero no por ello era débil. A pesar de su juventud, apenas dieciséis años, su fuerza se sentía en toda la región. Los Arts Amantis la adoraban porque representaba todo lo que ellos querían ser: el amor y el arte en estado puro.

—¿Y qué fue de ella?

—Fue asesinada. Y hasta hace poco, se creía que había muerto lapidada. Ahora, dicen que murió siendo violada por unos monjes.

—¿Quiénes lo dicen?

—A estas alturas de la noche, tal vez pueda confesarte algo, Arcadius. —El orfebre lo pensó un instante y, aunque nadie les escuchaba, bajó la voz—. Pertenezco a los Arts Amantis.

—¿Quieres decir que los Arts Amantis aún existen?

—No como antes. Desgraciadamente, la hermandad se ha desvirtuado notablemente. Hay personas que no deberían pertenecer a ella, pero echarlos es algo que no está contemplado en nuestros principios.

Arcadius quería saber mucho más.

—¿Y dónde están?

—Entre nosotros. Tú y yo, todos podríamos pertenecer sin que nadie se enterara.

—¡Fascinante!

—Sí que lo es. Te sorprendería encontrarte con gente tan diversa y en algunos casos tan antagónica. Lo que sí parece que todavía se conserva es el amor por el arte; en eso todos estamos hermanados. Pero las envidias y los odios están destruyéndonos. Por eso es tan importante regresar al comienzo. Encontrar el cuerpo de La Santa y el cofre que contiene toda nuestra historia. Según cuentan, hasta después de muerta continuaba sanando.

—Pudo haber sido víctima de los saqueos —dijo Arcadius—. Al fin y al cabo era una reliquia. Todavía existen mafias que trafican con ellas.

—¿Tú sabes algo de eso?

—En el medio en que me muevo, a veces te llegan historias de huesos de santos, cálices sagrados…

El platero vio una posible luz en Arcadius. Tal vez él podría ayudarles en la búsqueda.

—Deberías acompañarme a la próxima reunión —le

dijo—. Te presentaré como uno más de los nuestros; un familiar venido del sur del país. ¿Qué te parece?

Arcadius asintió satisfecho. Era más de lo que podía imaginar. Pensó en Mazarine.

—Allí estaré.

—Antes, tendremos que confeccionarte una capa. En eso mi mujer es una experta; borda de maravilla. Déjamelo a mí, amigo.

45

No sabía nada de Sara. Con el correr de los días, entre su mujer y él se había ido creando un pacto tácito que les eximía de buscarse y eso, aunque al principio había sido un descanso, ahora empezaba a preocuparle. ¿Y si le había pasado algo?

Llamó a Anne a New York, quien se sorprendió al saber que su amiga aún no había regresado. Estaba convencida de que Sara hacía días se encontraba en París. No. No tenía ni idea, le contestó cuando Cádiz le preguntó si sabía dónde encontrarla. Su móvil se hallaba apagado o fuera de cobertura, como anunciaba la voz, y el buzón estaba lleno. Nadie tenía noticias de ella.

Al verlo tan angustiado, Anne decidió tranquilizarlo diciéndole que Sara le había comentado, dos días antes de regresar, su deseo de desaparecer un tiempo y, conociéndola, la hacía en medio de alguna tribu de aborígenes en cualquier lugar del mundo, disparando fotos a destajo.

—No te preocupes, Cádiz. Seguro que está bien. A veces las mujeres necesitamos aire para renacer. ¿No te estarás portando mal tú, ah... sinvergüenza?

—Anne, si sabes algo de ella llámame; pero, sobre todo, no le digas que la he buscado.

—No sé qué es lo que está pasando entre vosotros, ni me debería meter, pero te digo una cosa: no vale la pena que ahora lo echéis todo a perder; habéis vivido muchas cosas juntos.

Cádiz prefirió no darle explicaciones. Nadie entendería su extraña situación. Ahora que se suponía que estaba solo, sin Sara y en libertad para hacer, lo único que quería era pasar las tardes como un muchacho enamorado al lado de aquella niña que le había devuelto a la vida. Un amor platónico que alcanzaba las dimensiones de la historia más inverosímil jamás contada. Se miraba a sí mismo y no se reconocía.

Mazarine reía observando cómo Cádiz trataba de dibujar sin resultado sus pies en uno de los cuadros.

—¿Por qué no me dejas a mí? Acéptalo. Los pies no son tu fuerte. El trauma de la andaluza te dejó inhabilitado para pintarlos.

—Es posible... pero no para acariciarlos.

—En eso tienes razón.

Cádiz acercó el fino pincel hasta los pies de su alumna y lo introdujo despacio entre sus dedos, mientras le preguntaba.

—¿Por qué no quisiste que nos viéramos anoche, pequeña?

Las caricias de su profesor no la dejaban pensar.

—Contéstame, Mazarine.

El pincel entraba despacio y la excitaba.

—Tenía...

—¿Qué tenías?

El pelo de marta acariciaba. Aquella visión la hacía soñar.

—... un compromiso.

—¿Con él?

—Puede ser.

Cádiz retiró con brusquedad el pincel y ella sintió que haciéndolo la castigaba.

—¿Por qué lo haces, Mazarine?

—Porque tú sólo me quieres para pintar. En cambio, él...

—¿Te has ido a la cama?

—Eso... no te lo pienso contestar.

—No te atrevas. Eres mía.

—Te equivocas, tú no has querido que lo sea.

—No sabes de lo que puedo llegar a ser capaz.

—¿Me estás amenazando?

—Es sólo amor. Por favor, Mazarine…

—No creas que estaré para siempre esperando.

—No puedo prohibirte que tengas a alguien, pero quiero que sepas que me enfurece pensar que puedas llegar a estar en manos de otro. Te lo advierto: no alborotes mis celos.

—¿Y qué pasa con los míos? ¿Crees que yo no los siento?

—Dejémoslo. Hemos entrado en un terreno que no nos lleva a ningún lado.

—¿Otra vez tratando de separar tus dos mundos? Está bien, profesor. Tú sabrás. Esta noche… tampoco puedo quedar contigo.

—Claro que no quedaremos. Tú te quedarás aquí, acabando estos cuadros —señaló un par que estaban en el suelo.

—Ni hablar.

Cádiz se sentía impotente frente a su inesperada rebeldía. Le dieron ganas de arrancarle el vestido y poseerla entre los lienzos; de olvidar sus angustias, siendo por una vez lo que había sido.

—No irás con él.

—Claro que iré. —Mazarine había encontrado la fórmula para provocarlo—. Me quiere, ¿sabes? Me quiere de verdad.

—Y yo, Mazarine. ¿Es que no lo ves?

—Pues entonces demuéstramelo.

—El sexo no lo es todo. ¿No te vale mi intención? ¿No sientes que te amo? Pequeña, creo que te falta entenderme y no te culpo. A tu edad, el amor es otra cosa.

—El amor es el mismo en todas las edades, Cádiz. Sólo cambia la fachada, pero… ¿el interior? Fíjate: los celos, las expectativas, las ganas de sentir y poseer… ¿Crees que en ti son diferentes porque tienes más años que yo?

—Yo ya tengo mi destino cumplido.

—Eso no es verdad. En este momento tú podrías modificarlo, si quisieras, claro. Pero no quieres. Has dejado envejecer tu voluntad. Es allí donde tienes el problema y no en tu cuerpo. Pero no importa, porque has decidido no entenderlo.

—Hablas así porque todavía no sabes qué es estar aquí. Te miras al espejo y éste te devuelve una imagen hermosa.

—¿Y a ti no te basta saber que tu imagen de hombre mayor puede ser bella para mí? ¿Mis percepciones no cuentan? La pasión no tiene por qué estar relacionada directamente con lo que tú consideras belleza. Parece mentira que seas un artista.

—Nunca nos pondremos de acuerdo, Mazarine.

—Cuando no te conocía, te admiraba. Ahora, cuando parece que te revuelcas en la autocompasión, se me enredan los sentimientos y no sé qué sentir por ti. No me gustaría bajarte del pedestal donde te tengo. Tal vez en eso consiste lo que siento: en haber fabricado una imagen de ti que no es la verdadera. ¿Sabes por qué no avanzamos? Porque hay un deseo no consumado.

—Te equivocas, pequeña. Precisamente por ello —extendió sus brazos, señalando los lienzos que se amontonaban en las paredes— estos cuadros son majestuosos.

—¿Insinúas que, cuando terminemos de pintarlos, llegará el momento en que nuestros cuerpos ardan?

—Al principio será maravilloso; una llamarada, los leños secos que prenden, las chispas saltando, las lenguas de fuego danzando unidas, subiendo, subiendo… Un gran incendio, quemando, arrasándolo todo. Y después, con el correr de los años, aparece de pronto la rutina; la leña mojada que no prende, las llamas que no suben, el calor que no calienta… Los gritos de placer convertidos en razones. —Mazarine lo escuchaba en silencio. Tenía ganas de decirle que con ella eso no iba a pasar, que cada día le inventaría placeres nuevos, pero sabía que no la creería—. Y empezaremos a cambiar los cuerpos por la filosofía, los jadeos por los discursos, los suspiros por las noticias... Ahora puedo sentir que te estremeces como un pájaro cuando mi pincel te toca. Percibo tu pasión y ella genera en mí otra pasión, inapropiada, extraña... llena de lujuria y remordimientos, y de ella nace una imagen. El alma conectada al pincel, el sexo conectado al color... brotando con toda su fuerza. —Cádiz pasó su mano sobre la cabeza de Mazarine, la acercó y besó en la frente—. Eso, pequeña mía, no puedes saberlo porque no lo has vivido.

—Parece que te estuvieras probando a ti mismo.

—Es posible. No sólo los jóvenes van probando sus límites.

—Tus límites invaden los míos y me hacen daño. ¿Alguna vez has pensado que me puedes estar haciendo daño?

—Te has creado expectativas; tu mente las ha creado. Yo no tengo la culpa de eso.

—Eres egoísta, Cádiz. Lo peor es que hasta tu egoísmo amo.

De repente el móvil de Mazarine los interrumpió. Había olvidado desconectarlo.

—Te está llamando. No puede vivir sin ti —le dijo Cádiz con sorna.

Mazarine contestó y fue hablando bajo, con un tono muy suave, tratando de provocar los celos de su profesor. Era Pascal. La llamaba para invitarla a cenar. Quería decirle algo importante.

—*D'accord.* Allí estaré, *mon amour* —le dijo ella, mirando fijamente a Cádiz.

—¿Cómo te atreves a hablarle así delante de mí? —le preguntó enfurecido el pintor.

—¿Qué haces, Mazarine? —inquirió Pascal antes de colgar, intrigado al escuchar la voz de un hombre.

—Estoy en clase.

—Dile la verdad. Dile lo que hace un momento me decías: que me amas. —Cádiz continuaba interrumpiendo la conversación.

—Mazarine, hay un hombre contigo. ¿Tienes a alguien? —Pascal insistía.

—Es mi profesor. Tiene muy mal genio.

Cádiz, poseído por los celos, trató de arrebatarle el teléfono y Mazarine colgó y emprendió una loca carrera por el salón, huyendo del profesor que la perseguía. A su paso, las pinturas caían, los caballetes temblaban, las paletas planeaban en el aire, los pinceles eran lanzados como flechas sin arcos, buscando encontrar un blanco donde estrellarse. Una espiral de cólera hacía girar el estudio sobre su centro, convirtiendo el lugar en el ojo de un huracán. Después de correr y correr sobre el recinto circular, huyendo de la ira de Cádiz, Mazarine fue subiendo las escaleras de caracol que conducían a la cúpula de cristal de La Ruche. Nunca se había atrevido a hacerlo. Arriba se encontró con una cama inmensa, desvestida de lino blanco, con las sábanas izadas por la ventisca interior y las plumas de las almohadas girando locas en el aire revuelto.

Cádiz la alcanzó, empujándola al lecho con toda la rabia de sus celos. Ella cayó boca abajo y él, de un tirón, le arrancó la ropa; al ver su espalda desnuda y sus braguitas reventadas sobre su piel, su sexo se irguió. Se colocó sobre ella. ¿No era eso lo que quería? Pues lo iba a tener. Cuando empezaba a bajarse la cremallera de sus pantalones, la escuchó llorar y suplicar, y sus lágrimas le devolvieron la cordura. El viento cesó de golpe. El huracán se iba. ¿Qué atrocidad había estado a punto de cometer? La fue besando palmo a palmo, pliegue a pliegue, pidiéndole perdón. Sus sollozos le dolían en el alma, le confirmaban su idiotez y bajeza. No, así no iba a ser.

Si alguna vez lo hacía con ella, iba a hacerle un amor como nunca lo había hecho en su vida: SUBLIME.

46

Desde que iba con Cádiz, Mazarine fumaba y eso le estaba suponiendo un gran mordisco a su escueta pensión de orfandad. Salió del estanco y contó el cambio: le quedaban cincuenta euros con setenta céntimos para acabar de pasar los últimos diez días de abril y comprar aquello que quería.

Cada inicio de estación, mientras los anuncios provocaban la compra con hermosas modelos vistiendo los últimos diseños de la temporada, ella huía de los escaparates de las tiendas de moda, dejando para otros la tentación de estrenar. Su vestuario se reducía a dos tejanos, cuatro camisetas, tres jerséis y su eterno abrigo.

No podía darse el lujo de tener ningún antojo extra. El poco dinero que le sobraba después de pagar el agua, la luz, el teléfono y la comida se lo gastaba comprando óleos y lienzos en la *boutique* Sennelier del quai Voltaire, donde le hacían descuentos de estudiante.

Esa tarde, lo único que quería conseguir era un abrigo ligero, pues el que llevaba empezaba a ser demasiado pesado para la primavera.

Desde que había empezado a asistir al estudio de Cádiz, vestir de negro se había convertido en su uniforme y único traje. En una tienda *vintage* de su barrio encontró, a precio de ganga, un gabán negro masculino de segunda mano y se lo quedó.

Con sus pies desnudos y la gabardina que acababa de

adquirir apareció en el Hôtel Costes. Al entrar, la atmósfera de velas derretidas, cortinajes barrocos, sofás rojo terciopelo y música *chill out/lounge,* la envolvió. En el bar la esperaba Pascal.

—¿Un mojito? Los hacen impresionantes —le dijo él, ofreciéndole un vaso con perfume a menta recién cortada—. Déjame mirarte... Estás preciosa.

Mazarine se acercó y le estampó un beso rápido en la boca.

—Así no —le susurró—. Tendré que enseñarte a besar.

La acercó y delante de todos volvió a besarla, esta vez apasionadamente.

¿Qué le ocurría a Pascal esa noche que lo sentía tan diferente? Era como si se hubiese desdoblado, y del fondo de esa bruma misteriosa de psiquiatra preciso emergiera otro ser mucho más pasional y seguro; más loco y divertido.

—Me gustaría saber... ¿qué te pasa? —le dijo Mazarine tras el beso.

—Ahora comprendo a los locos de amor. No entienden de razones. El amor los arrastra, revuelca, aplasta y ahoga, pero ellos resucitan en un beso. Preguntas... ¿qué me pasa? Me pasa que no puedo aguantar no verte. Odio el vacío que dejas cuando no estás. Me pasa que te amo.

Ella volvió a besarlo. Quería sentir todo lo que él sentía; olvidarse por un instante del dolor que le causaba Cádiz. Cerró los ojos y se dejó ir... No, no, no... ¿O tal vez sí? Un aleteo leve, casi nada... Sí. ¡Sí! Le gustaban sus besos. Eran blandos y jugosos. Su lengua entraba despacio, seguía sus labios sin prisa —orillas de una playa que prometía oleajes— y finalmente se lanzaba, como un pez volador en el mar salado de su boca, a encontrarse y atarse en las profundidades. Lenguas enroscándose y desenroscándose; laberintos oscuros, ecos sin voz; saliva tibia con aliento a futuro y sabor a menta.

—Mazarine... te amo —Pascal deslizó las palabras entre sus dientes húmedos y continuó besándola—. No sé quién eres en verdad. A veces pienso que ni siquiera perteneces a este mundo… pero te amo.

—Y yo a ti, Pascal.

Mazarine quería llenarse de amor, cargarse de motivos que la empujaran a corresponderle; vaciarse de esa sed de Cádiz que la estaba ahogando y llenarse de sed de Pascal: agua fresca y pura al alcance de su boca.

—Me gustaría preguntarte muchas cosas, ¿sabes? Dudas que me asaltan, lagunas que tengo con respecto a tu vida, pero no quiero condicionar mi amor a tus confesiones. El amor debe estar por encima de todo. Además, estoy convencido de que nada de lo que me respondas logrará cambiar mis sentimientos hacia ti…

—Ya sabes que odio las reglas —le dijo Mazarine.

—Lo sé. —Pascal miró los pies desnudos de la chica—. Me consta que es así. Por ese motivo, rompiendo todas las reglas del tiempo, quiero proponerte algo…

De pronto, un camarero los interrumpió.

—¿*Monsieur* Antequera?

Pascal asintió con la cabeza.

—Su mesa está lista. Pueden pasar.

Se dejaron conducir por los pasillos que rodeaban el imponente patio interior. Atravesaron un salón, dos, tres, hasta llegar a un discreto rincón donde les esperaba parpadeando una vela.

Comieron, bebieron, hablaron, rieron, se besaron y cuando llegó el momento del postre apareció el *maître* con un plato cubierto por una gran campana de plata.

—*Crème brulée, mademoiselle* —anunció a Mazarine, colocándolo delante de ella.

—No he pedido postre.

—Le aseguro que éste no se lo puede perder.

Mazarine miró a Pascal, que le devolvió una mirada de no saber de qué se trataba.

—Permítame decirle que esta clase de postre sólo puede

ser descubierto por la mano de quien lo va a degustar. *S'il vous plaît…*

Mazarine volvió a mirar a Pascal, y con un gesto el psiquiatra la invitó a abrirlo. El *maître* se retiró, dejándolos solos.

Al levantar la campana, apareció una pequeña tarta, en forma de estuche de joya abierto, con un espectacular anillo de brillantes clavado en su centro. Sobre el plato, y escrito en *syrup* de chocolate, se leía: *¿Quieres… conmigo?*

—¿Casarme?

—Ya sé que puede parecerte prematuro, pero…

—¿Casarme? —repitió, sin dar crédito a lo que veía.

—No tiene por qué ser ahora.

Mazarine cogió el anillo untado de chocolate y, sin saber qué decir, se lo llevó a la boca y lo chupó.

El brillante resplandecía entre sus labios como una flor de luz.

—Estás loco, Pascal. Es… precioso.

—¿Quieres?

No podía responder. Tenía un nudo de temor, angustia, tristeza… y en el fondo de todo una especie de extraña alegría. Un anillo que simbolizaba un compromiso. Una renuncia que le abría otra puerta. Ella, casada con Pascal. ¿Y qué iba a ser de Cádiz? ¿Y de Sienna?

—Déjame que te lo ponga.

Pascal extendió su mano y Mazarine se lo entregó. Nunca había imaginado que una persona quisiera vivir con ella el resto de su vida. Que fuera especial para alguien.

El anillo se deslizó en su anular mientras sus pensamientos iban y venían de La Ruche al Hôtel Costes, de Cádiz a Pascal, de la locura a la razón, de la pasión a la calma, del sí al no, del no al sí, en una mezcla de sentimientos revueltos.

—No contestes, *mon petit chou.* Cuando lo mires, sólo quiero que tengas presente lo maravillosa que eres y lo mucho que te amo.

Pascal vio en los ojos de Mazarine dos lagos silenciosos a punto de desbordarse.

No sabía qué hacer. Si aceptaba quedarse con el anillo, suponía pérdida y olvido. Perder a Cádiz, olvidarse de aquellas tardes, de esa pasión que la arrastraba... de su pintura. No volvería a pintar más con él. Una vida quieta, sin galopadas de corazón. Suponía decirle la verdad: que estaba completamente sola. Que le había mentido; que no existía ni hermana, ni padres, nada a qué atarse, y que además Sienna compartiría sus vidas porque necesitaba sentirla cerca para siempre.

—¡Hey!... sólo quiero darte alegrías. Te amo, Mazarine. Eso es todo.

Observó su mano: el diamante capturaba sus pensamientos, reflejando sus luces y sus sombras. Destellos de miedo y dudas... sus dedos jugaban con él. ¿Se lo quitaba? ¿Lo devolvía? Los ojos de Pascal, vaciados de amor, la miraban sereno. ¿Y si le decía que no, que no quería renunciar a su insípida vida? No. No podía hacerle eso. También lo amaba.

—Quiero decirte...

—Sssst... —el índice de Pascal se posó sobre los labios de su novia—. No digas nada. Déjame que sueñe que tus ojos me dirán que sí; que un día me abrirás el lugar donde residen tus silencios. No, no digas nada. Déjame perderme en la alegría de saberte mía, aunque aún no lo seas.

Mazarine no dijo nada.

47

La noche era cálida. Al fondo, la luz azulada de la luna creaba sobre los cafetales sombras sinuosas que, al ritmo de la brisa, se balanceaban en una danza cadenciosa. Un olor a café recién molido perfumaba el aire y se expandía libre sobre las montañas. Sapos y grillos entonaban sus cantos lastimeros, aburridos de tanta paz nocturna. En las caballerizas, las bestias relinchaban nerviosas. Sara Miller insistía en que no podría cabalgar sin montura, pero Germán reía.

—Olvídate de lo que puedes o no puedes. Te daré mi mejor yegua.

—¿Y si me tira?

—No te caerás. ¿Sabes que el caballo es capaz de sentir tu miedo? Así que más te vale deshacerte de él.

—No podré.

—Sara… ¡por Dios!

Germán la ayudó a subir y ella se agarró a las crines blancas del animal, que se mantuvo impasible.

—Estoy loca.

—No lo estás. Estás viva.

—Y loca…

Germán se puso delante de ella montando un hermoso ejemplar.

—¿Preparada?

Sara asintió nerviosa.

—¡Vamos!

Los caballos sabían lo que hacían. Dejaron atrás la casa y se adentraron en una senda que les condujo hasta un valle infinito. Potreros bañados de luna, platanales dormidos, cafetales doblados de racimos, guaduales bebiendo las aguas de pequeñas quebradas. Subieron hasta el Morro de la Felicidad y desde allí contemplaron el nacimiento del río La Vieja. Un silencio de naturaleza viva los acompañaba.

De repente, el caballo de Germán emprendió una carrera de galope desbocado y la yegua blanca que montaba Sara le siguió montaña abajo.

—Agárrate, que viene lo mejor —le dijo el hacendado disfrutando de la noche.

—Germaaaaaaaán…

Los animales galopaban armónicos hacia una explanada de verdes vestidos de noche y rocío. El paso por el destartalado puente colgante, la agitación, el terror, la garganta en un puño, los cascos sobre la madera temblando, el temor a caer, la adrenalina derramándose…

Sara empezaba a disfrutar. Su miedo había saltado del caballo en plena carrera.

Poco a poco las bestias se fueron serenando, hasta llegar al claro de un bosque donde se detuvieron. Cientos de mariposas revoloteaban sobre flores minúsculas, a la orilla de una cascada de paredes recubiertas de musgo y orquídeas. La luna se despeñaba sobre el agua, produciendo una luz extraordinaria. Un rincón encantado.

—Es… maravilloso —dijo Sara, jadeando aún por la carrera.

—Nadie conoce este lugar —le aclaró—. ¿Sabes por qué? Porque no se atreven a cruzar este puente. Lo llaman el puente de la muerte. Dicen que quienes lo cruzan no vuelven; lo que no saben es que los que han estado aquí regresan diferentes.

Desmontaron.

—¡Cuánta luz! Dan ganas de ser joven.

—¿Un trago? —sugirió él.

—No me digas que…

Germán sacó del bolsillo de su cazadora una botella de aguardiente.

—Era lo más fácil de transportar —le dijo, ofreciéndole el licor. Sara bebió un sorbo largo.

—Ya sé por qué se llama aguardiente. Te pasa por la garganta como agua ardiendo.

El hacendado extendió la cazadora sobre la hierba y la invitó a sentarse.

—¿Qué sucede en tu vida, Sara?

—¿Por qué me lo preguntas?

—Se nota en tus ojos. Arrastras una gran… ¿desolación? Siento hablarte así, pero creo que es bueno que la expreses. ¿Qué pasa con tu marido?

—No estropees la noche, por favor.

—Dolor que no se habla, no muere.

—Preferiría que cambiáramos de tema.

—Tal vez soy más joven que tú, pero te aseguro que he vivido bastante… hasta la traición. Hay hechos inesperados; cosas que uno nunca hubiese imaginado que pasarían, que de golpe lo ponen todo en crisis y nos hacen cuestionar hasta la vida.

—A veces preferiría no tener voz, Germán. Quedarme en estado contemplativo. No quiero juzgar, estoy cansada de emitir juicios. No soy nadie, sólo otro ser humano cargado de errores.

—Lo dices porque te han herido.

—Me gustaría quedarme aquí, en este refugio aislado de la vida y tan cargado de ella. Esperando el día, la noche, las estrellas… Rodar como una piedra suelta en ese río y que los golpes me limen y me gasten hasta dejar de ser. Desaparecer entre el agua y las rocas. Ser sonido, silencio… y nada.

—Puedes quedarte. Ya lo sabes; mi casa es tu casa. Pero… no te conviene. Estás huyendo de tu realidad. Disfrazas tus problemas con otro reportaje.

—Es lo único que tengo. Mi cámara.

—No es lo único; sin embargo, quiero decirte que eres extraordinaria. Frente a tus fotografías… ¡he reflexionado tantas cosas! Aunque no lo creas, me has ayudado mucho. Lo único que hago ahora es devolverte el favor.

La botella de aguardiente se había ido vaciando entre palabras y las mentes se cansaban de reflexionar. Germán comenzó a desnudarse frente a Sara sin ningún tipo de pudor.

—Pero… ¿qué haces? —le dijo ella sorprendida.

—Esto no puedes perdértelo —contestó cariñoso, corriendo hasta una gran piedra—. Es agua bendita. —Y se lanzó al fondo de la cascada.

El sonido de su cuerpo chocando contra el agua la invitó a zambullirse.

—¡Veeeen! —la voz de Germán retumbaba en las paredes tapizadas de verdor.

El licor había hecho efecto. Sara ya no pensaba. ¿Cuántos años tenía? ¿Importaba algo que sus senos no estuvieran arriba? ¿Que un extraño ajeno a su piel la viera sin vestido? ¿Dónde estaba aquella Sara del mayo del 68?

Empezaba a invadirla la dulce indiferencia. Su pasado se le escurría por los agujeros de la desmemoria. Sí, olvidarse, por unos instantes o para siempre. Su autorretrato convertido en un negativo velado. Olvidar… una muerte que refrescaba.

—Ven, Sara —otra vez la llamaba.

Se desnudó sin mirarse, y desde la escarpada piedra levantó sus brazos arrojándose al aire. Un vuelo sobre una cascada pulverizada de frescura. Una sensación de vida, caída y muerte. El aire tibio acariciando su cuerpo… la dulce indiferencia. Vivir o no vivir… he allí el dilema. La voz de Germán:

—¡CUIDADO, SARA!

Agua, agua, agua, agua… un golpe; las manos tocando el fondo. Los peces, la luz verde, el musgo… la levedad de su cuerpo… el descanso. Un silencio húmedo. Un silencio. Nada, nada, nada… Y de pronto, la boca de Germán rescatándola, inundándola de aire... hasta llevarla de nuevo a la conciencia.

Los cuerpos desnudos sobre la hierba. Una lechuza observando desde un samán.

Sara se encontró de frente con los ojos de aquel hombre. Ya no era Sara Miller, era una mujer sin edad ni tiempo.

—Cierra los ojos —le dijo él.

Sara obedeció. Sobre el césped, Germán volvía a encontrar en aquel rostro sereno, de cabellos mojados, a la joven y hermosa mujer de la hamaca. La serenidad le devolvía la juventud.

—Si supieras lo hermosa que estás así. Dormida... abandonada a la corriente de los sueños.

El aire de la noche los envolvía. Las mariposas batían sus alas sobre el cuerpo de Sara, pintándolo de pólenes iridiscentes.

No quería abrir los ojos. No, no los abriría. Necesitaba olvidarse de ella misma... sentir. Había muerto y resucitado.

48

Una llave. Una llave que no sabía adónde la llevaría. Una llave escondida entre las manos de Sienna... ¿Qué podría significar?

Mazarine buscaba enloquecida por todos los rincones de la casa, mientras su gata la seguía aturdida con tanto movimiento. Abría cajones, removía armarios, levantaba muebles, revolcaba ropas, destapaba cajas con decenas de papeles y viejas facturas. Se subía en escaleras, indagando muda en los objetos inertes que encontraba. Nada.

Le faltaba el sótano.

Bajó a tientas con una linterna y se encontró con una habitación repleta de misterios y un olor a humedad rancia. El haz de luz iba enfocando piezas sueltas: pura chatarra. Trabajos escolares apolillados en las estanterías, escondidos tras tules cenicientos. Una antigua caja de galletas oxidada y en su interior fotos, muchas fotos de personas dormidas... o muertas —desde que se había acercado a La Santa ya no sabía distinguir entre la vida y la muerte— y una colección de postales parisinas de finales del XIX. Nada.

Siguió indagando.

Al fondo, apoyado contra la pared descascarada, descubrió un viejo cajón de madera atado con una cuerda de cuero. Lo extrajo, deshizo con urgencia el nudo y levantó la tapa. Dentro, envuelto en terciopelo rojo... un excepcional instrumento musical.

¿Qué era aquello? Una extraña y maravillosa… Mazarine la cogió entre sus manos y, sin titubear, empezó a tocarla con maestría. Jamás la había visto y, sin embargo, la alegría que le produjo encontrársela era real. Como si hubiera recuperado algo muy suyo. *La miá mandora dolça,* pensó abrazándola. ¿De dónde le salían esas palabras… y ese idioma? Volvió a rasgar sus cuerdas. Le sonaba a aquella música que alguna vez había escuchado en los conciertos medievales a los que su madre la llevaba cuando era niña, frente a la catedral de Notre Dame.

Durante un rato no pudo dejar de tocarla. ¿A quién había pertenecido? No era a su madre, pues nunca la escuchó tocarla. En su casa, la música siempre había brillado por su ausencia; el silencio era la única nota musical. ¿Y a su padre? ¿Y a sus abuelos? Tuvieron que existir antepasados. Ella no había venido de la nada.

Abandonó el sótano con la antigua mandora entre sus manos y subió las escaleras de dos en dos hasta llegar a la habitación donde reposaba el cuerpo de Sienna. Abrió el armario y extrajo el arcón de cristal. La bella dormida estaba más hermosa.

—Hola —le dijo excitada—. Mira lo que me encontré.

Delante de La Santa, Mazarine empezó a puntear una melodía delicada y dulce, y de su voz fue brotando una canción desconocida que, sin saber cómo, sabía de memoria.

Be-m cuidava d'amor gardar
Que ia trop no-m fezes doler,
Mas era sai eu ben de ver
C'us no-s pot de lleis escremir,
Quant eu d'amar no-m posc tenir
Lieis que no-m deingna retener!
E car me torna e non chaler
Per trop amar m'er a morir,
C'autr'amors no-m pot esgauzir
Ne aquesta non posc aver.

—¿Te gusta?

Un perfume a espliego fue emanando del arca, extendiéndose en el aire. Mazarine aspiró.

—Sí, te gusta. Hummmm... hueles a campos de lavanda. Me recuerda... —se quedó pensando—, ¿qué me recuerda este aroma?

Un *flash* sin tiempo la colocaba en otra vida. Ella corría por un campo florecido de perfume y caía con su delantal lleno de espigas. El rostro de un hombre sobre su cara, risas, su sudor, sus labios, el aroma a tierra mojada, a ternura; una piel cálida como una manta de armiño cubriendo su alegría... la sensación de felicidad plena y, de repente, el recuerdo de una tristeza jamás vivida... campos en llamas. Desolación. Gritos que nadie escuchaba. Un dolor entre sus piernas que la desgarraba, la profanación de su santuario, animales vomitando violencia sobre su indefensión; uno, dos, tres... y otro y otro y otro.

Mazarine lloraba sin poder parar, y sus lágrimas caían sobre el rostro apedreado de Sienna bañándola de tristeza.

¿De dónde procedían esas imágenes? ¿Y ese dolor? ¿Se estaría volviendo loca? ¿Y si le contaba a Arcadius lo que estaba viviendo?

—Si sólo me dijeras qué hacer —musitó Mazarine suspirando—. Dime, ¿qué es lo que abre la llave que guardabas tan celosamente entre tus manos?

Como siguiendo un presentimiento, sus ojos fueron reconociendo las cuatro paredes de la alcoba imaginando algún posible escondite. Se arrodilló en el suelo e inspeccionó despacio los bordes del arcón. Las chapas de cobre que revestían las esquinas de cristal no parecían esconder ningún secreto... ¿o tal vez sí? El trabajo de orfebrería era magnífico, y a pesar de intentarlo no alcanzaba a comprender lo que aquellos dibujos y letras martilladas querían decir. Siguió buscando. El mueble sobre el que descansaba el féretro parecía una pieza sólida; sus manos palpaban la madera buscando. Ningún compartimiento secreto. Volvió al interior del arca, observando centímetro a centímetro el cuerpo adolescente. Sus cabellos cobrizos caían en cascadas brillantes sobre el lecho. Sus pies finísimos resplandecían de hermosura. Tuvo una idea: la pintaría. Lo de la llave lo dejaría para otro momento. Haría de esa imagen el exponente máximo del Dualismo Impúdico. Cádiz no podría creerlo.

Corrió a su habitación y trajo el material que necesitaba. Delante de Sienna descargó paletas, pinceles, acrílicos, óleos, carboncillos y disolventes. Y un par de tablas de madera que tenía reservadas para hacer un autorretrato dual —las dos caras de su mismo yo—, que pensaba regalar a Cádiz al finalizar la obra.

Durante días enteros estuvo pintando, poseída por una inquietante energía. La dimensión intemporal que le regalaba ese estado de enajenación la hizo olvidar por completo a Cádiz y a Pascal. El tiempo se le convirtió en pasión artística. El hambre, en suculentos trazos cargados de fuerza. Su móvil sonó y sonó hasta descargarse. Noche y día eran uno. En una semana los dos cuadros estaban terminados y poseían una fuerza impresionante. La fuerza de un arte nuevo. Del expresionismo figurativo saltaba a un hiperrealismo surrealista. Cuando estaba dando los últimos toques, escuchó el timbre insistente de la puerta. ¿Quién podía ser? No, no bajaría. Le faltaba lo más importante: darle el punto final a su trabajo. Escuchó los gritos del anticuario.

—MAZARINE… SI ESTÁS AHÍ, ABRE. ES URGENTE.

Dijo… ¿urgente?

—EN SEGUIDA BAJO.

En un par de zancadas la chica llegó a la puerta.

—¿Qué pasa, Arcadius?

—Jovencita, eres un desastre. Vienes a mi tienda a descargar tus fantasmas y después desapareces. ¿No te interesa saber qué pasó con mi amigo el orfebre?

—Perdóneme, he estado muy ocupada.

—Te hace falta quien te ponga unas cuantas normas —el anciano aspiró profundo—. ¿Y ese olor?

—Estoy pintando.

—No, no es olor a pintura. Lo que percibo es un aroma —se quedó pensando— ... a lavanda. Como si dentro de esta casa hubiese un campo sembrado de espliego.

Mazarine no quiso explicarle la procedencia. Era verdad que desde que pintaba a Sienna el aroma que desprendía su cuerpo se había hecho penetrante; pero como llevaba tantos días aspirándolo ya no lo sentía. Arcadius continuó.

—Mi amigo me ha invitado a una reunión clandestina de los Arts Amantis.

—Entonces... ¿existen?

—No sólo existen: es una logia muy bien constituida.

—¿Puedo ir?

Arcadius negó con la cabeza.

—Por favor... —Mazarine le rogó—. Es verdaderamente importante para mí.

—Si me dijeras por qué es tan importante tal vez podría intentar colarte.

—No puedo, Arcadius. Por ahora no puedo decírselo.

—No sé qué tienes que siempre acabas convenciéndome. Trataré de hablar con mi amigo a ver qué logro.

—Gracias.

—Todavía no me las des.

Arcadius seguía sin entender qué percibía en el ambiente. Era como si Mazarine no estuviera sola. Como si hubiera una presencia luminosa acompañándola.

—¿Puedo ver lo que estás pintando? —le dijo.

Mazarine dio un respingo y se situó nerviosa delante de las escaleras.

—Imposible.

—Está bien, querida niña. Olvídate de asistir a ninguna reunión. Tienes demasiados secretos.

—Un día le contaré una larga historia. Si hasta ahora no lo he hecho es porque desconozco cómo empieza.

—Joven tenías que ser. Hay historias que pueden empezar por el final.

—No en este caso, Arcadius. —Mazarine, al notar que el anciano se disgustaba, se acercó y le dio un beso en la mejilla—. No se enfade.

No podía enfadarse. Aunque no se lo dijera, sentía un profundo cariño hacia ella; representaba a su querida nieta desaparecida.

—Por cierto, hablando de historias, ¿sabe algo más sobre La Santa? —preguntó la chica.

Arcadius le contó todo lo que el orfebre le había explicado la noche del encuentro. Desde su procedencia y bondad hasta la desaparición de su cuerpo y de un cofre que contenía su historia. Mazarine iba atando cabos. El cuerpo lo tenía ella, era suyo, y por más que dijeran que pertenecía a otros, nadie iba a arrebatárselo. En cuanto al cofre...

—¿Me dejas un momento? Llamaré a mi amigo —dijo el anciano mientras marcaba el número del orfebre.

Basándose en una mentira, Arcadius logró que el platero aceptara incluir a Mazarine bajo promesa de total discreción y siempre pensando que la asistencia de los dos intrusos sólo beneficiaría la búsqueda del cuerpo... Omitió informarle que su acompañante era una mujer.

La esposa del orfebre ya no bordaría una capa, sino dos.

49

Al descubrir el diamante en la mano de Mazarine, Cádiz tuvo que hacer un esfuerzo para contener sus celos. Era inequívocamente un anillo de compromiso. Tantos días sin aparecer por el taller no dejaba lugar a dudas: la estaba perdiendo. Se mordió los labios para no preguntarle dónde había estado metida la semana anterior y por qué no había contestado a sus llamadas.

El vacío que se producía con su ausencia era insoportable, y por más que trataba de avanzar, su obra quedaba suspendida en un limbo de inseguridades que su ego se negaba reconocer.

Con ella la vitalidad entraba por la puerta como una explosión de primavera. Sólo verla volvió a sentir la vida. Traía dos cuadros que, dadas sus dimensiones, casi no podía transportar.

—Cierra los ojos —le dijo alegre su alumna, como si lo hubiera visto la tarde anterior.

—¿No crees que antes me debes una explicación? He estado muriéndome con tu ausencia.

—Cuando veas esto, la explicación te va a sobrar. Cierra los ojos, viejo cascarretas.

No podía. Los celos se lo comían.

—Cierra los ojos —insistió Mazarine.

—¿Con quién estabas?

—No pienso decírtelo hasta que no cierres los ojos.

Lo dominaba. Su alumna lo dominaba por completo. Acabó obedeciendo.

Aprovechando la ceguera momentánea de su profesor, Mazarine extendió los dos cuadros en el suelo.

En uno de ellos, la imagen de Sienna aparecía viva. Con los ojos abiertos y el pelo flotando en el aire, su cuerpo desnudo vestido tan sólo con frases occitanas emergía de un lago de letras. Mazarine había escrito sobre La Santa los mismos textos que aparecían grabados en los bordes metálicos del arcón. Los pies se escondían prisioneros en una bolsa de tela creando un misterio desquiciante. En el otro, la imagen serena reposaba dormida en su féretro sobre un lecho de lavanda. El cuerpo, cubierto por completo con la túnica, sólo dejaba ver los pies desnudos que resplandecían con luz propia.

—Ya puedes abrirlos —le dijo Mazarine.

El pintor no podía creer lo que veía. El trabajo era impresionante, no tenía palabras. Era lo más hermoso que había visto nunca; fuerza y delicadeza contrastaban en sus polos extremos. Una belleza que le conmovía el alma. Viéndolos se le escapó una lágrima que rápidamente se limpió. El arte era capaz de desentrañarle emociones nunca manifestadas.

—¿Qué te parecen? ¿Crees que entran dentro de tu Dualismo Impúdico?

A Cádiz le dieron ganas de comérsela a besos. Aquello sobrepasaba todo lo que él había creado, pero su soberbia era inmensa y no se lo iba a decir.

—En general, me gustan. Aunque insistes demasiado en dar detalles —siguió observándolos— ... no están nada mal. Podríamos incluirlos en la muestra.

—¿De verdad? Entonces... ¿crees que son buenos?

Cádiz contestó con otra pregunta, tratando de desviar la conversación.

—¿Se puede saber qué demonios llevas en tu dedo?

Mazarine se miró el brillante.

—¿Te refieres a esto? Es mi anillo de compromiso.

El pintor sintió en su estómago la ira de los celos, y en el alma el dolor de su impotencia. No podía exigirle nada puesto que él nada le daba y, sin embargo, esa sensación de posesión, de que le estaban arrebatando algo muy suyo, lo mataba. La pequeña Mazarine le pertenecía.

—No puedes hacerme esto —le dijo derrotado.

—¡Ay, Cádiz, Cádiz!… —Mazarine hizo una mueca de ironía, sabiéndose vencedora.

—No lo quieres.

—Eso no lo sabes.

—Lo sé, pequeña. Me amas a mí.

—Eres arrogante y te duele saberte perdedor, ¿verdad?

—Mazarine, vas a cometer un error.

—Sería mi error, no el tuyo. ¿Por qué no te encargas del que te atañe?

—No entiendes nada. A mi lado puedes llegar a tener un futuro artístico de dimensiones inimaginables.

—¿A tu lado? ¿A qué lado… al derecho o al izquierdo? ¿En qué lado está Sara?

El teléfono de La Ruche interrumpió y, como nunca sonaba, Cádiz lo descolgó. Hacía cuatro días que Sara había regresado de su exilio voluntario y lo llamaba para comunicarle que Pascal necesitaba hablar con los dos sobre un asunto muy importante. No podía faltar. Esa noche cenarían en La Closerie des Lilas.

50

Cuando el avión alzó el vuelo tropezando con la manada esponjosa de nubes manchadas de atardecer y el paisaje de verdes y azules trenzados se fue empequeñeciendo ante sus ojos, Sara lloró. Lloró todos los llantos retenidos desde niña. Lloró lo que nunca había llorado por nadie. Lloró por ella, por esa alegría que tal vez nunca más volvería a sentir. Abajo quedaban los días más hermosos de su madurez. Sentimientos encontrados iban y venían entre las olas del aire. Imágenes que quedaban sin fotografiarse, almacenadas para siempre en su alma. Y ahora... ¿qué iba a hacer? Sabía que la decisión de regresar la había tomado casi en contra de ella misma, forzando sus sentimientos. Y aunque no estaba segura, algo le decía que valía la pena intentarlo.

Si Cádiz y ella estaban perdidos, si ninguno de los dos cogía el timón de la relación, ¿quién los iba a sacar a flote? No podía dejar hundir el barco de su vida, por el que tanto había luchado.

Germán había sido un regalo de vida. Un sueño. Junto a él, en sólo una noche había aprendido el sentido del ser. Sus charlas sencillas cargadas de sentido común le mostraron un paisaje de ella misma que jamás soñó fotografiar. No era una niña, pero tampoco su vida había acabado. Aún tenía muchas cosas por resolver y disfrutar. Venía otra etapa de espíritu abierto. Sin expectativas ni metas creadas, disfrutando lo sencillo. Siendo humilde y aceptando la sabiduría del tiempo, podía volver a nacer. Ese hombre lejano, aparecido en el ocaso, le había dado una lección que pasaba por aceptarse tal como era: con su edad, sus agujeros interiores, su cuerpo y sus carencias.

Arropada por el canto de los sapos y la noche, aquel hombre con olor a tierra mojada la había amado sobre el césped con una delicadeza infinita. Y ella se había dejado amar así, sin promesas. Sabiendo que era un sueño imposible.

Entre sus brazos no sólo había vibrado su cuerpo; su alma había sido despertada de un letargo de siglos. Sus manos sabias, más que acariciar le habían enseñado el goce del tacto que no se siente fuera, sino en la piel del alma. Sus dedos rozando su escondite, las lluvias volviendo a empapar de sentires su sequía. Un instante eterno.

Mientras la amaba, decenas de mariposas habían danzado sobre su cuerpo, desprendiendo en su vuelo aquel polvo dorado que la había cubierto de hermosura; una belleza aparecida de la nada acariciando su piel marchita. Y después, el lomo blanco de su yegua aguardando la última cabalgada... sin monturas. Las crines al viento agitadas y revueltas bajo las estrellas. Sus cuerpos desnudos en una animalidad acompasada. Bestias y jinetes, cómplices de esa noche sin retorno...

Prefirió no despedirse para no flaquear. Sabía que si lo veía de nuevo, si su cuerpo volvía a sentirlo otra vez, habría sido capaz de abandonarlo todo y quedarse. Pero tenía una deuda pendiente con su hijo y, más que con Cádiz, con ella misma. Su fuerza no había residido nunca en huir de los problemas. Si de algo se había sentido orgullosa era de haber dado la cara a las dificultades. Su osadía no podía limitarse a ser expresada en sus trabajos fotográficos. No, ahora le tocaba vivir la realidad, aunque el *atrezzo* o el paisaje no acompañaran ninguna belleza estética.

Había aterrizado en el Charles de Gaulle remolcando a desgana su tristeza. La carta que a última hora le había escrito a Germán todavía permanecía en su bolso. Aquel amanecer su valentía sólo le había llegado para tomar un taxi y desaparecer. Sabía que él lo entendería; todo había quedado dicho sin decirse. El silencio que precedió al encuentro lo gritaba. Sin saberlo, durante el tiempo que permaneció sola en la finca había estado esperándolo. Ahora regresaba a cumplir con su tarea: rescatar a su marido y a su hijo. Y antes de acabar de perderse, rescatarse a sí misma.

Después de tres meses, le pareció que París deslumbraba de belleza. Al marchar había dejado una ciudad cansada, mustia y encogida de frío, y la recibía otra, altiva, verde y florecida.

Juliette salió a su encuentro, discreta como siempre pero sin poder contener su alegría. La abrazó mientras le decía lo mucho que la había echado de menos.

—*Tout va bien,* Juliette?

—*Très bien, madame.*

—¿Y el señor?

—Como siempre, trabajando en su estudio.

—¿Sigue viviendo aquí?

—¡Qué cosas dice, *madame*! Cada noche duerme en su cama.

Juliette le trajo un Dry Martini y Sara desapareció por el pasillo llevándose la copa. Un chorro de luz inundaba la habitación. Aquel espacio donde tantas noches había amado, ahora le parecía un escenario impersonal en el que ella no se veía.

Las fotos de todos los años vividos reposaban desperdigadas por los rincones. En las estanterías, entre libros, sobre las mesas, en su escritorio. Su marido estaba en todas partes. Cádiz en su primera exposición, Cádiz recibiendo un homenaje masivo, Cádiz y su sempiterno cigarrillo, el humo y los ojos de Cádiz, las manos gastadas de Cádiz embadurnadas de pintura. Pascal con sus ricitos al viento, desnudo en la playa con un Cádiz radiante de juventud, Pascal dando sus primeros pasos, Pascal escupiendo la comida... ¿Y ella? ¿Dónde estaba ella? ¡Invisible! Siempre había estado detrás de la cámara. En esa casa ella no existía.

Se dio un baño largo, queriendo diluir sus últimos pesares. En el agua quedaban flotando los restos de caricias que todavía guardaba entre sus pliegues. Volvía a vestirse de madurez, pero esta vez tenía la certeza de que la Sara que se había ido no había vuelto.

Esa noche cuando regresó, Cádiz no daba crédito a lo que veían sus ojos. Su mujer lo esperaba igual que siempre, frente al gran ventanal, como si el tiempo no hubiese transcurrido. Estaba guapa, fresca, y un perfume nuevo la envolvía. Su esbelta presencia, vestida de lino impecable, se imponía en el salón. Su cabello suelto y húmedo caía sobre sus hombros enmarcando su perfil aristocrático. Bebía a sorbos lentos un Dry Martini, mientras escuchaba *La dernière minute.*

Se alegró de verla. Eran muchos los años vividos a su lado; muchas las luchas, los triunfos, las esperas y desasosiegos compartidos. La sorpresa le producía un bienestar desvaído. Una mezcla indefinida de alegría y desolación. Había llegado el momento de enfrentar lo que no quería. Volvía el encarcelamiento forzoso, la duda interior. Se fue acercando a ella con una sonrisa, mientras preguntaba.

—Sara, ¿dónde...

Su mujer le interrumpió.

—No. No quiero que me preguntes dónde he estado. Lo único que en verdad importa es que he vuelto y que tú... todavía sigues aquí. ¿Te sientes preparado para hablar?

Tras un largo silencio que se hizo eterno, Cádiz le contestó.

—No.

—Está bien. Yo estaré aquí esperándote. Creo que por todo lo que ha significado nuestra vida en común nos merecemos sinceridad. —Sara percibió en la mirada de su marido la desazón de un animal acorralado—. No te preocupes, no voy a dormir contigo. Juliette ya me ha preparado la habitación de huéspedes.

—Déjame esa habitación para mí. Soy yo quien debería marchar.

—Cádiz, el problema no es el lugar. Yo lo he comprobado al marchar. No vas a poder huir de algo que llevas dentro.

Como siempre hacía cuando se sentía intimidado, él cambió de tema.

—¿Qué tal por New York?

Ella volvía a la carga.

—Un día tendrás que enfrentar todos tus fantasmas, incluso el que en este momento te tiene atrapado.

—Dame tiempo, Sara. Sólo te pido tiempo.

—Yo no soy la dueña de ese tiempo que me pides. Nadie es dueño del tiempo aunque todos juguemos a creernos que lo somos. ¿Sabes qué descubrí en estos meses? Que aún estamos por descubrirnos. ¿No te parece maravilloso? Lo que pasa es que queremos continuar vistiendo nuestros trajes juveniles, pero en ellos ya no cabemos porque hemos dejado de ser lo que creíamos que éramos. Actuamos con patrones obsoletos.

—¿Y si yo no hubiera dejado de ser aquel de quien te enamoraste?

—Hay una realidad que te la da el espejo: los años vividos.

—Renuncio a que mi vida sólo sea lo que me devuelve el espejo, Sara. Necesito de la locura para existir. Prefiero la juventud, la lozanía, la alegría de la insensatez.

—Has elegido el camino fácil. Pero, desgraciadamente, el que te va a traer más frustraciones.

—¿Cómo lo sabes?

—Estoy convencida. Era el mismo que yo quería para mí. A veces nos toca aprender, incluso cuando ya creemos que lo sabemos todo.

—No quiero hablar más. Te dije que aún no estaba preparado. Si ésta es la madurez, estoy a años luz de conseguirla. Y además no me interesa.

—Eres soberbio. Para alcanzar tu bienestar necesitarás humildad, Cádiz. Una actitud que desconoces.

Con la última frase, marchó sin despedirse. Sara se quedó inmóvil frente al gran ventanal, dando sorbos lentos a su Dry Martini.

Sabía que para él no sería fácil; para ella tampoco, pero había tomado la decisión de ser sensata. Costara lo que costara, no lo iba a abandonar. No iba a dejar que su marido se estrellara contra su espejismo de felicidad.

51

Esa noche los Arts Amantis se reunían en las catacumbas. Ojos Nieblos no aportaría ninguna pista nueva; sus intentos por descubrir algún movimiento importante habían resultado fallidos. Cansado de indagar sobre Pascal, del que prácticamente lo conocía todo, de perseguir a la chica y saberse de memoria sus pasos, de vigilar los movimientos del anticuario y el encierro de Cádiz, estaba llegando a la conclusión de que ninguno de estos personajes iba a dar más de sí, sencillamente porque nada tenían para dar. Hacía ya quince días que había abandonado sus pesquisas.

En las anteriores reuniones se empezaba a percibir entre los miembros una desidia compartida. Lentamente volvían a sus rutinarios encuentros, en los que trataban de mantener la llama de una historia que poco a poco se extinguía. Sin ningún futuro a la vista y desganados. Con edades en las que la pesadumbre se había instalado, esperando un final de huesos amontonados y anónimos que reposarían tras unas paredes húmedas y oscuras. Igual que sus antecesores, pero peor. El culto se extinguiría y la energía del arte y del amor, que en otro tiempo había dado tanta luz, entraría en la más absoluta penumbra.

La posibilidad de traspasar los conocimientos y la filosofía de la Orden a generaciones venideras se convertía en un sueño inalcanzable que ninguno vería. Los Arts Amantis estaban amenazados de convertirse en leyenda;

ésa era la cruda realidad a la cual tenían que irse acostumbrando.

Tras la torpeza de Flavien, el envidioso pintor que lo había echado todo a perder, se quedaban sin ningún plan. Seguían pensando que en el famoso creador del Dualismo Impúdico estaban escondidas las claves de la desaparición del cuerpo de La Santa, pero no acababan de hallar la manera de volver a acercarse a él.

El medallón, la chica descalza, el talento del pintor, todo y nada. No tenían a qué asirse.

La entrada secreta a las catacumbas se hacía en el cruce de la rue de la Tombe-Issoire con la rue de l'Aude. Muy cerca, Arcadius y Mazarine aguardaban expectantes la llegada del orfebre, que les llevaría las túnicas y les daría algunas indicaciones. Iba a ser medianoche y nada hacía sospechar que allí se habría de realizar un encuentro. Ni un alma en la calle. Los minutos pasaban en un silencio tenso. ¿Y si se habían equivocado y no era ése el lugar?

Arcadius empezaba a impacientarse cuando, de repente, un imponente coche negro con cristales ahumados se detuvo a escasos metros. De él descendieron dos gigantes con aspecto de guardaespaldas, y tras ellos un hombre elegantísimo que después de mirar a ambos lados y comprobar que no era observado se evaporó en la penumbra de un estrecho zaguán. Minutos más tarde llegaba otro coche, y otro y muchos más. Todas las siluetas se diluían como fantasmas de la noche en las sombras de aquel rincón. Ninguna daba muestras de acercarse. Ellos, tal y como habían quedado con el orfebre, continuaban esperando en el bar de la esquina.

—Arcadius, ¿está seguro de que éste era el lugar? —preguntó Mazarine.

—No me cabe duda.

El anticuario acababa de descubrir el medallón en el cuello de la chica.

—Te dije que no te lo pusieras.

—No puedo dejarlo. Es mi amuleto, Arcadius. Con él nada puede pasarme.

—¡Escóndetelo, Dios mío! —le miró los pies, ofuscado—. ¡Y no te has puesto zapatos! ¿Se puede saber a qué juegas? Suficiente tengo con no haberle dicho que eras mujer.

Mientras discutían, el platero entró.

—¡Por fin! —dijo Arcadius al verlo. Mazarine ocultó rápidamente el medallón entre sus senos.

—No me informaste de que la persona que traías era tan joven, y menos que se tratara de una mujer.

—Es mi nieta. A pesar de su juventud es una auténtica fiera en olfatear reliquias.

—Está bien; démonos prisa. Mi esposa casi no tuvo tiempo de confeccionar las túnicas; por eso he tardado más de lo previsto. Ya deben de haber llegado todos.

Sacó de una bolsa una de las capas y se la entregó a Mazarine.

—Deberá cubrirse muy bien, señorita. De lo contrario, llamará demasiado la atención; es usted muy bella.

Cuando Mazarine iba a abrir la capa, el orfebre se lo impidió.

—Aquí no, póngasela cuando estemos dentro. Y sobre todo no hable.

Acabó de hacerles las últimas advertencias, indicándoles el santo y seña de la Orden.

Arcadius dejó un billete en la mesa del solitario bar y salieron.

Cruzaron la calle hasta llegar al zaguán, donde encontraron una estrecha puerta de acero que sólo empujarla cedió.

Una vez dentro, les aguardaban unas angustiosas escaleras de caracol.

—Bajad por aquí.

La oscuridad era total. El orfebre encendió una antorcha.

—Confío plenamente en vuestra discreción —les dijo bajando la voz—. Y recordad: sólo salir, olvidad para siempre dónde habéis estado.

—Cuenta con ello —prometió el anticuario.

Los escalones eran empinados e incómodos. La piedra exhalaba una humedad viscosa que impregnaba los rincones y abochornaba. Del techo goteaban humedades y se colaban entre estalactitas calcáreas que amenazaban como cuchillos a los osados caminantes. Arcadius sentía que su corazón latía más de prisa. Los lugares encerrados le provocaban angustia. Mazarine tenía miedo.

Cuando llegaron al final de las escalinatas y antes de continuar el trayecto, el anciano tuvo que descansar; sudaba a mares y las sienes le palpitaban.

—¿Se encuentra bien Ar… abuelo? —preguntó la chica.

—Es sólo un momento; no estoy acostumbrado a los encierros.

Tras unos minutos de descanso, el orfebre los instó a ponerse las capas. Mazarine, temblorosa, ayudó al anticuario, y después vistió la suya.

Las escaleras quedaban atrás. Ahora se adentraban por pasillos oscuros, cargados de interminables inscripciones en latín y en francés y de millares de huesos colocados en ordenadas filas: *Hie in somno pacis requiescunt. Majores principium et finis. Toute vie a sa mort, toute mort a sa vie. Homo sicut foenum dies ejus; tamquam flos agri, sic efflorebit: quoniam spiritus per transibit in illo, et non subsistet et non cognoscet amplius locum suum…*

Dos mil metros recorridos y la opresión en el pecho de Arcadius no cedía. A pesar de ello, se negaba a comunicar que su indisposición iba en aumento. Su respiración agitada lo delató.

—¿Quieres regresar? —le preguntó el orfebre al anticuario.

Arcadius negó con la cabeza.

—Se me pasará, estoy seguro. Seguid, ya os alcanzaré.

—Imposible, abuelo. Yo no me muevo de aquí —dijo la chica agarrándolo por el brazo.

—Falta muy poco. ¿Veis ese gran pedrusco? —señaló el joyero al fondo—. Detrás de él nos encontraremos con todos.

Arcadius hizo un último esfuerzo y continuaron hasta llegar al sitio señalado. El orfebre pulsó un botón escondido y la piedra cedió. De repente se encontraban en una catedral subterránea, donde decenas de hombres vestidos con sus capas de brocados murmuraban. Al oír los pasos de los recién llegados, la multitud se silenció.

—*Mon énergie, c'est l'amour* —dijeron los tres, acercándose al grupo con las manos en alto.

Los Arts Amantis contestaron al unísono.

—*Je l'accepte. Je te le donne.*

Poco a poco, el corazón de Arcadius volvía a latir acompasado.

Aun cuando había escuchado y leído mucho sobre historias de Logias y Hermandades, el espectáculo lo sobrecogió. Aquellos hombres vestidos de blanco, reunidos en tan macabro recinto y rodeando un pedestal que parecía el altar de un sacrificio, semejaban monjes medievales. Las identidades quedaban totalmente ocultas bajo las capuchas levantadas. El anciano observó a la chica. Podría mezclarse con ellos sin problemas. La penumbra fantasmal, potenciada por las antorchas y las velas, era su mejor aliada. Los únicos que quedaban al descubierto eran sus delicados pies.

Presenciando aquel escenario de fémures y cráneos clavados en las paredes, de túnicas y voces susurrantes, de misterios y sombras espectrales, Mazarine se sintió atemorizada y confusa. El símbolo de su querido medallón estaba bordado en el pecho de todos aquellos hombres anónimos. ¿Cómo podía su santa pertenecer a tan extraña secta? Una voz interrumpió sus pensamientos.

—Hermanos… —dijo el jefe de la Orden—. Durante meses hemos vivido de un sueño. El sueño de volver a tener a nuestra Sienna entre nosotros. El sueño de reverdecer una doctrina limpia y bella que tantas maravillas cosechó en su tiempo. Es una verdadera lástima que, siendo tan creativos, no hayamos sido capaces de idear la manera de llegar a dilucidar el gran misterio que rodea a aquella chica y al famoso pintor. La envidia de nuestro hermano Flavien —buscó entre los encapuchados su cara, sin distinguirla— impidió que se produjera el acercamiento que buscábamos. De no haber sido por aquella torpeza, hoy seguramente estaríamos celebrando. He estado tentado de acercarme a ellos con la ley en las manos, pero dada mi identidad, una intervención a rostro abierto sería perjudicial; armaría un revuelo innecesario. Sin embargo, existen otras fórmulas. La intimidación es una de ellas. Aunque somos gente de paz, esto no deberíamos olvidarlo nunca, podemos presionar. Sabemos que la chica posee el medallón de nuestra santa. —Al escucharlo, el cuello de Mazarine se tensó. Estaban hablando de ella. Metió sus manos bajo la capa y agarró la medalla entre sus dedos—. ¿Por qué no acercarse a ella y pedirle que nos aclare de dónde lo sacó?

—Señor, si me permite… —Ojos Nieblos interrumpió—. Creo que mentiría.

—No lo creo, Jérémie. Tal vez ignore lo importante que es.

—¿Y si no es ella quien tiene el cuerpo y es el pintor quien, en un instante enamorado, le ha regalado el medallón? —interrumpió el envidioso pintor.

—Me temo que no tienes derecho a opinar, Flavien —el jefe continuó su discurso, ignorándolo—. En caso de que la chica poseyera el cuerpo de La Santa, cosa que dudo si tenemos en cuenta su juventud, estaría incurriendo en un grave delito: la posesión ilegal de una reliquia medieval. El cuerpo no le pertenece, es nuestro. El problema es que nosotros tampoco tenemos los documentos que nos acreditan como dueños.

—Pero ella no lo sabe —añadió Ojos Nieblos.

Arcadius miró fijamente a Mazarine con actitud inquisidora. Ella negó con la cabeza.

—Señor... —el orfebre levantó la mano—. Hay otras soluciones que jamás se han contemplado en nuestras asambleas. En lugar de tomar cartas en el asunto nos hemos dedicado a llorar nuestra herida. Durante siglos, en todo el mundo ha existido el tráfico de reliquias. Al igual que el de obras de arte robadas, es un hecho que se practica en la más absoluta clandestinidad. Es probable que el cuerpo de Sienna haya sido víctima de ese aberrante comercio y haya acabado convertido en piezas sueltas vendidas al mejor postor.

—Lo dudo. Por alguno de los muchos conductos, nos habría llegado alguna pista. Pero... continúa, Sebastién.

—Hoy tenemos aquí a un primo mío —el joyero señaló a Arcadius—, también de los nuestros, que anoche llegó de Toulouse. Es coleccionista de arte y pertenece al gremio de los anticuarios de nuestro país.

Arcadius hizo una pequeña reverencia.

—¿Qué tienes que decirnos, fraterno?

—Con todos mis respetos, pienso que estáis confundidos respecto a la chica. Deberíamos cambiar la búsqueda y dirigirla hacia el tráfico de reliquias.

—Eso sería buscar una aguja en un pajar.

—Es posible. Aunque... no creo que existan muchos cuerpos con las características que presenta nuestra santa.

—Claro que los hay. Se olvida de la cantidad de santos y mártires pertenecientes a la Iglesia católica que existen desperdigados por el mundo. Según los diarios secretos de nuestros antepasados, el cuerpo desapareció de este lugar en plena guerra mundial. Desde entonces han pasado muchos años.

—A pesar de ello, no es imposible encontrarlo —afirmó Arcadius, imprimiendo un toque rotundo a su voz.

El grupo comenzaba a excitarse con la propuesta. Un murmullo se fue extendiendo por el salón. Mazarine estaba completamente aterrada; acababa de reconocer entre los rostros encapuchados al tenebroso hombre de los ojos nublados que durante tantos días la había perseguido. Lentamente se fue alejando hasta situarse detrás de una columna.

El guía de los Arts Amantis tomó de nuevo la palabra y las voces callaron.

—Tenemos que reconocer que la búsqueda que inició nuestro querido hermano Jérémie no ha dado los resultados deseados. Que las sencillas estrategias que planteamos han sido insuficientes e inútiles. Por lo tanto, si queremos avanzar en algo que no deja de ser un supuesto en el que yo no pondría demasiadas expectativas, vamos a tomar en cuenta la propuesta de Sebastién. Vosotros —señaló a Arcadius y al orfebre— os encargaréis de la búsqueda entre las mafias que comercian con reliquias y mártires; no está de más advertiros que la discreción es primordial. Tú —buscó a Flavien—, no vuelvas a aproximarte al pintor ni hagas ningún movimiento que pueda ponerlo en alerta. En cuanto a la chica —se dirigió a Ojos Nieblos— yo mismo me encargaré. Voy a hacerlo de una manera tan discreta que ni se va a enterar.

52

¿Por qué había desaparecido sin decirle nada? ¿Ese silencio era simplemente una reflexión? Sus ausencias sin justificación lo volvían loco y lo enamoraban aún más.

El enigma que se respiraba en sus ojos dudosos, aquel magnetismo que emanaba su piel, ese rayo de luz inesperado que brotaba de su alma desvalida, su delicada fuerza que sabía reflexionar en medio de esa soledad que adivinaba sideral, la pasión contenida y pura de sus gestos, todo en ella era enloquecedoramente perturbador. Ese sinvivir rebosante de dudas y supuestos lo tenía totalmente atrapado.

Tras la romántica cena en el Hôtel Costes, Pascal no había vuelto a saber nada de Mazarine. Su teléfono timbraba y timbraba y ella no lo cogía. Se había roto la comunicación. Dos días después de insistir inútilmente, el contestador le advirtió que el buzón estaba lleno y no recibía un mensaje más.

Aunque no le había pedido una contestación inmediata a su propuesta, aceptando el anillo Pascal dio por hecho que el compromiso era una realidad. Con el diamante como símbolo, luchaba contra un fantasma desconocido: su rival.

Ahora estaba firmemente convencido de que su novia se debatía entre sus dudas y libraba una batalla de sentimientos a los cuales él no tenía acceso. Si había alguien más, cosa más que probable, en esos momentos debía de estar con ella. El solo hecho de pensarlo le produjo dolor.

Entretanto,su madre, la gran ausente, seguía sin aparecer. A pesar de saber dónde localizarla, no pensaba hacerlo. En los momentos en que más la necesitaba nunca estaba...

Y con Cádiz no contaba para nada.

En la consulta esperaban los pacientes. Entre ellos, Sara Miller ojeaba una revista. Quería darle la sorpresa a su hijo y había aparecido sin avisar. Pasados algunos minutos, la secretaria, haciéndose cómplice de la madre, la hizo pasar. Al abrazarla, Pascal supo cuánto la echaba de menos.

—¡Has vuelto! Hace un instante pensaba en ti. Parece que te traje con el pensamiento.

—Siento no haberte llamado, Pascal. Ya sabes...

—Madre, te has pasado toda la vida diciéndome que lo sientes y... ¿nos ha servido de algo? Sentirlo mucho no cambia tus ausencias.

Pascal la invitó a sentarse en el diván del sencillo salón.

—No me mires así, Sara. No es ningún reproche; es sencillamente la realidad. Pero ahora ya estás aquí. —La tomó de las manos, tratando de alejar sus sombras—. Cuéntame, ¿cuándo llegaste? ¿Y Cádiz? ¿Sabes que una tarde me llamó tratando de averiguar tu paradero? Obviamente, no le dije nada... ¿Qué tal por Colombia?

Sara Miller no quería contestar a ninguna pregunta. Estaba allí por algo que la intrigaba.

—¿Qué cosa querías decirme? Cuando te llamé desde New York, me dijiste que tenías algo muy importante que comentarme y que preferías hacerlo personalmente.

—Ah... eso. —Un abatimiento cubrió el rostro de Pascal—. Bueno, aún no puedo decirte nada. Las cosas cambian con tal velocidad que...

—Hijo, ¿estás bien? Te siento... no sé, ¿triste, tal vez?

—¿Crees verdaderamente que lo estoy? —añadió Pascal con un punto de ironía. Su vieja herida se abría. Estaba triste, solo y rabioso. Rabioso con ella, con su padre, con Mazarine, con el mundo—. Me alegra que empieces a darte cuenta de que yo también siento. ¿Piensas que por dedicarme a esto... —abrió sus brazos abarcando su consulta— puedo resolver todos mis vacíos? Yo también soy un ser humano, madre, no lo olvides. Siempre he tenido sentimientos... —la miró con ojos derrotados—, sobre todo cuando era niño y te necesitaba.

Sara iba a pronunciar una frase, pero Pascal se lo impidió.

—Tal vez esos sentimientos fueron los que más me marcaron. Mi soledad, esa sensación de estar perdido en una inmensidad vacía de afectos. Las emociones que ahora me rodean son sólo los ecos de ese pasado. Pensé que estaba curado, que esta profesión me había salvado, pero... es difícil de resolver, madre, muy difícil. Mis relaciones con las mujeres están marcadas por esa ausencia tuya. Y esa ausencia es temor, un temor a no tener quién me ame.

—Lo siento, hijo. No sabía más... pensé que eras feliz. Nunca me dijiste nada.

—Hay llamadas de auxilio que se lanzan sin voz. Si los padres tuvieran plena conciencia de que sus actos, por tontos que parezcan, pueden llegar a producir en un hijo tantos desajustes, te aseguro que no harían muchas cosas. Tú no alcanzas a imaginar cuántos dolores ajenos flotan entre estas cuatro paredes.

—¿Y a ti? ¿Qué te duele a ti en este momento, hijo?

Pascal permaneció en silencio.

—¿Se trata de la chica con la que quedaste la noche de Navidad?

—¿Cómo lo sabes?

—Recuerda que las madres, aunque a veces no lo hayamos hecho bien, somos madres. El útero entiende de gestos y silencios. Cuéntame de ella.

La imagen de aquella noche de nevada y pies descalzos volvía a su mente.

—Es maravillosa. —El entusiasmo volvía a brillar en su voz—. Inteligente, bella… enigmática.

—¡Dios! Eres un crío, Pascal. Te has enamorado como un niño. No eres objetivo.

—¿El amor es objetivo, Sara?

—Tienes razón. El amor no es ni objetivo ni no objetivo. El amor, sencillamente, ES. Nada puede describirlo, a pesar de que millares de escritores hayan tratado de hacerlo. Cuando llega, tienes la certeza de que ha llegado porque su rotunda presencia lo pulveriza todo. Si le preguntan a ella por ti… ¿diría lo mismo?

—Le he pedido que sea mi esposa…

—¿Era eso lo que querías decirme? Es fantástico, hijo. Así que… vas a casarte.

—Aún no lo sé.

—¿Cómo que no lo sabes?

—Se lo está pensando.

—Mala cosa, Pascal. Eso no se piensa: fluye.

—No en ella. No la conoces, es muy especial.

De repente, el bolsillo de la bata de Pascal empezó a vibrar. Era su móvil alumbrando el nombre de Mazarine. El corazón le dio un vuelco; su niña de voz rebelde regresaba con una respuesta. Con un gesto le pidió a Sara que lo dejara solo y ésta adivinó, por la cara de su hijo, que el tema era delicado. Se retiró a la biblioteca, donde se distrajo con los títulos que se apilaban en las estanterías.

Tras disculparse por la ausencia y aclararle que su silencio no tenía nada que ver con el compromiso sino con su trabajo, Mazarine le dijo que sí. Rotundamente, sí. Que se lo había pensado durante aquellos días y quería. Que necesitaba un tiempo, tal vez un año o tal vez menos, porque sus actuales ocupaciones requerían de toda su atención. Que tendría que ayudarla a superar muchas heridas. Que le advertía que lo desconocía todo de ella y, quizá, nunca tendría acceso a sus zonas oscuras. Pero si la aceptaba con todas sus sombras, podía contar con ella. Si sabía esperar, si sabía respetarle sus silencios, si sabía entender sus secretos inconfesables...

Pascal, como un adolescente, sólo se había quedado con el sí.

—Me gustaría presentarte a mis padres —le dijo orgulloso.

—Pues tú... no cuentes con los míos.

Se despidieron con un beso y un hasta luego *mon amour.* Esa noche se encontrarían como siempre en el café La Palette, de la rue de Seine.

—Madre —le dijo Pascal, radiante de alegría—. Llama a Cádiz. Ahora sí que tengo una gran noticia que daros. ¿Cenamos mañana los tres?

53

Finalmente hubo cambio de planes. La cena en La Closerie des Lilas no se produjo. A cambio, aprovechando la calidez del verano adelantado, Sara organizó una mucho más solemne en la terraza de su piso de la rue de la Pompe. Vendría la prometida.

La casa se vestía de fiesta. La mesa, de lino blanco; los jarrones volvían a florecer de *liliums* inmaculados; decenas de álbumes cargados de fotos infantiles de Pascal reposaban en las mesas. Todo aguardaba la llegada triunfal de los enamorados. A pesar de que la recepción era íntima y acogedora, los sirvientes vestían, como en los antiguos festejos, chaqué y guantes; una criada revisaba el protocolo de platos, copas y cubertería. El *champagne* helaba en la nevera; la cocina exhalaba el trufado perfume de una espuma que vestiría el bogavante que aún coleteaba bajo el grifo. Del horno emanaba el olor dulzón de las manzanas. Juliette estaba feliz de que, por una noche, aquel lugar cogiera el aire de las familias más tradicionales.

Lo que le estaba faltando a ese lugar era vida. A la *madame* y al *monsieur* lo que les faltaba era un nieto. Pascal, el niño al que ella había cuidado con tanto amor, regresaba con una noticia importante: se casaba. Conocerían a la que sería su esposa. En pocos años volverían a escucharse voces infantiles. Los domingos, el largo pasillo se cubriría de risas.

Sara miraba el reloj; faltaba una hora para que Pascal y su novia llegaran, y Cádiz aún no volvía.

En La Ruche, Mazarine estaba inquieta. Le había advertido a Cádiz que esa noche no podía quedarse, pues tenía algo importante que hacer, pero él insistía. La exposición estaba casi a punto y sólo faltaba acabar de pincelar los dos últimos cuadros.

—Hoy no puedo Cádiz, lo siento.

—No te queda ninguna opción. TIENES que quedarte.

—Aparte de ti, yo también tengo otra vida.

—Pequeña... tú quieres que yo desmonte mi mundo por ti. ¿Alguna vez te has puesto a pensar adónde nos llevaría esa vida rutinaria que tanto anhelas?

—Te equivocas. Yo ya no anhelo nada.

—Dile al que se ha metido entre nosotros que no puedes verlo, ¡díselo!

—Me marcho.

—Te lo advierto: si cruzas esa puerta no volverás a pisar mi taller nunca más...

Mazarine cogió su mochila y sin contestar se dirigió a la puerta.

—¡Nunca más! —le repitió Cádiz en un intento desesperado por retenerla.

La puerta se cerró y el pintor se dio cuenta de lo que acababa de hacer. Un grito de rabia hizo cimbrar los cimientos de La Ruche.

—¡INSENSATA! ¡TE ARREPENTIRÁS!

El portal de hierro se atascó y Mazarine, asustada, comenzó a zarandear los barrotes. El cerrojo no cedía. Sobre el passage de Dantzig no se veía ni un alma que pudiera auxiliarla.

La ira de su profesor iba en aumento.

Los árboles furiosos de La Ruche azotaban sus ramas; sus raíces se despertaban, haciendo crujir la tierra. Cabezas y troncos de esculturas marmóreas abandonadas sobre el césped se convertían en un baile macabro de mutilados que se alzaban de sus tumbas y venían hacia ella. El edificio, con sus fauces abiertas, avanzaba queriendo engullirla; las cariátides de la entrada abandonaban amenazantes el portal caminando a su encuentro. Todos eran monstruos que amenazaban devorarla. El lugar se había convertido en un tenebroso bosque invadido de víboras. Las enredaderas se iban deslizando rastreras, alcanzaban sus pies, trepaban por sus piernas envolviéndola hasta ahogarla. El terror de su infancia regresaba y la paralizaba.

Cádiz se lanzó sobre ella, la agarró de las muñecas y levantando sus brazos la enmarcó contra el portal. Le sentía su respiración de león dolido y su rabia quemante. Le hacía daño.

En el forcejeo, la boca de Cádiz la fue persiguiendo enloquecido. Su lengua hiriente le cortaba la cara, los ojos, las cejas, la nariz y el lóbulo de su oreja. Su cuello ardía. La lamía con hambre. Con el ansia de fuga de sí mismo, buscaba clavarse en sus labios. Matarla de beso. No era un beso cualquiera; era el primero que le estampaba en el cuerpo. Un fuego ardiente que arrasaba sus labios y chupaba sus inconsciencias, rompiéndola en millares de partículas hasta desintegrarle el alma. La besó una, dos, tres, cientos de veces hasta llenarle la boca de vacíos. Hasta desbordarle los labios de pesares. Hasta que la enfurecida bestia se fue aquietando y se durmió en su beso.

Aún enajenado en su locura, Cádiz abrió la reja.

—Ahora sí, vete —le dijo con voz partida.

Mazarine huyó llorando.

54

Diez minutos más tarde de la hora señalada aparecía Mazarine por la rue de la Pompe arrastrando su eterna gabardina negra y sus pies descalzos. Pascal la observó venir, imaginando lo que pensaría su madre al verla. Le gustaría. Sara era abierta y en los archivos de su juventud guardaba la locura bohemia de los rupturistas. Mazarine era uno de ellos. Un ser desfasado de época.

Al verla, encontró en sus ojos una mirada en llamas vacilante.

—*Mon petit chou*—le dijo cariñoso, besándola—. No tienes nada que temer, les parecerás maravillosa. Y si no es así, no volvemos y ya está.

Pero Mazarine no pensaba en ello. La boca aún le ardía con el beso de Cádiz. ¿Por qué lo había hecho, justo en este momento?

Pascal acababa de descubrir las marcas enrojecidas en las muñecas de su novia.

—¿Qué te ha pasado?

—Oh... —Mazarine miró sus manos—. No es nada.

—¿Nada?

—No preguntes —le rogó acercándose a su cuerpo—, y abrázame.

Mientras Pascal lo hacía, la cabeza de Mazarine se hundió en su pecho que olía a refugio y calma.

—Vamos —murmuró, escondida en su abrazo—. Tus padres esperan.

Tras saludar al portero y a los gendarmes, que desde que se había pasado a vivir al edificio el hijo de un jeque árabe vigilaban la entrada desde una garita, llegaron al ascensor. El lujo imperial que respiraba el edificio y su planta baja encogió a Mazarine. ¿Y si aún no estaba preparada para este encuentro tan protocolario? ¿Y si no sabía comportarse? ¿Y si sólo verla la rechazaban? ¿Y si huía? Los brazos de Pascal continuaban envolviéndola. No podía. Lo miró y éste le devolvió una sonrisa.

Un timbre anunció que habían llegado al piso noveno. El ascensor se detuvo.

—Ya estamos —le dijo él, cogiéndola de la mano—. Pero... ¡si estás sudando! No tienes nada que temer, *mon amour.* No muerden.

Mazarine lo miró indefensa. Toda su fuerza se la había chupado Cádiz con su beso. La voz de Pascal continuó.

—Conocerás a una vieja maravillosa que cuidó de mí. Se llama Juliette; digamos que es casi como mi madre. Si quieres saber de mis locuras infantiles, pregúntale a ella. ¡Hey!... mírame. —Levantó su rostro con ternura—. No te preocupes por agradar a mis padres, son ellos quienes tienen que ganarte. Congeniaréis a la primera. Son grandes artistas, como tú.

Pascal no utilizó la llave que aún conservaba y prefirió llamar al timbre.

—Dejadme a mí —gritó Cádiz desde la habitación.

Acababa de llegar y sólo había tenido el tiempo justo para echarse agua a la cara, cambiarse y perfumarse a las volandas. Todavía su cuerpo conservaba la mezcla de ira y amor recién vividos.

—Espera —dijo Sara, componiéndose la blusa delante del espejo—. No quiero perderme el primer encuentro.

Al abrir la puerta, los ojos de Cádiz no dieron crédito a lo que vieron. Un radiante Pascal se presentaba delante de él abrazando a...

…¡«SU» PEQUEÑA!

Pero, ¿quién diablos se creía que era?

La voz de su hijo se desvanecía en una nebulosa de palabras inconexas. De sílabas que desaparecían al contacto con el aire.

—S ra...

Cád z…

os…

p ese o…

vacío – vacío – vacío

Los oídos de Cádiz se cerraron herméticos. Los labios de su hijo modulaban y él no quería entender.

—mi pro...

e...

ida…

Ma rine...

Un idioma que se estiraba y languidecía.

Los labios de Mazarine se destiñeron hasta alcanzar el blanco cerúleo de la muerte. Las mejillas, matadas por el espanto, no volvían en sí. Delante de sus ojos estaba su pintor, su pasión, su alegría, su tristeza, su dolor, su maltratador… su amor.

CÁDIZ
Tenía un hijo.
CÁDIZ
Padre de quien la salvaría.
CÁDIZ
El hombre que despertó su piel.

CÁDIZ
Su arte.
CÁDIZ
Su vida.

Sara Miller, ajena a todo cuanto se agitaba en el interior de su marido y de su futura nuera, dio un sonoro beso a Pascal y acercándose a Mazarine la abrazó, rescatándola de su aturdimiento.

—¿No les dices nada? —preguntó Sara a su marido, al tiempo que se giraba hacia su hijo—. Tal y como me pediste, no le expliqué absolutamente nada a tu padre. Por eso su sorpresa ha sido mayúscula.

—Es verdad, ha sido totalmente inesperado —masculló Cádiz, en un esfuerzo por recomponerse—. ¿Cómo has dicho que te llamas?

Los ojos dominantes del profesor se hundieron en los iris desconcertados de su alumna hasta someterlos.

Mazarine se encontraba perdida entre tanto aturdimiento y la pregunta la cogía por sorpresa. ¿Cómo iba a enfrentar esa nueva situación, en la que su amado maestro pasaba a convertirse en un agrio suegro desconocido? Preguntándole su nombre... ¿acaso empezaba una comedia? ¿Qué tenía que hacer? ¿Jugaba a actuar? Su voz se adelantó a la reflexión. Era fuerte, y ahora jugaba con ventaja: era la novia del hijo.

Clavando su mirada amarilla en el pintor, contestó.

—Mazarine.

Cádiz ansiaba lastimarla.

—Mazarine ¿qué?... ¿no tienes apellido?

—Mazarine y ya está —intervino Pascal, tratando de protegerla.

—No tienes que salvarme de nada, *mon amour* —dijo, observando la reacción del profesor—. Me parece que el nombre de tu padre tampoco es Cádiz, ¿verdad? —miró al pintor, juguetona—. Los artistas somos así. Solemos perder la identidad… a veces. Por cierto, ¿cómo dice que se llama usted?

—¿Pasamos o vamos a quedarnos toda la noche en la puerta? —comentó Sara para zanjar la tirante situación.

—Me parece que todos estamos un poco nerviosos —dijo Pascal, envolviendo a su novia por la cintura.

—Esta noticia no se produce todos los días —comentó Sara a su futura nuera—. Has de perdonar ciertas…

Cádiz no dejó terminar a su mujer.

—Lo siento, Mazarine. No era mi intención…

La chica lo interrumpió jovial.

—No importa. Ha sido divertido.

El pintor, aún impactado por la visión y las últimas palabras de su alumna, empujó la puerta y dos majestuosos cuadros suyos dieron la bienvenida a los recién llegados. El pasillo lucía grandes candelabros encendidos. Una infinita pasarela de velas perfumadas recibía con su tenue y envolvente luz dorada a los novios. Juliette se asomó al fondo curioseando tímida, y Pascal al verla la llamó.

—Ven, quiero presentarte a mi prometida.

La mujer se acercó, y una vez Sara le dio su aprobación con la mirada, saludó a la joven.

—*Bonsoir, mademoiselle.*

—¿Verdad que es una princesa? —afirmó Pascal con su pregunta.

—Claro que sí, *monsieur.*

Cádiz los escuchaba lejano. No podía seguir allí. Esa horrible pesadilla no podía estarle ocurriendo. Necesitaba una transfusión de alcohol que lo insensibilizara; vaciar una botella de Macallan 30 *years* en sus venas. Se alejó hacia el bar y empezó a beber. *Trop tard pour moi,* masculló entre dientes. *C'est tout, mon petit idiot. La grandeur est insignifiante.* Cádiz hablaba consigo mismo mientras se servía el whisky helado que el mayordomo le traía de la nevera, y que él bebía como si fuese agua, observando de lejos cómo la pareja de jóvenes reía con su mujer. *La mort, c'est la propre vie. Merde!*

Una botella entera de whisky y el sufrimiento no cedía. El dolor que sentía le venía por partida doble.

Otra botella.

Glup – glup – glup.

No sólo Mazarine le restregaba en sus ojos su lujuriosa juventud, sino que ahora su hijo se sumaba a la burla, haciéndole consciente de su insalvable decrepitud y su grotesco final.

Glup – glup – glup.

¿Y qué pasaba con su sed? ¿Con esa sed de cuerpo y arte? Su músculo comenzaba a pudrirse de vejez y de su arte brotaban pústulas. ¿Podía vivirse aún como muerto viviente? ¿Sabiendo que su tesoro no sería jamás para él? ¿Podría seguir sabiendo que su hijo saboreaba la que era su fruta?

Glup – glup – glup.

Dolor líquido.

Le venían arcadas de lágrimas secas, de rabias vomitivas que no quería sentir y no podía expulsar.

Su cuerpo: Naturaleza Muerta.

Un cuadro mortecino que se desintegraba delante de sus narices. Pedazos de glorias trasnochadas que se perdían en las tinieblas. Una vela sin favila; un sueño sin luz. Pinturas cuarteadas que caían a pedazos, raspando su pobre alma sin estrenar…

—Cádiz… —la voz de su mujer le llamaba—. Te estás perdiendo una conversación fabulosa.

... sin que nadie se enterara. La familia. ¿Qué era eso llamado familia? No. Él nunca había buscado tener una familia; eso había sido un accidente. Su vida era bascular, jugar con su libertad de ser y de existir. Pensar en él, sólo en él. Ser fiel a sus deseos, a su dualismo más íntimo. Venerar la belleza, la estética de la vida. Eso era el verdadero amor al arte. Saberse admirado por el mundo. Sorprender a la muerte antes de que la muerte lo cogiera por sorpresa.

Glup – glup – glup.

La familia: un sismógrafo de presentes jodidos. Ninguna gratificación. Un esfuerzo sin premio. ¿Pascal? Un condón roto y un aborto interrumpido en pleno Londres. ¿Le quería? Tal vez. Viéndolo con su pequeña, desde luego que NO. ¿Qué era eso del amor filial?

Glup – glup – glup.

—¡Cádiiiz! —Sara insistía.

—No importa, madre —la voz de su hijo lo disculpó.

—Voy en seguida —gritó Cádiz, observando cómo Mazarine se levantaba y se perdía en busca del baño.

Tomó la botella en su mano y, comprobando que nadie lo viera, se adentró en el pasillo por el que acababa de desaparecer su alumna, buscando un encuentro fortuito; cobijándose en la oscuridad de la pequeña sala de lectura, muy cerca de la puerta por la que aparecería de nuevo Mazarine. Una vez dentro, se mantuvo al acecho como un león vigilante, tratando de capturar a su presa. Al verla salir, se lanzó sobre ella y tomándola del brazo la metió dentro de la sala, echando doble vuelta al cerrojo.

—Bebe un trago —le dijo, poniéndole la botella en los labios—. ¿No te hace falta?

Mazarine la rechazó.

—¿Cómo te has atrevido? ¿No te das cuenta de lo que me estás haciendo, malvada?

—¡Suéltame! Estás...

Los labios de Cádiz no la dejaron terminar. Necesitaba comérsela a besos. Era suya. Su hijo no podía quitarle su tesoro.

—¡Estás loco! —Mazarine lo empujó—... y bebido.

—Y enamorado —le dijo él, abriéndole la gabardina.

—No, ahora ya es tarde, profesor.

—Tú me deseas, pequeña. Lo sé. ¿No te das cuenta de cuánto te he respetado? Si no te he hecho el amor sólo ha sido para protegerte.

—Eso es mentira. Te has beneficiado de mí. Me has utilizado. Ahora soy yo la que, apartándome de ti, voy a «protegerte».

—Mazarine, no me hagas enfu...

—¿Qué? ¿Vas a castigarme delante de tu familia? ¿Quieres que se enteren de tus desquicios?

Cádiz volvió a besarla y Mazarine se diluyó en su boca. La sangre burbujeaba en sus venas. Para su desgracia, lo sentía en lo más profundo de su alma. Sí, amaba a su profesor loca y bestialmente.

Desde fuera, la voz de Pascal los interrumpió. Se acercaba hacia el baño.

—Mazarine... ¿te encuentras bien?

—¡Déjala, hijo! —gritó Sara—. Ya vendrá.

Cádiz y Mazarine permanecieron en silencio hasta que los pasos se alejaron.

—Suéltame, debo irme —le dijo ella en voz baja.

—Dime que me amas, que sólo estás con él por conveniencia...

—Es tu hijo, Cádiz. No lo olvides.

Mazarine se liberó de su intenso abrazo, giró la llave y salió del estudio con disimulo. Nadie la vio. Al llegar a la terraza, se excusó por la ausencia.

—Me perdí. Esta casa es tan grande y tiene tantas puertas que... he terminado en otra sala.

—No te preocupes, querida. Pronto te familiarizarás con el lugar. —Sara la miró detenidamente—. ¿Sabes que tu cara me es familiar? Nunca olvido un rostro, debe de ser defecto de profesión; memoria fotográfica.

Mazarine se dejaba observar por su futura suegra.

—¡Ya sé dónde te vi! —exclamó aliviada—. Fue en Les Champs Élysées el día de la inauguración de mi exposición. Estuviste, ¿no es así? Me acuerdo que pensé que podría hacerte unas fotos fantásticas y después, con el barullo, lo olvidé. Me encantan tus facciones. Tienes un aire desvalido maravilloso... no te lo tomes a mal. No me cabe duda de que no tiene nada que ver con tu carácter.

—Madre, no te pases.

—Tú me entiendes, ¿verdad, Mazarine?

Sara lanzó una mirada cómplice a la novia de su hijo y ésta asintió sonriente, todavía con las mariposas de su angustia amorosa en el estómago.

De pronto Cádiz venía a reunirse con ellos y Sara daba órdenes al servicio.

—¿Pasamos a la mesa?

La noche exhalaba perfume de azahares. Mazarine aspiró, deleitándose.

—¡Qué bien huele!

—Son los azahares que Cádiz sembró hace años. Su tía se los envió desde Sevilla. Es lo único que no olvida de su tierra andaluza, los cuida como si fueran sus hijos. Aunque no lo creas, a veces es un maravilloso jardinero. ¿Ves las macetas de la terraza? Todo ha salido de sus manos. Dicen que el arte siempre florece en múltiples direcciones. Un buen artista no lo es sólo de una disciplina.

El pintor se acercó a los arbustos y arrancó varios ramilletes, los acercó a su nariz y después de aspirarlos con vehemencia se acercó a Mazarine.

—¿Puedo? —le dijo a su hijo, señalando con el gesto su intención de adornar los cabellos de su novia.

—Claro —contestó Pascal—. ¿Quieres?

Mazarine asintió mientras el pintor, delante de su mujer y de su hijo, enredaba los azahares en su pelo hasta dejarla como una novia.

—Pareces una virgen...

—Te ha dejado preciosa —le dijo Pascal dándole un beso en la mejilla.

—Deberíamos ir a Andalucía... todos —comentó Cádiz lanzando una mirada carnal a su alumna.

—Ya habrá tiempo —añadió Sara, sin darse cuenta de que su marido no dejaba de observar a su nuera.

—¿Nos sentamos? —sugirió Sara, indicándoles a cada uno su sitio en la mesa.

Cádiz quedó junto a Mazarine y enfrente se colocaron Sara y Pascal.

La noche los envolvía en una penumbra azul. Los rostros, pincelados únicamente por la tenue luz dorada, resplandecían en la oscuridad. Las llamas de las velas tiritaban con la brisa, creando unos juegos vibrantes de luces y sombras sobre el lino almidonado. En su copa de vino, Mazarine acababa de descubrir el reflejo de la luna y jugaba con ella. Levantó la mirada y Pascal le devolvió una sonrisa. Un viento alborotado despeinó sus cabellos y los pequeños pétalos se fueron deshaciendo hasta caer en el plato de Cádiz.

—La virgen ha perdido sus flores —dijo el pintor sonriendo—. No importa, pequeña. Los azahares seguirán floreciendo para ti.

Al escuchar que la llamaba pequeña, Mazarine recordó el apasionado beso que Cádiz le había dado, y de nuevo las mariposas revolotearon en sus entrañas.

Un perfumado silencio precedió el inicio de la velada.

Los sirvientes fueron desfilando con sus exuberantes bandejas aromatizadas. La conversación saltaba del arte a los viajes, de la pintura a los marchantes, del cine a los libros, de los actores a los escritores, del pasado al presente, del amor al compromiso, hasta detenerse en una historia: Mazarine preguntaba a Sara cómo había conocido a Cádiz.

—Hay historias que cuando las cuentas pierden toda su magia. Y si me permites, como deseo seguir conservándola, tal vez porque es lo único que aún nos queda intacto —miró a Cádiz con un gesto de reproche—, permíteme que sólo te diga que fue... maravilloso.

Sara se perdió en el tiempo y recordó aquel apasionado beso callejero que los había apartado de los gritos, las consignas, las porras y las piedras.

—Madre —Pascal la llamaba—. ¿No vas a continuar?

Sara regresó de aquella imagen nítida y volvió a centrarse en el presente.

—Ni hablar. Lo que interesa ahora es vuestra historia. ¿Por qué no nos contáis cómo os conocisteis?

Debajo de la mesa, la mano de Cádiz acababa de posarse muy suave sobre la rodilla de su alumna. Al notar el contacto de sus dedos, Mazarine se tensó.

—Lo siento, madre —dijo Pascal—. Has dicho una cosa muy importante: lo que se cuenta deja de existir. Estoy absolutamente de acuerdo contigo. Si contamos nuestra historia seguramente perdería toda su magia, así que también preferimos mantenerla en secreto, ¿verdad, *mon amour*?

La mano le abría la gabardina buscando su piel...

—*Oui* —respondió Mazarine con la voz en un hilo.

...se posaba en sus muslos. La acariciaba como nunca; suave, suavísimo.

—Entonces... ¿qué tal si hablamos un poco de tu próxima exposición? —sugirió Sara a su marido—. Ya casi la debes de tener a punto.

Subía. Las manos del pintor escalaban sus piernas sin prisa y ella no podía evitarlo. El corazón se lo impedía.

—Si no os importa, prefiero que sea una sorpresa para todos. Sabes muy bien —miró a Sara— que nunca hablo de mi obra antes de exponerla.

Subía, subía. Se metía entre sus bragas buscando entre los pliegues mojados de sus piernas tocar su alma. La encontró y se sumergió en ella.

El bogavante esperaba en el plato.

No podía. No podía hacerle eso a Pascal. No podía resistir tanto sentir. Los ojos de su novio la miraban bondadosos. Mazarine retiró los dedos de Cádiz y extendió sobre la mesa sus manos, pidiendo que Pascal se las cogiera.

—¿No tienes hambre? —preguntó Sara a la chica observando el bogavante sin tocar.

—Es que…

—¿Te preparamos otra cosa?

Pascal miró a Mazarine amoroso.

—Come lo que quieras, cariño.

Cádiz continuaba silencioso, aislado de lo que ocurría a su alrededor, saboreando aún aquellos minutos de lascivia escondida. Sorbiendo su whisky helado en la copa del agua. De pronto, repitió.

—Deberíamos ir a Andalucía.

—No es una mala idea —comentó Pascal—. Creo que a todos nos vendría bien ese viaje. ¡Hace tantos años que no viajamos juntos! Si no recuerdo mal, desde que era niño. Siempre os ibais solos.

—Pascal… —dijo Sara, con un cariñoso tono de súplica—. No empieces.

—No es ningún reproche, madre.

—¡Claro que haremos ese viaje! A mí es a la primera que me hace muchísima ilusión, pero ahora tenemos la inauguración de tu padre.

—Y el verano.

—Y la boda. Porque… todavía no nos habéis dado fechas. ¿Cuándo queréis casaros? —preguntó entusiasmada Sara—. Supongo que antes conoceremos a tus padres, ¿verdad?

El pintor interrumpió.

—Hará demasiado calor. En verano no podrá ser.

—¿No podrá ser qué, Cádiz?

—El viaje. Porque… —el pintor se giró hacia Mazarine— imagino que para la boda esperaréis un tiempo, ¿verdad, pequeña?

Mazarine volvía a retomar su fuerza. Aunque en verdad estaba totalmente atrapada en la pasión que le inspiraba su profesor, esta nueva faceta, la de jugar a dominarle y hacerle rabiar de celos le encantaba.

—No sabemos. Es posible que… —miró a Pascal— hasta os demos una sorpresa.

Cádiz vació la copa de un solo trago.

—¿Andalucía…? —se quedó pensando y de repente el whisky le regaló un destello—. Andalucía… tal vez no. Iremos más al sur… al desierto.

55

Desde su regreso de Praga, René había tratado inútilmente de acercarse a Mazarine. Dudaba de que aún viviera en la casa verde, pues los primeros días que siguieron a su llegada por más que timbró y aporreó en su puerta nunca le abrió.

Volvía arrepentido de su brusca desaparición. Su marcha obedeció a un arranque de orgullo insólito que de nada le sirvió, porque la ciudad de las cien cúpulas, con todas sus noches de *pubs*, clubes y conciertos de jazz, no logró borrarle la imagen de quien había sido su gran amor. Seguía enamorado de Mazarine como un pobre imbécil. Enamorado... y ahora, además, rabioso. Humillado por aquella compañera de liceo que tantas veces se había limpiado sus besos, rechazándolo del plano amoroso y situándolo en aquel rincón desangelado de la amistad pura y sin calenturas que él, para no perderla del todo, había ocupado a regañadientes, fingiendo que nada le importaba.

Amigo.

Un amigo que durante un tiempo había llegado a convertirse en fontanero, limpiador de suelos, engrasador de bisagras, paño de lágrimas y lo que hiciera falta con tal de verla y arrancarle una sonrisa. La niña bella del instituto y el granujiento adolescente, el hazmerreír del Lycée Fénelon, mendigando a los pies de la princesa.

Había huido antes de que Mazarine se diera cuenta de que estaba cansado de hacer el papelón de chico bueno; antes de que la rabia que sentía por dentro se desbocara, obligándolo a hacerle daño. Porque ya estaba harto de que no le diera nada; harto de ser el bueno de René.

Simpatía.

Eso era lo que un día le había dicho que sentía por él. Simpatía... y compañerismo y camaradería, ¡qué sentimientos más absurdos e infantiles! Decía que le tenía confianza y que era su mejor amigo. Y que el verdadero amigo no debía esperar ninguna recompensa por ofrecer su amistad. Y bla, bla, bla... Ella, por él, no hubiera dado nada. Pero eso sí, pedir, pedía. ¡Vaya si pedía! René por aquí, René por allá... tráeme esto, recógeme lo otro. Consuélame, que amanecí triste. Snif, snif, snif... Lágrimas de cocodrilo. Por ella, si se lo hubiera pedido, habría subido al cielo y arrastrado la luna hasta depositarla a sus pies.

Ahora ya no; de luna y estrellas, nada de nada: eclipse absoluto.

Odio.

Empezaba a saber lo que era el odio. Estaba rabioso.

Desde la noche que la vio tan acaramelada con aquel viejo en La Guillotine, no cesaba de imaginar venganzas. Si la volvía a ver, sabría lo que era ofenderle. El René que había conocido no existía más. El que ahora se levantaba era un hombre con dignidad.

Esperaría.

Esperaría en La Friterie las horas que hicieran falta, los días que fueran, hasta verla llegar. Sólo para observar la cara que pondría cuando se lo encontrara. Sólo para ver qué mentira le contaba cuando le dijera que la había visto con el viejo.

—¡René!

Lo había descubierto. Tras noches velando la entrada del número 75 de la rue Galande, Mazarine se acercaba con los brazos abiertos y una sonrisa en los labios.

—*Oh la la!… Mon Dieu!* ¡Has vuelto!

Estaba bellísima, como siempre, y parecía alegrarse de verlo.

—¿Qué haces por aquí? Me cansé de preguntar por ti en La Guillotine hasta que, finalmente, me lo contaron. ¿Y Praga? ¿Por qué no me dijiste que te ibas? Déjame que te mire. Estás guapísimo.

Ella sí que estaba guapísima, pero él… ¿acaso se burlaba?

—¿No me dices nada?

Como siempre le pasaba, su mágica presencia lo intimidaba. La voz le salió entrecortada

—Me… me alegro de verte.

—Venga. No seas tímido y dame un beso.

Otra vez le ponía las mejillas; otra vez el beso desabrido de hermano tonto.

—¿Sigues con tu música?

René asintió.

—Y tú, ¿si… si… sigues con tu pintura?

—Más que nunca. Estoy pintando cada día. Pronto se inaugurará una exposición que, cuando la veas, te sentirás orgulloso de tu amiga.

—¿A… alguna novedad en tu vida?

Mazarine lo miró alegre y, cogiéndolo cariñosa, le confesó al oído.

—Me caso.

René retiró bruscamente de su brazo la mano de Mazarine.

—No me digas que… Ay, René, René, René… ¿Todavía no se te ha quitado esa manía de creer que estás enamorado de mí? Por favor, pero si tú y yo somos como hermanos. ¿No te acuerdas de cuántas veces lo hemos hablado? Pensé que ya se te había pasado esa tontería.

Mazarine soltó una sonora carcajada.

Se burlaba de él. Volvía a humillarlo como siempre. Con

esa candidez angelical y esa carita de «yonofuí» que lo obligaba a perdonárselo todo. Pero esta vez había ido demasiado lejos. Ahora sí, su venganza sería tan dulce como la miel. Era lo único que le quedaba:

VENGARSE.

56

Tras la cena en la rue de la Pompe, Mazarine se encontraba perdida. Su vida emocional era un enredo gordiano que la llevaba a saltar del miedo a la osadía y de la alegría al pánico, en un torbellino que no la dejaba pensar. De golpe se había convertido en el centro de un carrusel enloquecido, que giraba y giraba con una fuerza centrífuga que amenazaba con expulsarla y lanzarla por los aires, mientras ella se agarraba a un palo endeble, a punto de romperse. Lo que más había ansiado, ahora parecía brindársele en bandeja: su pintor se moría por tenerla en sus brazos. Pero eso ahora era lo de menos. Tenía muchos frentes abiertos y ninguna capacidad de cerrarlos. Sentía que su vida la dirigían otros, y ella era el epicentro de una catástrofe que estaba a punto de desencadenarse. En medio de sus desazones, lo único que la serenaba era estar junto a Sienna.

Cuando se acercaba a ella, una sensación de paz y protección la cubría. La mandora se convertía en el puente para llegar a su alma. Esa música, tocada por no sabía quién y que salía de sus propios dedos, aquel idioma desconocido que en su cabeza se recitaba imparable y su boca pronunciaba con total soltura, era lo único que la tranquilizaba.

La conexión que tenía con aquella adolescente de facciones angelicales cada día era más fuerte e íntima. Le inspiraba un amor inmenso. Después de cantar y cantar, la mandora se silenció con ella.

—Sienna —le dijo, acariciándole los cabellos—. ¿Puedo decirte algo?

La Santa parecía escucharla.

—Me siento perdida, como si caminara por una neblina espesa que me quiere tragar. No permitas que me trague, Sienna. Quieren separarnos. Aquellos hombres no saben que tú y yo somos una... que te necesito; no saben nada de las dos. No sé... a veces me parece que vivo otra vida, que me enciendo y apago con un interruptor que no controlo... porque en verdad no existo. Dime, Sienna, ¿crees que existo? ¿No seré un sueño fabricado por un loco? ¿Dónde estoy? Abre los ojos y mírame. Necesito a alguien que me indique la salida de este espeso túnel en el que me encuentro. ¿Parezco feliz?... No, no te lo creas. Tú bien sabes que no es así. Las caras siempre mienten, esconden el alma de la gente, todos llevamos una máscara para actuar en este circo: el gran público, que también va fingiendo su cordura. Si me vieras, dirías: ¡Mazarine ha encontrado la felicidad! ¡Bahh! Te habría engañado; habrías caído en mi trampa. Pero a ti no puedo mentirte, Sienna. Estoy más sola que la propia soledad. En realidad, los seres humanos somos tan poca cosa. Vivimos porque no nos queda más remedio. Caímos en esta trampa, en esta leonera hambrienta. Todos quieren algo de ti: la rebatiña, la repartición de los cuerpos, de las almas... un rato de pasión, cariño, atención, compromiso, tus palabras. Tu esfuerzo, la fama, tu silencio, tu alegría... hasta tus pensamientos y tu futuro, que no sabes si existirá. Todo para todos y al final para nadie. Porque en la repartición nos volvemos jirones. Aquel altruismo de dar sin esperar no existe. Queremos ser fuertes y terminamos siendo de una blandura insoportable. Queremos ser inteligentes y sólo somos unos pobres animales perdidos en esta desconcertante jungla de enanos. La estúpida comedia de parecer por no saber qué ser. Sienna, ¿cómo fue tu vida? Algo me dice que tu tiempo era distinto al mío. Que tú no estabas como yo, hecha a pedazos. Que no te tocaba cada noche recoger los trozos sueltos y pegarlos, para salir a la calle como si nada.

Y ahora... ¿qué hago yo ahora, Sienna? ¿Dónde está la respuesta a mi vida? ¿Soy mala? ¿Soy buena? ¿Cuál será el castigo que me espera por querer ser feliz sin saber cómo?... El otro día te pinté. ¡Si supieras lo bella que quedaste en los cuadros! Y cómo desconcerté al Gran Pintor. ¡Al Gran Dios! Le hubieras visto sus ojos lagrimeando de envidia... y yo, haciéndome la que no me enteraba de nada, en el papelito de alumna abnegada. No me costó nada pintarte, tal vez ni siquiera fui yo quien lo hizo. Será aquel ser que me habita y que desconozco. Esa presencia que se acerca y ausenta de mí y me toma y me deja a su antojo... Tengo que irme, ¿ves? Algo me obliga a alejarme ahora de ti.

Tras despedirse, Mazarine cerró la tapa del arca de cristal, pulsó la palanca y el mecanismo se llevó el cuerpo al interior del armario.

Cuando estaba a punto de salir, regresó y se aseguró de que el armario quedara con llave. Revisó cada ventana y agujero por si alguno de los Arts Amantis osaba aparecer por la casa.

Tenía que ir a La Ruche, pero le daba miedo volver a encontrarse con la pasión de Cádiz. Con sus manos hechiceras, que lastimaban y acariciaban y, al final, la deshacían y dejaban sin fuerza. Quería y no quería verle. ¿Qué iba a pasar entre ellos después de tan nefasta coincidencia en la rue de la Pompe?

La exposición estaba a punto de inaugurarse y por las calles cientos de carteles anunciaban el regreso del genio de la pintura Dualista.

Mazarine caminaba atolondrada por el Boulevard Montparnasse cuando una voz la despertó. Era Sara que se dirigía a su estudio y al verla desde la otra acera la llamaba.

—¡Mazarine!

La fotógrafa le hizo señas de que esperara y al cambiar el semáforo cruzó la calle.

—¡Qué sorpresa, querida! ¿Adónde vas?

—A trabajar.

—¿No me digas que trabajas cerca de aquí? A ver si vamos a resultar vecinas.

Mazarine titubeó.

—Bueno, en realidad está lejos, pero... me gusta caminar. Me he acostumbrado a sentir el suelo.

Sara echó una ojeada a los pies de la chica.

—Ya lo veo. Cuando yo era joven solíamos ir así, como tú, descalzos. Era una locura que homenajeaba la libertad, la paz, el amor y la belleza. El culto a un hedonismo primario. Nunca pude ser *hippy*, no tuve tiempo de serlo. Me enrolé a trabajar duro desde muy joven, pero en muchas cosas me sentía como ellos. Fui una *hippy* frustrada.

Mazarine la observaba con cariño. La madre de Pascal le caía simpática, era una buena persona. Recordó lo que había pasado con Cádiz en la rue de la Pompe y sintió vergüenza.

—¿Tienes unos minutos? ¿Por qué no vienes un momento a mi estudio? Está justo enfrente —la fotógrafa señaló una pequeña calle que desembocaba en la avenida—. Me costó mucho conseguirlo. Es un edificio magnífico y tiene un gran significado para mí. Era el estudio de Man Ray, el gran ídolo de mi juventud.

—Sara, quería darle las gracias por la cena.

—No tienes por qué. —La mujer cogió del brazo a su nuera y continuaron caminando—. Lo único que deseo es que hagas feliz a mi hijo. Es un chico magnífico.

—Lo sé —añadió Mazarine, sintiendo en el fondo un punto de culpabilidad.

Atravesaron el boulevard hasta llegar al n.º 31 de la rue Champagne-Première, el espectacular edificio del arquitecto Arfvidson que con sus grandiosos ventanales y su decoración modernista de motivos vegetales había enamorado a tantos artistas en los años veinte.

Al llegar al estudio, restos de fotografías de la muestra *Identidades* colgaban y se apoyaban en las paredes, en desorden.

—Me gustó su última exposición.

—Ahhh... fíjate. Ya no está, ¡todo pasa tan rápido! ¿Quién sabe adónde habrán ido a parar esos seres?

En el suelo, unos ojos nublados miraban fijamente a Mazarine.

—¿Los conoce a... todos? —preguntó la chica, señalando la foto del hombre que a veces la seguía y aquella noche había reconocido en las catacumbas.

—¡Qué va! Es gente que encontré en la calle. Este pobre hombre tiene un aspecto siniestro, ¿verdad? A lo mejor no lo es tanto. La mayoría de las veces, las apariencias engañan.

La imagen de una Mazarine temerosa, mirando aquella fotografía, inspiró a Sara.

—Quédate ahí; no te muevas.

La fotógrafa cogió su cámara y empezó a descargar una, dos, tres, diez, veinte fotos. Disparaba desde todos los ángulos. Pies, manos, boca. De espalda, con su largo gabán arrastrándose en el suelo. De escorzo: su cuello, su perfil, sus sombreadas cejas. De frente, con el abrigo abierto: la piel, el pecho, el inicio de sus pequeños senos... clic, clic, clic... y zoooooooom al medallón.

¿No era ése el símbolo que aparecía en el pecho del hombre que había fotografiado para la exposición? Con ésta, era la tercera vez que lo veía. La primera, aún no lograba recordar dónde había sido; ahora que volvía a reparar en él, estaba segura de que ese emblema lo había visto en alguien más... o en algo.

57

Cádiz la recibió como si nada hubiera pasado. Como si la noche de la cena y el compromiso con Pascal jamás hubiesen existido. Su alumna llegaba a terminar el último trabajo pendiente y él la recibía con la mejor de las sonrisas.

—Bien, pequeña mía. Ya casi lo tenemos —le dijo, una vez la tuvo delante, vestida con el acartonado delantal embadurnado de colores. La trataba con delicadeza y estaba más cálido que nunca.

Mazarine se sentía completamente desconcertada.

—Alcánzame el granate.

La chica le pasó con recelo el pote de pintura.

—¿Qué vas a hacer?

El pintor se acercaba a los cuadros que ella había hecho de Sienna.

—A estos lienzos —los observaba desde todos los ángulos— les falta algo.

—¡No! No los toques. Están perfectos —le rogó Mazarine.

—No te preocupes, no voy a hacerle daño a «tu santa». Es importante que ambos cuadros respiren el mismo aire que los demás. ¿No te das cuenta? Si quieres que sean incluidos en la muestra, y sé que quieres, tengo que darles unos toques. ¿Confías en mí?

—¡Absolutamente, no! ¿Cómo puedo confiar en alguien que hace lo que hace?

—No sé de qué me hablas.

—¿No crees que deberíamos hablar de lo que pasó la otra noche?

—Sigo sin saber de qué me hablas.

Cádiz tomó un poco de pintura, la mezcló en su paleta y en un trance de violencia encarnizada empezó a lanzar sobre el acrílico goterones de óleo que caían sobre la imagen viva de La Santa. La sangre se extendía por encima de la tela, invadiendo rincones sacros, profanándola, violándola con hambre.

—¡Para! —gritó Mazarine en un sollozo—. La estás matando.

Los deseos reprimidos del pintor inundaban el cuadro. Violar la obra de su alumna era violarla a ella, poseerla por completo.

—¡Para, te digo!

La chica intentaba detenerlo, forzándole la mano.

—Suéltame. ¿Cómo te atreves a interrumpirme? ¿No te das cuenta de lo que le está sucediendo en este instante a tu cuadro? Glorificando la virilidad que le faltaba, la tela hace un recorrido que va del poderío a la violencia, de la destrucción a la victoria. La suavidad de tu trazo necesitaba de mi furia.

¿Y si tenía razón? ¿Si lo que estaba haciendo no era vengarse de ella a través de su cuadro, sino potenciarlo y sublimarlo? Mazarine estaba confundida.

—Ha perdido su pureza, Cádiz. El pudor que respiraba.

—Mira, pequeña. Picasso decía que la pintura sólo atenta contra el pudor cuando no tiene lo que puede tener. Deberías estar orgullosa de que lo incluya en mi obra. Ahora, observa y calla. ¿Se te olvidó que viniste aquí a aprender?

—¿A aprender? ¿Estás seguro de que no ha sido un aprendizaje mutuo? Cádiz, permíteme decirte que eres un cínico.

—Ay, mi pequeña rebelde. Hoy te noto guerrera… y rabiosa. Me gusta ver ese brillo en tus ojos, les da vida.

Así que se burlaba de ella. Mazarine quiso lastimarlo.

—Hemos decidido adelantar la boda —le dijo con cierto retintín.

Cádiz no se inmutó.

—¿Qué tal si continuamos trabajando? Necesitamos arrancarnos la piel y dejarla expuesta en estos cuadros... Hemos llegado al final. Éste —repitió Cádiz— es el final.

Al escuchar las últimas palabras, Mazarine sintió una punzada de dolor. ¿Se estaba despidiendo? Así que no lo iba a volver a ver como maestro. Y ella, ¿qué iba a ser de ella sin su pasión? ¿Sin el que era su gran amor, su muerte y redención? Cádiz, el inventor de su vida y su arte. Si lo perdía, ¿qué le quedaría ahora para sentirse viva?

Una sombra empañó su mirada. Las lágrimas rodaron por sus mejillas y se las limpió con rabia. No quería que Cádiz la viera llorar, pero no podía evitarlo.

—No te entristezcas, pequeña. —La voz grave de Cádiz arañó su pena—. Nos volveremos a ver. Tú ya haces parte de mi vida... el destino se encargó de ello. Hay sentimientos que se levantan por encima de la razón y del tiempo... y éstos, sin salida, ya encontraron la suya. Me has convertido en un observador. El espectáculo continuará y yo, desde la butaca, aplaudiré.

—¿Y lo que pasó la otra noche entre nosotros?

—Lo siento pequeña, no recuerdo nada. Has de entender que a mi edad comenzamos a olvidar cosas. ¿Pasó algo?

Mazarine se levantó rabiosa y se encerró en el lavabo. ¿Cómo iba a olvidar lo que le había hecho bajo el mantel? ¿Aquel recuerdo que en las noches le impedía dormir?

Cádiz se acordaba de todo, pero no tenía la más mínima intención de reconocerlo. El juego no había hecho más que empezar. Sus intenciones iban lejos, muy lejos. Más aún, sabiendo que quien quería arrebatarle a su pequeña era su propio hijo.

58

Las averiguaciones avanzaban. Lentamente, Arcadius se sumergía en el sórdido mundo de la clandestinidad donde, aunque pareciera mentira, todavía se continuaba traficando con las «reliquias cárnicas», como le llamaban en el argot ordinario a los cuerpos y trozos de cuerpo de los llamados santos o mártires.

A lo largo de la historia, las reliquias, más que ofrecer la paz del espíritu, habían llegado a propagar auténticos incendios emocionales y los más bajos instintos, generando entre los creyentes disputas, rebatiñas, robos y hasta guerras.

La sacrosanta costumbre de poseer una reliquia, más que las bondades que regalaba el poseerla, promovía odios y envidias. Esa pasión obsesiva, fomentada en la Edad Media y acrecentada con las Cruzadas y sus logros en Tierra Santa, no se limitó al pueblo raso e ignorante. Los grandes amantes de estos talismanes eran nobles y señores feudales que, en su búsqueda y para aumentar su colección, eran capaces de empeñar hasta su vida. Todos buscaban encontrar en ellas los dones sobrenaturales que vinieran a satisfacer sus miserias y carencias; que les protegieran de todos los desastres generados por sus vidas pecadoras. Porque el miedo hacía parte de la vida y era común a todos los mortales.

En su búsqueda, Arcadius fue descubriendo que había reliquias orgánicas e inorgánicas, terrenales y divinas; un sinfín de clasificaciones que daban a cada una de ellas un inestimable valor. Sangres y sudores, dientes, cabellos, fémures, uñas, dedos, hábitos, maderos, cueros, piedras, toda una variedad de mercancías servidas al gusto del creyente más fanático.

Incluso se hablaba de «El santo prepucio de Cristo», y su relación con sor Agnes Blannbekin, una monja mística muerta en Viena, de quien se decía vivía indescriptibles trances de comunión; el sagrado pellejo se le aparecía con un sabor dulce y carnoso que la llenaba de alegría y paz. A raíz de aquella historia empezaron a proliferar y a adorarse «santos pellejos» en muchas ciudades del mundo y hasta se creó, en Charroux, Francia, una cofradía llamada «La Hermandad del Santo Prepucio».

En medio de tanta información, una historia despertó poderosamente el interés del anticuario. El cuerpo de una adolescente, de edad, características y época similar a la de Sienna, había deambulado por el mercado subterráneo de las mafias, y en una subasta secreta hecha por Internet a través de códigos criptados, en la cual habían participado misteriosos compradores, se habían alcanzado sumas exorbitantes que lo ponían casi al nivel de la Sábana Santa. Decían que el cuerpo, que nadie había visto directamente, se encontraba escondido en la provincia de Barcelona, en una antigua masía.

Era una reliquia que, a pesar de haber sufrido innumerables traslados y robos, se encontraba en perfecto estado. Su nombre se mantenía en secreto, buscando con ello preservarla de los saqueos que últimamente se les atribuía a las mafias del Este. La tradición oral, de tanto repetirlo, convirtió en cierta la leyenda de que el cuerpo era un regalo que el Vaticano había hecho a un valiente señor, premiando con ello la osadía con la que supo combatir a los infieles durante la Tercera Cruzada. Fue tan brillante y ejemplar el desempeño de aquel noble caballero que no sólo mereció un dedo sacro, sino todo un cuerpo, y además un cuerpo puro: el de una virgen. Se decía también que la reliquia en cuestión iba acompañada de un documento en latín que acreditaba su autenticidad y certificaba que, tras su lapidación, La Santa permanecía incorrupta.

Durante varias semanas, y pese a que su salud empezaba a hacerle llamadas de atención, Arcadius se entretuvo persiguiendo la pista. Le apasionaba aquel misterioso mundo de fanatismos exacerbados, magias celestiales y perros carroñeros peleándose por saborear los restos de los pobres mortales que, por haber dado lo mejor de sí, vagaban por el mundo castigados, sin derecho a descansar en paz bajo la tierra.

Comunicó al orfebre su intención de viajar en pos de aquella búsqueda, que se abría y parecía coincidir con la de la Logia. Viajó a Barcelona, donde se entrevistó en secreto con ancianos que decían conocer la historia de La Santa escondida, y cada uno de ellos le llevó a pistas que morían en callejones sin salida. De las leyendas más estrambóticas a las más sencillas, eligió la que en conciencia le pareció más coherente. Y mientras esperaba los contactos que sus conocidos le iban proporcionando a cuentagotas, aprovechó las tardes para saborear la *Ciutat Comtal*, como también se le llamaba a esa ciudad apoteósica. Se empapó de su magnífica arquitectura, su Mediterráneo, su cocina y su arte; de sus calles salpicadas de joyas modernistas y diseños vanguardistas. Quería fotografiar cada rincón, ser joven para vivir aquella ciudad maravillosa que lo tenía todo y desbordaba su belleza en múltiples direcciones. Su barrio gótico y sus calles rebosantes de anticuarios e historia, sus iglesias románicas y sus adoquinadas callejuelas, sus antiguos mercados, su mar y su vitalidad.

Y cuando estaba acostumbrándose a perder el tiempo paladeando los placeres mediterráneos, recibió por fin una llamada que lo dejó a las puertas de una visita.

El «famoso» cuerpo de La Santa escondida había reposado durante muchos años en la cripta secreta de una familia de Manresa, una población cercana a Barcelona. De esta familia, sólo quedaba una solitaria mujer que sufría los castigos de la vejez, pero estaba dispuesta a atenderlo y contarle lo que sabía.

Desde la plaza Catalunya, Arcadius tomó el tren que lo llevó a Manresa, y una vez allí un taxi lo dejó frente a la vieja masía que se caía a pedazos. Tras aporrear la aldaba durante varios minutos, escuchó una voz que refunfuñaba malhumorada en catalán.

—*Ara, vaig... Que s'haurà cregut aquest franchute amb tanta pressa.*

La puerta se abrió y la anciana, al ver al anticuario, dibujó en su agria expresión una tímida sonrisa. Aquel vejete francés no estaba tan mal.

—*Perdoni.* Es que a veces...

—No se preocupe.

La mujer lo hizo pasar; el ambiente bochornoso de piedra sudada se impregnó en su traje. Tras brindarle un escueto vaso de agua servida del grifo, lo invitó a sentarse.

—Hace muchísimo tiempo que esperaba contar la historia de La Santa a alguien como usted; no sé por qué tengo el pálpito de que me va a creer. Me cansé de que se burlen de mí y me consideren la loca del pueblo, ¿sabe? —Arcadius la miró respetuoso y la invitó con un gesto a continuar—. Hubo un tiempo, hace muchísimos años, en que en esta masía se veneró el cuerpo de una santa. La gente hacía largas colas para verla y recibir de ella sus favores. Cuentan que, además de sanar a los enfermos e inspirar a los artistas, curaba el mal de amores. Venga.

La anciana lo condujo hasta una oscura habitación, de cortinajes de terciopelos desgarrados y restos de muebles que en su día habían sido lujosos. En otras condiciones, pensó el anticuario, todas las joyas que rodaban por los suelos habrían tenido salida en su tienda.

Al fondo, un imponente armario de roble de hierros enmohecidos presidía el salón. Al acercarse, reconoció el símbolo de los Arts Amantis en uno de los herrajes.

La mujer tiró de la manija de la puerta y el quejido destemplado dio paso a un estrecho pasillo que les condujo a una capilla secreta, presidida en su centro por un solemne altar de piedra.

—Aquí la veneraban.

Arcadius recordó el altar de las catacumbas de París que hacía pocas semanas había descubierto en una noche de antorchas, ritos y sombras. En la pared, inscrita en latín, la misma frase: *Toute vie a sa mort, toute mort a sa vie.* Un escalofrío lo recorrió por entero, sacudiéndole el corazón. No existía la menor duda. ¡Estaba en la pista!

—¿Sabe… cómo se llamaba?

La anciana inclinó la cabeza en señal de afirmación.

59

La muestra era una sola verdad plasmada en cien telas; una magnífica y ofensiva metralla que fulminaba al observador. Lo más visceral que jamás había pintado ningún artista contemporáneo.

El comisario encargado de montar la exposición estaba fascinado con la joya que tenía entre manos. Gestionaba los complicados permisos, tratando de convencer a los políticos de turno para que permitieran la producción de ese extraordinario y singular impacto visual.

El deseo de Cádiz era tomar el Arc de Triomphe y vestirlo literalmente con los cuadros que anunciaban la inauguración.

De cara a Les Champs Élysées, la imagen elegida era una ampliación del cuadro de *La Santa viva*, pintado por Mazarine. De cara a la Avenue de la Grande Armée, el cuadro que cubriría el arco sería el de *La Santa dormida*. Un dualismo que partía en dos la Ciudad Luz. En un extremo, el Obélisque egipcio, el pasado. En el otro, L'Arche de la Défense, el futuro. Los dos semblantes de un París glorioso.

Con las últimas intervenciones de Cádiz, ambas pinturas irradiaban un desesperado erotismo. El comisario de la exposición estaba convencido de que la fuerza psicológica y emocional que emanaba de ellas no dejaría a nadie indiferente. Por otra parte, consiguiendo el Arc de Triomphe, la repercusión mundial en todos los medios de comunicación estaba más que garantizada. Después de numerosas gestiones y exprimiendo influencias, finalmente el equipo se puso en marcha.

El verano encendía de alegría las avenidas, los parques y las calles parisinas. Por toda la ciudad ondeaban banderas anunciando a los cuatro vientos la inauguración de la última obra de Cádiz titulada *A tus pies*, que se abriría al público el 17 de julio. En una esquina, una chica de pies descalzos observaba con tristeza una marquesina iluminada con la foto del pintor, que a través del humo parecía burlarse de ella. Era la misma que hacía tiempo había robado en una librería y aún continuaba colgada en su pared.

Mazarine no había vuelto a saber nada de Cádiz.

Desde el día que marcó sus cuadros con su rabia y su alma con su repentina amnesia —esa que se había inventado para liberarse de todo cuanto le había hecho sentir la noche de la cena— no recibió ni una sola noticia más de él. Aquella dolorosa tarde de pérdida con los cuadros desparramados por los suelos del estudio, su maestro la había despedido altivo y lejano con un «no hace falta que vuelvas mañana. Ye te llamaré... si te necesito». Pero los días pasaban y él no la llamaba: no la necesitaba.

La dolorosa sensación de abandono no la dejaba vivir.

Se levantaba sin saber qué hacer. Todas sus ilusiones, sus movimientos diarios, su rutina de meses, sus proyectos se habían roto y ella no estaba preparada para asumir tanto vacío. Sin darse cuenta había ido fabricando un mundo que giraba alrededor de su pintor. Él era el ser de su ser. Su vida y su muerte. Su motivo, su gran motivo. Su única razón de existir.

Pasaba las mañanas convertida en un ovillo oscuro, una larva escondida en el armario junto a Sienna; llorando y gritando por si los alaridos se conmovían por fin de su soledad y le regalaban la llamada. Quería arrancarse las ropas, arder en una hoguera; adelgazarse y convertirse en humo. Carbonizarse con todos sus sentires y que el dolor se fuera en sus cenizas. Dormir, dormir sin sueños. Morir. Nadie podía entenderla, ni siquiera su querida santa, que parecía ausentarse de su pena.

—¡Sieeeeenna! Me ha dejado. Me ha abandonado. ¿Me escuchas? ¿O a ti tampoco te importo? ¿No eres capaz de ver mi vacío? ¿Tienes idea de qué puedo hacer con este dolor que no se va? ¡Ayúdame! Me duele... me duele mucho. Se me llevó todo. Yo quería inventarme un mundo que me rescatara de esta muerte a pedazos, pero hasta eso me robó. Me quitó los cuadros que te hice. Los destrozó con su ira. Te ha dejado como te dejaron otros, manchada de dolor. Y yo que te quería pura y vital... ¡LO ODIO! —Los gemidos retumbaban en las paredes—. LO ODIO, maldita sea. Y también LO AMO. Y no me entiendo, y no entiendo nada de esta maldita vida. ¿Entendiste tú algo mientras la viviste? —Sus lágrimas se condensaban en el techo y caían de nuevo sobre ella convertidas en lluvia—. Necesito descansar. Rebusco entre mis huesos, en estos músculos estúpidos, entre mi sangre, una razón que me empuje a seguir y no la encuentro. ¿ALGUIEN EN ESTA JODIDA TIERRA SABE DÓNDE ESTÁ LA LUZ? Me arruinó el amor, Sienna. ¡Me mató esta venida al mundo!

Esa noche recibió una llamada de Pascal. Quería que lo acompañara a la inauguración de la obra de su padre.

—*Mon petit chou,* hace muchos años que no asisto a ningún evento de Cádiz, pero esta vez quiero hacerlo. Mi madre me lo ha pedido y sé que le hace muchísima ilusión. ¿Me acompañas?

Mazarine se lo pensó. ¿Cómo decirle que estaba destrozada, que volver a ver a su pintor significaría romperse? Su cordura era un finísimo papel que podía rasgarse sólo con mirarlo.

Silencio.

—¿Sigues ahí?

—No sé si puedo —le contestó, por fin, dubitativa.

—Claro que puedes. ¿No eres una magnífica pintora?

—Eso… sólo lo crees tú.

Pascal continuó tratando de convencerla.

—Deberías ir. Quienes la han visto dicen que es formidable y desprende un erotismo sublime.

¿Le hablaba de erotismo? Ella sí que sabía lo que contenían esas telas. Más que una carga de erotismo, allí reposaban momentos indescriptibles en los que se habían unido la fuerza y el dominio con la suavidad y la frescura. Allí estaban derramados y escondidos, entre los trazos, todos sus deseos; los únicos instantes en los que había sido realmente feliz.

Al no recibir respuesta de su novia, Pascal insistió cariñoso.

—Si hace falta, le digo a Cádiz que te lo pida él mismo. ¿Quieres?

—Ni te atrevas.

—Entonces, no me fuerces a hacerlo, *mon amour*—le dijo en un tono suave, mimándola con su voz.

—No sé, Pascal. Estos días… quiero estar sola.

—Ni hablar. Déjame que te diga que la soledad, salvo en muy contadas ocasiones, es mala consejera. Distorsiona la realidad y te conduce por túneles sin salida. Aunque no sea del todo ético, tendrías que venir a mi consulta, y no te lo digo en broma. Hace tiempo que te siento triste. Te iría bien dejar de lado tanto hermetismo. Además, ¡qué caramba!, quiero estar contigo. ¿No sabes que el amor lo cura todo? Te amo… y me haces mucha falta. ¿Qué me contestas?

Silencio.

—¿Vienes a la exposición?

Silencio.

¿Qué hacía junto a Pascal? Ella no merecía tanto amor.

—¿Ese mutismo… es un sí?

Mazarine pensó en las manos del pintor recorriendo su cuerpo y se estremeció. Tenía que volver a verlo.

—Está bien —contestó—. Allí estaré.

60

El gran día llegó. Ese 17 de julio un sol rabioso incendiaba el cielo, trazando llamaradas rojizas que parecían nacer en la cima del arco victorioso y se propagaban con fuerza, haciendo arder el infinito lienzo azul.

Ojos Nieblos miraba desde la avenida la descomunal tela que cubría el Arc de Triomphe, conmovido por la belleza de *La Santa viva*.

A pesar de que en la última asamblea el jefe le dejó bien claro que no volviera a acercarse a Mazarine ni al pintor, otra vez desobedecía. Soñaba ser el descubridor de la gran reliquia y sentirse aclamado y reconocido por todos como el salvador de La Orden. Estaba harto de tanta burla y desprecio, de que en la Hermandad se le minusvalorara y lo compadecieran. Podía ser repulsivo, pero no era tonto. Lo que los demás no veían con los ojos sanos, él con los suyos, desteñidos y desviados, lo había detectado.

Nadie podía engañarlo. La imagen del cuadro ampliado tenía que ser la de La Santa y costara lo que costase iba a encontrarla, aunque para ello tuviera que emplear la fuerza.

¿Y si secuestraba a la chica y chantajeaba al pintor? Tenía fotos de ella y él tirados en la nieve en la terraza del Arco. Ahora que sabía que el chico con el que andaba Mazarine era nada menos que el hijo del Dualista, esas fotografías podían ser importantes. ¿Y si fomentaba la lástima y se acercaba inspirándole pena? ¿Y si en la rueda de prensa, en el momento más interesante de la intervención periodística, le lanzaba una pregunta que lo dejara en jaque y lo obligara a confesar? ¿Y si...? Sí, era muy inteligente. Él, Jérémie Cabiròl, era realmente genial. Opciones tenía muchas, todas dignas de un ser superior. En realidad, hacía tiempo que merecía dirigir los Arts Amantis. Con el cuerpo en su poder, todo iba a cambiar.

Se fue acercando hasta la base del Arco, donde cientos de curiosos y corresponsales se amontonaban. Trató de colarse entre los periodistas haciéndose pasar por uno de ellos, pero cuando estaba a punto de subir unos guardias le pidieron la identificación que lo acreditaba; a pesar del teatro que llegó a hacer, le prohibieron el paso.

No se dio por vencido y esperó.

Arriba del monumento, el espectáculo era espléndido. Se había habilitado la corona del Arco, suprimiendo barandillas y nivelando suelos para ofrecer a los invitados una circulación fluida y sin interferencias visuales. Los cuadros, instalados de dos en dos, pendían del cielo gracias a un complejo mecanismo de poleas e hilos de acero que partían de las cuatro puntas de la terraza. Estaban colocados de manera que el espectador podía contemplar su dualismo sin desplazarse, ya que iban girando sobre sí mismos.

En el centro de la terraza, como amo del mundo, el artista parecía levitar igual que sus cuadros, rodeado por un remolino de personalidades. Sin que nadie lo notara, sus ojos se paseaban por los invitados buscando a su alumna.

De pronto, su mirada se clavó en unos pies desnudos que llevaban pintados la misma línea que él acostumbraba trazar cuando solía pintar a Mazarine. Levantó los ojos y se la encontró delante, hermosa y pálida, colgada del brazo de Pascal.

—Gracias, hijo. Pensé que tal vez no vendrías.

—Te dije que esta vez no faltaría. Además, quería que Mazarine viera lo que puedes llegar a hacer cuando nadie te ve.

Cádiz sonrió, evitando la mirada inquisidora de su alumna.

—¿Y Sara? —preguntó Pascal.

—Debe de estar contestando preguntas estúpidas. Ya sabes, estamos en la hoguera de las vanidades.

—En la que arder, no lo niegues, aún te encanta —completó el hijo con un ligero acento de sarcasmo.

—Vamos, Pascal, esto es el teatro de la vida. Todos somos actores, ¿verdad, Mazarine?

—Si usted lo dice —contestó ella con un deje de disgusto.

Ni una sola mirada.

Su pintor no la había mirado ni una sola vez. Hablaba evitando que sus ojos coincidieran con los suyos.

—¿Qué te parece todo esto? —preguntó Cádiz a Mazarine, señalando a su alrededor.

—¿De veras le interesa lo que esta pobre pintora pueda opinar?

Sara se acercó con un vaso de whisky y se lo entregó a Cádiz.

—Aquí tienes: tu gran «amor». Ya me has convencido de que sin esto no podrías vivir. Es lo único que amas de verdad.

El pintor vació de un trago el vaso; en esos momentos no estaba para entrar en guerras dialécticas. Mientras su mujer besaba a su nuera y a su hijo, el comisario se les acercó y con sus amanerados movimientos y su aflautada voz preguntó.

—¿No os parece im-pre-sio-nan-te? —Y sin esperar respuesta, agarró del brazo a Cádiz y le murmuró algo al oído.

Cádiz se alejó con él. En el piso inferior iba a dar comienzo la rueda de prensa.

Mazarine preguntó a Pascal qué pasaba y él le comentó que su padre estaba a punto de hablar a los periodistas.

Su corazón empezó a latir de prisa. Se acercaba el momento. Tal como le había prometido Cádiz la tarde de la comida en Le Dôme, hablaría de ella. La daría a conocer delante del mundo como la coautora e inspiradora indiscutible de aquella maravilla.

Tras un largo discurso salpicado de frases intelectuales y provocativas frivolidades, tales como «el milagro del absurdo reside en eso, en dejarle ser absurdo», «el lienzo es tu espejo más íntimo», «hay que plasmar el absoluto, las medias verdades no existen en pintura», rematadas con el cierre magistral de «la seducción es el boceto de un proyecto de pasión», que provocaron aplausos, titulares y preguntas en los reporteros, el comisario dio por finalizada la intervención del pintor.

Así que era eso lo que ella había sido: cuatro trazos, una intención sin fin... ¡un simple boceto!

Ni una sola mención.

Cádiz se atribuía toda la obra. Incluso los cuadros en los que aparecía Sienna, decía que habían salido de sus manos en un momento de trance místico.

Era asqueroso, vil, repulsivo, sucio... ¡DENIGRANTE!

Mazarine desapareció lanzándose escaleras abajo sin dar tiempo a que Pascal lo notara. Necesitaba huir de aquella farsa inmunda, que nadie viera la tormenta que estaba a punto de desatarse en sus ojos. Las lágrimas volvían a correr por sus mejillas; era un llanto que la rodeaba con sus tentáculos, oprimiéndole el cuello con su abrazo líquido.

¡Cuánto egoísmo, cuánta manipulación, cuánta humillación! Caminó y caminó por las calles sintiéndose perdida; quería encontrar para su alma la ansiada levedad de no sentir. Arrancarse ese desesperado sentimiento que la hacía depender de aquel ser ególatra y mezquino.

Su móvil sonaba y sonaba en silencio, mientras su sombra esquivaba al mundo. Los transeúntes ignoraban la idea que empezaba a esbozarse en su mente y con los pasos se convertía en su salvación. Le había venido el deseo de no tener más deseos... Sí, se vengaría de él desapareciendo.

Estaba cansada de soportar ese algo que la quería matar condenándola a vivir; cansada de sufrir, de soportar esa turbia soledad. Cansada de dilatar una espera. La espera del amor... la espera de esos ojos gastados que miraban y prometían y nada daban. Le regalaría todo lo que había pintado para que acabara de cubrirse de gloria y se emborrachara de éxito.

La noche se fue cerrando sobre su larga silueta hasta que la desolación se apoderó por completo de su alma. Delante del Pont Neuf, las oscuras aguas del Seine la llamaban... Ojos Nieblos también.

61

Las campanas de Notre Dame tocaban enloquecidas la música lúgubre que anunciaba una inminente desgracia. Mazarine se subió a la barandilla del puente, manteniendo la mirada sumergida en su intenso afán de sueño y muerte. A un lado, el Palacio de Justicia se imponía altivo. Al otro, todo el arte del mundo reunido: el Musée du Louvre. ¿Dónde había ido a parar la justicia en el arte?

La justice n'existe pas... l'art, una comedia de víboras hambrientas... *l'amour... Je suis une goutte absente de rien.* Ohh... Cádiz, Cádiz maldito. Necesito diluir tu rostro en un mar de disolvente; pulverizar tu mirada hambrienta. Te apoderaste de todo lo que yo tenía y no tenía, pero era mío... Me pintaba como detrás de un espejo, a mí misma. En esos cuadros estaba mi resurrección, ¿no lo sabías?, y tú me la robaste. Te llevaste mi alma. Me heriste de muerte con tus manos engañosas que acariciaban y usurpaban. No sé dónde esconderme de tanto abandono que me persigue como una hiena y siempre me encuentra. Redimirme, ¿sería posible redimirme mientras el agua lava tus huellas de mi cuerpo? Te bebiste mi esencia. No soy, no queda nada en mí; me busco entre mis recuerdos y ya no estoy. Se acabó.

—Mazarine... —una voz tímida volvía a llamarla.

No escuchaba.

«Lo importante está en el fondo. Caer, caer, caer y no volver a subir. Que mis pies se hundan en el barro, que me trague la tierra; ése es mi entierro.»

—No lo haga, por favor...

Todo le resbalaba al fin. Las angustias ya no angustiaban, los dolores ya no dolían, las esperas ya no esperaban. La soledad, por primera vez, era bella. El miedo había vencido al miedo.

Ojos Nieblos se fue acercando despacio.

—Es demasiado valiosa para perderse así...

En la balaustrada, los pies de Mazarine vacilaban inseguros.

Saltar, sólo necesitaba dar un salto y todas sus penas se ahogarían. Estaba a la orilla de encontrar su paz; a la orilla... ¿de su valentía... o de su cobardía? La esencia estaba en el centro, en el abismo que la separaría de todo.

«Quien no sabe vivir no merece vivir.»

—Déjeme que la ayude... Yo también he sentido lo mismo que usted.

Un pie en el aire, el otro... y la gabardina negra se desplegó como un ave fénix... el ansiado vuelo.

62

Agua y cuerpo. El choque húmedo de una balada interrumpida. Las fauces del río se engullían de un solo bocado el cuerpo de Mazarine. Flotando sobre las turbias aguas se extendía una mancha negra: su gabán.

Un grupo de jóvenes que en ese momento cruzaba el Pont Neuf se arremolinó en la barandilla.

—¡Ha caído una chica! —gritó uno.

—No ha caído, se ha lanzado —corrigió otro.

—O la lanzaron —supuso una joven—. Yo la vi discutiendo con alguien.

—La debió de empujar; estoy seguro de que la empujó —añadió un cuarto.

—¿Quién?

—Ese hombre.

El muchacho acababa de señalar al extraño que con mirada atónita continuaba asomado a la balaustrada.

Al escuchar que lo culpaban, y comprobando que Mazarine no salía a flote, de repente Ojos Nieblos se subió al borde y sin que nadie pudiera evitarlo se lanzó tras ella.

Una exclamación general acompañó su caída.

En la orilla del Seine la agitación era mayúscula. Una embarcación que se encontraba haciendo su recorrido turístico de cena y fiesta fue alertada de la caída de los dos cuerpos, y su capitán inmediatamente dio aviso a las autoridades.

En pocos minutos dos barcos-patrulla de la *gendarmerie* llegaban al lugar y con sus potentes focos empezaban a rastrear los cuerpos.

Durante toda la noche estuvieron buscando. Primero en la superficie; después, en las profundidades, con buzos y equipos especiales hasta que amaneció.

Nada. Los cuerpos habían desaparecido.

63

Pascal no se dio cuenta de en qué momento su novia marchó. Notó su ausencia cuando quiso acercarse a su padre para felicitarlo. Al principio creyó que se encontraba en el baño, pero al ver que el tiempo pasaba y ella no volvía, empezó a buscarla entre los invitados. Recorrió palmo a palmo la terraza, bajó las escaleras del Arco y volvió a subirlas, repasando cada rincón; imaginando que tal vez se hubiera enfrascado en alguna interesante conversación con uno de los muchos artistas desperdigados a lo largo y ancho de aquella exhibición. Pero Mazarine no estaba por ninguna parte. Extrañado de no encontrarla, buscó a Sara para que le ayudara a localizarla entre los corrillos que se habían ido formando. Nadie la había visto.

Cádiz se acercó a Pascal.

—¿Y tu novia?

—¿Sabes dónde está? —Pascal le contestaba a su padre con otra pregunta.

—¿No estaba contigo? —volvió a preguntar Cádiz.

—Sí, pero de repente no sé adónde ha ido. Pensé que tal vez se había adelantado a felicitarte.

—Quizá a esta chica no le gusten las masas —dijo Sara.

—Madre, no te inventes fobias.

—No es ninguna locura; yo tuve un tiempo en que no las soportaba. Seguro que ha marchado y no ha querido decirte nada para no estropearte la noche.

—Imposible, habíamos quedado para cenar.

Los ojos de Cádiz fueron buscando, entre sandalias y zapatos, los pies descalzos de su alumna. Primero, sin prisa; pasados unos minutos, con desespero.

No estaba. Mazarine había huido, seguramente furiosa de que no la hubiera mencionado. Conocía su carácter arrebatado e imprevisible y sus comportamientos repentinos.

Cuando comenzó su discurso pensaba darla a conocer, incluso le producía cierto morbo el que su hijo y su mujer descubrieran que tras la titánica obra estaban las manos de la nueva integrante de la familia. Pero una cosa era la intención y otra la acción. En el preciso momento en que lo iba a comunicar, las palabras se le fueron por otros derroteros. No había podido; su vanidad no estaba preparada para que el mundo lo viera como un ser débil que, incapaz de superarse a sí mismo, había tenido que apoyarse en una principiante para conseguirlo.

Mazarine lo debía entender. Su enseñanza tenía un precio: a cambio de obtener toda su sabiduría y su técnica, ella sacrificaba sus primeros trabajos. Así lo habían hecho muchos pintores y escultores en sus inicios: Modigliani, Chagall, Soutine, Kikoïne, Léger, Pascin, habían llegado a pagar con sus cuadros un plato de sopa caliente. Hasta él mismo se había humillado haciendo lienzos que firmaban otros, copiando cuadros de los grandes maestros del Louvre que después cambiaba por pinturas, telas y pinceles. Todo comienzo tenía un precio. Dar y recibir, ¿no era el principio básico del buen comercio?

Se fue apartando lentamente, esquivando grititos y alabanzas de algunos de los asistentes que buscaban un efímero momento de fama, tratando de cazar el destello de algún fotógrafo despistado.

Mazarine no estaba, y él quería encontrarla para explicarle. Marcó su móvil una, dos, tres, cuatro veces... empezó a marcar compulsivamente, con rabia, con angustia, con desespero. Una cosa era que él no la llamara, y otra, que ella no le contestara cuando la necesitaba. ¡Tenía que contestarle, maldita sea! ¿Qué se había creído? Ahora quien estaba enfadado era él. ¿Cómo podía hacerle esto en un día tan importante para ambos?

En otra esquina de la terraza, Pascal hacía lo mismo.

Esa noche ninguno de los dos durmió. Al amanecer, Pascal, desde el passage Dauphine, y Cádiz, desde la rue de la Pompe, continuaron llamándola.

El móvil estaba en la mochila que un *clochard* había encontrado abandonada en el Pont Neuf la madrugada de su desaparición.

El vagabundo acababa de vaciar el contenido de la bolsa, buscando desesperadamente dinero; algo que le pudiera servir para comprarse una botella de vino, el más barato que encontrara.

En el cemento de la acera, el teléfono se iluminaba por sexta vez.

¿Lo cogía? ¿Y si pedía dinero a cambio de devolver la bolsa? Total, él no la había robado. Se la había apropiado antes de que otro lo hiciera.

El aparato volvía a iluminarse en silencio por enésima vez. ¿Y si lo vendía? Lo revisó; por ese cachivache no iban a darle prácticamente nada. Era viejo y estaba bastante deteriorado.

Abrió el monedero, donde encontró la documentación: la bolsa pertenecía a una hermosa joven. Se quedó observando la insípida foto de carnet y en aquellos ojos de oro vio la magia, la seducción y las promesas que en toda su vida le habían sido negadas. ¡Qué hermosa era! Pasar una noche con semejante ricura no estaría nada, pero nada mal.

Miró la dirección: rue Galande n.º 75. Quedaba a sólo tres manzanas de allí. Se guardó el documento y siguió revisando. Encontró un pañuelo, una libreta con bocetos de desnudos, unas gafas de sol y… un manojo de llaves.

64

Arcadius llegó a París contento y muy intrigado. Los resultados de su viaje eran más que satisfactorios. A pesar de que el cuerpo de La Santa seguía en paradero desconocido, la apasionante historia que le contó la anciana de Manresa acababa con muchas de las especulaciones que circulaban entre los traficantes. Después de lo escuchado, quedaba prendado de la desconocida adolescente y hasta entendía la desaforada obsesión de los Arts Amantis por encontrarla. Ahora él también deseaba verla para entender muchas cosas.

Había en los muertos precoces un halo de misterio que le apasionaba. Era como si el cuerpo, en el momento de esa muerte destiempada, se partiera en dos. Luz y sombra se veían obligadas a separarse. La bengala de la vida se extinguía, pero una zona oscura y desconocida hacía su relevo, irrumpiendo con más fuerza que la propia vida. Algo cristalino y etéreo, sin tiempo ni espacio, una especie de imán invisible terminaba atrayendo con fuerza todo lo que se acercaba: la última protección que le salvaba del olvido. Viviendo en los demás lo que la muerte les había robado, aquellos seres continuaban existiendo.

Eso era lo que le sucedía con Sienna. No la conocía pero, como a todos, ya le era imposible ser indiferente a ella. Los tenía atrapados con su presencia intangible.

¿Y si fuera verdad que aquella reliquia tuviera todos los dones que se le atribuían? El absurdo dejaba de existir en el momento que alguien creía. Y en Sienna, muchos creían.

Un tema no cesaba de dar vueltas en su cabeza y se le desmarcaba de todas sus elucubraciones: el medallón.

¿Cómo era posible que aquella chica llevara colgado el valioso medallón que se suponía era de La Santa?

Arcadius volvió a pensar en Mazarine. Desde su partida a Barcelona no sabía nada de ella, y quería invitarla a cenar para contarle sus últimas experiencias y averiguaciones. Pasó el día en su tienda leyendo, investigando, haciendo suposiciones, creando posibles vías que le condujeran al paradero de La Santa. Al final de la tarde, después de bajar rejas y cerrar candados, se dirigió a la casa verde.

Como cada verano a esa hora, el barrio estaba atestado de turistas baratos de sandalia, calcetín y mapa, que no gastaban un solo euro en antigüedades porque para ellos lo viejo era despreciable; desconocían el valor de un objeto vivido. Increíblemente, pensó Arcadius, ésta era la peor estación del año para su negocio. Mientras caminaba, hizo cuentas: hacía semanas que no vendía absolutamente nada. De continuar así, la tienda no llegaría al próximo año y él se vería obligado a internarse en la casa de los olvidos, como llamaba a las residencias de la tercera edad; porque no tenía ninguna duda de que, sin trabajo, la vejez le llegaría de sopetón. Por eso era tan importante Mazarine, porque le daba un motivo para vivir. Mazarine… y ahora, La Santa.

Cuando estuvo delante de la casa, se sorprendió. Otra vez los espesos matorrales de lavanda cerraban su acceso, como cuando Mazarine se había enfermado y se encontraba en el hospital. Incomprensiblemente, aquel campo de espigas no dejaba de crecer y multiplicarse. Ahora no sólo se adueñaba de la acera sino que incluso invadía la entrada de la iglesia

Saint-Julien-le-Pauvre, sus puertas y los jardines de René Viviani.

Continuó caminando, apartando con dificultad las perfumadas flores hasta llegar a la entrada. En medio de la maleza, la casa parecía abandonada. Timbró y timbró, pero nadie le abrió. De repente apareció *Mademoiselle* envolviéndole las piernas con su cola. Llamó al móvil de Mazarine y le salió un contestador.

—¿Te das cuenta, *Mademoiselle,* lo mala que es tu dueña? Nos abandona sin decirnos nada —le dijo a la gata, mientras la levantaba—. Seguro que llevas días sin comer, ¿verdad? Ven conmigo.

Terminó llevándose a la gata y dejándole un mensaje a Mazarine, en el que le rogaba que se pusiera en contacto con él lo más pronto posible.

Mientras tanto, Pascal no sabía si dar parte a las autoridades de la desaparición de su novia o continuar esperando. Habían pasado tres días y seguía sin dar muestras de vida.

Si iba a la policía, los únicos datos que podía aportar serían su nombre, edad, profesión y el último sitio en que la vio. No tenía apellidos, ni casa, ni familia; nada en que sustentar su testimonio. Si decía que era su prometido, lo mínimo que iban a pensar es que se trataba de un loco en crisis —desconocer estos detalles tan básicos lo situaban en el campo de lo increíble—, o que se trataba de un despechado que no soportaba el que su novia lo hubiese abandonado.

¿Y si el silencio de Mazarine obedecía a uno de sus enigmáticos episodios de alejamiento y él lo rompía armando un alboroto? ¿Y si se encontraba mal y le pasaba algo? Estaba desorientado, desesperado y al mismo tiempo rabioso por su estupidez. ¿Cómo era posible que a esas alturas de la relación continuara con tantas lagunas sobre su vida, que ignorara prácticamente todo lo que hacía y la rodeaba? ¿Por qué con ella se comportaba de manera tan débil, siendo un hombre fuerte, capaz de lidiar y resolver tantos problemas ajenos? ¿Por qué seguía temiendo que lo abandonara?

No tenía elección, estaba a merced de las circunstancias. O esperaba... o esperaba. Otra vez Mazarine se había esfumado.

65

Después de un esfuerzo que casi lo ahogó, de buscarla y buscarla en el fondo de las enlodazadas aguas, Ojos Nieblos lograba rescatar el cuerpo sin vida de Mazarine. Lo quería para él.

Sin hacer ruido, continuó nadando, arrastrando a la desmadejada chica. Atravesó zonas oscuras, evitando las miradas curiosas lanzadas desde el puente, los focos y las linternas de las patrullas de rescate hasta alcanzar la orilla. Su fuerza había sido su único motivo de orgullo y eso fue lo que desplegó al límite para sacarla del agua. La zona era escarpada y de difícil acceso. La llevó sobre sus hombros buscando un lugar donde reanimarla. Lo encontró.

Al verla tendida sobre el cemento, abandonada en su desnuda palidez, Ojos Nieblos sintió una inmensa pena. Acercó el oído a su pecho. El corazón de aquella hermosa niña no latía y él quería devolverle la vida. ¿Cómo era que lo hacían en las películas?... Le tapó la nariz y empezó a besarla con su labio leporino, inundándole el pecho de bocanadas de vida. Una, dos, muchas veces... pero sus constantes vitales no respondían. Aunque estaba helada, parecía dormida. Insistió un largo rato con delicadeza, con energía, vaciando sus pulmones en ella, entregándole todo lo que tenía para darle... hasta que el cansancio lo hizo desistir.

No había podido reanimarla.

Se acordó de las dos noches robadas en las que él, metido

entre las sábanas de aquella joven, había sentido su cálido cuerpo regalándole aquel inmenso estremecimiento de paz y bienestar, la única sensación buena que había sentido en su vida, y empezó a llorar. ¿Podía llorar? Eso que caía de sus ojos muertos, ¿eran lágrimas? De repente, le pareció escuchar un levísimo quejido.

¡Vivía!

La cogió entre sus brazos y empezó a frotarle la piel hasta que su cuerpo entró en calor. La chica continuaba inconsciente pero respiraba. La cubrió con su camisa mojada y volvió a alzarla en sus brazos. Corrió por el Boulevard Sébastopol tratando sin éxito de esquivar las miradas curiosas que lo seguían con asombro, y se desvió por una estrecha callejuela donde encontró abierta una tienda paquistaní. El dueño, sospechando que aquel siniestro hombre algo malo le había hecho a la chica, le vendió los dos pijamas indios que le reclamaba con urgencia. No le cobraría nada, lo único que deseaba era que marchara cuanto antes porque no quería stener líos con la policía.

Después de muchos rodeos, finalmente Ojos Nieblos llegaba con la hermosa carga a su apartamento.

Mientras la colocaba sobre su cama y la cubría con dos gruesas mantas, Mazarine soñaba con la exposición del Arc de Triomphe. Los inalcanzables cuadros se elevaban impulsados por un viento enloquecedor, y ella se agarraba del lienzo de La Santa para no perderlo; pero un líquido espeso y rojo, que olía a hierro y muerte, se desprendía de la pintura y caía sobre sus ojos impidiéndole ver. Cuanto más extendía sus brazos para alcanzarlo, más se elevaba el lienzo. La Santa había abandonado la tela y se paseaba rodeada de los pies que también habían huido de los cuadros y caminaban desordenados y sin cuerpo por el aire. Los asistentes, desorientados, corrían tras las obras que, liberadas de los cables de acero, sobrevolaban París. Ella gritaba pero nadie la escuchaba. No tenía voz. Miraba su cuerpo desnudo y de su pecho abierto brotaba un hilo de sangre que crecía y crecía hasta convertirse en un río pegajoso, que bajaba por sus piernas y manchaba sus pies inmaculados. Cádiz la observaba de lejos, envuelto en su impenetrable humareda gris, enseñando en su sonrisa de hiena unos colmillos de bestia preparados para devorarla. Un mordisco sobre su pecho. Los dientes de Cádiz exhibían su corazón arrancado de cuajo. Un dolor insoportable. Un sollozo.

Ojos Nieblos vio deslizar una lágrima por la mejilla de aquella niña.

Mazarine se miraba su cuerpo. Una mano bondadosa curaba el agujero vacío, colocando en el sitio que había ocupado el corazón un ramo de lavanda. Le dolía.

Las lágrimas seguían resbalando por su cara y Ojos Nieblos las recogía con su dedo. ¿Y si trataba de despertarla?

—Mazarine —le dijo, mientras sacudía con suavidad sus hombros.

Cádiz volvía a pintar su piel y ella se sentía feliz. El Arc de Triomphe era para ellos, y sus cuerpos giraban en la nieve. No hacía frío. Ardían de gozo.

Durante cinco días, Ojos Nieblos se deshizo en cuidados.

Mazarine no abría los ojos, pero se bebía a pequeños sorbos las infusiones y caldos que unas manos silenciosas le daban. Se dejaba frotar sus pies con aceite de almendras; descansar sus ojos con bolsas heladas de manzanilla; lavar con aquellas toallas tibias de jabones perfumados que limpiaban su cuerpo; peinar y vestir con suaves algodones. Escuchaba una voz de violonchelo que le contaba historias mágicas de bestias y princesas.

Cádiz la cuidaba y protegía. Sus manos la alimentaban y sus abrazos la reconfortaban. Nadie podía hacerle daño, en su cama se sentía segura. Sienna finalmente había despertado de su infinito sueño y la acompañaba en su recuperación. Todo era placentero.

La mañana en que sus ojos se abrieron, su mirada se encontró de golpe con un repulsivo rostro que la observaba con veneración, y su corazón dio un respingo.

—No se atreva a tocarme.

—Bienvenida a la vida, señorita.

—¿Qué hace aquí? Aléjese de mí... ¡Váyase!

—No tema, no quiero hacerle daño. Además, no puedo irme de aquí porque estoy en mi casa.

Mazarine se incorporó y miró a su alrededor. Era verdad. Aquella habitación oscura y tétrica, de techo bajo y opresivo, sin casi luz exterior y mínima decoración, no era la suya. Quiso ponerse en pie y su cabeza empezó a girar. Ojos Nieblos trató de cogerla, pero Mazarine se arrinconó en la cama.

—No se levante —le dijo, paternal—. Lleva muchos días dormida y podría marearse.

—Ni se me acerque.

—No tenga miedo, no voy a lastimarla. Si quisiera haberlo hecho, la habría dejado en el fondo del río.

—¿Quién le pidió que me salvara? ¡Maldita sea! ¿Se puede saber qué estoy haciendo en este horrible lugar?

—Mejor que esté aquí y no pudriéndose, ¿no le parece?

Mazarine no contestó; cada vez se recogía más contra la pared.

—¿Por qué quería matarse?

—Eso a usted no le importa; a nadie le importa.

—Se equivoca. Usted es muy valiosa.

—¿Valiosa? No me haga reír.

Mazarine se miró el cuello. Su medallón había desaparecido.

—¿Dónde está?

—¿Dónde está qué? —preguntó Ojos Nieblos sin entender qué era lo que le preguntaba.

—Mi medallón. Lo tenía colgado.

El hombre permaneció en silencio.

—¡Dios mío! —Mazarine se echó a llorar.

Jérémie se levantó de pronto y regresó con la valiosa joya en su mano.

—Si me dice por qué es tan importante para usted, se lo devuelvo.

Mazarine quería huir de aquel tenebroso lugar, alejarse de ese ser espantoso.

—Démelo.

—No sabe lo que me costó rescatarlo —le dijo despacio, siseando—. Casi más que salvarla a usted.

—Se lo agradezco mucho. —La chica fingió amabilidad, al tiempo que extendía su mano—. Ahora, devuélvamelo.

—¿De dónde lo sacó?

Necesitaba marearse.

—Me siento mal.

—Se lo dije; estírese y descanse. Le traeré un vaso con agua.

—Necesito que me lo devuelva, por favor. Quiero irme a casa, mis padres me esperan.

—Usted no tiene padres.

Al saberse descubierta, Mazarine preguntó.

—¿Qué más sabe de mí?

—Todo.

—No lo entiendo.

—Seguro que me entiende. Conozco su relación con el pintor… y con su hijo, por supuesto. Pobre chico, ¿por qué lo hace?

—¿Qué?

—Engañarlo.

—No se meta en mis asuntos.

—Mazarine, usted es una buena chica.

—No, no lo soy.

—Sí que lo es, nadie es malo del todo. Aunque sabemos

que en el fondo no somos nada, hay un momento en que valemos para algo, y éste es su momento. Aléjese del viejo, no le conviene.

—No me venga con discursos morales. ¿Qué quiere de mí?

Ojos Nieblos la miró con sus ojos helados.

—La Santa.

Mazarine sintió miedo, pero fingió indiferencia.

—Si me dice para qué la quiere, tal vez podamos hablar.

Pensaba huir a la primera oportunidad. Miró a su alrededor, pero no encontró ninguna salida.

—Ya hablaremos —le dijo Jérémie—. Ahora descanse y relájese, aún se encuentra débil.

—¿Soy acaso... su prisionera?

Ojos Nieblos no contestó.

66

En el silencio infinito de La Ruche, Cádiz volvía a encerrarse a cal y canto. Aun cuando su nueva obra era acogida por los críticos con una ovación unánime y se decía que en esta muestra, más que en ninguna, su dualismo hacía trizas todos los pudores y vergüenzas arrastrados por el ser humano, a él todo aquello le traía sin cuidado; sus frustraciones más íntimas continuaban hirviendo en el fondo de su alma. Rumiaba obsesivamente los encuentros vividos con Mazarine: sus delicados pies abandonados a sus manos, su rostro iluminado de deseo, sus ojos ardiendo de concentración y rabia, la luz pavimentando con su fuerza su espalda virgen, sus juegos y risas, sus persecuciones y cóleras... su insolente juventud.

Nunca había sentido tanto dolor como el que le invadía en ese instante. Teniéndolo todo, no tenía absolutamente nada. La sensación de pérdida y desolación era total. No era ese extraño sentimiento que lo embargaba cada vez que cerraba una etapa fructífera tras un largo período de trabajo, no era eso. Con aquel parto glorioso se evaporaba toda su energía creativa y su deseo de seguir. Había jugado a ser omnipotente delante de una principiante, cuando en el fondo no era más que un pobre imbécil acabado. Y lo peor era que no podía hablarlo con nadie, porque aceptarlo era rebajarse al nivel de un romántico mortal enamorado. Le suponía admitir que él era el equivocado y no los otros, y esto no iba a reconocerlo ni siquiera en el último segundo de su vida. Le había costado mucho ser lo que era para dejarse destrozar por un sentimiento tan bajo como el amor.

Lo peor le estaba sucediendo ahora; ahora que trataba de silenciar las emociones que aquella chica había generado en su interior, unas emociones virulentas que lo redimían y aplastaban, todo en simultáneo. Ella, aparentemente tan frágil, había desaparecido de la vida de todos como una mantis venenosa, devorándolos a medias, dejándoles inoculado el virus de la muerte.

Llamaba continuamente a su hijo preocupándose falsamente por su estado anímico, cuando en realidad buscaba recibir alguna noticia de su alumna.

Sara, por el contrario, trataba de atemperar los ánimos, analizando con objetividad la historia de Mazarine y su sorpresiva desaparición; buscando con ello aliviar las angustias de su hijo.

Una chica de tan extrañas características dejaba mucho que desear. Estaba bien que tuviera excentricidades, como la de no llevar nunca zapatos o vestirse de manera tan anacrónica, pero que su futuro marido ignorara prácticamente toda su vida y que ni siquiera supiera dónde buscarla, no era en absoluto normal. Esto, por más que se lo decía, a Pascal no le servía para nada.

—No sé dónde está su casa, Cádiz —le confesó Pascal a su padre en la última llamada que éste le hizo—. Si lo supiera, no te quepa duda de que echaría la puerta abajo; removería cielo y tierra hasta hacerla aparecer. No sabes las veces que me he paseado por el Barrio Latino buscándola. Sé que vive por allí.

—¿Cómo lo sabes?

—Siempre quedábamos en los cafés de Saint-Germain, porque decía que estaban cerca de su casa.

—Olvídate de esa chica, no me acaba de gustar. Podrías... —Cádiz sopesaba cada palabra— ... podrías tener a la mujer que quisieras; no sé qué mosca te ha picado con ésta. Es muy extraña, eso lo hemos hablado con tu madre, ¿no te lo ha comentado?

—Si lo que buscas es tranquilizarme, quiero que sepas que tus palabras no me están sirviendo. La amo y me gusta con todos sus misterios.

—¿Aunque uno de esos misterios pudiera ser que tiene otro hombre?

Pascal sintió que su padre le clavaba el dedo en la llaga.

—No te atrevas ni siquiera a insinuarlo. Y, por favor, si me llamas para decirme cosas como ésta, es mejor que no lo hagas más. A veces siento como si disfrutaras viéndome sufrir. ¿Disfrutas... o sólo me lo parece?

—Eres un ingenuo. Te falta experiencia en todo, por eso vas como vas.

—Dime, ¿a ti te ha servido tu experiencia para ser más feliz? ¿Has conseguido lo que querías, PADRE? No sé por qué presiento que nos engañas a todos. Que tu vida está hecha de pequeños egoísmos, esnobismos e indignidades que ahora están colgados en museos, galerías y casas.

—¿Por qué me odias, Pascal?

—Te equivocas. No te odio, me das pena; no te imaginas cuánta. ¿Sabes quién eres, o es tu dualismo un divorcio entre tu yo más profundo y tú...? ¿Tienes algún yo? La vida la juegas en dos versiones. Descartando la que pintas... ¿seguiría quedando algo en ti?

—¿Estás diciendo que soy un cuerpo que se descompone en un cuadro para después pudrirse de vacío?

—No lo he dicho yo. Tú mismo terminas diciéndotelo todo.

—¿Qué cosa te he hecho tan mala, Pascal?

—Has sido un cobarde. En todos estos años te ha faltado la valentía de ponerte delante de mí y decirme que nunca quisiste tenerme.

—¿Te dijo algo Sara?

Pascal colgó.

67

Ahora sí que la había fastidiado, pensó Cádiz con el teléfono en la mano. Él, que quería estar cerca de su hijo para aproximarse a Mazarine, lo había estropeado todo con un estúpido comentario. Volvió a marcar y Pascal le contestó con voz cortante.

—¿Qué quieres?

—Disculparme.

—¿Tú?

—¿Por qué no? ¿No eres tan comprensivo con tus pacientes? Podrías serlo un poco con tu padre.

—Está bien, habla.

—Siento haber dicho lo que dije de Mazarine… no me lo tengas en cuenta, fue un comentario de viejo machista.

Cádiz hizo una pausa para sentir la reacción de su hijo y al no escuchar nada continuó.

—No te preocupes, volverá.

—¿Cómo lo sabes?

—No olvides que soy artista y entre nosotros existe un código secreto que no cesa de emitir señales. Desde que la vi delante de la puerta, supe que era una chica sensible y fuerte, un volcán a punto de erupción. Tiene carácter, pasión y raza de pintora, y eso es lo que la hace tan especial: un diamante en bruto.

Su padre tenía razón. Mazarine era un sueño enigmático y altivo. Su corazón era un dique que en cualquier momento se rompería y sería arrastrado por toda la pasión y la tensión que escondía aquel cuerpo delicado. Y él quería estar allí, para ahogarse en ese inmenso río y fluir… por fin fluir.

—¿Pascal?

—¿Sí?

—¿Te acuerdas que os comenté la idea de hacer los cuatro un viaje al sur?

—Estás loco. ¿Cómo puedes pensar en ello si ni siquiera sabemos si Mazarine regresará?

—Porque no tengo la menor duda; tu novia va a volver.

—Me gustaría creer lo que me dices.

—¿Alguna vez lo ha hecho?

—¿Qué?

—Lo de perderse.

—Sí.

—¿Lo ves?

—Cádiz… gracias. Te pido disculpas…

—¿Por qué?

—Por las cosas que dije.

—No volvamos a hablar de ello, ¿de acuerdo?

68

El calor de aquel cuarto oscuro amenazaba con ahogarla. En las esquinas del techo las arañas continuaban tejiendo sus mantillas para atrapar a los incautos. Las paredes, pintadas de cualquier manera y cargadas de paisajes recortados de revistas y fotos medio despegadas de adolescentes virginales, se le venían encima. Los ojos de Mazarine recorrían palmo a palmo cada rincón, tratando de encontrar la manera de escapar de ese encierro que no parecía tener fin.

A pesar de que Ojos Nieblos la trataba con cariño y delicadeza, se negaba a dejarla en libertad.

Cada mañana, le traía para desayunar la *palmier au beurre* que tanto le gustaba, y sus fresas, ciruelas y manzanas recién cortadas y mezcladas con yogur fresco. Le cocinaba todo lo que pedía y hacía cuanto hiciera falta para que se encontrara confortable y bien. Y aunque tenía mal humor, Mazarine sabía que no era tan desagradable como aparentaba.

No podía odiarlo. Detrás de su aspecto repulsivo que explotaba para protegerse, se escondía un niño temeroso y triste. El abandono de su madre y su fealdad le impedían cualquier tipo de cercanía, pero en el fondo estaba convencida de que no era del todo malo… aunque podía equivocarse.

Entre charla y charla, el pobre hombre le había contado su triste historia. Cómo había logrado sobrevivir en las basuras, amoratado de frío en pleno invierno y envuelto en un atadijo de diarios mojados. Aquello, le aclaró, no lo recordaba él, sino alguien que se apiadó y cuidó de él durante años hasta que se hizo hombre. A esa persona le debía la vida y el pertenecer a la única familia que conocía: los Arts Amantis.

Todo lo que sabía del origen de aquellos artistas amantes del arte y del amor se lo explicaba con fruición mientras comían y cenaban.

Mazarine empezó a entender el porqué de la persecución y búsqueda de Sienna. Aquella idea romántica de recuperar, a través de la presencia y del culto a su cuerpo, el espíritu de todo cuanto significaba.

Podía imaginarla paseando su hermosura por las fértiles tierras de Languedoc, en aquel paraíso de arte, cultura y ciencia; entre cantares de gesta, conciertos de música, teatro popular y amores trovadorescos. Reunida con pintores y músicos en algún castillo, mezclados con campesinos y nobles en una alegría sin presagios de muerte.

Con Ojos Nieblos iba aprendiendo más que en todas las tardes con Arcadius.

Ella, que nunca había sentido curiosidad por la historia y se consideraba una ignorante en todo lo relacionado con el pasado, ahora sabía del movimiento albigense y de la trepidante fuerza que mujeres nobles y plebeyas habían desplegado en el medioevo; de la Europa abierta y culta, enmarcada por comunidades religiosas que defendían unos ideales de salvaguarda, en el que el papel activo de la mujer era fundamental; de la encarnizada guerra que tuvieron que librar uniéndose a «la fortaleza varonil» de sus maridos, padres y hermanos para luchar contra los ejércitos cruzados, hombres de hierro que impulsados desde Roma por el papa Inocencio III y dirigidos por Simón de Montfort decidieron exterminarlos.

En medio de tan sangrienta e injusta lucha que acabó aniquilándolos, contaba la leyenda que habían sido las mujeres de Toulouse quienes, con su valentía, causaron la muerte del cruel Montfort al reventarle la cabeza con una piedra arrojada desde las almenas.

Aunque cátaros y Arts Amantis pugnaron por ideales diferentes, a la hora de defender la profundidad de sus principios fueron un solo ejército.

Jérémie era un sabio pobre.

Su precariedad física en nada concordaba con su sabiduría. Todo su patrimonio estaba desparramado por los suelos. Centenares de libros apilados en desorden formaban edificios de papel apolillado que convertían su pequeño apartamento en una ciudad de viejos rascacielos.

Cuanto más libros abría, más sorpresas descubría.

Detrás del catarismo y del movimiento de los Arts Amantis había una gran filosofía de vida: un mundo de una riqueza simbólica e iconográfica extraordinaria, que recogía mucho de las sagas célticas del norte, de los arcanos judíos y de los saberes gnósticos del mundo oriental. Su simbolismo guardaba mucha relación con la Orden del Temple.

Gracias a sus páginas, ahora se enteraba de que aquella señal que un día Cádiz le había pintado sobre su pecho no era una cruz bizantina. Se trataba en realidad de una cruz occitana: la estrella de doce puntas. Como ésta, existían misteriosos símbolos diseminados por el mundo, entremezclados con movimientos pictóricos, musicales y literarios. Cada uno de ellos recogía, entre otros, el culto al dios solar y al fuego, el lenguaje de las cartas sagradas, los equinoccios y solsticios, el obelisco, los árboles sagrados, el pentágono y su número cinco, el santo grial, la paloma y su alegoría al amor, el diálogo y el entendimiento entre los seres, la dualidad bien/mal, el pez...

Se trataba de un mundo fascinante al cual se sentía inexplicablemente próxima. Sus desasosiegos y tristezas se derretían en ese mar de conocimiento que de repente se abría ante sus ojos. Ella, que antes quería desaparecer de la vida, ahora descubría que había otro tipo de existencia que nada tenía que ver con la fama y la gloria, sino con unos objetivos sencillos que podían llenarle de sentido sus días. Con lo que ahora sabía, podía crear los cuadros más alucinantes jamás imaginados. Cádiz palidecería frente a ellos; ya no lo necesitaba para nada. ¿Y si su vida la entregaba a pintar sueños y renunciaba al amor?

—Necesito regresar al mundo —le dijo Mazarine a Jérémie, después de muchas tardes de lectura—. Tú, que tanto sabes de arte, tienes que entender que mi vida es pintar; no puedo quedarme para siempre entre estos libros… por maravillosos que sean; si lo hago, me muero.

—¿Morir? ¿No era eso lo que buscabas lanzándote al río? ¡Imagínate qué diferencia! De morir ahogada por el fango del Seine, como querías, a morir envenenada de letras y sabiduría, ahogada de conocimiento.

Mazarine sabía que Jérémie quería hacerla reflexionar.

—Esa noche, en el puente, más que irme… quería huir; huir hacia ninguna parte, huir de un algo que ni siquiera me perseguía. ¿Qué tienes que hacer cuando alguien te deshace? ¿Cuando una mano omnipotente decide hacerte trizas? ¿Qué deberías hacer cuando te sientes nada… cuando tienes esa infinita sensación de ser un absurdo? La vida y los que vivimos no tenemos nada en común, ¿no crees? Parece que no estamos hechos el uno para el otro.

Ojos Nieblos no se conmovió.

—Mazarine, lo siento. No puedo dejarte marchar.

—¿Por qué? Ahora que vuelvo a encontrarle sentido a todo este sinsentido que es la vida, ¿me quieres matar dejándome viva? Me resisto a creer que me salvaste con el fin de tenerme encerrada para siempre.

—Te niegas a confesar dónde está el cuerpo de La Santa. Te niegas a admitir que aquel pintor quiere hacerte daño. Te niegas a contarme qué cosas te han pasado y yo tengo que protegerte, antes de que sea demasiado tarde.

—¿Protegerme de qué?

—¿Dónde está el cuerpo?

—No comprendo tu manía de creer que yo lo tengo. ¿Para qué lo querría?

—Entonces, ¿cómo es posible que lleves el sagrado medallón? Todas las explicaciones que me das siguen sin tener fundamento. La única que cabe es que sepas dónde se esconde.

Mazarine no contestó.

—No importa, tarde o temprano daré con él —añadió cortante.

Se había molestado. Sin decir más, se levantó y, atravesando la salida, la encerró con doble llave.

Al darse cuenta de que se iba, Mazarine corrió hasta la puerta y empezó a golpearla, suplicando.

—POR FAVOR, JÉRÉMIE... NO ME HAGAS ESTO... DÉJAME IR CONTIGO.

Los pasos se alejaron hasta fundirse en un silencio seco.

Esa noche, Ojos Nieblos no regresó.

A la mañana siguiente, Mazarine se despertó empapada de miedo y con una idea clara: tenía que huir. Aprovechar la ausencia de su captor y escapar cuanto antes.

Aquel hombre podía ser amable, pero se comportaba de manera extraña. Empezaba a creer que, aun cuando ella le confesara dónde escondía el cuerpo de Sienna, cosa que de ninguna manera iba a hacer, no la dejaría marchar. La obsesión por cuidarla, protegerla y dormir a su lado, aunque sólo fuera para ver cómo cerraba sus ojos y se abandonaba al sueño, se iba haciendo insoportable. Si llegaba a hacerle algo, nadie se enteraría. Acababa de darse cuenta de que aquel edificio ruinoso... ¡estaba totalmente abandonado!

69

Las diez de la mañana, las once, las doce; las dos, las tres... Ojos Nieblos no regresaba y Mazarine no encontraba la manera de escapar. Una sensación claustrofóbica la invadió. ¿Qué era aquella angustia que se le ponía en el estómago, le aceleraba el corazón, le mojaba las manos y la mareaba? La puerta se alejaba de ella, las paredes giraban descontroladas. ¡PÁNICO! Tenía un ataque de pánico.

Corrió al baño a mojarse la cara y, al levantar los ojos y mirarse, de pronto descubrió un pequeño tragaluz que se reflejaba en el espejo. Dio media vuelta para buscarlo y lo encontró encima de la bañera. El corazón se le salió por la boca.

A toda prisa cogió un asiento y se subió a investigar. El cristal era opaco y estaba sellado, pero a ella le pareció ver un punto de luz. Sólo había una manera de saber adónde conducía aquel agujero y era rompiendo el vidrio.

Agarró lo primero que encontró y con toda su fuerza dio dos golpes secos. Los cristales saltaron en pedazos. El orificio era un respiradero que iba a dar a algún lado. Calculó el tamaño. Si la cabeza cabía, el cuerpo pasaría; era lo que siempre había escuchado. Trató de meterla y, cuando lo hacía, unos ojos brillantes la miraron de frente: era una rata.

—¡Lárgate de aquí! —gritó aterrorizada. El roedor huyó asustado.

Volvió a intentarlo. Mientras se preparaba para hacerlo, escuchó el manojo de llaves que giraba en la cerradura. Ojos Nieblos regresaba.

70

El agujero desembocaba en una pared lisa que llevaba a la parte trasera de la desvencijada edificación. Mazarine miró y rápidamente hizo un cálculo: seis metros de altura. ¿Saltaba? No tenía alternativa; si no lo hacía corría el riesgo de que Ojos Nieblos la alcanzara. Oyó a lo lejos el resonar de una puerta que se abría, y sin pensarlo más se lanzó. Terminó encima de unas bolsas de basura y escombros que le ayudaron a mitigar el golpe. Las rodillas le sangraban y su cara, encendida de angustia, ardía. Sentía todo su cuerpo adolorido, pero podía caminar.

Empezó a correr sin mirar atrás. Atravesó calles, esquinas, pasajes, hasta que finalmente desembocó en la rue de Rivoli: ¡estaba salvada! En pocos pasos llegaría al Boulevard Sébastopol.

Todo parecía tranquilo. Las calles respiraban alegres los cálidos alientos de la tarde. Volvía a ver el cielo rabiando de luz, a sentir los dedos del sol acariciarle su piel cansada, a escuchar el griterío de los niños correteando tras las palomas. Las parejas, después de un largo día de trabajo, se abrazaban y caminaban tranquilas comentando sus luchas y logros; no había grandes discursos; la felicidad no estaba hecha para los pensadores. En la sencillez de lo cotidiano veía más sonrisas que en los intelectuales. La gran discusión estaba en qué película ver, en qué terraza descansar o dónde ir a cenar. Todo discurría sin contratiempos. La vida no se había detenido con su ausencia.

¿Qué sería de Cádiz? ¿Y de Pascal? ¿La habrían echado de menos?... ¿los echaba ella de menos?

Apenas ahora se daba cuenta: su mochila se había quedado abandonada, con sus ganas de morir, en un banco del Pont Neuf. Sus llaves, su cartera, su móvil... ¡Qué importaba!

La chica que quería desaparecer ya no era ella. Estaba triste y feliz al mismo tiempo. Lo vivido en casa de aquel hombre tenía una razón de ser: devolverle las ganas de vivir. Desear la libertad. De no haber sido por él, ese instante de reconciliación con la vida no lo estaría viviendo. Esa circunstancia fortuita le había enseñado que el azar existía; que saber entender el lenguaje de las casualidades era sabiduría. ¿Cuántas personas que se quitaron la vida en un arranque de desesperación aún estarían viviendo si algún Jérémie las hubiera rescatado? Ahora entendía que el alma, como el tiempo, estaba hecha de estaciones. Que hay semanas de tormentas, de nevadas y ventiscas... horas soleadas y nubladas, minutos lluviosos, meses fríos, tibios o cálidos. Volvía a la vida con ganas de hacer, sin tener muy claro qué, y con un futuro al que aún no podía darle un nombre.

¿Tenía sus dolores resueltos?

No.

Lo supo al llegar al quai Saint-Michel, cuando pegado a una columna se encontró con un cartel que anunciaba la exposición de Cádiz. Un pinchazo de rabia y tristeza volvió a clavarse en el centro de su alma. ¿Por qué le había hecho aquello? ¿Por qué? ¿Por qué? ¿Por qué?

¿Por qué ese amor que la enloquecía no podía sentirlo por Pascal? ¿Qué demonios tenía ese hombre que le había hecho desear la muerte?

No podía lavarse los recuerdos ni borrarlos, aunque lo deseaba. Su piel estaba mancillada por las manos de su maestro. Cada rincón profanado por sus dedos, por sus pinceles, por sus deseos, por sus rabias… por sus celos. Ni siquiera podía pensar en él, porque cuando lo hacía la sangre le palpitaba en cada poro, la excitación le impedía cualquier movimiento y quedaba en trance pasional. Le daba una inmensa rabia reconocerlo: lo que Cádiz le había hecho la noche de la cena debajo de la mesa le había gustado. ¡Maldita sea!

Si sus deseos estaban ocupados por su maestro, ¿qué espacio quedaba para Pascal? Ella no era capaz de hacer convivir dos deseos en su cuerpo… ¿o sí? No lo sabía; nunca antes había amado. ¿Se aprendería en alguna escuela eso de amar? ¿Eso de dar y recibir? ¿De cambiar caricias por amor? ¿O amor por caricias? Si las manos de Cádiz la tocaban, las de Pascal debían quedarse quietas. Si la lengua de Cádiz la lamía, la de Pascal no podía rozarle ni los labios. ¿Qué iba a hacer para no perder a ninguno de los dos?

Al que decía odiar y amar, ¿cómo quitarle el odio? Y al que amaba poco, ¿cómo amarlo más?

Caminaba por la orilla del Seine observando los barcos que pasaban. Las librerías callejeras exhibían sus ejemplares de segunda mano, arrugados de tanto saber contenido. Nadie los miraba, salvo ella. Ahora conocía el valor de las letras y de los fascinantes mundos que, sólo abrirlos, podían desbocarse y cabalgar libres. Se detuvo a hojear uno sin título y se encontró con una historia de templarios que la intrigó. No podía comprarlo, no tenía ni un céntimo.

De pronto se dio cuenta de que estaba muy cansada, su adolorido cuerpo empezaba a gritar y tenía unas inmensas ganas de llegar a casa y encontrarse con Sienna para contarle la odisea vivida… ¿Y si el hombre de los ojos nublados estaba esperándola? Si así fuera, gritaría como una loca, pediría auxilio, no permitiría que la volviera a encerrar.

A medida que se iba acercando a su barrio, una especie de angustia desordenada y sin sentido la fue invadiendo. Un olor a cenizas y humo, que sólo ella parecía percibir, le llegaba nítido.

Cuando alcanzó la rue Saint-Julien-le-Pauvre se encontró con un paisaje desolador. El extenso sembrado de lavanda que un día había ido brotando de las ventanas de su casa y descendía en cascadas por la fachada invadiendo la calle con su aroma lila, se había convertido en un campo de chamizos quemados. Ni una sola hoja verde ni una espiga quedaban vivas.

Corrió hasta la entrada y observó las paredes de su casa: todo parecía en orden. El incendio, o lo que fuera, sólo había tocado el campo de lavanda. Pensó en *Mademoiselle*. ¿Habría muerto de hambre?

Se acercó con prisa hasta una pequeña maceta y buscó debajo el duplicado de la llave que su madre le había enseñado a guardar en aquel lugar. La encontró. Al acercarse a la cerradura, su corazón le dio un brinco: la puerta estaba abierta.

Se negaba a creerlo, pero su alma lo presentía. En su interior una voz le decía que algo terrible había sucedido. Un fuego ardiendo le quemó la garganta, convirtiéndose en un grito desgarrado de lágrimas.

—¡SIEEEEEEEEENNA!

Mazarine subió las escaleras enloquecida de dolor y entró a la habitación de La Santa. El armario estaba abierto de par en par y el cofre de cristal había desaparecido.

71

¿Qué iba a hacer sin Mazarine?

Desde su desaparición los días rodaban lentos, repetidos y vacíos. Estaba a las puertas de un agosto incierto y París ya se había vaciado. Como psiquiatra, no sabía qué terapia aplicarse, porque hasta sus mejores razonamientos se venían abajo cuando la imaginaba en brazos de otro. Su distracción se agotaba. Los pacientes marchaban de vacaciones esperando que un viaje calentara sus almas... ¡Hasta las penas soñaban con tener sus días de descanso! En verano las ansiedades y tristezas viajaban ocultas tras enormes gafas de sol; acampaban en las playas, a la sombra de alguna palmera, o se ahogaban de mar y sal. Algunas se emborrachaban y por momentos sentían alcanzar la gloria, aquella felicidad líquida que bajaba por el esófago y llenaba el agujero que más dolía hasta anestesiarlo. Otras, terminaban matizando los moratones del desconsuelo y los fracasos con un excelente bronceado. Tras las vacaciones, todas las penas regresaban más adoloridas que nunca.

A su novia se la había tragado la tierra o el aire, el agua o el fuego. Se la había tragado la vida. Cansado de aprenderse las calles del barrio, ahora lo único que le quedaba era esperar. Esperar no sabía qué, pues era probable que jamás regresara. Mazarine había sido una delgada neblina diluida en el horizonte de la nada.

Rebuscaba en su corazón y no encontraba una razón válida que justificara su partida. Flotaba en un suspenso, en un fatal instante que nunca se desencadenaba.

¿Sí o no?

La incertidumbre de lo que seguía no lo dejaba vivir. Se arrepentía de haberse ilusionado. Él, que tanto hablaba de centrarse en el presente sin siquiera cerrar el pasado, ya había planeado un futuro al lado de alguien que bien podría haber sido un fantasma.

Miró el reloj. La tarde caía y el consultorio estaba vacío. La secretaria hacía rato había marchado deseándole *bonnes vacances.* ¿Buenas vacaciones? ¿Adónde? No se iría. Su descanso sería buscar y aguardar. No pensaba decírselo a nadie, ni siquiera a sus padres; suficiente tenía con la vergüenza de aceptar haber sido abandonado sin explicaciones. Con Cádiz y Sara ya no hablaba de ello. Aunque su madre hacía lo imposible para tratar de distraerlo sugiriéndole planes veraniegos, se negaba a entusiasmarse con ninguno. Parecía que todos querían hacerle olvidar que su compromiso había existido, convencerle de que lo sucedido había sido producto de su imaginación. Y de no haber sido por su terquedad, hasta lo habrían conseguido.

Esa noche, para variar, volvería a caminar las calles de Saint-Germain y sus alrededores.

Guardó los historiales de la tarde, apagó las luces y el aire acondicionado, revisando que todo quedara en orden; el lugar permanecería cerrado un mes. Cuando estaba a punto de tomar el ascensor, el sonido leve de un sollozo lo obligó a girarse.

En una esquina, arrinconada en el suelo, una chica lloraba.

—¡Dios!

Pascal no podía dar crédito a lo que veían sus ojos. Allí estaba ella, con sus pies descalzos sumergidos en un charco de lágrimas. Infinitamente triste, pero viva. Corrió a abrazarla.

—¿Dónde has estado? ¿Qué te han hecho? ¿Qué te ha pasado?

Llanto.

—¿Por qué lloras?

Ni una palabra.

Pascal la cargó en sus brazos. Ella se dejó llevar a la consulta, abrazándolo por el cuello como una niña desvalida. Una vez dentro, quiso dejarla en el diván de la sala, pero Mazarine no lo soltó.

—Está bien —le dijo amoroso—. Quédate aquí, cerca de mi corazón.

La meció sin preguntarle nada, dejando que las lágrimas la lavaran. Así permanecieron hasta la medianoche, envueltos en la penumbra del salón y en el silencio triste de los gemidos.

—No te voy a pedir que me expliques nada, pero quiero que sepas que los dolores que no se hablan terminan echando raíces. Como a los grandes árboles, hay que evitar tenerlos cerca de casa, porque al final acaban estrangulándola, engulléndose sus cimientos, destruyéndola. No lo olvides, *mon petit chou*, tú eres dueña de tus dolores hasta que decidas echarlos fuera.

Pero Mazarine no podía hablar; después de la desaparición de Sienna, había perdido la voz.

—¿Quieres venir a mi casa? —le preguntó Pascal, acariciándole los cabellos.

Ella negó con la cabeza.

—No pienso tocarte, si eso es lo que te preocupa.

Sus ojos lo miraron enlagunados de tristeza.

—¿Por qué no me hablas?

Mazarine volvió a abrazarse a su cuello.

—Quien te ha hecho esto se acordará de mí. ¿Puedes caminar?

Asintió.

—Entonces, vamos.

Cuando la tuvo en su piso del passage Dauphine, Pascal le preparó una bañera con sales y aceites. Quería romper el estado de *shock* en el que se encontraba, rodeándola de sensaciones placenteras. La desnudó como si se tratase de una niña y ella se dejó desvestir, ida de su cuerpo, con la mirada puesta en la ventana... volada hacia ninguna parte. Verla en aquella indefensión le produjo una inmensa ternura. La sumergió en el agua con delicadeza mientras preguntaba.

—¿Quieres música?

Mazarine no respondió.

—¿Te apetece que me quede contigo?

Nada. Ni un solo gesto.

—Voy a prepararte una infusión. Dejaré la puerta abierta, *d'accord?*

Un trac vocal. Mazarine sufría la pérdida absoluta de la voz. Una afonía súbita, probablemente desencadenada por una impresión muy fuerte.

En los años que llevaba de ejercicio profesional jamás había tratado un caso como éste, aunque haciendo prácticas en un hospital psiquiátrico de Buenos Aires había seguido muy de cerca la historia de una adolescente que, poseedora de un secreto familiar, había caído presa de aquel síntoma de conversión. Nunca llegó a enterarse de su evolución ni de si ella había recuperado finalmente la voz, pues a los pocos días de ingresada había sido trasladada a otro pabellón, y a pesar de que el caso era fascinante la pista se le perdió.

¿Cómo iba a sacar a Mazarine de aquel episodio si ni siquiera sabía qué motivo se lo había provocado?

Para tratarla necesitaba conocer algunos datos. ¿Dónde estaba su familia? ¿Por qué parecía no tener a nadie?

¿Y si le pedía que le contara lo ocurrido escribiéndolo en un papel?

Tras consultar sus libros y llamar a un colega comentándole el caso, Pascal regresó al baño y encontró a Mazarine profundamente dormida.

La sacó del agua y la llevó en brazos hasta la cama. Acabó de secarla y la vistió con un pijama suyo, cubriéndola después con una manta. No se separó de ella en toda la noche, con la ilusión de que el amanecer le regalara de nuevo su voz, pero al abrir los ojos Mazarine parecía haberse ido aún más lejos. La situación había empeorado. Ya ni siquiera lo miraba cuando la llamaba por su nombre, ni respondía ante ningún estímulo sonoro o visual. Le hizo un reconocimiento general, y a pesar de que todo parecía en orden, Pascal sabía que dentro de ella algo se había roto. Por un momento le pasó por la cabeza la idea de llevarla al hospital e inmediatamente la desechó. Internarla complicaría aún más la situación. La única alternativa que le quedaba era mantenerla en su piso y observarla. Se dedicaría en cuerpo y alma a sacarla de aquel abismo, aunque para ello tuviera que renunciar a todo.

72

Cádiz se enteró de que Mazarine había aparecido quince días después. Tras la tenaz insistencia de Sara a no dejarle solo en las vacaciones, Pascal había acabado confesándoles que su novia estaba con él y padecía un extraño aislamiento que la mantenía sumida en un mutismo total. Mientras hablaba por teléfono, Pascal observaba a su novia sentada frente a la ventana.

—No nos iremos sin ti… y por supuesto, sin ella —le dijo Cádiz a su hijo, reprimiendo en su voz las ganas que sentía de volver a verla. Llevaba días encerrado en su estudio, viviendo en vilo su desaparición a punta de whisky.

—Deja que te ayudemos —suplicó Sara—. Tal vez quiera hablar conmigo. A veces, entre mujeres nos entendemos mejor.

—Madre… no es tan fácil. Ni siquiera parece reconocerme.

—Deberías hablar con un médico —sugirió el pintor.

—¿Se te olvida que YO soy médico? —replicó Pascal molesto.

—No quiero decir que no sepas hacerlo, hijo. Simplemente estás demasiado implicado en el tema. ¿Y si me dejas a mí?

—¿A ti?

—¿Por qué no? Podría ser una crisis relacionada con el arte. Todos los pintores atravesamos crisis de identidad y de futuro. Tal vez conmigo se abra.

—No sé ni por qué os lo he contado.

—Somos tus padres, Pascal. Mejores o peores... —la voz de Sara se disculpó nerviosa— ... contigo hemos sido lo que nuestras circunstancias nos han permitido ser, pero te amamos y queremos ayudarte.

—Pues la mejor ayuda que me podéis dar es que os vayáis de viaje tranquilos.

No podía.

Marchar sabiendo que estaba en casa de su hijo era demasiado. Tenía que sentirla cerca, protegerla. Cádiz volvió a insistir.

—Ya sé que no es el mejor momento, pero os había comentado de hacer un viaje juntos y he pensado que...

—Mazarine no está para viajes —interrumpió Pascal—. No la habéis visto.

—¿Por qué no? —dijo Sara—. Tal vez sintiéndose en otro ambiente reaccione.

—Estamos frente a un problema psíquico, madre.

—¿Y quién no ha tenido en su vida algún problema de ésos? ¿Por qué tenemos que tratarla como a una enferma? Tal vez sólo se trate de darle amor, de que se sienta querida. A mí siempre me ha parecido una chica muy sola. ¿Dónde está su familia?

—No tiene. Estoy casi seguro de que está sola en el mundo.

—Pues razón de más para que sienta que ha encontrado una. La idea de irnos de viaje que propone tu padre no es nada descabellada. Yo la apoyo.

—Podríamos irnos a Marruecos y acampar en el desierto —sugirió Cádiz.

—No creo que sea la solución —dijo Pascal desanimado.

—No estás en condiciones de saber lo que os conviene. Por una vez, permite que te ayudemos —insistió Sara—. El desierto tiene la magia del silencio. Tú aún no lo has experimentado, pero yo sí. Sé de qué te hablo. Mazarine es sensible; sabrá encontrar en aquel mar de arena la paz que necesita. La luz, los colores, los aromas… todos los hilos sensoriales que tiene en su interior volverán a sonar. Ya lo verás.

Pascal quedó en silencio; se sentía completamente desorientado. Tal vez porque la amaba demasiado, no sabía encontrar la solución. Ahora entendía por qué nunca un médico operaba a su familia. Los sentimientos no podían mezclarse con la profesión.

—Qué nos dices… ¿Aceptas?

No respondió.

—Déjame que hable con ella —insistió Sara.

—Está bien, te espero esta tarde, madre… Ven sola.

Desde la línea abierta del teléfono, Cádiz escuchó a su hijo.

—Me encargaré de organizarlo todo —dijo el pintor con un envolvente tono paternal—. Marcharemos cuanto antes.

73

Había reservado en el Amanjena de Marrakech la Al-Hamra Maison, una lujosa casa en el interior del hotel donde descansarían los primeros días antes de adentrarse en pleno desierto. Se negaba a aceptar lo que su hijo había contado de Mazarine. Era imposible que su pequeña sufriera aquel extraño síndrome de silencio.

En veinticuatro horas Cádiz organizó el viaje, pensando únicamente en su alumna... y en él. Imaginaba lo que podría llegar a sentir ella, que nunca había salido de París, en aquel exótico lugar.

Quería pasearla por el zoco de la ciudad y que se enloqueciera con la infinita gama de tintes vegetales que exhibían sus mercaderes; los compraría todos y le enseñaría cómo emplearlos. Harían muchos cuadros y experimentarían nuevas técnicas; rasgarían, pegarían, mezclarían... volvería a tenerla para él. Otra colección aún más atrevida. La Ruche, el templo sagrado de los dos. Arte y amor unidos en un solo cuerpo. Y esta vez sí... daría a conocerla al mundo y, ¿por qué no?, tal vez se perderían en algún refugio escondido.

Se le acababa el tiempo.

¡Lo abandonaría todo! Hablaría con Pascal y con Sara... tendrían que entenderlo. Y si no lo entendían, peor para ellos. Mazarine le pertenecía, su hijo había aparecido después, tratando de arrebatarle lo que era suyo. Justicia y libertad, ¡qué paradoja! Dos conceptos que chocaban. Palabras que acababan arrugadas en los cubos de basura cada vez que se alcanzaba un objetivo a cualquier precio.

Empezar de nuevo, su última oportunidad.

No se trataba de montar una nueva familia, ni de esparcir más semen, ni de crear más carne y más angustia; se trataba de vivir a plenitud lo que quedaba de ella. Una vida abierta al placer, al deseo, a la piel. Sentir más... llevar al límite la sensualidad, y en ese intento sublimar el poder de la creación.

Desafiar al tiempo, irle en su contra. No dejarle salir con la suya al maldito depredador que todo lo devora. Recoger las migajas que a lo largo de los años le había ido regalando como si fuera un dios dadivoso y lanzárselas a la cara. Poner punto y final a tantos años de engaño. Se había dado cuenta de la trampa. Ahora lo quería todo. ¿Para qué si no existían todos los sentidos? ¿No era para sentirlos? Éste era el momento, y si todos pensaban que se había vuelto loco, mejor. La locura era una de las señas de identidad del artista. Dirían: ¡Cádiz enloqueció!, simplemente porque buscaba ser feliz. Entonces yo pensaría: bienvenida la locura si con ella alcanzo mi satisfacción. Y los miraría con mi disfraz de loco, sin tenerlos en cuenta.

¿A cuántos trozos de felicidad tenía derecho? ¿Y si como ser humano tuviera derecho a tomarse la tarta entera y hastiarse de alegría? ¿Y si el derecho se lo otorgaba uno mismo? Sí. Iba a ser feliz, y siéndolo haría feliz a Mazarine.

Cádiz continuó inmerso en aquella espiral que le hacía vibrar. Planeando, reflexionando, soñando...

Él y Mazarine perdidos en el laberinto de tiendecitas perfumadas, probando todos los aromas... embadurnados de jazmín, rosas y sándalo.

Él y Mazarine jugando con los vendedores de camaleones; les pediría que los dejaran sobre su camisa, para verla reír y gritar de miedo.

Él y Mazarine envueltos en el olor a cedro recién pulido; escondidos entre cajas de madera, linos y babuchas, robándose caricias y besos.

Él y Mazarine observando el maravilloso desorden de las calles repletas de chilabas y gritos.

Se escaparía con ella algún atardecer para enseñarle las sombras proyectadas sobre los kilómetros de muros cansados; la plaza Jemâa el-Fna con sus encantadores de serpientes, sus narradores de cuentos milenarios y sus mujeres escondidas al acecho de pieles extranjeras donde plasmar los artes de sus hennas...

Y volverían a pintar y a hablar del tiempo y de la vida, como hacían en las tardes de pinceles y creación.

Sí, en ese viaje Mazarine entendería que, a pesar de su estúpida torpeza y su soberana arrogancia, la seguía amando con locura.

Cuando Cádiz revisaba el itinerario enviado por la agencia de viajes y daba los últimos retoques, Sara regresó abatida del apartamento de su hijo.

—¿Qué? —preguntó Cádiz, tratando de disimular su preocupación—. ¿Cómo está la chica?

—Muy mal. Creo que la pobre arrastra un grave problema. Le hablé, pero ni siquiera me miró. Parece como si estuviera en otra parte. No sé si le conviene viajar en ese estado.

—Claro que le conviene, Sara. Le irá muy bien distraerse. Ya nos encargaremos de cuidarla y de que nada le falte.

—Me da mucha pena ver a Pascal tan preocupado. Realmente la quiere.

Cádiz se levantó de golpe y se dirigió a la salida.

—¿Adónde vas? —preguntó Sara.

No contestó. ¿Y si intentaba verla?

74

Cuando estaba a punto de entrar en el piso de su hijo, Cádiz se arrepintió. Le preocupaba que, al reconocerlo, Mazarine no quisiera saber nada de él. Se moría por verla, pero temía no poder controlar su impulso de abrazarla y sacarla volando de aquel lugar.

—¿Qué pasa, Cádiz? —preguntó Pascal manteniendo la puerta abierta—. ¿No vas a entrar?

—¿Dónde está?

Pascal señaló el ventanal del fondo. La silueta de su alumna se recortaba a contraluz rodeada de un halo blanco que reverberaba, haciéndola parecer una visión irreal. Estaba sentada de cara a la ventana y una burbuja de silencio se extendía por el salón, aislándola del mundo. Sus pies desnudos resaltaban sobre el oscuro *parquet*. Con el ruido de la puerta, ni se inmutó.

—Lleva ahí todo el día y ni siquiera se ha levantado para comer. Hoy, lo único diferente que hizo fue buscar entre mi ropa y vestirse con una gabardina negra que encontró.

—Nos la llevaremos.

—¿Tú crees, padre?

—Estoy convencido.

—¿Y si no mejora?

—Se pondrá bien.

—Ojalá tengas razón.

—Es una artista, y no conozco a ninguno que sea indiferente a la belleza. Si lo que busca es silencio, le daremos el más hermoso que existe en la tierra. Un silencio infinito, de luz y polvo dorado, teñido de sol y soledad.

—¿Y si no vuelve a hablar?

—Despertará.

75

Se encontraron en el Charles de Gaulle. Cádiz los vio venir de lejos, pero prefirió no decirle nada a Sara. Su hijo abrazaba a Mazarine, que como un ente se dejaba llevar. No había conseguido calzarla ni vestirla con otra cosa que no fuera el gabán, y su estado de mutismo *in crescendo* la convertía en virgen ausente. Parecía poseer un silencio de mármol, haber alcanzado un estado de soledad que le permitía conectar desde los ojos con otras extrañas soledades que se paseaban por el aeropuerto. Quienes la miraban, quedaban atrapados por su serena altivez. A su paso, cualquier ruido enmudecía. Nadie se atrevía a romper aquella paz que arrastraba su largo abrigo.

A Cádiz aquella triste visión lo mató de impotencia; él, que todo lo lograba, tenía que conseguir regresarla a la vida. No iba a permitir que se perdiera en ese mundo oscuro. Se acercó y la abrazó con ternura, llamándola pequeña, pero los brazos de ella se quedaron caídos.

Sara también se conmovió al verla. Desde la visita que había hecho al piso de su hijo, la notaba aún más lejana, y tal vez por ello mucho más bella.

Tomaron el avión privado, y durante las tres largas horas que duró el viaje nadie habló. Era como si la presencia de Mazarine los contagiara de silencio; como si el hablar, el nombrar cualquier palabra, pudiera lastimarla.

Cuatro soledades sin punto de encuentro. Variaciones de una misma melodía.

Cádiz aguantó sus ansiedades a punta de whisky helado, tratando de arrancar con las uñas sus recuerdos; sin conseguir despegar sus ojos de los pies descalzos de su alumna, que lo llevaban a soñar las tardes de pinturas, erotismo y risas compartidas en La Ruche.

Sara distrajo sus pensamientos releyendo por enésima vez *La sonata a Kreutzer* de Tolstói; de vez en cuando la historia vivida con Germán acariciaba su alma, dejándole un regusto de añoranza y vacío.

Pascal, perdido en hipótesis médicas, soñaba con encontrar la fórmula magistral para salvar a Mazarine y hacerla suya, mientras su hombro aguantaba su cabeza dormida y sus dedos acariciaban sus manos.

Mazarine, la gran ausente, soñaba ser la que no era. Una doncella, rodeada de espigas, dormida. Viviendo lo que los muertos viven: una nada tranquila.

Aterrizaron en Ouarzazate antes del anochecer. Después de una larga discusión sobre lo que le convenía o no a Mazarine, entre todos decidieron obviar el paso por Marrakech por considerarlo demasiado ruidoso.

En el aeropuerto les esperaba un chofer que les condujo hasta el Dar Ahlam, uno de los hoteles más sibaritas del mundo, situado en Skoura, la puerta del desierto. Habían reservado una espléndida villa con dos habitaciones, rodeada de palmeras, fuentes y pétalos, donde pasarían la primera noche antes de emprender el viaje que les llevaría a navegar, a lomos de camello, el infinito mar de arena.

Tras una delicada cena de velas, perfumes, miradas y penumbras, todos se fueron a descansar.

Pero Cádiz no podía conciliar el sueño. Mientras los demás dormían, empezó a vagar por la casa sin rumbo. Se deslizó en la oscuridad del pasillo, alumbrado sólo por las velas de los candelabros que los sirvientes habían dejado encendidas en el suelo, y descubrió que la puerta de la habitación donde dormían Pascal y Mazarine se encontraba entreabierta. Sin hacer ruido, se metió dentro. La tenue luz que se filtraba por la ventana caía sobre el rostro de su alumna, que parecía soñar acurrucada al lado de su hijo. Se dedicó a observarlos. Hacían una hermosa pareja. Sentía rabia y dolor, amor y frustración. Miraba a Pascal, y por más que luchaba contra sus sentimientos tenía que aceptar que lo amaba. Aquel muchacho era carne de su carne. ¿Cómo podía hacerle daño?

La miraba a ella, y una locura parecía poseerlo y empujarlo a arrebatársela de su lado. A echarlo fuera de su cama. Mazarine era su pequeña, su vida. ¿Por qué tenía que haberse metido en medio?

Era imposible sacársela de la cabeza. La obsesión que sentía le quemaba el cuerpo hasta enloquecer. Su relación carnal con Sara estaba muerta y ya no hacían nada para arreglarlo... ya no sabían. Su impotencia sexual era absoluta, pero la fiebre continuaba; era una fiebre que pasaba por poseer de una vez por todas aquel cuerpo joven, poseerlo no sabía de qué manera.Tenerla cerca, aunque sólo fuera para besarle los pies, para lamerlos y chuparlos, para pintarlos y acariciarlos.

De pronto, Mazarine emitió un quejido y Pascal despertó. Al descubrir a su padre se sorprendió.

—¿Qué haces aquí?

Cádiz disimuló.

—Lo siento hijo, no podía dormir. Vi la puerta abierta y pensé...

Pascal lo interrumpió.

—Sssttt. Baja la voz, podrías despertarla. ¿Qué querías decirme?

—No sé... —Cádiz hizo una pausa—. Se me ocurre que tal vez si le dejáramos un lienzo y acrílicos... si pintara... si yo pintara con ella...

—La idea no parece descabellada, no sé cómo no se me había ocurrido. ¿Te importa si lo hablamos mañana?

No lo hablaron.

El ajetreo del día les distrajo. Sara había ido temprano al zoco y regresaba con ropa para Mazarine, que, tras resistirse a cambiarse el gabán, finalmente había aceptado vestir una túnica negra. Cádiz, evitándolos, había huido a las tiendas de arte y volvía cargado de tintes, colorantes, pinceles y telas.

Llegaron a las dunas al anochecer, montados sobre camellos. En el campamento los esperaba una gran fogata rodeada de músicos, que al verlos empezaron a tocar.

El sonido de los *Krakesh* y los *Tbel* unido a los *zghorit* de las bereberes formaban un concierto único que embrujaba las sombras y se alzaba nítido sobre la noche sin luna.

Los ojos de Mazarine parecieron reaccionar ante aquel cielo inimaginable, de constelaciones de encaje y nebulosas, y por un instante a Pascal le pareció ver en los labios de su novia una tenue sonrisa.

Se convirtieron en nómadas. Cada día levantaban el campamento y recorrían otro tramo del desierto. Pasaban las mañanas saboreando paisajes, las tardes visitando oasis y las noches comiendo tajines, dátiles y frutos secos, probando recetas exquisitas al calor del fuego y de la música. El silencio de Mazarine se había convertido en parte del viaje. Su observación, en su posible cura.

Cádiz se pasaba las horas sumergido en una tienda que, a modo de estudio, hacía levantar. Por allí desfilaban hermosas mujeres bereberes que iba dibujando, apoyado en su whisky para no llevar a cabo la descabellada idea que empezaba a rondarle.

Pascal aguardaba sin prisas a que se produjera en Mazarine el milagro de la palabra, mientras Sara corría por el desierto con su cámara, disparando a cuanta maravilla encontraba.

Un séquito de árabes les seguía dondequiera que iban, y todo cuanto necesitaban les era suministrado al instante.

Una mañana, en un arranque de locura, la fotógrafa decidió internarse de lleno en el desierto para retratar a los hombres azules. Entre el personal que les atendía, la belleza de uno de ellos había llamado su atención. Aquellos hombres eran llamados los exiliados de la tierra porque dos mil años atrás los egipcios los habían expulsado, y sin querer habían acabado convertidos en herederos de ese extenso territorio que alguna vez había sido verde y fértil. Quería hacer un reportaje que mostrara al mundo ese otro desierto, el que ya no existía. Desfilarían desnudos en un éxodo doloroso, con sus pieles azules sobre el amarillo tostado de la tierra estéril. Enseñaría cómo era su vida errante en medio de la arena.

Se iría con dos ayudantes hasta un poblado que decía mantener las antiguas costumbres nómadas, y acamparía entre ellos hasta hacerse amiga y fotografiarlos sin vergüenza.

Como el reportaje le llevaría algunos días, había quedado de alcanzarlos tan pronto le fuera posible.

Aquella noche, entre las lenguas del fuego y los cantos de las *Howariyat,* Cádiz sintió que los ojos de Mazarine le observaban. Lo miraba fijo por encima del hombro de Pascal, con la vehemencia de los primeros días. Una mirada que quemaba.

¿Había vuelto? Necesitaba averiguarlo.

76

Llegaron a un oasis donde les esperaba, escondida entre palmeras, una *kasbah* dedicada al culto al cuerpo. Salones palaciegos, con piscinas perfumadas de pétalos y columnas revestidas de mosaicos moriscos y cerámicas vidriadas, formaban un refinado escenario para el descanso. En aquel paraíso, las pieles resucitaban a punta de masajes, aromaterapias, baños, exfoliaciones y aceites.

Cádiz había ordenado instalar las tiendas de campaña lejos de aquel lugar, tratando de conservar el espíritu de aventura que hasta el momento los iba acompañando.

Durante toda la tarde Mazarine permaneció sentada bajo una palmera, con los ojos puestos en las dunas, dibujando en un cuaderno paisajes ilusorios mientras Pascal estudiaba el caso de un paciente y Cádiz, a escondidas, la observaba. De vez en cuando ella giraba su cabeza hacia las tiendas, como si presintiera los ojos del pintor, pero al no verlo volvía a refugiarse en su ensoñación.

Esa noche Cádiz no pudo más.

Estaba convencido de que Mazarine jugaba con los dos. ¿Por qué si no lo miraba de aquella manera? A la hora de la cena sus pies descalzos jugaban a cubrirse y descubrirse con la arena, mientras sus ojos incendiados lo abrasaban. Lo estaba provocando.

Tenía que tocarla; repasarla entera con sus manos. Pintarla y delinearla a viva mano con sus dedos hasta alcanzarle y arrebatarle el primer quejido. Un suspiro, algo que le dijera que lo sentía hasta el fondo. Necesitaba que le hablara.

De un solo trago se bebió el vaso de whisky helado que el sirviente le trajo y desapareció un par de horas.

Al filo de la medianoche regresó y se encontró a Mazarine sola, tendida sobre la arena con los brazos abiertos, observando las estrellas.

—Hola, pequeña... Qué lienzo más extraordinario, ¿verdad? —le dijo, lanzando la mirada al firmamento.

Mazarine no se giró.

—Ya no están. La mayoría de las estrellas que observas murieron hace miles de años. Nos dejaron su belleza y después se extinguieron. ¡Qué sacrificio de amor y estética más maravilloso!

Ningún atisbo de haberle escuchado.

—¿Dónde está Pascal?

Mazarine seguía sin mirarlo.

—¿Qué tal si pintamos sobre esa tela nuestro cuadro? —le dijo él, señalando el cielo.

Al no recibir respuesta, el pintor insistió. Había dejado de creer que Mazarine no lo escuchaba.

—Espérame, pequeña. No tardo.

Cádiz fue hasta la tienda de su hijo y se lo encontró con el quinqué encendido y un manual de psiquiatría abierto sobre el pecho. Estaba profundamente dormido. Se acercó con sigilo y apagó la luz.

A su regreso, Mazarine ya no estaba. Desesperado, empezó a buscarla entre las dunas, pero una quietud cerrada lo envolvió. A lo lejos, la silueta de la antigua edificación se recortaba en la penumbra. De pronto le pareció verla. Corría desnuda hacia el oasis. ¿Era un espejismo de la noche?

Empezó a andar con el corazón volado de deseo y la alcanzó.

—¿Qué quieres de mí? —le preguntó, tomándola por los brazos.

Mazarine se liberó y sin siquiera mirarlo continuó su camino hacia la *kasbah.* Él volvió a cogerla de la mano, esta vez con mucha suavidad, y la condujo hasta una puerta del palacio que, tal como él había pedido, permanecía abierta.

Entraron.

Los pasillos estaban vacíos y el eco de sus pasos violaba la paz de menta húmeda y yerbas almizcladas que flotaba entre las sombras.

—Ven...

Cádiz continuó llevando a Mazarine hasta la zona de los baños y las piscinas. Las débiles lamparillas que alumbraban los rincones daban al lugar un aspecto de santuario. En el agua se reflejaban las luces de las fuentes, que emanaban pequeños chorros de colores. La atmósfera estaba cargada de magia.

Atravesaron el salón, hasta encontrar el *hamman.* Al abrir la puerta, una bocanada de vapores perfumados los recibió. Al fondo, la figura fantasmal de una mujer de turbante negro los esperaba rodeada de botellitas y recipientes con hennas, barros, inciensos, guantes, pétalos y aceites.

—*Vous pouvez partir, madame* —le dijo Cádiz, señalándole la salida.

—*Bonsoir, sidi. Bonsoir, lala* —contestó la marroquí, desapareciendo entre la niebla.

—Pequeña... voy a prepararte como se prepara aquí a las novias antes de la ceremonia de su boda. Voy a hacerte un *hamman marocain.*

Mazarine lo miraba a los ojos con una serenidad altiva. Portaba su desnudez con la elegancia de una princesa.

—Quédate de pie y no te muevas —le indicó.

Ella obedeció, con la mirada fija en los ojos de su maestro.

—Ahora, separa las piernas.

Mazarine no las separó.

—Vamos... separa las piernas. No tengas miedo.

Cádiz tuvo que arrodillarse en el suelo e indicarle lo que quería.

—Sólo deseo bañarte, pequeña mía.

Tener delante aquel cuerpo amado le produjo un placer infinito. No era esa codicia hambrienta que lo había sacudido hacía un rato, sino un deseo tranquilo, de acariciarla despacio y con ternura. Quería enjabonarla como si fuese su niña, ungirla y perfumarla. Mimarla lento.

Cuando estuvo preparada, empezó a lanzarle sobre el cuerpo agua tibia que recogía de un aljibe con una vasija de cobre. Desde la cabeza hasta los pies la fue mojando hasta empaparla.

Le gustaba.

Mazarine sentía que aquella agua bendita la despertaba a un placer milenario de humedades, que la llevaba a sentirse parte de un universo acuático. Aquella sensación desperezaba sus poros. El agua corría tibia por su piel sedienta, regalándole tactos. Las manos de su pintor la enjabonaban con unas hojas de glicerina que olían a rosas y a tierra mojada. Su piel se despertaba.

Aquellos dedos se deslizaban con delicadeza usurpando rincones, explorando pliegues, comisuras, ángulos y esquinas. Robándole silenciosos gemidos que sólo se adivinaban en el abrasador brillo de sus iris de oro. Él no dejaba de mirarla, mientras sus manos la dibujaban, entraban, penetraban, perfilaban y salían. Ella, convertida en lienzo vivo, mantenía la mirada de estatua, ida en sus placeres, mientras se dejaba pintar caricias.

—Ahora voy a limpiarte. Tiéndete aquí —Cádiz la ayudó a acostarse sobre un rellano de baldosas húmedas. El cuerpo dócil de Mazarine se abandonaba a los deseos del maestro. Quería seguir, sentir, sentir más... Con un guante fue frotando su piel hasta exfoliarla y dejarla tersa.

Como si se tratase de un ritual sacro, volvió a enjuagarla ceremonioso, lanzándole con refinada lentitud cazos de agua sobre su cuerpo.

Era feliz bañándola, sabiéndola rendida a él en aquella humedad, pintando sobre ella ternuras inventadas. Sólo con eso sentía que su alma volvía a recuperarse de aquel oscuro deseo que no lo dejaba vivir.

Mientras Mazarine aguardaba con hambre aquellas manos toscas, la voz de su profesor susurró a su oído.

—¿Sabes qué es esto? —Cádiz le enseñó un cuenco lleno de una emulsión espesa que olía a almendras y a jazmín—. Es barro. Y ahora, voy a vestirte con él.

Mazarine esbozó una sonrisa.

—Te gusta, ¿ah?

Cuando el pintor estaba a punto de untárselo, de pronto ella cogió un puñado y se lo lanzó a la cara.

—Así que quieres jugar...

La chica se había levantado y vaciaba sobre el pecho de su profesor la vasija de fango.

—Está bien, me rindo. Hazme lo que quieras.

Ella se sentó a horcajadas sobre él, y manteniendo su silencio lo fue embadurnando hasta acabar íntegramente la mezcla.

—No hemos terminado —le dijo Cádiz—. Si crees que esto va a acabar en desastre te equivocas, pequeña. Eres una niña mal educada. Cierra los ojos.

Mazarine mantenía los ojos clavados en los del pintor.

—Venga, obedece. Cierra los ojos o me veré obligado a...

La chica volvió a sonreír. El juego le gustaba.

Cerró los ojos y desde la cabeza sintió cómo caía sobre ella una cascada de agua fresca perfumada a menta, que dejaba en su piel aquella sensación astringente que alguna vez había sentido en la garganta cuando chupaba un caramelo mentolado.

—Ahora, acuéstate —Cádiz volvía a ordenarle y ella obedecía—. Y cierra de nuevo los ojos.

De una caja de sándalo el pintor extrajo unos algodones y los empapó en agua helada de rosas. Después los colocó sobre sus párpados.

Tomó una toalla impregnada también en agua de rosas y con ella fue limpiando uno a uno los dedos de sus pies. Al sentirlos perfumados, el pintor no pudo evitar besarlos. Aquellos delicados pies eran su manjar.

Mazarine volvía a sentir la lengua de su profesor violando espacios, separando sus dedos para después chuparlos uno a uno con aquella hambre inagotable. Lanzó un quejido de placer, pero no se escuchó.

Salieron del palacio al filo del amanecer. Ella parecía feliz. Un pálido sol empezaba a despuntar entre las dunas y una suave brisa les rozaba la cara. Cádiz había cubierto a Mazarine con un albornoz y la abrazaba. La amaba; ahora más que nunca estaba convencido de que la amaba y no podría separarse de ella.

Con aquel ritual, su cuerpo había resucitado. Como cuando era joven, su sexo se erguía victorioso, se elevaba, crecía, buscaba… volvía a sentir.

El milagro era ella.

77

¿Dónde se había metido?

En medio de la noche, Pascal buscaba enloquecido a Mazarine por todos los rincones del campamento. Una pesadilla lo despertó de golpe, y al darse cuenta de que no la tenía a su lado había corrido en su búsqueda.

No estaba bajo la palmera donde había pasado la tarde, ni en los baños instalados a pocos metros de las carpas, ni en el improvisado salón donde solía sentarse a comer dátiles y a tomar té, ni siquiera en la carpa instalada como estudio de su padre, donde la buscó pensando que tal vez la curiosidad la hubiese llevado hasta allí. Eran las cinco de la madrugada y Mazarine había desaparecido.

Desesperado, entró en la jaima de Cádiz para pedirle ayuda, pero la halló vacía.

El campamento empezaba a despertar. Lejos de las tiendas, hombres de chilabas azules daban de comer a los animales, mientras los sirvientes se deslizaban silenciosos, portando víveres y vasijas. Pascal se acercó al grupo y preguntó por Mazarine. Tras una larga discusión en árabe, en la que no parecían ponerse de acuerdo, uno de ellos le comunicó en francés que alguien aseguraba haber visto a la chica acompañada del pintor. Pascal se tranquilizó. Si estaba con su padre no había nada que temer. Decidió esperar hasta que amaneció, pero al ver que no regresaban salió en su búsqueda.

A un kilómetro de allí, Cádiz y Mazarine contemplaban abrazados la salida del sol sobre las dunas.

Aquel paisaje ondulado extendía su silencio dormido hasta el infinito, esperando tranquilo el rayo de luz que le fecundara.

—Aquí tienes. Delante de ti —le dijo Cádiz extendiendo sus brazos— la inmensidad de un océano sin olas. Escucha, pequeña mía... este lugar habla; su silencio nos dice que somos partículas de nada... puro vacío... Siente el placer del vacío.

Mazarine cerró los ojos y sintió la nada, amortiguada por aquella tierra sedienta convertida en polvo. Se acostó sobre la arena y Cádiz se quedó mirándola. El albornoz se abrió y un botón rosa de su seno quedó al descubierto. Parecía irradiar una transparencia de pétalo húmedo. De nuevo la explosión de los sentidos. La embriaguez de la carne sacudiendo sus sienes.

—Estás bella —le dijo Cádiz, dibujándole con el dedo índice un círculo alrededor de la aureola.

El sol empezaba a despuntar, perfilando el contorno del cuerpo de Mazarine con un halo dorado. Aquel infinito mar de arena se teñía con la luz ambarina del amanecer.

Con su mano, el pintor acabó de abrir la bata hasta desnudarla. Mazarine volvía a sentir que se deshacía entre sus manos y se evaporaba.

De pronto, al ritmo de ese cálido vacío, el pintor empezó a tomar puñados de arena que iba dejando caer sobre el cuerpo de su alumna. Un hilo delicado se despeñaba despacio por su piel, se deslizaba por su cuello, acariciaba la punta de los senos, resbalaba como seda sobre su pecho, inundaba el hueco de su ombligo, se desbordaba hasta su vientre dibujando geometrías de placer.

Cádiz sabía que aquel cuerpo respondía. Los senos de su alumna se izaban firmes, su pubis tierno aguardaba impaciente.

Había amanecido.

Más arena. Sobre su sexo de fuego, un hilo interminable caía, caía, caía y caía sin descanso. Aquellas partículas de oro taladraban su pubis... lo abrían. Mazarine quería gritar... ¿por qué no podía gritar si se moría de gozo?

La boca de Cádiz se acercaba a su boca, con su lengua abría sus labios despacio, muy despacio. Después, las salivas mezcladas, la corriente que bajaba por el centro de su cuerpo hasta situarse en aquel punto. Ganas de gritar, de hablar, de decir sí, no pares nunca. Pero las palabras se escapaban volando, como la arena entre los soplos del pintor. Su cuerpo limpio y perfumado, su cuerpo lavado y tocado. Su cuerpo pintado y repintado por sus manos. Su cuerpo que ya no era suyo sino de aquel que la había despertado. Ahora ya nada importaba. Quería dejarse ir... que la tomara y la bebiera, que la mordiera y la destruyera.

No podía detenerse. Esta vez no.

Cádiz se incendiaba.

No más caricias, no más contemplarla. No más arte fallido.

Tenía que entrar en ella, aunque después muriera. Aunque después desapareciera para siempre de la vida de todos... aunque después quedara convertido en cenizas.

Mientras una brisa soplaba sobre sus cuerpos y el sol caía en su espalda, Cádiz le abrió las piernas y de una sola embestida la poseyó.

Un camino se abrió de golpe en mitad de su cuerpo, partiéndola en dos.

Dolor y placer que se clavaron dentro. Las lágrimas rodaron por sus mejillas. Dolía, ardía, el vientre de su pintor era un fuego que abrasaba. Sobre su rostro el llanto de su maestro se mezclaba con su llanto. Ambos lloraban, una embestida, dos, tres, dolor, placer, dolor, placer, placer, placer, placer... Mazarine lanzó un grito y esta vez Cádiz lo escuchó.

Había vuelto a la vida.

78

Los vio a lo lejos. Sobre una colina, dos puntos blancos se dibujaban en el amanecer. Tenían que ser ellos, aunque el vestido blanco no coincidiera con el negro atuendo que siempre llevaba Mazarine.

Pascal se alegró. Quería ir más de prisa, pero las piernas se le enterraban en la arena y no lo dejaban avanzar. Los cuerpos se movían y el viento levantaba delante de sus ojos un velo de arena que le impedía distinguirlos con claridad. Continuó caminando y cuando creyó tenerlos al alcance de un grito, los llamó.

—MAZARIIIIIINE... CAAAAÁDIZ...

Pero no respondieron. ¿Qué era lo que hacían? Continuó aproximándose despacio, tratando de adivinar sus movimientos. Pero cuanto más cerca parecía encontrarse, más lejos los veía. Ése era el espejismo del desierto; las distancias jugaban a alargarse y acortarse según los deseos.

Diez minutos más tarde los tuvo frente a él. Estaban de espaldas y el brazo de su padre rodeaba los hombros de su novia. ¿Sería verdad lo que le parecía escuchar? La voz de Mazarine caía clara sobre aquel manto de silencio.

Volvió a llamarlos y esta vez fue Cádiz quien se giró.

¿Qué iba a hacer?

Su hijo se aproximaba feliz.

—*Mon amour*... —le dijo Pascal a Mazarine, acercándose a abrazarla—. No lo puedo creer, estás hablando. ¿Sabes lo que esto significa? Has recuperado la voz. ¿Qué te ha hecho el brujo de mi padre para que ahora hables, ah?

Mazarine se dejó abrazar desconcertada. Su cuerpo todavía se estremecía con las réplicas de aquel terremoto que la había sacudido.

Cádiz se apartó de ellos y empezó a caminar hacia el campamento.

—No te vayas —le pidió Pascal—. Tienes que explicarme la fórmula.

—Estoy cansado, hijo. Muy cansado. Si no te importa, lo hablaremos más tarde… —miró a Mazarine—. Tú también deberías descansar, pequeña. Ha sido una larga noche.

Pascal observó a su novia, que de repente parecía infinitamente triste.

—Me gustaría quedarme sola —suplicó ella con tono fatigado.

—¿Me parece que interrumpí algo importante? —intervino Pascal molesto.

Cádiz y Mazarine se miraron.

—Sólo ha tomado conciencia de sus sentidos, Pascal —aclaró Cádiz, mirando con ternura a su alumna—. Ése ha sido el verdadero milagro, ¿verdad, Mazarine? La naturaleza ha hecho el resto. Este amanecer, la inmensidad… tal vez las palabras estaban a punto de salir y simplemente han decidido hacerlo hoy… —su voz cansada se esfumaba—. Os dejo.

—¿Por qué no regresamos los tres? —sugirió Pascal, sin entender demasiado lo que pasaba.

—Yo me quedo un rato —dijo ella.

—Está bien, cariño —Pascal se acercó y le dio un beso rápido en la boca—, pero no me hagas sufrir otra vez. No desaparezcas de nuevo.

Cuando llegaron al campamento, en una de las jaimas los esperaba Sara Miller. Regresaba feliz, cargada de collares y adornada con henna.

—Me las pintaron en el campamento —dijo mostrándoles las manos—. No os podéis imaginar el reportaje que he hecho... ¿Qué os pasa? Sólo hace dos días que me he ido y os encuentro... no sé, cambiados. ¿Y Mazarine?

Pascal se acercó a su madre y la abrazó.

—Ha vuelto a hablar.

—¿De veras? Es una noticia fantástica. ¿Cuándo?

—Ahora.

—¿Y cómo fue?

Pascal miró a su padre con ojos interrogantes y éste decidió contestar.

—Anoche, mientras daba un paseo, la encontré y se me ocurrió que era una buena idea llevarla a la *kasbah* y que tomara un *hamman marocain*, ya sabes lo maravilloso que es. Hablé con la encargada del centro y la dejé allí. Estoy convencido de que aquello le sirvió, ya que esta mañana, cuando la volví a ver, hablaba.

—¿Y dónde está?

—Ahora viene, madre.

—Esto merece una celebración, ¿no creéis? —Sara miró a su marido y a su hijo entusiasmada—. ¡Desayunaremos con *champagne*!

79

De nada le valieron los cuidados, las atenciones y todas las tardes dedicadas por entero a educarla y a enseñarle la ciencia de los Arts Amantis. La chica había escapado por el respiradero del baño. Lo abandonaba sin más y esa huida estropeaba parte de sus planes.

—¡Malagradecida! —balbuceó Ojos Nieblos, recogiendo los cristales rotos esparcidos por el suelo.

¿Y si iba a buscarla? Conocía de sobra su casa. ¿Y si la raptaba? Al fin y al cabo, estaba tan sola y desvalida como él. Serían dos soledades haciéndose compañía, una unidad descreída que optaba por dejar que la vida los viviera, derrumbando la gran mentira del ser humano de creerse el dueño de sus días. Viviría con ella. La energía que emanaba de su cuerpo virginal le inyectaba fuerza, la que necesitaba para demostrar a los miembros de la Orden que él, el repulsivo y torpe Jérémie, valía mucho más que todos ellos juntos.

No, ahora le convenía esperar. Cualquier movimiento podía generar sospechas. Si era verdad que el jefe iba a aproximarse a Mazarine, para nada le convenía que lo encontraran a su lado; no, para lo que tenía planeado. En la última reunión se había comprometido a mantenerse alejado de la chica y lo había incumplido.

No iba a notificar nada de lo ocurrido a los Arts Amantis, ni volvería a aparecer por ninguna de sus asambleas. Su proyecto pasaba por reconvertir la Orden en algo grandioso. Una doctrina renovada. Estaba harto de pertenecer a aquel grupo débil y sin rumbo que en nada se parecía al de antaño. Aquello de lo que tanto se había empapado en sus investigaciones y lecturas, esa genial idea que de repente se le había ocurrido, sí eran arte y amor; no ese grupo de hombres derrotados suspirando por un pasado que nunca volvería.

Se metió en Internet y fue buscando hasta encontrar una pista para contactar con las mafias de reliquias. Por lo que iba a ofrecer… ¿cuánto podrían darle?

80

Arcadius amaba las lluvias de verano, porque además de refrescar el ambiente refrescaban su alma. Aquella tempestad que acababa de desatarse sobre París serenaba los perfiles de las casas, convirtiendo las calles en suaves suspiros con aroma a alquitrán. Los delgados hilos de agua bajaban solitarios por la rue Saint-Jacques. A pesar de llevar el paraguas en la mano, decidió mojarse. Necesitaba dejarse sorprender por la vida, reconocer los instantes placenteros. No quería convertirse en un ser indiferente como tantos, porque estaba convencido de que eso lo llevaría a despreciarlo todo y aún le quedaban muchas cosas por hacer. La que más deseaba: volver a ver a Mazarine.

La echaba de menos; había sido ella quien le había devuelto las ganas de vivir; quien le había enseñado a caminar bajo la lluvia sin cubrirse. Ahora que no estaba entendía aquel empeño en ir descalza, su joven rebeldía. Entendía hasta que le ocultara la verdad.

La última vez que estuvieron juntos fue en las catacumbas, de eso hacía dos meses.

De ella sólo le quedaba *Mademoiselle*, que se había convertido en su compañera inseparable. Todo cuanto pensaba lo comentaba en voz alta con la gata, como si al hacerlo se conectara de alguna manera con su dueña.

—¿Sabes, *Mademoiselle*? Los humanos nos complicamos la vida para encontrarle un sentido a estar aquí. Los que escriben plasman en sus escritos su yo más oscuro, buscando que la palabra los redima. Los que pintan buscan expresar con colores y formas sus pensamientos y sentimientos más ocultos, lo que no se atreven a decir. Los que guardan secretos, en el fondo quieren ser descubiertos. Los que enseñan, en verdad buscan aprender. Los que odian, sencillamente necesitan amor. Los que no hablan, buscan ser escuchados. Los que gritan, buscan desesperadamente encontrar su silencio. Somos muy complejos...

La gata cerró los ojos y miró hacia otro lado.

Al llegar a la rue Galande, se entristeció. Sin Mazarine, ese lugar no era el mismo.

Después de echar a la calle al desquiciado vagabundo de babas colgantes que había encontrado instalado en la vivienda hacía más de un mes, el anticuario decidió vigilar de cerca la casa verde. El *clochard* había alcanzado a desmantelar y vender objetos y muebles para comprar bebida, y entre eructos y pestilencias le había confesado que estaba allí porque era tío de la chica, algo que él no creyó en absoluto.

Aunque tenía asumido que la desaparición de Mazarine obedecía a uno de sus excéntricos comportamientos, empezaba a estar preocupado. La chica seguía sin dar muestras de vida, y mientras no apareciera iba a ser el centinela de sus pertenencias.

Conocía a la perfección los recovecos de la casa y sus trampillas, pues el estilo correspondía a una serie de edificaciones ya desaparecidas, una de las cuales le había pertenecido. Se pasaba las tardes sumergido en aquella antigua vivienda: investigando, revolviendo cajones, armando rompecabezas con supuestos, tratando de encontrar respuesta a los interrogantes que Mazarine se había negado a desvelarle.

Sabía, por unos papeles que había encontrado, que la chica no tenía padres ni hermanos, y que su vida era una maraña de aconteceres aparentemente sin sentido.

Sabía que vivía de una pensión de orfandad y que sus pertenencias más queridas se reducían a recortes de diarios y revistas de una gloria de la pintura, el controvertido y admirado Cádiz, y poco más. ¿Estaría enamorada de ese hombre? Según el póster que tenía pegado en su pared, sí. ¿Por qué algunas chicas acababan enamorándose de viejos, y nunca un joven llegaba a enamorarse de una vieja?

Sabía que amaba el arte con locura y que además era posible que tocara la mandora, el extraño instrumento medieval encontrado junto a su cama.

Pero lo que había sido definitivo para acabar de redondear sus conjeturas era el impresionante descubrimiento que había hecho en la habitación del fondo. Ahora estaba casi seguro de que sus hipótesis se acercaban cada vez más a la realidad. Aquello no dejaba lugar a dudas: estaba implicada en algo muy importante y no sabía hasta qué punto jugaba con todos no revelándolo. Atando cabos, entre lo que le había confesado la señora de Manresa y lo encontrado en casa de Mazarine, la historia que tenía entre manos poseía un valor incalculable.

81

Regresaron el día siguiente a la celebración. Un tenso silencio se respiraba en el avión, del que nadie parecía sentirse responsable. De repente, Cádiz habló.

—Detesto las emociones reprimidas.

—¿A qué te refieres? —preguntó Sara.

—A quienes no vibran frente a la vida. Yo, por ejemplo, necesito temblar cuando pinto. Me gusta morirme en cada cuadro. Eso es el orgasmo: una muerte y una resurrección en simultáneo. ¿Qué opinas tú, Mazarine?

La pregunta cogió por sorpresa a la chica, que dibujando en su libreta trataba de entretener la angustia que le producía estar en medio de Pascal y Sara después de lo ocurrido. Sentía que si los miraba iban a descubrir en su cara el engaño. A pesar de ello, no se dejó amedrentar por Cádiz y le contestó mirándolo fijo a los ojos.

—Imagino que habla de la sensación espiritual que acompaña a un instante glorioso del cuerpo.

Pascal rodeó con su brazo a Mazarine.

—No te preocupes, *mon amour*, mi padre goza intimidando a la gente.

—Es interesante comparar el orgasmo con la muerte —continuó diciendo Mazarine—. Sin embargo, creo que el orgasmo es algo efímero, mientras que la muerte es definitiva.

—No lo creas —Cádiz le lanzó una mirada sensual que la desnudó de golpe—. Puede ocurrir que tras ese instante de unión carnal, me refiero al momento en que un hombre se une a una mujer, los cuerpos no logren separarse. Si se han encontrado dos energías idénticas, él queda dentro de ella para siempre, y ella dentro de él. En ese caso, estarían condenados a esa muerte.

—Supongo que su planteamiento no tiene en cuenta que la vida continúa. En fin, que todo depende de cómo lo vea cada uno, pues no dejan de ser dos los protagonistas de ese orgasmo o muerte, como usted llama a ese tipo de encuentro.

—Me temo que te ha salido una fuerte contrincante en tus batallas dialécticas —comentó Sara sonriendo.

Cádiz ignoró el comentario y continuó.

—¿Crees que se puede vivir estando muerto?

—Estamos muriendo cada día; lo que pasa es que lo olvidamos. Si no lo hiciéramos, no podríamos vivir. El olvido es un mecanismo de defensa, un velo que empleamos para cubrir lo que nos duele.

—Bueno, dejaos ya de tanta muerte y dolor —interrumpió Sara, tratando de cambiar el rumbo de la conversación—. ¿Por qué no hablamos, mejor, de vuestros planes? —Acababa de lanzar al aire el tema de la boda—. A mí se me ha ocurrido una idea que puede llegar a ser preciosa.

—Creo que Mazarine aún está convaleciente de su silencio —dijo Pascal, dándole un beso en la frente—. No vamos a fatigarla ahora.

—Hablar de algo que se desea, donde además el amor es el protagonista, debería ser motivo de alegría. No veo por qué no ha de querer hablarlo —comentó Cádiz—. A no ser que...

Mazarine le cortó.

—¿Cuál es tu idea, Sara?

—Realizar vuestro enlace en Venecia. Podría llegar a ser de una belleza estética impresionante, ¿os lo imagináis?

—¿Hablas de hacerlo durante los carnavales?

—No precisamente. Se trataría de celebrarlo en otra fecha, pero robando su espíritu. Tomar el gran canal y convertirlo en un fastuoso escenario.

—Nuestros planes no pasan por hacer de nuestra boda un gran acto social, madre. El dónde y el cómo, para nosotros, es absolutamente intrascendente —aclaró Pascal.

—Pues no debería serlo —rebatió Sara—. Las formas de ninguna manera hacen el fondo, pero sí ayudan a sublimar un hecho, a hacerlo inolvidable. El que sea un acto social hace parte de un juego banal en el que todos participamos; con la diferencia de que algunos se lo creen a pie juntillas y otros, como nosotros, simplemente lo saboreamos sabiendo que todo aquello es sólo una representación.

Mazarine miraba a Cádiz tratando de descifrar en su rostro lo que sentía, pero su mirada era tan fría como el hielo que flotaba en su whisky.

La desconcertaba. Había momentos en que parecía amarla desesperadamente y sufrir con su historia; y otros en los que lo veía disfrutar como un malvado titiritero, manejando a su antojo los hilos de sus vidas. La lastimaba. Decidió lanzar un comentario para provocar al pintor.

—La idea de Sara es magnífica —dijo en tono entusiasta.

—¿De veras lo crees? —preguntó Pascal sorprendido—. Pensé que te gustaría algo sencillo.

—Y me gusta, pero también entiendo lo que dice tu madre de convertir ese momento en algo inolvidable. Cádiz... —Mazarine volvía a incitarle— ... le noto muy callado. ¿Usted qué opina?

Cádiz se quedó mirándola y su voz de violonchelo rasgó en dos el juego de palabras.

—¿Eres feliz?

—¿Qué pregunta es ésa, Cádiz? —inquirió Sara—. ¿No los ves? ¡Claro que son felices! El hecho de que tú no lo seas no quiere decir que los demás no puedan serlo.

El pintor lanzó una mirada de odio a su mujer.

—¿Quién te ha dicho que no soy feliz? Te equivocas, querida. Nunca he sido más feliz que ahora.

—Madre... no empecéis —Pascal quiso zanjar la aparente discusión que se iniciaba.

—Estos comentarios también hacen parte de las partituras del amor, ¿verdad, Cádiz? —dijo Sara con un tono de ironía.

Pascal miró a su novia, haciendo una aclaración sobre lo que acababa de oír.

—Llevan toda la vida juntos y, aunque no lo creas, se aman profundamente.

Mazarine dejó volar sus ojos entre las nubes. No quería pensar, ni escuchar, ni decidir; no quería especular sobre lo que vendría: la separación de su maestro... la incertidumbre y el reencuentro con su gran dolor... la pérdida de Sienna. Prefería sentirse por un instante pájaro libre cruzando la vida, sin dolores pendientes. Con el verde a sus pies, el azul sobre sus hombros y un horizonte infinito por alcanzar. La voz del piloto informó que en pocos minutos aterrizarían. Se había terminado; el gran viaje había acabado. Aterrizar, nunca mejor dicho. Descender, tocar tierra; lo que ella no quería. Después de lo sucedido... ¿qué iba a seguir?

El avión atravesó con sus alas una gran nube y durante unos minutos quedaron sumergidos en un túnel de algodones. Al salir, aparecía un verde salpicado de edificaciones. El sueño terminaba. Aquel paisaje de silencio ondulado, donde su amado maestro la había poseído, quedaba lejos; regresaban a una realidad quebrada.

—No has contestado a mi pregunta —el pintor volvía al ataque.

Pascal miró a su padre.

—Ya está bien...

—No te preocupes, cariño. No me molesta —dijo Mazarine, clavando su mirada en los ojos gastados del artista—. Hay preguntas que llevan implícita su respuesta, y quien las hace las conoce de sobra. Permítame que le devuelva su inquietud, Cádiz... ¿usted cree que soy feliz?

La última frase se fue evaporando letra a letra hasta desaparecer en el aire sin contestación. Sara empezaba a no entender aquel juego.

El ruido del avión deslizándose sobre la pista ayudó a cambiar de conversación.

—Nos espera Alfred.

—¿Alfred?

—El nuevo chofer —aclaró Sara.

—Nosotros preferimos tomar un taxi —apuntó Pascal a su madre—. ¿Verdad, *mon amour*?

Mazarine asintió, lanzando una última mirada a Cádiz, que él prefirió ignorar.

Se despidieron con abrazos y besos rápidos, y quedaron de verse pronto para poner en marcha los preparativos de la boda en Venecia.

Ya nadie hablaba de la familia de Mazarine. Tras el episodio de mudez se daba por hecho que no la tenía.

Sara se encargaría de todo lo relacionado con el enlace; era el motivo que necesitaba para distraer sus frustraciones más escondidas.

82

¿Iba… o no iba?

Mazarine no sabía qué hacer. Volver a la casa verde significaba encontrarse con el dolor y el miedo. Sin Sienna aquel lugar era desolación y olvido, nudo quemante en su cuello y el horror de no volver a emitir ningún sonido.

¿Cómo borrarse de su propia presencia? ¿Cómo enfrentarse con lo que no sabía definir, si ahora ya no tenía a quién decírselo? Cuando hablaba con La Santa siempre encontraba una respuesta a todo. Ahora, su cabeza estaba atestada de preguntas e incertidumbres que se retorcían como serpientes; una medusa pidiendo a gritos ser rescatada de su sufrimiento por la espada de algún Perseo caritativo; alguien que le arrancara de un tajo su cabeza para dejar de pensar.

Llevaba diez días viviendo encerrada en el piso de Pascal, y aunque el passage Dauphine quedaba a escasas manzanas de su casa, aún no se atrevía a salir por miedo a encontrarse con aquel mundo que la perseguía. Ahora ya no tenía el medallón; Jérémie se lo había quitado. Aquella fuerza que sentía poseer desde que lo llevaba ya no estaba con ella. Sus temores infantiles regresaban con más virulencia. No era el temor a las gárgolas de la iglesia de Saint-Séverin ni a la muerte; eso estaba superado. Era un terror que partía de ella misma y se extendía por todos los lugares que pisaba. Aun así, necesitaba volver a la rue Galande y continuar buscando lo único que posiblemente quedaba de La Santa: el cofre o lo que fuera, algo que encajara con la extraña llave que hacía meses había descubierto escondida entre sus manos. Pensaba que tal vez allí encontraría la parte más íntima de su pasado, aquello que no lograba descubrir dentro de sí.

Tras el regreso, la primera noche que se acostó con Pascal evitó el roce de su cuerpo. A pesar de llevar compartiendo la misma cama hacía más de un mes, no habían hecho el amor. Una vez quedó tácitamente claro que seguirían sin hacerlo, los siguientes días durmieron como si se tratara de un par de amigos acompañándose en una noche de tormenta. Hasta que una madrugada la mano de Pascal había empezado a buscarla a tientas en la oscuridad. El tacto suave de sus dedos entre sus ropas la despertó excitada, y por un momento pensó que era Cádiz. Al darse cuenta de su equívoco trató de levantarse, pero Pascal la envolvió con un cálido abrazo y en un susurro le dijo que la amaba con toda su alma.

—Pronto serás mi esposa... ¿Sabes cuánto he esperado? No soy de piedra, *mon trésor*. No temas, lo haré despacio.

Había dejado que la amara en silencio para probar lo que sentía, pero la imagen de su pintor acabó por inundarlo todo. Estaba en el desierto, en aquel amanecer. Todavía su aroma pendía de su cuerpo, sus labios resbalaban por su cuello, su índice repasaba la curva de sus senos, sus manos firmes abrían sus muslos temblorosos... su lengua húmeda separaba los dedos de sus pies, sus huellas marcaban las comisuras de su sexo jugoso... Abrió los ojos; su dolor y su placer eran otros. No estaba en ese amanecer, no había desierto ni sol, ni arena.

Lloró por ella, por Pascal y por Cádiz; por la pérdida de Sienna, por sus rotos deseos de morir, por no saber qué camino seguir, por no saber si quería seguir... pero su novio pensó que aquellas lágrimas eran puro placer, puro amor.

83

Empezó a ir al passage de Dantzig cada mañana, como si todavía continuara siendo la ayudante del pintor. Se paraba frente a La Ruche y permanecía allí hasta el final de la tarde, tratando de volver a verlo. Sabía que estaba dentro porque las luces de su estudio se mantenían encendidas, pero por más que timbraba, Cádiz no le abría. Aquel doloroso rechazo no hacía más que acrecentar sus deseos. Necesitaba verlo, que la tocara, que la amara; volver a vivir lo ya vivido. Necesitaba que le dijera «suspende esa boda y vente conmigo».

Nada.

Desde la fría despedida que se dieron en el aeropuerto no había sabido nada más de él, salvo lo que comentaba Sara en las reuniones que se iban haciendo para poner en marcha la fastuosa ceremonia veneciana. Decía que su marido volvía a vivir una pasión frenética por la pintura, que se pasaba los días encerrado en su estudio creando compulsivamente sin permitir que lo interrumpieran. Aquel estado de enajenación, con toda seguridad, obedecía a un proyecto colosal. La última colección había pasado a ser subastada a precios exorbitantes y los museos se la arrebataban.

Mazarine se enteró de que los cuadros más cotizados habían sido los que ella había pintado de La Santa en su propia casa y que la galería había elegido como símbolo de la muestra. Un comprador anónimo había pagado por ellos una auténtica fortuna.

Después de la inconsolable frustración y tristeza vividas la noche de la inauguración en el Arc de Triomphe, que a punto estuvo de costarle la vida, ahora reaccionaba de forma diferente. No iba a luchar ni a sufrir más por figurar como coautora. Le regalaba todo el protagonismo a su maestro, su trabajo e inspiración de meses, a cambio de otro amanecer como el vivido en el desierto. Su amor era más grande que su egoísmo. ¿Cómo podía decírselo?

Seguía sin ir a la casa verde. Su obsesión por el pintor no la dejaba pensar en nada más que en él. El hambre de sus sentidos la estaba destrozando. Ahora lo entendía: ésa era la muerte de la que le había hablado Cádiz en el avión. Al final, hambre y muerte eran una sola sensación desgarradora y cruel. No había contado con la separación ni con el día después. Se había quedado en el instante del orgasmo.

Quería recuperar aquellas mañanas en las que su vida tenía sentido; la reja cargada de madreselvas esperándola, el sonido del timbre, una puerta que se abría, su maestro recibiéndola... los preparativos, la idea, el principio, bosquejos, variantes de un mismo sentir. Después, el desarrollo, la equivocación, un brochazo encima, dos, todo cubierto... alegría. Y al final de la tarde, la satisfacción de un crepúsculo teñido de fuerza, sentimientos, color, pinceles y sonrisas.

Lo imaginaba con sus mechones blancos, su sudor, sus ojos entrecerrados calculando las sombras, sus manos salpicadas de pintura, sus venas, su fuerza... y su voz ronca, su voz amada pidiéndole que se sacara la ropa para seguir creando sobre su piel nuevos dualismos.

—CAAAAAAÁDIZ...

Mazarine lo llamaba desde la acera.

—ABRE LA PUERTA. NECESITO QUE HABLEMOS... CAAAAAAÁDIZ...

¿Por qué le hacía esto? ¿Por qué seguía rogándole como una estúpida? ¿Por qué no se cansaba de una vez? ¿Dónde había ido a parar su dignidad? ¿O era que sus padres no le habían dejado ninguna? ¿Por qué por más que lo intentaba no podía racionalizar sus sentimientos, ponerles bridas y conducirlos?

—CAAAAAÁDIZ...

El último grito.

Cuando estaba a punto de marchar, lo vio asomarse a la ventana, despeinado y glacial. Sus ojos se deslizaron sobre ella sin detenerse ni un segundo. Como si fuera una nada callejera; una bolsa vacía, soplada de viento, rodando por el aire. Su voz sólo había sido un ruido vagabundo que lo había perturbado. Desapareció, cerrando la persiana de un golpe.

84

René había estado rumiando su plan de venganza durante semanas.

Esperaría, y una noche, aprovechando que los vecinos empezaban a huir de los calores veraniegos, iba a burlar la cerradura de la casa verde. Subiría hasta la habitación, abriría el armario y extraería el cuerpo de La Santa del sarcófago. Después, lo guardaría en una bolsa gris, de aquellas que daban en las tiendas de lujo con los abrigos y los trajes, y con la ayuda de una manta la arrastraría deslizándola por el ancho pasamanos de madera de la escalera, por donde solía rodarse con Mazarine cuando eran niños. La subiría al viejo Citroën que un amigo le había dejado y que tendría aparcado en la calle y la llevaría al este de París, a los suburbios de Clichy-sous-Bois. Allí, en un escampado que ya tenía localizado, iba a prenderle fuego. Al día siguiente, dejaría en la entrada de la casa de Mazarine sus cenizas con una carta en la que le diría lo que durante tantos años había callado. Se inspiraría en su risa, en su risa cantarina y burlona… sí, también burlona, que aún se balanceaba espesa en el aire. Podía palparla con su mano. Estaba harto de sus desplantes cariñosos, de ser un niño bueno y aplicado con notas sobresalientes y un suspenso en cariño. ¿Que se moría por ella? ¡Y qué! Daba lo mismo. Mazarine lo seguiría ignorando, tanto si hacía buenas acciones como si no. Por lo menos, concibiendo aquello se estaba divirtiendo un poco y se salvaba del tedio de un día idéntico a todos. La idea estaba en encontrar una manera más interesante de existir. Matar el tiempo como fuera antes de que él acabara pegándole una puñalada trapera. Convertirse en un viejo de ideas siniestras y corazón de hierro antes que en un joven blando y ansioso por recibir amor. Actuar finalmente fuera de la ley, creando la suya propia, la del ojo por ojo y diente por diente que hacía tiempo le dictaba su voz interior ya que la existente no lo había tenido en cuenta.

En cualquier momento la maldad irrumpía en el ser humano sin distinción de clases. Ni siquiera las vidas que no habían sufrido ninguna sacudida se libraban de los malos pensamientos. Nadie era tan bueno como aparentaba.

Después de hacerlo, de quemar a La Santa, no pensaba sentir ningún tipo de arrepentimiento. El arrepentimiento sólo era de los débiles, una enfermedad repentina que no pensaba adquirir ni siquiera por contagio indirecto. La vida era una absoluta ficción y él iba a contribuir a que lo siguiera siendo.

Nada podía fallar…

Pero todo había fallado. La noche que decidió hacerlo, había aparcado el Citroën frente al n.º 75 de la rue Galande, y al tratar de forzar la cerradura notó que no oponía resistencia. La puerta estaba violentada y la casa revuelta. Al acceder a la habitación se encontró con el armario abierto. El arcón con el cuerpo de La Santa había desaparecido. Alguien se le había adelantado.

Volvía a quedarse con su contrabajo, su soledad y un odio que se sentía incapaz de controlar. Estaba enfermo de maldad. Quería acabar con el mundo.

Antes de marchar, con sus manos temblorosas de ira, sacó del coche el botellón de gasolina con el que pensaba rociar a La Santa y lo vació entero sobre lo primero que encontró: la maravillosa plantación de lavanda que cubría la entrada de la casa de Mazarine. Después lanzó una cerilla. En pocos segundos el campo ardía.

Contempló las llamas desde el jardín de la iglesia Saint-Julien-le-Pauvre, y cuando sintió que su sed de venganza en algo se había saciado, decidió marchar a la estación. Tomaría el primer tren que le llevara a Praga. Volvería a sus calles, antes de que el odio se asentara del todo y lo obligara a cometer otra locura, tal vez mayor.

85

Se encontraba bajo su hechizo. Por más que lo intentaba no conseguía dejar de mirarla. Sus ojos repasaban los perfiles de aquel rostro de líneas perfectas, buscando algún error. Su larga cabellera cobriza resplandecía en sus hombros y caía en cascadas sobre sus ropas raídas. No podía creer que aquella joven fuese tan bella y hubiera sobrepasado los límites de la podredumbre y la descomposición a las que él tanto temía. Que se hubiera enfrentado a la desfachatez de la muerte. Eso era el arte supremo: un cuerpo que remontaba los siglos y la vida, situando su belleza por encima del olvido. Esa bella dormida estaba negando con su presencia lo evidente.

La Santa poseía lo que le faltaba al tiempo: detenerse.

Se había detenido en el momento de mayor frescura y lozanía. Los años le habían ido pasando por encima sin manosearla, y su piel conservaba intacta una adolescencia que aún olía a campos de espliego. En su eterno sueño, aquella niña continuaba floreciendo.

La tenía. Era suya. Sentía su fuerza impregnándolo todo, creciendo y esparciéndose en el aire. ¡Por fin estaban juntos!

Mientras la observaba embelesado, decidió cambiarla de lugar y colocarla en el centro del salón para que la luz de ese sol blanco que traspasaba los cristales cayera sobre ella. Pero al tratar de levantar el cofre, un descomunal peso se lo impidió. No entendía nada. Cuando la había retirado del armario de la casa de Mazarine, la levedad de aquel cuerpo le había sorprendido. No tuvo que hacer el más mínimo esfuerzo por alzarla. Ni siquiera el arca con sus incrustaciones en bronce y sus cristales biselados tenía un peso material. Todo en ella era tenue y volátil. Sin embargo, poseía una fuerza resplandeciente. Buscó el soporte que había empleado en su traslado y volvió a intentarlo, haciendo palanca sobre la base del cajón: ¡imposible! El peso de La Santa era incalculable.

—Está bien —le dijo—. Si es eso lo que quieres... quédate aquí.

86

Las luces de las antorchas proyectaban las anónimas siluetas de los Arts Amantis sobre los millares de fémures y calaveras agrupados en las paredes. Amparado en el total anonimato que le ofrecía el capuz de su túnica, Arcadius volvía a sumergirse en el subsuelo parisino, esta vez para rendir cuentas a los Arts Amantis de su viaje a Barcelona. Se enfrentaba en solitario a la claustrofobia que le producía transitar por aquellos estrechos y húmedos pasillos. Aunque había tratado de dar largas al encuentro, la presión del orfebre y la avidez del grupo por conocer los detalles de sus averiguaciones le obligaban a presentarse delante de todos.

El jefe de la Orden seguía sin entender que aquel periplo hubiera resultado a todas luces estéril.

—Tenía entendido que su viaje esclarecería algunas de nuestras incógnitas —le dijo, tras escuchar las primeras palabras del anticuario.

—Y así pretendía ser, señor —contestó reverencial Arcadius—. Pero la realidad ha sido muy diferente. Todo lo que traigo, muy a mi pesar, son leyendas de una anciana solitaria. Nada que nos sirva para llenar nuestras lagunas. Las pistas parecían conducirnos a un gran descubrimiento que ha quedado en nada. Aquella historia, que en apariencia podría coincidir con la de nuestra querida Sienna, en verdad corresponde a la de otra santa, una joven mártir católica. La verdad es que un antepasado de aquella amable señora, un caballero que luchó en las Cruzadas, fue premiado por su desempeño en las lides contra los moros con aquel cuerpo incorrupto…

Empleando sus dialécticas argucias de viejo, Arcadius fue narrando con lujo de detalles otra historia: la de santa Clara mártir. Con argumentos sólidos, extraídos de todo lo escuchado en su travesía por las tierras catalanas, tergiversó lo que sabía hasta lograr convencerles de que aquella historia en nada se acercaba a lo que ellos buscaban.

—Está bien, hermano de Toulouse. Tú has hecho todo cuanto has podido y te lo agradecemos. —Antes de continuar con su discurso, el adalid de los Arts Amantis observó al grupo expectante de encapuchados que le rodeaba en silencio—. En los últimos meses hemos vivido de una ilusión… una ilusión que se nos ha ido convirtiendo en obsesión. Tal vez nuestros cansados corazones necesitaban de un sueño para continuar latiendo —hizo una larga pausa y continuó—. El resultado de tanta especulación ha sido nulo. Yo mismo caí en la trampa de creer que Sienna estaba al alcance de mi mano. Una noche visité la casa donde vive la joven del medallón y debo confesaros que, tras haber inspeccionado palmo a palmo todos sus rincones, no encontré absolutamente nada que me llevara a ninguna pista.

Arcadius sabía que era imposible que hubiera encontrado algo, porque ese algo ya estaba en su poder.

Solamente necesitaba que apareciera Mazarine… Mazarine y la llave.

—Por tanto —continuó el jefe—, ha llegado el momento de plantearnos si vale la pena persistir en esa búsqueda baldía. Nos fuimos creando unas falsas expectativas, distrayendo con ello lo que debemos afrontar: hermanos… nuestra orden agoniza.

Un silencio sepulcral invadió el recinto.

—Las únicas luces que nos quedan son las de estas débiles antorchas… y este lugar. Un espacio onírico y sacro, rodeado de muertos. ¿Estamos esperando que ellos —señaló los cráneos incrustados en las paredes— nos devuelvan a nosotros la vida que no tienen, para sentirnos realmente vivos? ¿A qué hemos estado jugando todos estos años? Caballeros, nuestra debilidad parte de nosotros mismos. No podemos esperar que nuestra fuerza venga del cuerpo de una adolescente dormida…

—¿Qué quieres decirnos, maestro? —preguntó uno de los asistentes.

—No puedo seguir siendo vuestro líder… he dejado de creer.

87

Sin líder y sin santa. Un cataclismo ideológico que tal vez él hubiera podido evitar. Pero no iba a hacer nada. Aquello que tenía en su poder desde hacía semanas de nada servía sin Mazarine. Ella era la única que podía saber dónde diablos se escondía la llave.

Aquella tarde de agosto, tras desalojar a la fuerza al vagabundo que había encontrado instalado en casa de su joven amiga, los ojos de Arcadius no daban crédito a lo que habían hallado.

Guiado por un pálpito inexplicable, sus pasos lo llevaron a la misteriosa habitación del fondo. Allí se había topado con un armario empotrado en la pared, de idénticas características al encontrado en la vieja masía de Manresa.

El antiguo mueble conservaba en su interior un gran espacio vacío que parecía haber estado ocupado por un voluminoso baúl, pues las marcas dejadas sobre la madera así lo atestiguaban. Pero lo importante estaba en el fondo. Tras descorrer el primer tablón de madera que hacía las veces de pared, Arcadius había encontrado una doble puerta.

Lo que en la mayoría de las casas de la rue Galande era una pequeña trampilla donde esconder alhajas y documentos, en aquel armario se convertía en un oscuro e interminable túnel. Su angustiosa claustrofobia a punto había estado de sabotearle su curiosidad, pero al final ésta había vencido.

Lo primero que hizo fue conseguir una linterna con la

que exploró aquel extraño pasillo, inexplicablemente rebosante de lavanda florecida.

Nada parecía tener sentido, y sin embargo todo encajaba. El campo de espigas perfumadas que nacía en aquel dormitorio y desembocaba en cascadas sobre las paredes exteriores de la casa, el misterio que encerraba la vida de Mazarine, sus silencios, sus desapariciones, el medallón... Estaba a punto de descubrir algo grande, su corazón se lo decía, pero no entendía por qué él había sido el elegido. Haciendo grandes esfuerzos por vencer su terror al encierro, continuó caminando por el estrecho túnel; bajó y bajó hasta tropezar con una pared que le cerraba el paso. Con el haz de la linterna rastreó aquel rincón, convencido de que aún no había llegado al final. Examinó palmo a palmo los bordes y el techo vegetal, se deslizó por la pared de musgo, y cuando estaba a punto de abandonar la tarea un aleteo de luz entre las espigas lo detuvo. Se agachó para cerciorarse de que no era un espejismo. Enredada en ramas y raíces, una placa de bronce con una hermosa paloma esculpida en altorrelieve parecía esconder la clave. La paloma, un símbolo de amor, de arte musical y poético utilizado por los brillantes trovadores occitanos; la paloma, el espíritu santo para los fervientes católicos; la paloma... pureza, armonía, esperanza y felicidad. De su pico, a modo de rama de olivo, colgaba un anillo. Arcadius tiró de éste con fuerza y antes de que el mecanismo cediera el ave pareció batir sus alas. Atravesó la entrada con recelo. Aquel agujero daba nada menos que... ¡al subsuelo del altar de la iglesia Saint-Julien-le-Pauvre!

Subió despacio y a tientas las escaleras de piedra que halló al otro lado, temiendo encontrarse con alguien. Pero la capilla estaba vacía y sólo las lámparas votivas alumbraban tenues los arcos de la bóveda. Observó el lugar. Al lado izquierdo del gran retablo que presidía el altar reposaban, en una pequeña urna, los huesos y cabellos de una religiosa, varias fotos y un cartel que contaba su vida y milagros unido a dos inscripciones: *Je passerai mon ciel à faire du bien sur la terre. Aimer c'est tout donner et se donner soi-même.* No, no era esto lo que buscaba.

Siguió investigando. ¿Qué podía encontrar en semejante sitio que perteneciera a los Arts Amantis? Junto a la santa religiosa, la imagen de san Juan Crisóstomo, patrón de la iglesia, miraba con ojos misericordiosos los capiteles esculpidos con hojas de acanto y arpías. Debajo suyo, en la penumbra, una hornacina protegida por un cristal contenía un cofre de metal. Arcadius dirigió la luz hacia él, analizándolo detenidamente hasta descubrir en su centro, entrelazado en letras y dibujos, el símbolo de los Arts Amantis.

¡Allí estaba! El cofre coincidía con la detallada descripción que había hecho la anciana de Manresa. Si era verdad lo que ella le había contado, en su interior estaba toda la historia de Sienna. Debajo, una inscripción rezaba: *No dormatz plus, suau vos ressidatz.* (No duermas más, despiértate suavemente).

¿Qué hacía ese cofre occitano en aquella parroquia de rito griego-melkita católico?

El crujido de una puerta y el rechinar de unos zapatos lo obligaron a esconderse tras una columna. Un hombre mayor apagaba los últimos cirios, desapareciendo en la oscuridad.

Ahora que había llegado hasta allí, necesitaba indagar más; tomar el cofre y estudiar su contenido. Pero... ¿cómo sacarlo sin que pareciera un sacrilegio?

Durante unos minutos estudió el mecanismo. El cristal estaba rematado en sus bordes de forma artesanal. Desprenderlo y volverlo a colocar no era un tema complicado; era una cuestión de paciencia y maña, algo que a él le sobraba. Decidió ponerse manos a la obra y, después de más de dos horas de sudores y descansos, logró retirarlo.

Tal vez por la mezcla de metales con que estaba fabricado el pequeño baúl era excesivamente pesado. Luchó y luchó buscando el modo de abrirlo. Empleó con maestría sus habilidades, probando llaves, pequeños garfios y ganzúas que nunca le habían fallado y siempre lo acompañaban. ¡No podía! Era totalmente imposible abrir el cofre de otra forma que no fuera con su respectiva llave. Llevaba un antiguo e ingenioso engranaje, que ni la herramienta más sofisticada hubiese servido para violentarlo. Su pesada estructura había sido ideada para resistir todos los ataques. Era una hermosa y exquisita obra de arte... de los antiguos Arts Amantis.

Volvió a escuchar pasos y una puerta se abrió. Apagó la linterna y, sin hacer ruido, volvió a dejar el cofre donde estaba.

—¿Hay alguien ahí? —preguntó una voz en la penumbra.

Arcadius aguantó la respiración. Acababa de darse cuenta de que sus herramientas estaban esparcidas por el suelo, junto al vidrio que acababa de desprender. La voz insistió.

—Jérémie... ¿eres tú? Qué manía tienes de pasearte en la oscuridad.

Arcadius carraspeó, afirmando con un balbuceo.

—Te he dicho que siempre que quieras puedes venir, pero no me gusta que entres sin avisar.

—Ya marcho —murmuró Arcadius, tratando de hablar lo menos posible para no generar sospechas.

—Está bien. Al salir, no olvides cerrar.

El hombre desapareció y Arcadius volvió a tomar el cofre.

Cuando se hizo de noche, salía de la casa de Mazarine con la gata y su valioso hallazgo. A pesar de que no era amigo de lo ajeno, su avariciosa curiosidad había vencido.

88

La gran fecha había llegado. Estaba en Venecia, asomada a la terraza del hotel Danieli, y las barcas, ajenas a su turbulencia interior, se deslizaban tranquilas sobre el gran canal en medio de una discreta algarabía de gaviotas y de los destemplados cantos de los gondoleros.

Aquella hermosura milenaria, descolgada de un cuadro de Bellini, la sobrecogía invitándola a llorar de gozo. Por sus canales se habían paseado Tiziano, Giorgione, Lotto, Tintoretto, Veronese, Canaletto, Tiepolo, Carpaccio, el gran Miguel Ángel… lo más excelso de la pintura y del arte. Ahora ella estaba allí, ínfima, en aquel mágico escenario que sobrevolaba el tiempo. Todo era hermoso… pero no era feliz.

Mazarine escondía su tristeza tras su sempiterno gabán negro. Ella, Pascal y Sara habían llegado cinco días antes de la boda para ajustar los últimos detalles, y aunque no había vuelto a ver a Cádiz desde su viaje al desierto, sabía que tarde o temprano su amado y odiado maestro haría su aparición.

—No te preocupes, querida —le dijo Sara, cariñosa—. Tendrás quién te lleve al altar. Cádiz es así, ya lo sabes. Se divierte dando la nota en los momentos clave, pero vendrá, claro que vendrá. En el fondo creo que siempre quiere ser el centro de atención. Busca ser reverenciado…

—Demasiado éxito —añadió Pascal, pasando su brazo por el hombro de Mazarine.

Por falta de padre y por sugerencia de Pascal, sería el pintor quien la entraría a la iglesia. Aunque Mazarine trató de evitarlo a toda costa, ellos se lo tomaron como una actitud de timidez, y finalmente no había podido disuadirlos. Ahora, y para su desgracia, de sólo pensar en que volvería a verlo el corazón se le escapaba por la garganta.

—Estás demasiado callada, *mon petit chou*—le dijo su novio.

—Ansiosa, sólo ansiosa —le respondió. No había querido decirle que llevaba días y días preocupada. La regla no le bajaba desde su viaje a Marruecos y acababa de cumplir su segunda falta. A pesar de todo, no sentía ningún síntoma extraño. Ni mareos, ni náuseas; hasta le parecía que en los últimos días había adelgazado.

El *test* de embarazo que se hizo minutos antes de viajar a Venecia, con un aparatito comprado en la farmacia del aeropuerto, le dio negativo... ¿o lo había leído mal? El punto rojo en la ventanilla de aquel lápiz marcaba... ¿positivo o negativo? Tuvo que lanzarlo de prisa en la papelera al escuchar a Sara al otro lado de la puerta, preguntándole si se encontraba bien. Ahora necesitaba volver a hacerse la prueba. Pero ¿cómo?

—Estás... no sé... ausente —volvió a decirle Pascal—. ¿No te sientes segura?

—Claro que sí, tonto. No te preocupes. Son sólo nostalgias.

—De tu familia, ¿verdad?

Mazarine asintió.

¡Si tan sólo hubiese tenido a Sienna! Hablándole, siempre lo solucionaba todo. Quería esconderse en el armario, acurrucarse a su lado y desaparecer del mundo. ¿Por qué le quitaban lo que más quería? Estaba convencida de que lo había hecho el malvado de Jérémie. Por eso aquella noche, previa a su huida, su captor no había aparecido. Pero, ¿cómo se enteró de dónde se encontraba escondido el cuerpo? ¿Para qué lo quería? ¿Qué era lo que con tanto recelo guardaba La Santa entre sus manos? Ahora, lo único que le quedaba de su bella dormida era aquella llave que había descubierto anudada a su dedo. Después de buscar y no hallar ningún cajón, cofre o baúl a que acoplarla, decidió esconderla para que nadie la encontrara, pegándola a uno de sus lienzos-*collages*. Allí, en medio de papeles pintados y arrugados, estaba segura de que quedaba a salvo. Por lo menos hasta que regresara y volviera a la casa verde, que convertiría en su estudio de pintura.

—¿Algún día me hablarás de ellos? —Pascal interrumpía de nuevo sus pensamientos.

—¿De mis padres? —preguntó Mazarine, y sin esperar respuesta continuó—. Tal vez un día te cuente cosas. Ahora necesito estar sola. Dicen que el novio no debe ver a la novia hasta el momento de la ceremonia.

—Los que lo dicen son unos amargados. —Se le acercó por detrás, rodeando su cintura—. ¿Cómo nos vamos a privar de vivir juntos estos instantes? Seguro que el paisaje que ahora ves es más bello así... —besó su nuca despejada.

Mazarine insistió.

—Más que una costumbre, que el novio no vea a la novia es una ley.

—*Mon amour*, las leyes se hicieron para romperlas. Los que las crearon no tenían oficio. ¿Cómo esperar a verte hasta la noche? El novio podría morir de inanición. Ten compasión de este pobre hombre...

Mazarine sonrió. Por un instante imaginó que era una chica normal, ilusionada, a punto de despertar su gran sueño. Que todo saldría bien. Que al ver a Cádiz no iba a sentir que su alma se desgarraba. Que estaba enamorada de Pascal y sería feliz, serían felices... él, ella, todos... hasta su hijo o hija. Lo que llevara dentro, si es que llevaba a alguien...

La boda se realizaría al atardecer en la basílica de San Marco, y la fiesta, organizada íntegramente por Sara y su particular equipo de escenógrafos, se llevaría a cabo en el gran Palazzo Pisani-Moretta.

Los invitados llegarían con sus trajes, pelucas y máscaras de carnaval en un desfile de góndolas, antes de la aparición triunfal de los novios que, tras la ceremonia, vestirían sus *mascheras nobiles* y sus majestuosos vestidos de época.

Lentamente, el gran canal empezaba a cubrirse de millares de flores y velas flotantes por donde se deslizaría la gran barcaza de los novios. A su paso, también en medio del *Canalazzo,* varias sopranos interpretarían los *Avemarías* de Schubert y Gounod y música sacra de Niedermeyer, Mascagni, Mendelssohn, Rossini y Franck.

Ya habían llegado de todo el mundo los selectos invitados, y muchos se preparaban para disfrutar de la fastuosa y original fiesta que la fotógrafa había preparado y de las celebraciones que durante los siguientes tres días seguirían al enlace, en los que la serenísima ciudad sería tomada por entero.

Cádiz acababa de llegar. Sara se lo anunciaba por teléfono, mientras el peluquero y sus ayudantes la preparaban para la ceremonia. Hasta el final, Mazarine había insistido en vestirse de negro, y nadie logró disuadirla. Su traje de novia era el más *sui generis* que se había visto en boda alguna: un sobrio abrigo de seda salvaje, ajustado a su cuerpo y con abotonadura delantera, que abría al final dejando al descubierto sus pies descalzos. Nada en su cuello ni en sus orejas. Sólo su pecho abierto, su piel blanquísima contrastando con el luto. Y en su frente, colgando de una finísima diadema, una lágrima de ónice descansando en el entrecejo de sus ojos dorados.

Sara había contratado a su estilista predilecta, la que siempre elegía el vestuario de sus mejores fotografías, para que se ocupara de todo y Mazarine se convirtiera en la novia más hermosa jamás vista.

Mientras la maquillaban, Mazarine no dejaba de pensar. Estaba a escasos minutos de volver a verlo. ¿Cómo podría estar a su lado, cogerse de su brazo y dejarse conducir hasta el altar para casarse con otro?

Una lágrima rodó por su mejilla.

—Ahora no, *mon chérie.* No puedes llorar. Estropearás todo el trabajo que he hecho —le dijo el hombre, absorbiendo la lágrima con un kleenex.

Otra lágrima, y otra, y otra... un llanto silencioso, imparable.

—Así no puedo trabajar... *merde!*

El maquillador lanzó el pincel al suelo.

—Lo ha echado todo a perder —dijo a los demás.

Mazarine se puso de pie, se dirigió a la puerta y abriéndola les gritó.

—Iros de una vez, maldita sea. ¡Dejadme sola!

Los ayudantes abandonaron la habitación indignados. Cuando estaba a punto de cerrar, desde el otro lado una mano agarró el pomo de la puerta.

—¡Largaos! —insistió con un grito, tratando de cerrar, pero la fuerza que alguien hacía desde el exterior se lo impidió.

La puerta volvió a abrirse. Delante de ella aparecía Cádiz.

Al verla vestida de negro, con su pelo cobrizo enmarcando su cara y todavía con lágrimas en los ojos, le dijo con su voz más grave.

—Bella, realmente bella.

Mazarine trató de cerrar la puerta.

—¿De verdad estás preparada para todo lo que viene? ¿Vas a continuar con esta farsa, a escenificar que amas a mi hijo, cuando tú y yo sabemos la verdad?... Conozco el origen de tus lágrimas, pequeña.

—Márchate. Eres un cínico.

—No tardes, te estaré esperando.

—¿Por qué me haces esto?

—¿Por qué me lo haces tú, Mazarine?

De pronto, Sara apareció por el pasillo.

—Ahh... estás aquí —le dijo a Cádiz—. ¿Verdad que es una novia preciosa?

Al descubrir en Mazarine las huellas de las lágrimas, se acercó y la abrazó.

—Estás nerviosa y es natural. ¿Qué novia antes de su boda no lo está? No te preocupes, todo va a salir bien. Jean-Luc me dijo que no pudo acabar de arreglarte. ¿Quieres que te ayude?

—No, gracias —contestó Mazarine, incómoda—. Lo haré yo... Lo siento, necesito unos minutos a solas.

—Claro, hija... Ven, Cádiz, ya casi es la hora. Tú también tienes que cambiarte. —Dio un repaso a los tejanos arrugados y a la camisa negra de su marido—. ¿No estarás pensando en llevarla al altar vestido de semejante manera, verdad? Tienes que ponerte a la altura de la novia.

89

Mazarine salió del hotel sola, rumbo a la Piazza San Marco; con su lágrima de ónice sobre la frente, un ramo de azahares negros en su mano y su rostro sereno e imperturbable. No quedaba ni un vestigio de llanto en sus mejillas. Ni un parpadeo. Su mirada no reflejaba ni tristeza ni alegría; en unos minutos se había convertido en una novia inaccesible.

Atravesó descalza el puente que la llevaba hacia la plaza y, mientras lo hacía, se detuvo un instante a mirar el Ponte dei Sospiri; de lejos la escoltaban los ojos del grupo de asesores contratados por Sara. Un carruaje negro, engalanado de orquídeas negras y tirado por doce caballos cenizos, la aguardaba para hacer el corto trayecto hasta la iglesia.

Subió majestuosa. A su paso, una muchedumbre curiosa fue uniéndose al cortejo de niños que cantaban, lanzando sobre ella pétalos de humo. Al llegar al Palazzo Ducale el gentío era tal que al cochero le había sido casi imposible avanzar. Todos se agolpaban alrededor convencidos de que asistían a una superproducción cinematográfica. Finalmente, y tras la intervención de los *carabinieri,* la carroza logró recorrer el último tramo hasta situarse delante de la basílica.

Cádiz la esperaba, vestido en impecable chaqué. De la carroza asomó un pie desnudo, buscando a tientas dónde apoyarse para descender. Al verlo, todo lo que sentía por ella volvió a removerse. Aquellos pies que tanto había besado, aquella virgen que lo había lanzado a la locura... Le dieron ganas de robarla y huir, de hacerle el amor en plena plaza y delante de todos gritar que era suya. Pero una vez más se contuvo, y sin decirle una sola palabra le ofreció su mano y la ayudó a bajar. La farsa empezaba.

En el interior del templo, acompañado de Sara, los esperaba Pascal.

La ceremonia se celebró sin ningún contratiempo. La imponente basílica se iluminó y se cimbró ante tanta hermosura. Los cantos de los coros resbalaron por los extraordinarios mosaicos bizantinos, cabalgaron el ondulado y soberbio pavimento y se elevaron hasta alcanzar la cúpula y acariciar el majestuoso Pantocrátor. Las arias escaparon e inundaron la *piazza*, donde todas las actividades se detuvieron. Aquellas voces triunfales se colaron por los canales y todo Venecia supo que la boda se había celebrado. Las campanas de Santa Maria della Salute, de San Giorgio Maggiore, de San Zanipolo, de Dei Frari, de San Sebastiano y San Zaccaria y de todas las iglesias venecianas se echaron al vuelo y acompañaron a las de San Marco para festejarlo. A las ocho de la noche, la ciudad de los canales era un apoteósico concierto de campanas.

Mazarine había dado su sí. Un sí que sólo ella sabía lo que le había costado dar. Un sí que la uniría a Pascal... y también a Cádiz para siempre. Mientras lo decía, sus ojos se habían cruzado con los de su maestro. ¿De cuál de los dos era el hijo que llevaba dentro?

90

Dos horas después de la boda, en el Palazzo Pisani-Moretta la actividad era frenética. Por el muelle desfilaban las góndolas de las que desembarcaban decenas de invitados, ataviados con lujosos trajes carnavalescos y máscaras dieciochescas.

Todos aguardaban la llegada de los recién casados, pero ellos ya estaban dentro, mezclados entre la gente y ocultos bajo sus falsas identidades. El juego consistía en adivinar quiénes eran.

El palacio, íntegramente iluminado con velas y antorchas, daba al lugar la autenticidad de otros siglos. Saltimbanquis y arlequines hacían sus números en los salones abiertos, mientras en las diversas salas del primer y segundo piso, clavicordios, flautistas y cuartetos de violines interpretaban música barroca. En una esquina, una hermosa mujer tocaba con virtuosismo un arpa; en otra, un hombre lanzaba por la boca lenguas de fuego. Arriba, una funambulista atravesaba el gran salón caminando sobre una cuerda de acero. Abajo, un *pierrot* jugaba a ser estatua, y un enano *volatinero* hacía acrobacias en el aire cayendo sobre la cabeza de un gigante.

Bajo la luz velada de aquellas lámparas de lágrimas, las sinuosas sombras se convertían en conjuros y fantasmas de un pasado que resucitaba enarbolando secretismos y vanidosas complicidades. Todo era y no era. Falsedad y realidad se unían en una espléndida locura. Un rincón, una escalera, cualquier rellano se transformaba en sitio sacrílego. En uno de ellos, un *dux* con su *corno ducale* parecía soltar maledicencias. En otro, una gran dama jugaba a provocar con su pronunciado escote a un *cardinale.* Cuatro cortesanas blancas y un *corteggiatore* urdían un plan siniestro contra un grotesco Mozart que inundaba con sus carcajadas histriónicas un oscuro pasillo.

Tras la particular cena, con sus respectivos *intermezzi,* en los que los invitados se dedicaron a pasearse por los salones en busca de los *divertimenti,* la noche iba *in crescendo.*

Pascal, con la *bautta* blanca sobre el rostro, su peluca y su traje de Casanova, se paseaba solitario disfrutando el juego de no ser quien era. Se inmiscuía en los corrillos, se deleitaba hablando y preguntando tras aquella máscara que tenía la particularidad de distorsionar su voz.

Mazarine, después de haber confirmado su embarazo en las horas previas a la boda, se dedicaba a pasear sus elucubraciones por las salas sin encontrar dónde calmarse. La cercanía de Cádiz en la iglesia, aquella intensa mirada que la taladraba, sus manos toscas y el vívido recuerdo de aquel instante en el desierto, la enloquecían. La máscara de oro sobre la que rodaba una lágrima negra y su enlutado *cappuccio* de tul rodeando su cara, la convertían en una enigmática *vedova dorata.*

Entraba y salía de los salones, evitando a cuanto comensal se le acercaba. ¿Estaba huyendo o buscaba a alguien? Su inconciencia quería tropezar con su pintor. Pero… ¿para qué quería verlo? ¿Para que la hiriera? Miraba y miraba. Entre tantas máscaras y maquillajes, carcajadas, sonrisas y silencios, todos podían ser él. No sabía cómo iría vestido; ni siquiera sabía a ciencia cierta si asistiría al banquete… Desgraciadamente, el sacramento que acababa de recibir, aquella bendición nupcial, no la había exonerado de esa pasión secreta.

Subió al segundo piso. A lo lejos se escuchaba un minueto. Se sentía ajena a cuanto la rodeaba. ¿Por qué lo había hecho? ¿Por qué no había escapado? ¿Por qué había dicho que sí a tanto despilfarro de vanidades? ¿Por orgullo?… ¿Por rabia? ¿Contra quién estaba yendo al permitir que ese juego continuara? ¿Le estaba haciendo daño a Cádiz? No. El daño se lo acababa de hacer a ella misma. A Pascal, que en nada se lo merecía. ¿Y Sara? ¿Qué pasaba con aquella mujer que sólo le había brindado amabilidad y comprensión?

Entró en la Sala della Allegoria Nuziale, que incomprensiblemente estaba vacía. Los cortinajes se mecían con la brisa que venía del mar. De repente, de la oscuridad surgió una sombra y unas manos blancas la cogieron por sorpresa y la condujeron hasta la esquina de la solitaria ventana que daba al gran canal. Aquellas manos enguantadas levantaban su vestido con lujuria, buscando con prisa, y su piel desnuda recibía la embestida del raso hambriento de esos dedos. Se giró para verle. Era Giacomo Casanova.

—Aquí no, Pascal —le dijo, al reconocer el disfraz.

Pero la máscara no habló. Haciendo caso omiso a la súplica, los guantes continuaron. Se metieron irreverentes en su escote, pellizcaron suavemente los botones en punta de sus senos aprisionándolos, apretándolos, haciéndolos crecer. De un solo tirón, el enmascarado reventaba las cintas doradas que cerraban su pecho.

No era Pascal; no podía serlo. La manera como la repasaba entera, la lascivia con que la dibujaba, esa furia sedienta… Aquellas manos enguantadas usurpaban sus ropas como sólo su maestro lo sabía hacer.

Mazarine gemía.

Casanova la lanzó sobre una de las mesas y con desespero fue levantando faldas, miriñaques, enaguas y encajes hasta encontrar sus muslos frescos y su sexo de terciopelo húmedo expectante. Allí estaba el volcán… y también la fuente cristalina que calmaba sus ansias. La acarició despacio, dibujando con sus dedos los pétalos cerrados de aquella rosa que empezaba a abrirse, y de repente, sin que ella lo esperara, la acercó a su vientre y en un solo gesto clavó su espada hasta el fondo.

Un suave quejido retumbó en la sala.

El fuego de su vientre, la lava ardiendo que corría por los valles. Su espada se alejaba despacio… y volvía a apuñalarla con más fuerza. La amaba con hambre y desesperación, como si los segundos y la vida se le fueran. Como si estuviera muriendo y resucitando en ese instante. Llenaba hasta su último rincón con su carne caliente. Cuatro piernas, dos cuerpos… Un ser ardiendo, quemándose hasta desintegrarse. Sólo podía ser él.

—Cádizzz… —murmuró Mazarine cuando volvió a la vida—. ¿Qué hemos hecho?

El pintor no contestó. Le quitó la máscara y aquel rostro amado, húmedo de llanto, volvió a enloquecerlo. Lentamente fue acariciando el perfil de sus labios, introduciendo los dedos en su boca, uno a uno, mientras ella le retiraba la *bautta* blanca tras la que se escondía su rostro. Volvían a encontrarse cara a cara.

—Estás hermoso —le dijo ella, acariciando su mejilla.

—No mientas…

Su mirada cansada se licuó en el oro de los ojos de su alumna. La energía de sus cuerpos volvía. Sus lenguas empezaban otro duelo. Sus salivas tibias se encontraban, río y mar, mar y río… Se bebían con sed, como si hubieran caminado por siglos de desierto. La besó como si fuera la primera y la última vez. Bebiéndola despacio, el mejor vino, hasta robarle la última gota.

—El amor está en el beso —le dijo, y su voz grave se elevó hasta el techo convertida en eco—. Un beso no sabe mentir… mentir… mentir… Si no es de verdad, grita… grita… grita…

Mazarine olvidó todo y soñó que era feliz. Que el sí dado en la basílica había sido para Cádiz.

—Pequeña mía, me has matado…

91

Mientras Cádiz y Mazarine se amaban, en la entrada de la Sala della Allegoria Nuziale una mujer ataviada con un espléndido traje de *contessa* del *cinquecento* los observaba.

No había lugar a dudas. Aquellas siluetas que se recortaban sobre la ventana del fondo eran las de los recién casados, que escapaban del bullicio para amarse sin que nadie los viera. Su hijo y su nuera, Giacomo Casanova y la *vedova dorata*. Ella misma les había elegido los trajes. Hacían el amor en el último rincón del *palazzo*, escondidos del mundo.

Suspiró viéndolos. Su hijo era tan apasionado como su padre. Al escuchar los jadeos, se avergonzó de espiarlos y quiso abandonar el lugar.

Cuando estaba a punto de hacerlo, escuchó retumbar en las paredes el susurro de la voz cansada e inconfundible de su marido: «El amor está en el beso. Un beso no sabe mentir...» ¿Qué hacía esa frase flotando en aquella sala? Ese Giacomo Casanova que estaba sobre el cuerpo de Mazarine era... ¿Qué demonios estaba sucediendo en aquel lugar?

—Madre...

Sara se giró. Pascal la llamaba desde lejos. Subía por las escalinatas portando la máscara en su mano. Otro Casanova.

Tenía que volver en sí, alejar a su hijo de aquella escena: la de presenciar a su padre haciendo el amor con quien acababa de convertirse en su mujer...

¿Era verdad lo que escuchaba? La frase con la que Cádiz

la había enamorado aquel mayo del 68, aquellas mismas palabras... ¿se las estaba diciendo su marido a su nuera?

¡Dios mío! ¿Dónde se encontraba? ¿Qué estaba ocurriendo? Un zumbido ensordecedor en sus oídos, la sensación de vértigo y náuseas.

Sara Miller quedó paralizada. No podía digerir lo que sus ojos veían. Quería retroceder y avanzar. Huir, pero también acercarse para abofetearlos hasta que la mano se le desprendiera de su cuerpo.

No podía permitir que su hijo los viera. Era matarlo de pena. Tenía que reaccionar, impedir que continuara acercándose.

En el pasillo que separaba la escalera de la sala, una mujer representando a Simonetta Vespucci en la *Venus* de Botticelli y su marido, vestido como el auténtico Juliano de Médicis, acababan de acercarse a Pascal y lo felicitaban.

Sara no reaccionaba. En su cabeza enloquecida se sucedían instantes vividos con Cádiz en el último año. Sus extraños comportamientos, su desazón y el exceso de whisky, sus desapariciones y huidas del lecho, la llamada que ella había contestado, su frialdad, la angustia existencial de su marido. La notable insistencia de viajar con su hijo y su novia a Marruecos, aquellos duelos de palabras entre él y Mazarine… ¿Desde cuándo la engañaban? ¿Desde cuándo LOS engañaban?

¿Qué significaba esa abominable situación?

Sentía un dolor mortal. No era como el vivido otras veces, cuando, sabiéndose joven, por amor y modernidad había pasado por alto los *affaires* de su marido. Lo que ahora sentía era una tristeza infinita, un cansancio de muerte. La sensación de haber remado en un lago sin agua, de haber hecho el ridículo toda su vida. Sintió odio, ganas de matar, de huir de aquella escena. De borrarla de un manotazo. Sintió lástima por Cádiz, por ella, por su hijo, por aquella chica desvalida. Sintió rabia por vivir. Por estar en ese mundo tan vacío y equivocado. Por reconocer en aquel hombre, con el cual había compartido toda su vida, a un estúpido extraño infeliz. A un ser sin ética ni valores. A un animal perdido y equivocado. A un canalla. Sintió lo que nunca había sentido. Algo que la lanzaba a un abismo donde no encontraba de qué asirse. Caía, caía, caía...

¿Por qué el tiempo de Cádiz no había corrido a la par que el suyo? ¿Por qué? ¿Por qué? ¿Por qué?

¿Qué hacía en ese mundo sin sentido?

Abandonó el lugar sin hacer ruido mientras los amantes, ajenos a cuanto sucedía alrededor, continuaban besándose. Se aproximó a su hijo. La pareja con la que antes conversaba se alejaba hacia otra sala.

—No encuentro a Mazarine —le dijo Pascal cuando la tuvo cerca—. Creo que no se siente bien. En la cena no probó bocado.

Sara no contestó.

—¿Te ocurre algo?

—Estoy un poco cansada.

—¿Y Cádiz? No lo he visto en toda la noche.

Sara mintió.

—Yo tampoco. Ven. —Se colgó de su brazo y, haciendo un gran esfuerzo para esconder su pena, lo invitó a bajar las escaleras—. Te ayudaré a buscarla. Me pareció verla abajo, en el gran salón.

—Madre, quiero que sepas que soy el hombre más feliz del mundo.

92

El otoño volvía, sembrando de rojos tostados aceras y parques de París. Las hojas, cansadas de tanto sol, empezaban a caer sobre las gabardinas de los transeúntes que continuaban perdidos en sus contratiempos. Un nuevo ciclo se iniciaba, la rueda que nadie detenía. Unas leyes a las que todos obedecían en silencio, como una coreografía aburrida, estudiada de antemano, que nadie dirigía. Las calles seguían siendo las mismas, las terrazas de los cafés volvían a cubrirse con sus plásticos y los restaurantes desempolvaban las cartas de la estación. Los estudiantes regresaban a sus discusiones, los vagabundos seguían vagabundeando, las alegrías continuaban floreciendo para otros y los dolores propios seguían sin poderse enterrar.

Todo había terminado.

El día de su boda fue para Mazarine el inicio de una vida en blanco y negro y el gran final de su pasión.

Con Cádiz se habían ido todos los colores. Aquel encuentro en la Sala della Allegoria Nuziale había sido la despedida. Lo supo después, cuando pasadas las semanas el recuerdo de su partida se convertiría en su más ardorosa obsesión. Asomada a la ventana, sus ojos acompañaron su sombra. Lo vio alejarse en una góndola y evaporarse entre las brumas del gran canal... Un silencio fantasmal.

Había saboreado la vida y la muerte, y, tal como se lo había anunciado su pintor aquella tarde cuando regresaban del desierto, quedaba condenada a vivir sin vivir. Con una música escondida en su alma que no podía hacer sonar. ¿Por qué la vida no podía vivirse siguiendo los dictados del corazón? ¿Por qué la razón se negaba a darle una oportunidad?

No lo había vuelto a ver.

Por Pascal se enteró de que su maestro vivía encerrado en La Ruche y que, tras su separación, no quería ver a nadie.

Al regreso de Venecia, Sara lo había echado de la rue de la Pompe. Con una dignidad helada y un dolor profundo, después de comprobar que su marido no admitía ni negaba absolutamente nada de lo sucedido la noche de la fiesta, le comunicó que todo había terminado.

Cádiz ni habló ni quiso llevarse nada. Se marchó sin contestar a ninguna de las preguntas que con insistencia le hizo su mujer. Lo había callado todo, lo había otorgado todo y parecía que nada le importaba.

Lo que más le dolía a Sara era que no se hubiera defendido. Que mantuviera hasta el final aquella altivez. Constatar que había amado a un ser ególatra y vanidoso que no merecía su lealtad de tantos años.

Como muchas otras veces, podía haberle dicho que lo sentía mucho, que había sido imposible evitarlo, que su debilidad lo había forzado, que estaba atrapado. Que tenía una verdad para contarle, la otra, la que estaba oculta tras la máscara del pintor exitoso, la del hombre desvalido. Nada. Ni una brizna de humanidad ni compasión con su dolor. Ni siquiera con el que podía causarle a su hijo en caso de que se enterara.

¿Cómo podía haberle aceptado un arrepentimiento que no manifestaba? Si se lo hubiera explicado, si se hubiera puesto al nivel de un mortal, tal vez ella habría tratado de entenderle. Pero… ¿qué valor podía tener esa mirada que no le decía nada y la observaba sin verla, con la distante lejanía de una estatua?

Esperaba que se hubiera mostrado como lo que era cuando lo conoció: un sencillo ser humano, un ser normal que cometía errores, y que además se dignificaba teniendo la valentía de aceptarlos y, a través de las palabras, redimirlos. Quería acercarse a su alma, a aquel espacio hermético que empezaba a dudar que existiera en ningún ser.

¿Qué valor tenía ser fiel? La infidelidad de la carne era lo de menos. Ésa, aunque le doliera, la podía entender. La que no podía soportar era la otra, la que también se llamaba deslealtad. Para ésa no estaba preparada.

Llegados a ese punto de sus vidas, la honestidad era la única que hubiera podido salvarlos. Pero él no la había tenido. No había querido tenerla.

Durante muchos días Sara Miller se negó a hablar, a pesar de que Pascal le insistió en que fuera a la consulta de un colega para que descargara aquello que tanto daño le hacía.

Su pena la pasó sumergida en el cuarto oscuro de su estudio. Repasando el discurrir de su vida entre los millares de negativos que guardaba archivados.

Buscando exorcizar lo que sentía, se dedicó a revelar todas las fotos hechas a su marido cuando era Antequera, el pintor de la buhardilla de la rue Saint-André-des-Arts. Aquel muchacho sencillo, de cabellos gitanos, que gritaba consignas y lanzaba adoquines pintados de esperanza.

Cada retrato guardaba un instante de vida compartido. El descanso de un beso con sabor a nicotina y a chicle. Humo y menta. Risas y silencios. La Leika que se atascaba. El carrete que se acababa. Manos y alientos. El temblor de cristal de su alegría. Caricias… Salivas tenues…

¿Y si le hubiera hablado? ¿Cómo habría podido justificar con palabras lo que ella había visto arder frente a sus ojos?

La estaba pintando con sus manos, le arrancaba el alma con hambre animal.

No. A ella, así, no la había amado nunca.

93

Ojos Nieblos había llegado tarde. Alguien acababa de robar el cofre que se escondía en la iglesia Saint-Julien-le-Pauvre.

—Tenía que habérmelo llevado antes —vociferó, al descubrir el hueco vacío—. *Fils de pute!*

La noche que dejó encerrada a Mazarine se había dirigido a la casa verde en busca de información, convencido de que allí encontraría la solución a muchos de los enigmas que rodeaban a La Santa. Tras horas de búsqueda infructuosa, cuando estaba a punto de dar por finalizada su visita, en una de las alcobas algo lo obligó a detenerse. Un armario con sus fauces abiertas enseñaba sus entrañas. Por las huellas que encontró dentro parecía que hubiera contenido algo valioso. Siguió investigando y de repente, mientras exploraba su fondo, detectó una doble puerta... ¡Había encontrado un túnel secreto!

Lo había recorrido con la avidez de quien sabe que está a punto de descubrir un tesoro, hasta llegar increíblemente al suelo del altar de Saint-Julien-le-Pauvre. Allí, en uno de los nichos, había hallado lo que podría ser el misterioso baúl que contenía la historia de Sienna.

Aquel cofre tantas veces descrito y que nadie había visto... ¡existía!

Se decía que había desaparecido de las catacumbas con el cuerpo de La Santa y, como a éste, se le buscó inútilmente durante años hasta darlo también por perdido.

Aunque Jérémie dudó si dejarlo en la iglesia o llevárselo, al final decidió no tocarlo; primero, porque el traslado suponía el riesgo de que Mazarine lo descubriera, ya que aún la mantenía secuestrada en su pequeño apartamento; y segundo, porque consideró que el altar de Saint-Julien-le-Pauvre era un sitio seguro.

Valiéndose de su desafortunada apariencia, y con la sabiduría extraída de sus constantes lecturas, en pocas horas Ojos Nieblos se ganó la confianza del párroco. Le habló con fluidez y en griego de los ritos melkitas, de Grégoire de Tours y del gran patrón Sancti Juliani martyris, de la reconstrucción de la iglesia en el año 1651 y de todos los patriarcas, y vendió su imagen de piadoso practicante que necesitaba huir de las masas porque su lastimoso aspecto inquietaba a quienes lo observaban. Consiguió que lo dejara entrar a horas diferentes a las de los oficios, y terminó escuchando del solitario monje anécdotas del barrio, de vecinos y devotos, de las reliquias que se conservaban en la iglesia y de cómo había llegado hasta ese lugar el extraño cofre.

Según constaba en los libros de la parroquia, en el año 1915, estando Francia en plena guerra mundial, una mañana el pequeño baúl había aparecido junto a los restos de la religiosa que reposaban en una de las capillas laterales. Nadie se explicaba cómo había ido a parar allí, pues por aquellos días las puertas habían permanecido cerradas; lo atribuyeron a una especie de milagro. Y aunque no se pudo comprobar si pertenecía a la monja, pues jamás lograron abrirlo, el cofre acabó formando parte de sus objetos personales.

Llevaba en ese lugar más de noventa años y se había convertido en una pieza valiosa del altar mayor.

París, 22 de marzo de 1915

Esa helada mañana, mientras escuchaban disparos lejanos, el maestro y pintor Antoine Cavalier y su mujer tomaron la decisión: no podían perder más tiempo. Los soldados habían descubierto que las catacumbas eran un buen refugio y las tropas enemigas los buscaban allí. A medianoche retirarían del templo subterráneo el cuerpo de La Santa y el cofre, y los esconderían en su casa.

El juramento secreto, pasado de generación en generación, los obligaba a protegerla en caso de peligro, y ahora era más que evidente que estaban frente a él.

En otro siglo, a mediados del xviii, sus antepasados la habían sacado de España, cuando la masía de Manresa en la que era venerada se convirtió en un constante peregrinar de desconocidos, y un día un loco había intentado romper el cristal de la urna y profanar su cuerpo. Ahora les correspondía a ellos ponerla a salvo.

En medio de un temporal de nieve y de los bombardeos lanzados desde los zepelines alemanes, que tenían sumida a la ciudad en una espectral luz rojiza, el matrimonio Cavalier abandonaba la entrada del subterráneo, arrastrando en una carreta la valiosa carga.

Tardaron cuatro inacabables horas en llegar al n.º 75 de la rue Galande, esquivando cascotes y puestos de vigilancia, enfrentando miedos y helajes, rompiendo las sólidas nieblas. El viento escupía la nieve a metralladas y ellos se apretaban a la carreta, tratando de proteger a la niña dormida. Después, todo fue fácil. Dentro de la casa, la adolescente había adquirido el peso de un pétalo. La subieron hasta el dormitorio del fondo, sintiendo su exquisita e insólita levedad. Cavalier había tardado meses en ensanchar la pequeña trampilla que existía tras el armario de aquella habitación donde guardaban sus pocos objetos de valor, hasta convertirla en un pasadizo secreto que desembocaba exactamente en el centro del altar de la iglesia aledaña. Lo tenía todo preparado para el día que lo necesitara. Allí podían esconderla y esconderse; incluso huir si fuera necesario.

Siguiendo con el plan, aquella misma noche ocultaron los dos cofres. El pequeño, que contenía la historia de La Santa, fue colocado junto a los restos de la monja en la capilla Saint-Julien-le-Pauvre. El grande, con el cuerpo de Sienna, quedaba escondido en el túnel.

París, 1917

La Ciudad Luz se iba apagando. En los cafés y restaurantes de Montparnasse, donde se cocinaba el nuevo arte, se imponía el toque de queda, y las tertulias de las que antes habían emergido grandes proyectos, languidecían.

A consecuencia de la guerra, el mercado del arte se redujo notablemente y los salones cerraron sus puertas. Muchos artistas extranjeros, entre los que se encontraban algunos miembros de La Orden, se vieron obligados a marchar por las precarias condiciones en que vivían. No fue suficiente el fondo que organizó el Gobierno francés para protegerlos. Los alimentos escaseaban y el ánimo estaba por los suelos. Con la obligada diáspora, la Hermandad se debilitó y las reuniones en las catacumbas se suspendieron.

Los pocos miembros que quedaron se reunían en una pequeña cantina de la Avenue du Maine, habilitada por María Vassilieff, que por ser considerada por la policía como «club privado» no estaba sujeta al toque de queda y se llenaba todas las noches. Allí, los Arts Amantis se mezclaban con Max Jacob, Apollinaire, Braque, Modigliani, Ortiz Zárate, Matisse, Brancusi y Picasso, quienes a pesar de ser sus amigos nunca sospecharon que aquella Orden existía.

Durante el tiempo que duró la guerra, Sienna permaneció oculta. El maestro Cavalier y su mujer decidieron no revelar a la Orden lo que habían hecho al constatar que, desde que La Santa había llegado, en el túnel no paraban de florecer espigas de lavanda y su arte se engrandecía. Aquella hermosa adolescente, sangre de su sangre, quería estar junto a ellos. ¿Por qué tenían que compartirla con otros si era ella quien había decidido quedarse? ¿Si haciendo florecer lo que la rodeaba pedía permanecer en la casa verde?

Nunca dijeron nada, y la versión que circuló de su desaparición fue que el templo subterráneo había sido víctima de un saqueo por parte de las tropas alemanas.

A pesar de que la ciudad estaba sumergida en el caos, y que para los parisinos lo menos importante era la pérdida del cuerpo de una muerta, los Arts Amantis no se rindieron y durante meses la buscaron clandestinamente en cuantos lugares imaginaron que podría hallarse. El robo los había sumido en la más absoluta desgracia.

Tras la muerte de Cavalier, su pequeño hijo recibió el encargo de continuar protegiendo el cuerpo de Sienna, y así lo hizo, decidiendo que nunca revelaría a nadie el lugar donde se encontraba.

RUE GALANDE N.º 75, 1967

El Barrio Latino se había convertido en un hervidero de escritores, artistas y bohemios, y por sus calles medievales desfilaban cientos de jóvenes con hambre intelectual. En las estrechas «chambres de bonnes» se gestaban teorías revolucionarias, discusiones «ad honorem» y algunas osadías pictóricas, y las viejas cavas rezumaban jazz, alcohol, humo y rebeldía.

Hacía veintidós años que la segunda guerra mundial había terminado y los peligros que podía correr La Santa formaban parte del pasado.

La historia de Sienna había acabado diluyéndose en el tiempo, y para Raymond Cavalier aquello tantas veces escuchado de boca de su abuela era una leyenda. Ni su padre ni su madre querían corroborarla. Afirmaban que lo que contaba era producto de su enfermedad: delírium senil. La anciana había perdido la cordura entre las secuelas de la guerra.

Pero aquella percepción cambió una tarde, cuando Raymond regresaba con un amigo de sus prácticas en un taller de pintura. A la entrada de la casa verde ambos habían sentido algo inaudito: sobre sus cabezas llovían cientos de flores de lavanda que escapaban por la ventana de la habitación donde la anciana, minutos antes de morir, había vuelto a afirmar que se encontraba La Santa: el lugar donde él nunca se había atrevido a entrar.

Raymond Cavalier decidió contar a su amigo la extraña historia de su abuela, y entre los dos emprendieron la búsqueda; acompañado, se sentía con la suficiente valentía para hacerlo. Pensaba que, si era verdad lo que tantas veces había oído, en el fondo del armario de aquel dormitorio tenía que existir una doble puerta, un túnel, una santa en un cofre y un sembrado de lavanda.

Subieron con sigilo, como temiendo que alguien pudiera oírlos, aunque sabían que en la casa no había nadie. Caminaron por el pasillo hasta alcanzar la habitación. Como siempre, la puerta estaba cerrada. Cavalier, mirando al amigo, giró el pomo, pero éste no cedió. Intentaron abrirla y al no lograrlo decidieron derrumbarla. Un golpe, dos, tres, con fuerza...

Una montaña de flores azuladas se abalanzó sobre ellos, ahogándolos con su aroma. La puerta había cedido. Lo que vieron les dejó atónitos: aquella estancia dormida parecía tener su propia vida. La cama perdida entre las flores, exhalando perfume; la escueta mesilla, con un libro esperando la lectura de la tarde; el armario abierto de par en par, del que colgaban antiguos vestidos de holán de lino. Tras revisar su interior, se dedicaron a vaciarlo.

Buscaron y buscaron pero no encontraron nada. Fueron palpando centímetro a centímetro cada rincón, golpeando con los puños el fondo hasta que les pareció escuchar un sonido hueco. Allí estaba: una tabla de madera de roble que se deslizaba sobre otra, y detrás un refugio fantasmal con olor a tierra húmeda y a especies medicinales. Decenas de luciérnagas parecían haberse encendido al mismo tiempo, alumbrando con un resplandor azul el camino.

El hallazgo los dejó sin habla. Nunca en toda su vida habían visto nada semejante. La gruta no sólo existía sino que en ella se concentraba una energía que se les colaba por los poros y les conmovía el alma. Aquella adolescente dormida irradiaba una luz de oro líquido que se diluía entre las sombras y el perfume del espliego. Su sueño parecía el de un ave ligera, a punto de despertar y emprender su vuelo. De nada podía emanar más vida que de aquella niña muerta.

No. No podrían dejar de mirarla. Tanta belleza no podía permanecer encerrada en aquel túnel.

94

Mazarine no se recuperaba de sus dos pérdidas. Cádiz y Siena eran el motor de su vida. Cuerpo y alma. Los había perdido a ambos, y en esa pérdida también desaparecía lo que creía que era ella. Su soledad iba y venía paseándose soberbia sobre su cuerpo. Un cuerpo ajeno, que pintaba, se movía y desempeñaba a la perfección el papel de recién casada enamorada. Un cuerpo partido en dos que le impedía vivir lo que se gestaba en sus entrañas. Su tristeza era incompatible con su estado. Se sentía desconectada de ese ser diminuto que empezaba a palpitar y lentamente iba ocupando un espacio en su vientre. Volvía a pesarle su existencia, a arderle su garganta de tantas lágrimas secas: cargaba dos muertos no llorados.

Ahora ya no tenía un porqué, aunque su yo interior le suplicaba tenerlo. No existían las horas de la espera, los minutos contados, las mañanas abriéndose... aquellos ojos deseándola.

Pintaba y pintaba, tratando de desaparecer entre sus trazos. Negruras brumosas que emergían de unos blancos de hielo, los abismos por los que ahora transitaba su alma. Ni un ápice de color.

Quienes los habían visto decían que expresaban un instante glorioso. Que aquel blanco y negro que desplegaba su obra era la máxima exaltación a la vida.

Pascal, en cambio, cada día se sentía más feliz. Desde que Mazarine le comunicó a orillas del Lago di Garda, donde pasaban su luna de miel, que estaba encinta, no había cesado de mimarla. Todo le iba de maravilla. Sus pacientes iban en aumento y se alegraba de que finalmente su vida coincidiera con su sueño. Lo único que le dolía era no poder ayudar en esos momentos a Sara y a Cádiz; el encierro de ambos le impedía saborear en familia la buena nueva. A pesar de haberles dejado a cada uno un mensaje con la noticia, ninguno de los dos había contestado.

—¿Adónde vas tan temprano? —le preguntó Pascal a su mujer, extrañado de verla dirigirse hacia la puerta—. Nunca sales a esta hora. ¿Hoy no pintas?

—Necesito caminar...

—Deberías dejar esa costumbre de ir descalza.

—No puedo.

—Podrías enfermarte. Está nevando.

—Necesito sentir la nieve.

—¿Te acompaño?

—No tardo.

Mazarine se deshizo de su marido con un beso rápido.

Se dirigía al passage de Dantzig. No podía soportar un día más sin saber nada de él. Se estaba enloqueciendo.

La nieve le recordaba a su maestro. Bajo sus pies, el crepitar de su frescura se convirtió en música. Evocaba sus tardes de juegos; las gotas de pintura resbalando, buscando... colándose... aquel estado de levitante excitación... los cuadros desbordando poesía, dualismo, irreverencia.

Su abultado vientre no le impidió revivir lo que su sexo sentía al evocarlo.

Se detuvo frente a la entrada de La Ruche y levantó sus ojos. Como siempre, las persianas estaban entreabiertas. Lo imaginó perdido en su desorden, bebiéndose a sorbos su soledad en un vaso de whisky; desvaneciendo su rostro tras un velo de humo.

¿A qué iba, si sabía que no le abriría?

Iba porque no podía contenerse. Porque su lucha interior la estaba matando. Iba porque necesitaba verlo, que la viera... que la viera así... Que supiera que dentro quizá llevaba a su hijo...

Iba porque en el maldito peligro de su hechizo renacía. Porque lo quería volver a ver a cualquier precio, incluso a sabiendas de que tal vez buscaba su destrucción.

Pulsó el citófono con insistencia, sin despegar su mirada de los ventanales del estudio.

La sombra de su silueta se marcó tras las persianas. Estaba segura de que la espiaba. Sentía sus ojos atravesando la distancia. La daga de su aliento, cortando el frío, le llegaba tibia hasta sus labios. Se los abría con violencia, su lengua etérea rebujaba entre su saliva hasta alcanzarle el alma.

¡Embarazada!

Ése era el mensaje que le había dejado la voz alegre de Pascal en el contestador de su estudio. Lo escuchó cien veces hasta lanzarlo contra la pared.

Su pequeña estaba EMBARAZADA.

Allí la tenía, al alcance de sus manos, a veinte pasos y a ninguno. Un borrón negro sobre el paisaje inmaculado. Su abrigo formaba una curva sobre su vientre... sus pies hundidos en la nieve lo llamaban.

No quería verla, quería verla, no quería, quería... ¿en qué quedaba? ¡Maldita duda! Su cabeza le ordenaba, lo obligaba a decir que no.

¿A qué venía? ¿Por qué no se olvidaba de una vez por todas de él? ¿No entendía que su silencio hablaba? Le estaba pidiendo a gritos que se apartara... que se apartara antes de que fuera demasiado tarde para todos. Antes de que cometiera una locura peor a las ya cometidas. No quería hacerle más daño... ni a ella, ni a nadie. Necesitaba que las pasiones no le dolieran. Enterrar los deseos. Vivir entre el todo y la nada. Al filo de la muerte.

Su gran poder no le había librado de sus obsesiones; todas reaparecían como monstruos adiestrados, buscando estrangularle.

No, que no se le acercara más; el Cádiz que había conocido ya no existía, no estaba seguro de seguir vivo. Ya conocía la trampa de vivir, quería envolverse desnudo sobre un lienzo y dormir…

—Te haré un regalo, pequeña —murmuró Cádiz antes de apartarse del ventanal.

95

El n.º 31 de la rue Champagne-Première era un campo sembrado de retratos. Sobre el suelo de su estudio, Sara Miller amontonaba en desorden cientos de fotos que había ido haciendo a su marido en todos los años de vida en común. Buscaba en ellos no sabía qué. Los hilos enmarañados que los habían unido, lo que los había separado, algún instante congelado en la retina de su Leika que le hablara de cuándo había empezado el deterioro. En aquel entonces pensaba que, de tanto fotografiarlo, un día terminaría poseyendo su alma; adentrándose en aquel espacio al que nunca había tenido acceso.

Toda su vida estaba allí. En los montones de lienzos pintados y en las fotografías que le había hecho.

Papeles que no significaban nada. Una lucha incesante por demostrar, por conseguir, por ser…

La furia juvenil, los rizos negros al viento, las primeras canas, las marcas en su rostro… Las sonrisas, los ceños fruncidos, los arrebatos de ira, el parecer lo que aún no era, las erudiciones, las entrevistas. Sus procesos de creación, paso a paso: Cádiz pensando, Cádiz imaginando, Cádiz convirtiendo en arte el bien y el mal. Cádiz con el pincel en alto y la mirada desafiante.

Los primeros cuadros… La exposición que le había dado la gloria y lo había convertido en el creador del Dualismo Impúdico: *Las vírgenes profanas.*

Los ojos de Sara vagabundeaban tristes y despistados sobre las montañas de material revelado. De repente, una imagen llamó su atención. Era un retrato que había hecho a su marido, a los pocos días de conocerlo, en el que aparecía en trance, dando las últimas pinceladas a una de las vírgenes. La pintura de la que dijeron los críticos que ejercía sobre el observador una especie de hipnosis; la seducción intimidante de dos fuerzas en tensión: espiritualidad y libertinaje conviviendo y respirando. ¿Qué había dentro de ese cuadro que tanto fascinaba?

Llevó la fotografía a su mesa de trabajo, la colocó bajo el foco y fue repasándola con el cuentahílos.

En verdad, era preciosa. La joven ejercía un extraño poder de seducción. Su desnudez evaporada, sus ojos desafiantes...

¿Qué eran aquellos extraños trazos que aparecían insinuados en el pezón de la joven? ¿Qué le recordaban?

Le recordaban... ¡el medallón que colgaba del cuello de Mazarine el día que la fotografió!

Le recordaban... ¡la brutal marca que llevaba sobre su corazón aquel extraño que había reclutado de la calle!

Corrió a sus archivos y empezó a buscar las imágenes hechas a la chica y al hombre de ojos nublados y labio leporino.

96

Llevaba dos días bebiendo.

Se miraba al espejo y no se reconocía...

Allí estaba.

Por primera vez, siendo lo que no era: su propio juez.

Sus ojos, proyectados lejos de su cuerpo, le observaban fríos y se perdían entre tinieblas que nunca había explorado. Rincones espesos que destilaban melancolía y miedo. Carencias ahora insoportables. La edad lo convertía en una asquerosa masa de ternura. Estaba frente a una duda que ningún trago de whisky despejaba. En medio de una encrucijada; un camino con dos letreros contrapuestos: verdad o mentira. Otra vez la maldita dualidad. ¿Por qué no podía vivir en el punto medio de sus contradicciones? ¿Por qué su vida buscaba los extremos?

Allí estaba.

Cádiz frente a Cádiz, Cádiz contra Cádiz. Un reo a punto de decapitarse a sí mismo. La guillotina bajando y... ¡zas!, un corte limpio; la cabeza rodando sobre un lienzo: su último dualismo, su obra póstuma. ¿Por qué lo había hecho en el momento de más gloria?, se preguntarían los buitres ansiosos de saber, y sintiéndose en el derecho de opinar, cada uno expondría su graznido lapidario: estaba loco, era un héroe perdido, un absurdo esnobista, su arte no tenía ningún valor, era un estafador de sueños, le faltaba inspiración. Reirían, beberían en su nombre, comerían sus despojos y, con el paso de los años, nadie volvería a recordarlo.

Allí estaba.

Mirándose sin verse. La barba apoderándose de su identidad. Una máscara que no lo protegía de nada, ni siquiera de su mirada justiciera: el hundimiento de su mentirosa carrera.

Tal vez en alguna esquina de aquel espejo su imagen se juntara. Esos dos cuerpos separados, su ego y él, se reconciliarían y le sería más fácil digerir lo que vendría... lo que cualquier ser humano tenía asegurado: la muerte.

Se había erigido a sí mismo el gran creador. Había vivido la vida bordeando una orilla, su propia *rive gauche,* donde habitaban los placeres, los aplausos, las fantasías, los engaños facilones... sin detenerse a observar los espectros que se paseaban al otro lado de su existencia. Solo, estaba solo. Y de sus manos ya no volvería a salir un nuevo trazo. Un dolor se había apoderado de sus dedos y los hacía temblar...

No había marcha atrás. Por última vez fingiría ser él. Cogió su navaja y se afeitó.

97

Los medios de comunicación esperaban inquietos. Faltaban pocos minutos para que el pintor hiciera su aparición. Cámaras, luces, grabadoras y micrófonos revoloteaban en el interior de aquel cine, convertido para la ocasión en un solemne escenario.

La noticia de que el gran Cádiz quería verlos tenía al mundo cultural sumido en la expectativa. Los convocaba a una rueda de prensa en La Pagode, aquel hermoso adoratorio japonés que a finales del siglo XIX importara de Japón el director del *Bon Marché* para regalarlo a su querida amante. ¿Por qué los citaba en aquel insólito lugar? ¿Tenía algún significado? Les exigía que la noticia no trascendiera hasta tanto la reunión no se hubiese celebrado, y por primera vez el pacto de silencio había sido respetado por todos.

De repente, en el interior de La Pagode empezaron a dispararse los *flashes* y un murmullo general fue creciendo hasta convertirse en decenas de preguntas. Delante de todos, vestido con traje, camisa y corbata negros, sobriedad funeraria, aparecía Cádiz.

—Maestro… ¿nos hablará de su próxima creación? —gritó uno de los asistentes.

Las frases empezaron a caer a destajo.

—¿Qué sensación le produce que una obra suya haya alcanzado el precio más alto que jamás ningún pintor vivo ha conseguido?

—¿Es verdad que Sara Miller y usted ya no están juntos?

—¿Piensa recibir la Legión de Honor que el gobierno acaba de concederle?

Preguntas, preguntas, preguntas…

Por primera vez, Cádiz asistía a una rueda de prensa sin su gabinete de comunicación. En medio de aquella jauría que lo acribillaba, la falsa serenidad que le otorgaba su whisky lo mantuvo impasible.

Durante varios minutos los observó distante, como si el espectáculo no fuera provocado por él. El aire espeso de la espera flotaba sobre aquellas cabezas inquisidoras. De pronto, comprendió que el poder del silencio era inmenso. Había sido él quien finalmente lograba acallarlos. Se acercó al micrófono y su voz ronca arañó las paredes de la antigua pagoda.

—Señoras y señores, gracias por venir. Ustedes se preguntarán por qué están aquí, qué hay detrás de tanto secretismo en esta convocatoria. Bien, seré breve. Les advierto que, una vez les comunique lo que quiero, no responderé a ninguna de sus preguntas. ¿Queda claro? —Cádiz miró a su alrededor y después de una larga pausa, continuó—: El pasado 17 de julio, en el Arc de Triomphe, presenté mi última exposición. Una obra considerada por muchos como la máxima expresión del Dualismo Impúdico. Cuadros que en el mercado del arte crearon una auténtica conmoción y que hoy son propiedad de grandes museos y de importantes coleccionistas del mundo. Pues bien, tengo que confesarles… —Sentía la garganta seca; necesitaba urgentemente un trago de whisky para continuar— … que los pies de dichas pinturas, el espléndido universo en el que se recrean los cien cuadros de la muestra, no salieron de mis manos.

El discurso fue interrumpido por una exhalación general.

—Ninguna de esas pinturas, ninguna, hubiese sido posible sin la aparición en mi vida de una pintora excepcional. Una joven principiante que llegó a mi estudio queriendo aprender… aprender lo que de sobra sabe. Señoras y señores: las joyas pictóricas que abanderaron mi exposición son obra de… Mazarine Cavalier. No tengo nada más que decir. Buenos días.

Un rumor general se apoderó del lugar. Los periodistas corrían, los fotógrafos acercaban sus *zoom* hacia el perfil hermético del pintor que, rodeado de *flashes* y cámaras, abandonaba en silencio La Pagode.

98

Los noticieros del mediodía abrían con la espectacular noticia y con una foto de carnet a toda pantalla de Mazarine Cavalier. Cádiz había engañado al mundo del arte firmando cuadros que no eran de su total autoría. Algunos lo colocaban como el estafador más grande de todos los tiempos. Sus peores enemigos lo denostaban. Corresponsales en London, New York, Tokio, Bruxelles, Stockholm, Milano, frente a las fachadas de las más prestigiosas casas de subastas, mostraban la indignación en cadena que se iba produciendo en el mundo. Directores de museos eran entrevistados y no salían de su asombro. Pedían justicia, explicaciones, la devolución del dinero, la destrucción de los cuadros... La polémica estaba servida.

Mazarine, que en ese momento miraba las noticias, al ver su fotografía en la pantalla se quedó paralizada. Un latigazo en el corazón le advirtió del peligro. ¿Qué locura había hecho su pintor? ¿Por qué lo hacía? No entendía nada de nada. Abrió la puerta y corrió enloquecida a La Ruche.

99

Sara Miller había decidido enviarle a Cádiz sus pertenencias al estudio del passage de Dantzig. No tenía la menor idea de cómo estaba haciendo para vivir aquel encierro sin sus cosas. Su silencio era angustioso. No lo habían visto salir desde que se había recluido, de eso iban a cumplirse cuatro meses.

Estar delante de su vestidor le provocaba un dolor insoportable. Cada objeto llevaba su huella. ¿Por qué no conseguía odiarlo? Iba guardando camisas, corbatas, sus trajes y abrigos con parsimonia, tratando de posponer el último adiós: el de sus cosas.

En los cajones, su perfume todavía vagaba como un fantasma. Las libretas en las que tomaba apuntes de cuantas imágenes llamaban su atención estaban impregnadas de él. Tal vez lo más difícil de la ausencia fuera sentir que, en lo inerte de las cosas, germinaba el alma de su dueño. Fue repasando en cada página la potente línea de su trazo, sus recurrentes imágenes investigando estilos precursores, nuevos caminos; de repente, en medio de ellas, varias páginas dobladas de una antigua revista cayeron al suelo. Las recogió y desplegó.

Aquel símbolo que había ido descubriendo en las fotografías de Mazarine, del hombre de la calle y del cuadro de su marido, volvía a aparecer en esa noticia, acompañado de un titular: «Los Arts Amantis existieron.» Lo leyó detenidamente y se quedó atónita. Hablaba de una antigua secta... del arte, del dualismo bien-mal, de una santa desaparecida... de la mujer como fuente absoluta de creación, del amor espiritual generador de deseo e inspirador del arte. Hablaba de los cátaros, de los herejes...

Empezaba a sentir que algo extraño estaba pasando. Vació el armario, los cajones, el escritorio. Inspeccionó el salón donde su marido solía encerrarse, revisó sus archivos, la biblioteca, los libros... hasta que de pronto, en un rincón del estudio, detrás de una espectacular escultura de Henry Moore, advirtió en la penumbra una antigua maleta.

¿Qué hacía en aquel lugar? ¿Por qué no la recordaba?

La llevó hasta la luz y trató de abrirla, pero estaba cerrada con candado. Llamó a Juliette y le pidió un martillo. En pocos segundos la sirvienta se lo traía. Esperó hasta que se retiró y empezó a golpearlo; finalmente el cerrojo cedió. Al abrirlo se encontró con algo increíble: una misteriosa túnica blanca bordada con el extraño símbolo.

¿Qué hacía aquello en su casa?

Empezaron a timbrar los teléfonos. Juliette contestaba y un segundo más tarde volvían a sonar. En pocos minutos, el piso se había convertido en un infierno de sonidos. El móvil de Sara, que desde que se había separado mantenía en silencio, no paraba de recibir mensajes y mensajes hasta que la pantalla anunció que estaba lleno.

Escuchó golpes en la puerta del salón y la voz de la criada llamándola desde fuera con insistencia.

—*Madame... madame...*

—¿Qué quieres, Juliette?

—Los teléfonos, *madame*. No dejan de sonar y el jefe de seguridad del edificio dice que la portería está llena de cámaras y de periodistas que preguntan por usted. Parece que quieren hacerle unas preguntas sobre *monsieur* Cádiz.

—No estoy para nadie.

—Ya les he dicho que usted no se encuentra, pero insisten. Quieren su opinión sobre las declaraciones que acaba de dar *monsieur* a los medios de comunicación.

Sara volvió a guardar la capa dentro de la maleta y se apresuró a abrir.

—¿Qué declaraciones, Juliette?

—No sé, *madame,* no los entiendo.

—Déjame a mí.

Sara Miller se dirigió a la cocina y, llamando a la portería, dio órdenes precisas al guardia de seguridad de que alejara del edificio a los reporteros. A continuación, marcó el contestador automático de su móvil y fue escuchando uno a uno los mensajes.

Bip...

«Hola, Sara, lo que acabo de ver en el noticiero me parece increíble. ¿Es verdad lo que ha dicho Cádiz? Llámame.»

Bip...

«Hola, Sara, ¿qué diablos hace la foto de tu nuera en la televisión? ¿Qué locura es la que acaba de decir tu marido? Llámame.»

Bip...

«Oh, *my God!* Sara... ¿qué está pasando? New York está conmocionado con la noticia. Llámame.»

Bip...

«Dime que no es verdad, Sara. Me niego a creer lo que ha dicho tu marido. Debes de estar destrozada. Llámame.»

Bip...

Todos los mensajes hablaban de lo que había hecho Cádiz, pero ninguno de lo que había dicho. Necesitaba saber; enterarse sin tener que llamar a nadie. Corrió al salón y fue pulsando el mando de la televisión, cambiando de canales con desespero hasta que se encontró con el rostro severo de su marido y con su voz cansada.

«... ninguna de esas pinturas, ninguna, hubiese sido posible sin la aparición en mi vida de una pintora excepcional.

Una joven principiante que llegó a mi estudio queriendo aprender... aprender lo que de sobra sabe.

»Señoras y señores: las joyas pictóricas que abanderaron la exposición son obra de... Mazarine Cavalier. No tengo nada más que decir.»

Sara Miller no quiso escuchar más. Fue al recibidor y, tomando el abrigo que colgaba de la percha, salió.

Juliette escuchó el golpe seco de la puerta.

100

Mazarine corría desesperada por los andenes del *15e arrondissement.* Las calles se alargaban, los semáforos no cambiaban de color, el asfalto se deslizaba bajo sus pies. De pronto, todo conspiraba en su contra. Tenía que llegar cuanto antes y hablar con Cádiz, pero una ventisca amenazante la arrastraba hacia otra dirección.

Los transeúntes se agarraban a los postes, cerraban sus abrigos, se envolvían en sus bufandas, se calaban los guantes y apretaban sus cigarrillos entre los dientes, mientras el viento helado los convertía en cenizas. Impenetrables nubarrones habían ido creando sobre París un nudo mortecino que amenazaba sepultarlos.

No lograba avanzar y no había taxis. Y los pies se le congelaban. En su vientre, aquel pequeño desconocido protestaba. Sentía saltar sus huesos frágiles; le pedía que no corriera. Se había ido abriendo espacio en ella y ahora le hablaba desde dentro.

Tenía miedo, un miedo inmenso a todo... A lo que había hecho Cádiz, a no saber cómo enfrentar lo que vendría tras la noticia... y, sobre todo, a no saber ser madre.

Empezaba a nevar cuando finalmente llegó a la esquina de la rue Robert Lindet. Aquel velo blanco convertía el passage de Dantzig en un lugar espectral, olvidado del mundo. Un rincón bañado de pureza, flotando entre el sueño y la vida.

Mientras caminaba, giró la palma de sus manos y recibió las diminutas estrellas de hielo que caían y se convertían en lágrimas. Amaba la nieve porque cubría las impurezas con su silencio blanco. ¿Por qué no llegaba hasta su alma y tapaba también sus agujeros negros?

Fue subiendo por el solitario callejón hasta detenerse frente al n.º 2. A pesar de que aún era de día, la oscuridad se había desplomado sobre La Ruche. Tras las puertas de hierro, una atmósfera azulada la sorprendió. El jardín estaba invadido de lavanda. En cada esquina florecía su perfume y los cuerpos decapitados de las esculturas que rodaban por el suelo ahora quedaban sepultados entre las espigas; hasta el camino para llegar a las cariátides que custodiaban la entrada del taller había desaparecido entre ellas. Era como si la primavera se hubiera instalado en aquella solitaria isla verde y el frío no lograra quemar las flores. A pesar de la nieve, cientos de luciérnagas azules revoloteaban, esparciendo su iridiscencia. Una sensación de paz la invadió de repente. Alzó los ojos buscando alguna luz en el estudio de Cádiz, pero no vio ninguna. Estaba segura de que no estaba. Pulsó el timbre durante varios minutos. Nadie contestaba. Insistió. Llamó al estudio, a su móvil. Le envió varios mensajes suplicándole que se pusiera en contacto con ella, y después de una hora de espera sin tener claro hacia dónde dirigirse, decidió marchar. Pero cuando estaba a punto de hacerlo, los ojos solemnes de Sara la detuvieron.

—¿Es de él? —le preguntó la fotógrafa, observando su abultado abdomen.

—¿Cómo dices?

—Te pregunto si lo que llevas ahí —señaló su vientre—... es de Cádiz...

Mazarine bajó la mirada y sus ojos se llenaron de lágrimas.

—¿No contestas?

No podía hablar. El llanto acumulado en su cuello la ahogaba.

—No… no lo sé.

—¿Por qué lo has hecho?… ¿Por qué?

—…

—Mírame.

No podía. Sentía vergüenza. Quería a esa mujer porque le daba lo que su madre no había sido capaz de darle: ternura. La había hecho sentir valiosa.

—¿No te das cuenta de que nos has destruido? ¿No te era suficiente con mi marido? ¿Con robarle su arte? —La nieve helaba sus palabras—. ¿Por qué tenías que acercarte también a Pascal?

—…

—Di algo…

Se ahogaba. Se sentía incapaz de continuar delante de ella, necesitaba huir, huir de todo. ¿Qué explicación podía dar si ni siquiera sabía qué fuerza la arrastraba? ¿Qué iba a ser de ella ahora? Empezó a correr.

—MAZARIIIIINE…

No podía parar. Necesitaba evaporarse; llegar al final del mundo, a un lugar donde nada le doliera, donde no tuviera que dar explicaciones.

—ESPERA…

Sara se fue tras ella.

Al darse cuenta de que la seguía, la joven aceleró, pero el suelo estaba helado y al poner sus pies sobre un bloque de hielo resbaló. Se escuchó un golpe seco.

—¡MAZARINE!… ¡Dios mío!

Sara trató de incorporarla sin conseguirlo. Había perdido el sentido. Colocó su cabeza sobre su regazo y, tratando de reanimarla, tomó un puñado de nieve que fue frotando sobre su rostro.

—No quería hacerte daño. ¡Vamos, vuelve!…

Con la caída, el abrigo se abrió y su vientre desnudo quedó al descubierto. Aquel nido redondeado y silencioso la llamaba. Sara no pudo evitarlo. Colocó su mano sobre él y empezó a acariciarlo; estaba tibio y se movía. Una ternura infinita la invadió. Allí estaba... su nieto... o el hermano de su hijo, reivindicando su vida.

101

Los pasos lo llevaban al Arc de Triomphe. No quería dar explicaciones ni contestar preguntas. No quería ver a nadie ni que nadie lo viera.

Acababa de consumar su suicidio artístico, y como león herido quería lamer en soledad su propia sangre: ¡había triunfado! Cádiz, el gran monstruo del ego, se arrastraba por los suelos herido de muerte. Dolía, claro que dolía; llevaba cuarenta años conviviendo con él, día y noche, todas las horas; lo había vestido, alimentado y cuidado; lo había ayudado a revolcarse en las pasiones, acostumbrándole a recibir lo que quería a la hora que quería. Se sentía tan orgulloso de él que lo había ido exhibiendo por el mundo con su mejor sonrisa. Lo amaba...

Y estaba agonizando. ¿Cómo iba a vivir a partir de ahora? Se liberaba... ¿Se liberaba? A partir de ese día, su vida tomaría un rumbo desconocido. ¿Qué rumbo? ¿Podría volver a ser Antequera, aquel humilde chico que pintaba atardeceres en las playas de Barbate y comía el pescaíto frito que acudía a su anzuelo? ¿El que vendía sus cuadros por unas pocas monedas en las plazas de Sevilla y ahogaba sus frustraciones entre los monumentales pechos de su tía? Tal vez estaba a tiempo de recuperar lo que había abandonado en las arenas cansadas de su infancia... tal vez. Pero antes necesitaba subir a lo más alto del arco y revivir aquella tarde de nevada junto a Mazarine. El instante de inmensidad en el que, de repente, ambos se habían sentido embriagados de poder, soberanos del mundo y de la vida. Los brazos abiertos de su pequeña, él abrazado a su cintura, la ingenua sonrisa azotando su rostro fresco; esa insolente juventud ajena inyectándole vida. Aquel relámpago de alegría los había iluminado desde muy lejos, y sólo había quedado el eco.

Ahora lo entendía.

Nadie era dueño de nada, ni siquiera de sí mismo y, sin embargo, sin ser dueño de nada terminaba arrastrando y haciéndose cargo de su falso destino. Sintiéndose responsable de algo que de ninguna manera había pedido: la vida. Cada decisión, un sí o un no dicho de prisa, lo convertía en su propio carcelero. Dueño de esa nada que se iba aglutinando y se agarraba con uñas y dientes a un estúpido concepto: la fantasía de ser. Un grano ínfimo convertido en una gigantesca roca cargada de mierda. Cuanto más crecemos, más encadenados. Cuanto más sabemos, más perdidos. Cuanto más tenemos, más angustias. La gloria, un grillete. El fracaso, otro. Si amas, la prisión de sentir; si no amas, la de la soledad. Si deseas, el infierno de poseer; si posees, el miedo a no saberlo conservar... o a desear más y más. El hombre convertido en víctima de sus propios espejismos.

Caminas por la vida buscando adquirir experiencia, cuidando de no tropezar con ninguna piedra que te lastime; convencido de que la sabiduría de la adultez te protegerá de las equivocaciones. Y de pronto, aparece de la nada un sueño. Y tú, que ya no crees en ellos, te agarras desesperadamente a su cola tratando de que en su vuelo te eleve, y así sentir por escasos segundos que estabas equivocado, que puede ser verdad. Que puedes sobrevolar la plana realidad; que ese sueño te ha rescatado de esa perfecta y estúpida muerte en vida que te has ido labrando año tras año. No, la ingenuidad no era sólo un mal de juventud. Era la peor enfermedad de la vejez.

La nieve continuaba cayendo sobre París, vistiendo de misterio blanco su desnudez callejera. Los coches aparcados en los laterales de la avenida desaparecían sepultados, y por las aceras se hacía cada vez más difícil transitar. Cádiz no lo sentía. Las lágrimas se le acumulaban en los ojos, salían liberadas y las dejaba escarchar sobre su rostro. Llorar, sentir... Se apartaba de Mazarine, de Sara, de Pascal, de todo y de todos. ¿Podría llegar a construirse un mundo donde la nada fuera su compañera?

Había llegado al Arco. Se detuvo y levantó la mirada: EL TRIUNFO. Muros de piedras esculpidas que hablaban de batallas ganadas, ciudades conquistadas y muertos olvidados. Allí estaban: la *grandeur* del Arco y la *insignifiance* de un pintor frente a frente. Cada uno luchando por demostrar al mundo su fuerza y valentía.

¿Quién se habría imaginado que un día el gran Cádiz acabaría recogiendo las migajas de alegrías que había dejado desperdigadas en el suelo? ¿Quién hubiera dicho que un día estaría atrapado en tanta sensiblería?

Buscó el lugar donde aquella noche había jugado con Mazarine a besarla con su aliento pero no lo encontró. La luz había desaparecido bajo la nieve. Todo había desaparecido. Era el superviviente de un recuerdo marchito... pero podía rescatarlo. Si se concentraba, podía. Escuchó el eco de su risa... Vio el vaho caliente de su aliento encontrándose con el suyo. Formando aquella unión blanca sobre el resplandor del neón. Sus delicados pies enterrados en la nieve.

—¿Sientes mi beso?

—Sí.

—Pues es exclusivo y único. Así sólo nos besaremos tú y yo.

—Quiero más...

Quiero más... quiero más... quiero más...

Como una niña hambrienta que saboreaba una golosina deliciosa, Mazarine pidió más... y él había terminado dándole más. Todo lo que podía; lo que sus carceleros, sus malditas contradicciones interiores, le habían permitido.

Encendió un cigarrillo, sacó del bolsillo de su abrigo la petaca de whisky y, después de brindar por el recuerdo, la acercó a su boca y se la bebió entera. El fuego del licor lo aliviaba.

Merodeó un rato. Salvo dos empleados que reían tras el vidrio empañado de las taquillas, el lugar estaba desierto. Decidió que no iba a tomar el ascensor; como aquella vez, subiría por las escaleras. Miró desde abajo el trayecto que iba a hacer y le pareció infinito. Antes de emprender la subida, se sentó a descansar en uno de los escalones. Cerca, una anciana vagabunda tiritaba de frío. Le conmovió su indefensión y acabó sacándose su abrigo y colocándoselo encima. La mujer no se inmutó. Finalmente, cuando terminó de fumarse el pitillo, se levantó y empezó a subir. Aquella escalera no se acababa nunca; avanzaba despacio, peldaño a peldaño, con la dificultad de un moribundo. Se agitaba, sudaba... le habían caído los siglos encima. Estaba agotado de tanta reflexión. Ahora quería deshacerse de su mente. Lanzarla desde las alturas, que se estrellara contra el pavimento... y que con ella se fueran sus recuerdos, lo que había sido, lo que no había podido ser... Quedarse en la levedad del vacío.

No podía.

Al llegar arriba se estremeció. Extendido sobre la nieve le esperaba el suave cuerpo de Mazarine. Su abrigo abierto, sus pequeños senos de pezones esfumados, la rosa fresca de su pubis cobrizo resplandeciendo en el frío. Frotó sus ojos... no estaba. Su imaginación le jugaba una mala pasada. La nieve virgen era un lecho vacío. La terraza era un gélido escenario lleno de fantasmas.

De repente, una oscura voz le disparó a sus espaldas.

—Siempre lo sospeché…

Cádiz se giró sorprendido.

—… pero me faltaban pruebas.

Delante de él, una siniestra sombra avanzaba entre la bruma y lo atravesaba con sus ojos nublados. Su voz rugosa salía de su labio leporino, envuelta en un viscoso efluvio de odio.

—Asistías a las reuniones protegiendo tu identidad bajo la capa, como todos… aunque yo sabía que eras diferente. No hablabas; eras el único que nunca hablaba ni opinaba. El único que no tenía prisa por encontrar nada. Una noche, al finalizar la asamblea, decidí seguirte…

Ojos Nieblos se iba aproximando amenazante a Cádiz y blandiendo un puñal en su mano lo obligaba a retroceder.

—Esta mañana, cuando por fin abandonaste el estudio, logré burlar todas tus ingeniosas alarmas. ¿Sabes cómo lo hice? Llevo meses trabajando. Sí, el tonto de Jérémie, el hazmerreír de la Orden… Aprendí todos los mecanismos. Corté cables, desvié señales; tu telaraña de rayos infrarrojos me da risa, es un juego de niños, señor Antequera… ¿o debo llamarte Excelencia?

Ojos Nieblos había ido llevando a Cádiz contra la valla.

—¡Maldito cabrón! ¿La querías sólo para ti, eh? ¡Qué listo te debías de sentir! En las catacumbas, los ingenuos idiotas reunidos y tú, mientras tanto, beneficiándote de sus favores…

Con una mano lo agarró por la solapa y con la otra puso la daga sobre su cuello.

—¿Sabes por qué aún no te mato, hijo de la gran puta? Porque me falta encontrar el cofre y tú me vas a decir dónde lo escondes.

Ojos Nieblos lo azotaba con ira contra las rejas mientras gritaba enloquecido.

—¡HABLA, HABLA, HABLAAAAAAAAA...!

La espalda de Cádiz se quebraba; recibía las arremetidas en plenos riñones. Necesitaba reaccionar, empujarlo, sacárselo de encima. Aquel loco lo iba a matar.

—Está bien, te lo diré.

—Así está mejor.

Cádiz aprovechó que Ojos Nieblos bajaba la guardia y lo lanzó al suelo, pero la mano de éste se agarró con fuerza a su tobillo haciéndolo caer. En medio del temporal, los cuerpos se revolcaban tratando de hacerse con el puñal que había saltado de las manos de Jérémie y se perdía entre el espesor de la nieve.

Después de forcejear y haber sido castigado brutalmente por el acero de las botas de su agresor, el pintor logró levantarse. Pero Ojos Nieblos volvió a llevarlo contra las rejas que bordeaban la terraza y con su descomunal fuerza lo fue arrinconando, hasta que la mitad de su cuerpo quedó suspendido en el aire.

—¿Dónde está el cofre? —repitió amenazante.

Con la rodilla, Cádiz golpeó los testículos de Jérémie, quien lanzando un grito de dolor aflojó la presión. Los cuerpos colgaban peligrosamente de las rejas; luchaban, se asían y sacudían buscando liberarse. La nieve continuaba cayendo implacable sobre sus rostros, impidiéndoles ver. Abajo, la isla de cemento había desaparecido bajo un manto inmaculado.

Con el peso de ambos, una parte de la valla cedió y Jérémie quedó colgando en el vacío, agarrado del brazo de Cádiz. Durante unos segundos, el pintor trató desesperadamente de salvarlo, pero el pesado cuerpo de su agresor los arrastraba hacia el abismo.

De pronto, el cinturón de Cádiz se trabó en una de las barras y la mano de Ojos Nieblos empezó a resbalar y resbalar por la manga de su traje.

Antes de caer, los ojos desorbitados de Jérémie se clavaron en Cádiz con un signo de interrogación.

Lo vio bajar entre los copos de nieve, en su vuelo de cuervo moribundo. El abrigo extendido y un grito desgarrado. Después, un golpe seco y la mancha de sangre, como un pote de pintura vertido, se fue extendiendo sobre el helado lienzo creando un espectacular cuadro de muerte.

Cuando se apartó de la reja, Cádiz temblaba. Las piernas no lo sostenían y todo su cuerpo convulsionaba. Un hilo de sangre brotaba de su boca. Empezó a caminar sobre la terraza sin poder serenarse. El aire olía a herrumbre. De pronto, tuvo la sensación de que un líquido viscoso y espeso brotaba de su abdomen. Miró su estómago y bajo sus costillas descubrió el puñal clavado. Con sus manos trató de retirarlo, pero las fuerzas lo habían abandonado. Cayó al suelo…

La vio venir.

Corría descalza hacia él. Desnuda y fresca, con su abrigo ondeando, sus brazos abiertos y entre sus senos una cruz cátara de doce puntas pintada en rojo, de la que se desprendía una gota que resbalaba por su vientre, se metía entre su pubis fresco y moría en su pie. Reía… y su risa se iba perdiendo en el silencio.

Ya no pensaba.

Sólo una paz intensa lo embargaba. La sensación de que nada debía. De que flotaba sobre el universo, convertido en una partícula de nieve.

Así que ésa era la muerte, pensó antes de volar.

102

Las sirenas chillaban sobre un París caótico, bloqueado por la intensa nevada que continuaba castigando las calles. Hacía seis horas que La Ruche ardía y a pesar de los múltiples esfuerzos de los bomberos por dominar la situación el fuego no cedía. El material inflamable almacenado en el estudio había ayudado a propagarlo, y las casas vecinas eran amenazadas por las llamaradas que se alzaban colosales, creando endiabladas figuras que danzaban sobre la blanquecina atmósfera.

Ninguno de los hombres lograba atravesar la entrada y todavía se especulaba si dentro podría estar el pintor, pues los intentos de comunicarse con él habían resultado fallidos.

El rugido furioso se extendía sobre el *15e arrondissement,* y las cámaras de televisión, creando un muro humano infranqueable bajo la implacable cortina de nieve, transmitían en directo para todo el mundo el desgraciado siniestro.

Se especulaba si el fuego había sido provocado o si sólo se trataba de un desgraciado accidente. Nadie podía ponerse en contacto con Sara Miller, y la familia mantenía un total mutismo respecto a los últimos acontecimientos que rodeaban al pintor.

103

Pascal recibió la noticia en la puerta de su apartamento del passage Dauphine. Un *commissaire* de la *police secrète* se lo notificó con voz grave. El cuerpo sin vida de su padre había aparecido en la terraza del Arc de Triomphe con un puñal clavado en el abdomen. El presunto asesino había muerto en el acto. Necesitaban que fuera a la morgue para reconocer el cadáver.

—¿Está... seguro de lo que dice?

—Lo siento, *monsieur*. Una anciana lo descubrió. Nos dijo que minutos antes su padre le había puesto sobre los hombros su abrigo. La mujer dijo haber visto subir detrás de él a un hombre extraño, que cubría la mitad de su rostro con una bufanda, pero no sospechó nada; a algunos les gusta contemplar París desde las alturas en una tarde de nevada.

El comisario extendió la mano y su ayudante le pasó una bolsa.

—Aquí tiene. La anciana me lo entregó.

Pascal, negándose a creer lo que acababa de escuchar, extrajo el abrigo y lo acercó a su rostro. Cerró los ojos. Olía a su padre. Una dolorosa sensación lo invadió.

—*Monsieur*, ¿desea que lo esperemos fuera?

—Por favor, necesito un momento... debo hablar con mi madre.

En la cama de su dormitorio, Mazarine se recuperaba acompañada de su suegra. Después de haberla llevado al hospital, donde le hicieron un reconocimiento para comprobar que tanto el bebé como ella no habían sufrido con la caída, Sara Miller la llevó al piso de su hijo. No hablaron nada más pero, sin decírselo, entre ellas se había creado un pacto de silencio respecto a la paternidad del bebé.

—Madre... —Pascal entró en la habitación con el semblante lívido y el abrigo de Cádiz en su mano.

—¿Qué te pasa? —preguntó Mazarine.

—Sí, ¿qué pasa, hijo? Estás pálido. ¿Y ese abrigo?... ¿No es el abrigo de tu padre?

—Tengo que decirte algo...

Mazarine sospechó que se trataba de Cádiz.

—¿Han logrado apagar el fuego? —preguntó Sara, tratando de distraer una terrible corazonada.

—Se trata... de papá.

Pascal nunca se refería a Cádiz como papá. Era una expresión que había abandonado en su niñez. Sus ojos estaban vidriosos y su piel cerúlea.

Sara y Mazarine se pusieron de pie, temiendo lo peor.

—Lo siento, madre.

Pascal se fundió en un abrazo y empezó a llorar como un niño.

Mazarine cayó al suelo desmayada.

104

Dio a luz dos meses antes de lo previsto. Por más que los médicos lo intentaron, no lograron retrasar el alumbramiento. Tras una larga depresión, en la que volvió a caer en el silencio, y una prolongada estancia en la clínica, donde tuvo que mantener absoluto reposo, el nacimiento de una hermosa niña le devolvió la vida... y la voz.

En aquellas largas y dolorosas semanas previas al parto, Mazarine deseó con todas sus fuerzas morir. Cada mañana, cuando abría los ojos y comprobaba que seguía vivía, rompía a llorar y permanecía con la mirada perdida en la ventana hasta ver llegar la noche; entonces, el cansancio del llanto la hacía dormir y volvía a soñar que al día siguiente su deseo se cumpliría. Y así, noche tras noche.

Los esfuerzos que hizo Pascal por rescatarla de su hundimiento resultaron nulos. Fue Sara Miller quien, a pesar de su íntimo dolor, acabó convirtiéndose en su soporte emocional. Pasaba días enteros en la clínica prodigándole ternura, hablándole y leyéndole. Procurándole el tiempo que nunca le había dado a su hijo. Ella entendía su dolor, aunque ni siquiera lograba entenderse a sí misma; comprender por qué la acompañaba. La debía odiar y en cambio la quería. Amaba lo que llevaba dentro.

A pesar del trac vocal que por segunda vez volvía a dejarla sin habla, una tarde, tras llevar escuchando a Sara muchos días, Mazarine le pidió por señas un papel y un bolígrafo y empezó a comunicarse a través de la escritura.

Lentamente le fue contando su historia, una historia que nunca había explicado a nadie, ni siquiera a Pascal. Contestaba sin miedo a sus preguntas, y mientras lo hacía iba sintiendo un descanso en su alma. Era como si hubiese tenido represada una vejez siniestra y al escribirla exorcizara por fin de su prisión a una niña temerosa.

Le habló de su madre y de lo poco que recordaba a su padre. De su soledad y de su vida en la casa verde, acompañada de La Santa y de su gata *Mademoiselle*.

Le contó de sus encierros en el armario, de sus charlas solitarias y de esa soledad que la tentaba a borrarse de sí misma. De aquella sensación que la azotaba de golpe y la hacía vivir en el no-mundo, como única superviviente de un barco naufragado. De esa angustia sórdida de sentir su mente agujereada, y a través de esos huecos presenciar la huida de sus sentimientos, todos escapando; todos menos el dolor, la soledad y la tristeza.

Le habló del día que abrió el gran cofre de cristal, del medallón, de las persecuciones que sufrió por su causa, de su intento de suicidio y del encierro al que la sometió Ojos Nieblos.

Le contó todo lo que sabía de los Arts Amantis y cómo había llegado finalmente a conocer a Cádiz, la única persona que la había hecho sentir importante, la única que la había necesitado. La única a quien ella había amado con locura.

Le habló de su lucha interior y de cuánto sentía todo lo que había pasado.

Lo volcó todo sobre el papel: sus lágrimas, sus miedos,

sus alegrías, sus dudas… días y días escribiendo, leyendo y rompiendo. Un secreto entre las dos que guardarían para siempre.

Y en la última página, cuando ya no quedaba casi nada por decir, se encontró en el fondo de su alma con un nombre, un sentimiento perdido que no supo describir: Pascal.

105

Una tarde, cuando Mazarine terminaba de amamantar a su pequeña, entró Pascal sonriendo.

—Tienes una visita, *mon amour.*

—¿Yo?

—Sí, tú… y Sienna.

—¿Quién es?

—No puedo decírtelo. —Se acercó y la besó en los labios—. Es una sorpresa.

—Está bien. Nos tienes muy intrigadas, ¿verdad, *mon petit poussin*? —Mazarine besó con ternura los deditos de su hija.

Pascal salió de la habitación, y minutos más tarde regresó acompañado de un anciano que llevaba en su mano una bolsa de piel con un agujero por el que se asomaba una gata.

—¡ARCADIUS! —gritó Mazarine, sorprendida.

—¡Mi querida niña! Veo que no has perdido el tiempo. El anticuario se acercó y la besó, mientras acariciaba la cabecita de la pequeña.

—¡Qué alegría verte! ¡Cuánto tiempo!

—Qué hermosa es. Igual que su madre —comentó, sonriendo, el viejo, mientras se acercaba a besarla—. ¿Puedo?

—Claro.

La niña respingó la nariz al sentir la barba del anciano sobre su frente.

—El padre debe de estar orgulloso.

—Y que lo digas.

Arcadius volvió los ojos hacia Mazarine.

—No sabes cuánto me costó encontrarte, jovencita. Un día desapareciste abandonándolo todo.

—Tú también te fuiste, ¿recuerdas?... a Barcelona. No me llamaste... y yo no sabía dónde localizarte —lo miró reclamándole—. Después... ¡pasaron tantas cosas!

—Lo sé, lo sé. ¡Mi pobre niña! Si hubieras confiado en mí.

Arcadius la cogió de las manos.

—Dios mío... mira a quién tenemos aquí —dijo Mazarine excitada, observando el bolso que descansaba en el suelo—. Pero si es nada menos que *¡Mademoiselle!*

Mazarine entregó el bebé a Pascal.

—Ve con papá, cariño mío.

Después sacó a la gata, y tras saludarla y acariciarla, volvió a meterla dentro.

—Os dejo. Debéis de tener mucho que hablar. Me llevaré a esta princesa... *Oh la la!*, creo que necesita un cambio de pañal.

Pascal se alejó con Sienna, dejando al anticuario y a Mazarine a solas.

—Siéntate, Arcadius.

El viejo tomó asiento.

—Lo lamento mucho, querida niña. Sé cuánto has sufrido. Me enteré por las noticias de lo que pasó con el último trabajo de Cádiz, de tu protagonismo en aquella muestra... y de su trágico final. ¿Lo amabas, verdad?

Mazarine no contestó; no fue necesario. En el fondo de su mirada, Arcadius había encontrado la respuesta. Decidió no continuar ahondando en sus sentimientos. Su dolor aún estaba fresco.

—¿Sabes cómo te encontré? Después de insistir mucho, logré ponerme en contacto con Sara. Es una mujer fantástica... y te quiere.

—Sí que lo es. —Mazarine cogió las manos del anciano—. Siento no haberte buscado, Arcadius. ¡Estaba tan confusa!

—No importa, nada pasa porque sí. Tal vez era necesario que vivieras todo aquello en soledad. Tengo algo para ti, creo que lo debes de estar echando mucho de menos.

El anticuario metió la mano en el bolsillo de su chaqueta y extrajo una pequeña caja envuelta en papel de regalo.

Mientras Mazarine lo abría, le dijo.

—Lo rescaté de las mafias de reliquias. Jérémie lo vendió al mejor postor.

Las manos de la chica tomaron el medallón y mirando al anciano con ojos húmedos volvió a colgárselo en su cuello.

—No sé cómo darte las gracias. Es más de lo que jamás pude imaginar; lo había dado por perdido.

Permanecieron unos segundos en silencio hasta que Arcadius volvió a hablar.

—Mazarine...

—¿Sí?...

—He venido por algo importante... Debes saber que tengo en mi poder un antiguo cofre cerrado que te pertenece.

Ella lo miró interrogante.

—Desde que desapareciste, he estado cuidando tu casa. Cuidando... y también investigando. Perdona mi atrevimiento; había demasiados misterios a tu alrededor y toda la información que traía de mi viaje a Barcelona me conducía a ti. Detrás del armario donde tenías el cuerpo, encontré un túnel que me llevó al pequeño baúl. Ese cofre es tuyo. Y según la leyenda, contiene la historia completa de La Santa.

—No, Arcadius, quédatelo tú. Eres un experto en antigüedades y sabrás cuidar de él. Ese cofre era de Sienna, y ella... ya no está.

—Te equivocas.

106

La Ruche había ardido toda la noche.

Al filo de la madrugada, cuando los bomberos lograron cruzar el portal, en el jardín todavía relumbraban entre los escombros cenicientos y la espesa humareda algunos maderos.

La nevada y las cenizas habían dejado sobre el suelo un lodazal espeso que se pegaba a las botas impidiéndoles avanzar. La Ruche y las edificaciones que la rodeaban parecían devoradas por las llamas. En medio del desolador paisaje de humo y frío, dos cariátides renegridas se alzaban impasibles custodiando la entrada del estudio. Entre el paisaje extenuado, el armazón de hierro de La Ruche se dibujaba altivo. El esqueleto del que fuera el Pabellón de las Islas Británicas había resistido. La estructura de Eiffel seguía en pie.

Atravesaron la entrada y apartando despojos y cascajos empezaron a buscar. De repente, en el centro de aquella atmósfera de humo y niebla, bajo la luz dorada de una linterna algo llamó la atención.

—Venid a ver esto —gritó uno de los hombres, enfocando con su linterna un impresionante bulto que se levantaba en el centro del que parecía haber sido el estudio.

Los demás bomberos se acercaron.

—¡Traed la manguera! —ordenó el capitán.

Un potente chorro de agua cayó de lleno sobre aquella montaña de ruinas, apartando con su fuerza la gran capa de ceniza y cascotes…

—¿Qué es?
—¡Una niña!
—El cuerpo de una adolescente.
—Una virgen.
—¡Parece dormida!
El gran cofre de cristal aristado surgía del agua intacto.

107

Sara Miller le entregó a Mazarine una carta.

—La encontré entre los documentos que Cádiz guardaba en su caja fuerte. Creo que debes leerla.

Mazarine extrajo del sobre varias páginas amarillentas, al parecer escritas con una antigua máquina de escribir.

París, 22 de octubre 1982

Mi querido amigo:

Te sorprenderá que te escriba después de tantos años de silencio. No sé por qué siempre creí que a pesar de que nuestras vidas hubieran tomado rumbos diferentes, entre los dos quedaría sellada esa amistad que a mí, personalmente, me llenó de tanta alegría durante el tiempo que pudimos disfrutarla. Tal vez el hecho de haber descubierto juntos mi gran secreto fuese vital para acrecentarla.

Tus éxitos me han alegrado tanto como si hubiesen sido míos. Te los mereces; eres un artista monumental. Cuando aquella tarde en el taller, tras nuestro descubrimiento, te vi coger el pincel y lanzarte a la aventura de dar vida a ese lienzo, me di cuenta de que ya eras grande. Habías cambiado, habíamos cambiado. La impresionante visión de aquella adolescente dormida nos transformó. Después vinieron nuestras búsquedas, tu inconformismo y el nacimiento de tu Dualismo Impúdico, que te lanzó al universo de las estrellas que brillan con luz propia. Yo, en cambio, me apagué. Abandoné la pintura y me dediqué a un trabajo gris y sin gloria. Necesitaba sobrevivir.

Antequera (permíteme que te llame con el nombre con el que te conocí), desde hace meses arrastro una terrible enfermedad que me está llevando a la muerte. Y antes de irme necesito confiarte mis dos joyas más preciadas.

Tras la aparición del cuerpo de Sienna, mi padre me explicó la verdad que durante años ocultó; al saberse descubierto, no tuvo más remedio que hacerlo. Odiaba tener escondido en casa el cuerpo de una niña muerta, le parecía macabro, y por más que trató, nunca entendió por qué no se le había dado sepultura. Pero respetó la tradición familiar y siguió conservándola en el túnel donde la había escondido su padre, mi abuelo; el sitio donde la encontramos tú y yo.

Antes de morir, le prometí mantenerla en el mismo lugar. Pero era tan bella que me fue imposible devolverla a aquella gruta fría. Así que decidí crear dentro del armario un mecanismo que me permitiera ocultarla y también contemplarla cuando quisiera.

He pasado años observándola. La fascinación que me produce su rostro aún hoy me conmueve.

Empecé a asistir a las reuniones secretas de los Arts Amantis (¿te acuerdas la vez que te propuse que vinieras?), protegiendo mi identidad bajo una capa; la misma que te encontrarás dentro de la maleta que acompaña a esta carta. También hallarás un mapa que te indica el camino para llegar hasta ellos, y unas páginas arrancadas de una antigua revista que habla de la esencia de la Orden. Bajo el título «Los Arts Amantis existen» hay información muy interesante y bastante fidedigna que te hará entenderlo todo. Pero no debes confundirte; el grupo que encontrarás bajo el suelo de París en nada se parece a quienes lo crearon, llevo muchos años estudiándolos. Hay demasiados odios y envidias disfrazados de bondad.

Creo que es vital que vayas. Te servirá para enterarte de lo que pretenden; estate atento. Llevan años buscando el cuerpo, pero no son dignos de poseerla. La Santa deberá permanecer en la casa verde, bajo tu distante amparo.

Me casé tarde, con una artista como yo, que entendió esta difícil y extraña historia familiar y acabó cogiéndole cariño a aquella adolescente, que para nosotros es de la familia.

Te estarás preguntando ¿por qué te cuento todo esto? Verás, hace poco menos de un año, tuve una niña. Sí, ¿te imaginas? Yo que tanto hablaba de libertad... Una preciosa hija, a quien adoro y a quien, desgraciadamente, no veré crecer: mi pequeña Mazarine. Es mi única tristeza. No podré abrazarla ni acunarla en mis brazos. No sabrá quién fui ni cuánto la quise. No podré ayudarla a descubrir el mundo ni poner un lápiz en su tierna mano y enseñarle el placer de crear formas. No podremos embadurnarnos de pintura ni jugar a ser felices.

Es curioso, nunca pensé que mi muerte llegaría tan pronto. Y ahora que respiro su aliento, que su sombra me acompaña, no tengo miedo. Es increíble lo poco que necesitas cuando estás a punto de irte. ¿Sabes, Antequera? Antes de morir, nos convertimos en pescadores. Ahora me dedico, cuando el dolor me lo permite, a pescar recuerdos en el lago de mi memoria. La vida es un punto en continua fuga, siempre corremos detrás de ella y nunca la alcanzamos.

Estoy seguro de que mi mujer cuidará de mi pequeña Mazarine cuando me haya ido. Pero si su madre también llegara a faltar, te suplico que veles por ella. No tengo a nadie más en quién confiar. Lo siento, lo siento mucho.

Un día siendo jóvenes prometimos ayudarnos en todo y para todo, y yo creí esa promesa. Ojalá tus éxitos no hayan hecho que la olvides. ¿Todavía la recuerdas?

Te confío lo que más quiero en esta vida: mi querida hija y mi incomprensible pasado encerrado en un cofre, Sienna.

Por favor, no las abandones. Te estaré eternamente agradecido.

Lo mejor para ti, tu mujer y tu hijo.

Hasta siempre, amigo mío.

RAYMOND CAVALIER

Mazarine permaneció en silencio, conmocionada por las palabras que acababa de leer. En aquella carta estaba la voz de su padre, aquel desconocido a quien tanto había echado de menos en su infancia, aquel ser a quien continuaría añorando siempre. ¡Cuánto podía llegar a amarse a un padre sin siquiera conocerlo! ¿Por qué tenía que haberle pasado a ella?

Empezaba a entenderlo todo. Su fascinación por Cádiz venía de su padre. Había nacido una tarde a sus dieciséis años cuando, buscando un carboncillo en un mueble, tropezó con las páginas que hablaban del artista y de su Dualismo Impúdico. ¡Cádiz y él eran amigos! Por eso, cuando ella lo llamó pidiéndole que la dejara asistir a su taller y él preguntó su nombre, la había recibido tan pronto. Todo había sido demasiado fácil. ¿Cuántas cosas habría podido contarle el pintor de su padre? ¡Maldita sea! ¿Por qué no le dijo nada?

Y ahora, ¿por qué a pesar de todo lo ocurrido seguía sintiendo aquel amor apasionado por Cádiz?... ¿Cómo sacarse de sus entrañas esa terrible sensación de pérdida que la hundía y le invalidaba el corazón? Sus lágrimas caían sobre los papeles abiertos. Lloraba por su padre, por Cádiz... Las dos imágenes se le mezclaban. Le dolían los dos. ¿Dónde estaba el límite del amor? ¿Las diferencias? Necesitaba que le explicaran. Deshacerse de esa carga, vivir el último combate interior; dejar volar aquella angustia enjaulada. Abrir las puertas... volver a aquel tiempo sin horas. Su padre y Cádiz ahora eran un círculo que giraba y giraba en su corazón, una espiral que la taladraba y agujereaba. No comprendía la vida.

Sara la abrazó.

—Muchas veces te encuentras hechos que nunca acabas de comprender... No vale la pena torturarse, querida. Estamos aprendiendo, siempre estamos aprendiendo; incluso en el momento de nuestra muerte. Ella es nuestra última lección: la magistral. No tengas miedo de equivocarte mientras vivas. Recuerda: estás viva y eso te da la opción de corregir. Corregir es un regalo, ¿sabes? Pocas personas son capaces de apreciar su valor. No estás sola, Mazarine. Recuerda, ya nunca más estarás sola.

108

Quedaron de encontrarse en el n.º 75 de la rue Galande. En la esquina la esperaba Arcadius, cargando entre sus brazos el valioso cofre. La entrada de la casa había cambiado. Sobre las aceras, antes inundadas de lavanda, se desplomaba un atardecer ocre que convertía los adoquines en lingotes de bronce.

—¿Estás preparada? —le dijo el anciano al recibirla.

—Nunca estamos preparados para sentir, Arcadius. No sé lo que sentiré cuando me encuentre dentro.

Caminaron juntos hasta la puerta. Al abrirla, Mazarine comprobó que su hogar había cambiado... o tal vez ella ya no era la misma. A sus veinticuatro años se sentía demasiado adulta; era como si en pocos meses se hubiera tragado la vida, lo hubiera vivido todo. Su pasión la había consumido.

—Has puesto flores —dijo la chica con voz apagada, viendo el jarrón de espigas lilas que reposaba sobre la mesa de la entrada.

—Lavanda... traída de La Provence; bueno, es lo que me dijo la florista.

Mazarine le agradeció con una sonrisa.

—Tienes la llave, ¿verdad? —preguntó el anciano.

—Espérame aquí —le dijo ella, dejando su bolso en una silla mientras se alejaba hablando—. La guardé bajo mi almohada algún tiempo, hasta que un día decidí buscarle un sitio seguro. Sabía que debía de ser importante porque Sienna la ocultaba entre sus manos.

Mazarine subió las escaleras despacio; los recuerdos salían a su encuentro. Al llegar al pasillo, no pudo evitar dirigirse hasta la habitación de La Santa. Todo seguía en su sitio. Abrió el armario, imaginando por un instante que la encontraría, pero el mueble estaba vacío. Permaneció un rato mirando fijo el rincón en el que tantas tardes se había escondido, y su vida desfiló en un segundo.

—Mazarine... ¿estás bien?

—Voy enseguida.

Corrió a su cuarto, buscando el *collage* donde había hecho desaparecer la llave entre los acrílicos. Allí estaba, junto al póster de Cádiz. Antes de desprenderla del cuadro, por un instante observó a su pintor y sus ojos envueltos en humo le devolvieron una mirada viva que lloraba hacia adentro. Mientras lo miraba, escuchó el eco de su voz de violonchelo: *Recuerda, pequeña mía, el verdadero artista nunca muere. Su alma inmortal queda en su obra para siempre...* Sí, Cádiz seguía vivo... no sólo en su obra.

Pasados unos minutos, Mazarine bajaba con la llave.

—Tuve que limpiarla un poco, estaba impregnada de pintura seca —le dijo, colocándola en su mano.

Durante unos segundos el anciano la observó.

—Aquí está el símbolo —afirmó, señalándole el diminuto sello que aparecía en uno de sus dientes.

Arcadius se acercó al cofre e introdujo la llave en la cerradura, pero al tratar de girarla el pestillo no cedió.

—No creo que ésta sea la llave —comentó la chica.

—Tiene que ser; encaja perfecto.

El anciano la extrajo y volvió a insistir.

—Déjame a mí —pidió Mazarine, al ver que no lo conseguía.

Antes de hacerlo, la chica estudió el pequeño baúl. Era una impresionante obra de orfebrería. Fue deslizando sus dedos sobre el metal, y bajo un enorme rubí que parecía una gota de sangre encontró una inscripción: *No dormatz plus, suau vos ressidatz* (No duermas más, despiértate suavemente).

Esa frase le estaba diciendo algo... Durante un momento pensó, y de repente le vino a la cabeza aquella canción occitana que al encontrar la mandora había surgido de sus labios... El cofre estaba dormido. Tenía que despertarlo con suavidad. ¡Sí, tenía que ser eso!... abrirlo muy despacio. El cofre despertaría con música.

Tomó la llave y contó el número de dientes: eran seis. Introdujo tan sólo el primero y giró lentamente. Del interior surgió una nota musical diáfana. Sin retirarla, hundió la llave en la cerradura un poco más y volvió a girarla; el cofre respondió con una nota más aguda. Seis palabras, seis acciones. Y en la última, al introducir la llave hasta el fondo, las siete notas musicales. La canción occitana sonaba en su cabeza. El cerrojo había cedido.

El cofre despertaba ante los maravillados ojos de Mazarine con un bostezo que olía a tierra fresca y a campos infinitos de lavanda. En medio de las espigas descansaba un antiquísimo cuaderno forrado en piel, con el símbolo de los Arts Amantis marcado al fuego.

—Vamos, cógelo —dijo Arcadius.

La joven lo extrajo del baúl. Estaba atado con un cordel de varias vueltas. Lo fue retirando, mientras el silencio de los dos crecía.

Al abrirlo, se encontró con una obra de arte prodigiosa. El cuaderno era una sucesión de exquisitos pergaminos, ilustrados con maestría en oro y tintas de colores. Cada trazo de pincel y pluma denotaba un pulso certero y una sensibilidad extraordinaria. Las imágenes contaban minuciosamente una historia e iban acompañadas de textos occitanos, escritos en una caligrafía curvada preciosista.

Mazarine empezó a leer con fluidez; entendía la Lengua de Oc como si fuese su lengua materna. Estaba escrito por Sienna en primera persona.

A su lado, el anticuario permanecía en silencio. Las horas iban pasando sobre ellos. Les inundaron las sombras, les llegó la madrugada y el sol. Pasó la mañana, la tarde y otra vez llegó la noche… y de pronto Mazarine comenzó a llorar.

109

Cuando Sienna contaba catorce años, su padre, Gérard Cavalier, conocedor de lo que estaba sucediendo en el arte italiano, envió una misiva al gran maestro Giotto di Bondone pidiéndole un encargo. Quería que pintara en las bóvedas del salón principal de su palacio un fresco cuya protagonista fuera su maravillosa hija. Sabía que su arte era grandioso, y que los hombres más poderosos de Italia lo solicitaban porque su revolucionaria pintura exaltaba como ninguna otra la naturaleza y acercaba el concepto de la divinidad al mundo cotidiano. Su hija sería una virgen caminando descalza entre espigas.

Durante muchas tardes, Sienna posó para el pintor en los campos de lavanda, vigilada de lejos por los ojos de su doncella. Él tomaba apuntes de sus gestos, mientras le explicaba su particular forma de extraer de la vegetación los colores y convertirlos en tintes que mezclaba como si fuera un alquimista. Ella le hablaba de las doctrinas en las cuales creía, del arte, y acompañada de su mandora le cantaba canciones de trovadores que hablaban de amores imposibles. La fascinación por su pintura hizo que la joven se enamorara perdidamente de Giotto, y la belleza e inteligencia de ella enloquecieron de amor al viejo pintor.

Un atardecer, encontrándose solos, mientras Sienna corría entre los matorrales tropezó con una raíz; al darse cuenta, Giotto se lanzó a rescatarla. Pero al hacerlo, sus miradas se cruzaron. No se dijeron nada. Aquella fuerza que durante días los había magnetizado se desataba entre ellos como una tempestad. Sus ojos se tocaban y lamían, sus pieles ardían sin siquiera haberse rozado.

Hicieron el amor entre las espigas con hambre y miedo, ella sin saber nada de la vida, él sabiendo que lo que hacía era un pecado mortal. Tras haber sido descubiertos por la dama de compañía, el pintor, para salvar su vida, se vio obligado a huir, y a pesar de las muchas cartas que Sienna le envió, nunca más volvió a saber de él.

Después vinieron ocho meses de encierro, un parto silencioso... su hija convertida por sus padres en su pequeña hermana... su íntimo dolor, sus oraciones y el perfeccionamiento y la redención de su espíritu a través de la pintura.

Mientras sus labios rezaban, de sus manos brotaba un arte misterioso que transformaba todas las cosas. Su anhelo de santidad y la limpieza de sus actos fueron creciendo hasta convertirla en un ser puro y caritativo, en cuyas manos estaba el don de la sanación. Todo lo que tocaba renacía.

Quienes se acercaban a ella hablaban de su fuerza y su bondad. Era amada por todos y pronto se convirtió en La Santa.

Para el grupo de artistas, músicos, trovadores y artesanos, Sienna era su inspiración, y no había reunión en la cual no se hablara de su hermosura ni se ponderaran sus virtudes. Todos la deseaban, todos la amaban y veneraban porque veían crecer en ella el amor y el arte en un equilibrio perfecto.

A pesar de su extraordinaria belleza, ningún hombre se atrevió jamás a acercarse a ella con otra intención distinta a la de compartir por escasos segundos su embriagadora compañía, y ninguna mujer pudo sentir envidia de saberla tan bella, pues aunque era terrenal, su figura parecía desvanecerse en un halo perenne de pureza.

Pero un día, la historia de que en las tierras de Languedoc vivía una adolescente que era venerada como una santa llegó a oídos del tribunal de La Santa Inquisición. Se decía que la joven en cuestión, empleando poderes malignos, sanaba a los leprosos y provocaba *en los hombres pensamientos obscenos y enamoramientos enfermizos, dejándoles embrujados. Sin conocerla ni haberla visto nunca, Sienna fue condenada a muerte.*

Por eso, cuando encontraron su cuerpo violado y apedreado, cuando las enloquecidas hordas de monjes la convirtieron en hereje, los Arts Amantis quisieron conservarla como lo que había sido para ellos: su amada Santa.

Tras la desgraciada noche en que Sienna murió, vinieron más ataques. Un gran ejército con Simón de Montfort a la cabeza convirtió las ciudades, los pueblos y las pequeñas aldeas de Languedoc en un inmenso camposanto. Un lugar tenebroso en el que deambulaban ciegos, mutilados de pies y manos, prisioneros desgarrados en jaulas de hierros punzantes. Decenas de muertos reventados contra las murallas.

Con el exterminio de los cátaros llegó también el de los Arts Amantis. De toda aquella masacre se salvaron unos pocos, entre ellos una pequeña niña y el cuerpo incorrupto de su jovencísima madre: La Santa.

110

—*Mon amour*, tienes una llamada. Parece importante.

Pascal le pasó el teléfono a su mujer.

—¿Mazarine Cavalier? —preguntó alguien al otro lado de la línea.

—Sí...

—El presidente de la república desea hablarle. Por favor, no cuelgue.

La voz monocorde de una secretaria la dejaba con una música. Al cabo de unos segundos...

—Señora Cavalier, es un placer comunicarle que la reconstrucción de La Ruche ha finalizado. Dada la imposibilidad de trasladar el cuerpo de Sienna, y siguiendo sus recomendaciones, todos los trabajos se realizaron aislándolo con una sólida estructura de acero. La obra ha quedado monumental. Un templo sagrado que, con usted a la cabeza, no me cabe duda será un formidable centro de creación artística.

Con la entrega de La Ruche, Louis Renard cerraba su capítulo como jefe oculto de la Orden de los Arts Amantis.

111

La Ruche se convirtió en un santuario de arte.

De todo el mundo llegaban en peregrinación jóvenes artistas cargados de sueños, que se instalaban en los pequeños apartamentos que rodeaban el passage de Dantzig; querían sentir aquel lugar, beber de aquella fuente inagotable de inspiración donde la revolución y la frescura, la mezcla de culturas y talentos propiciaba una creación con múltiples interpretaciones. Allí experimentaban sin prejuicios poetas, músicos, pintores, escultores, fotógrafos, diseñadores y cineastas; las artes se fusionaban, todas las ideas eran tenidas en cuenta. Rostros iluminados, ojos ardiendo de concentración y rabia, gritos de júbilo por el hallazgo de un trazo; una frase pintada, frutas, modelos, telas, focos, naturalezas muertas, tablas, papeles, pergaminos. Una Babel efervescente; vida engendrando vida... un nuevo Montparnasse.

112

En el centro del estudio y bajo la cúpula de cristal, La Santa dormía mientras Mazarine acababa un majestuoso retablo. Había viajado por tierras occitanas, reconociendo como suyos lugares nunca vistos. Había paseado por Italia, descubriendo en el trazo de Giotto sus ancestros. Por sus venas corría la sangre de aquel pintor y de Sienna, y en cada trazo que daba ahora la sentía.

De repente lo vio entrar. Caminaba despacio, analizando los cuadros que descansaban a medio hacer en los caballetes; metiéndose entre las obras extendidas por los suelos. Era la primera vez que lo miraba así, de lejos, a una distancia que la convertía en una ajena observadora. Su imponente presencia la turbó. Llevaba el cabello revuelto y fumaba a destajo, dejando a su paso serpientes azuladas que trepaban por el aire. Le fascinó.

—Cariño... debemos irnos o llegaremos tarde.

Era suyo. Aquel hombre maravilloso era su marido.

—Mamaaá... —su hija entraba por la puerta de la mano de su niñera.

Mazarine corrió a su encuentro y la llenó de besos.

—Se puede saber... ¿qué haces sin zapatos, señorita?

—Mira quién habla —le dijo Pascal a Mazarine, señalando sus pies descalzos.

Mientras hablaban, la pequeña pegó su carita al cristal donde reposaba el sonrosado cuerpo de Sienna. Una antigua medalla sobre su pecho llamó su atención.

—¿Puedo tocarla? —preguntó la niña señalando a La Santa.

—Sssstt... ahora no. Está dormida —le dijo Mazarine en un susurro.

113

Tras esquivar los atascos, Mazarine, Pascal y Sienna llegaron al aeropuerto a tiempo para despedirla. Sara los esperaba en la puerta de salida. Estaba serena y feliz.

—Toma, abuela, te he hecho un dibujo para que te acuerdes de mí.

—A ver…

Mazarine lo cogió antes de que su hija se lo entregara. El trazo era perfecto… le faltaban los pies.

—¿Adónde vas, abuela?

Sara Miller abrazó a Sienna y la besó.

—Al paraíso, cariño… al paraíso.

QUISIERA DEJAR POR ESCRITO...

Este libro nació una noche, mientras cenábamos en casa de nuestros amigos Teresa Soler y Ángel Cequier.

—¿Quieres oír una historia de novela? —me dijo Ángel entusiasmado.

Para mí, que poco a poco me he ido convirtiendo en cazadora de historias, imágenes y sueños, lo que me ofrecía era un verdadero regalo.

—Claro —le contesté—. Soy toda oídos.

Teresa, que hacía parte fundamental de la historia, empezó a contarla. Mientras el relato avanzaba, yo no podía dar crédito a lo que escuchaba. Que el cuerpo incorrupto de una pequeña adolescente hubiera convivido como un miembro más de una familia, siglo a siglo, generación tras generación, era una realidad que superaba con creces la ficción.

Era verdad. El cuerpo de aquella santa lapidada que hoy, por expreso deseo de la familia, descansa en la Basílica de Santa Maria de la Seu de Manresa, ocupó un lugar privilegiado en la antigua casa de los Soler; un peculiar armario que al abrirlo de par en par se convertía en una pequeña capilla con su altar, bajo el cual reposaba la adolescente dentro de un cofre.

El libro de santa Clara Mártir continúa pendiente de ser escrito; ese delicado cuerpo, entregado por el Vaticano a un antecesor de la familia Soler como reconocimiento por los importantes servicios prestados a la Iglesia, aún espera su historia. Pero aquella imagen de una niña dormida se me quedó grabada en el alma y dio lugar al nacimiento de otra historia: la de Sienna. Gracias, Ángel; gracias, Teresa.

Me he tomado la licencia de adelantar en cincuenta años la vida de Giotto di Bondone para que fuera él y no otro quien pintara a Sienna en los campos de lavanda. Su inmensa genialidad como iniciador del espacio tridimensional, dejando atrás el estilo plano del arte bizantino que dominó la edad media, lo convirtió en auténtico precursor del Renacimiento. La mañana que lo descubrí en Fiesole le prometí ante su obra que algún día estaría presente como invitado de honor en alguno de mis libros. ¡Cumplí, Giotto!

Por lo demás, la verdad y la ficción se han mezclado tanto en esta historia que hasta es posible que un helado día parisino, paseando por las adoquinadas calles del Barrio Latino, os encontréis con una hermosa joven que camina descalza arrastrando su largo abrigo negro, mientras a su paso germinan cientos de espigas de lavanda.

Quiero agradecer a mis queridísimas hermanas del alma, Cili y Patri, por atravesar cada día el océano con sus palabras para estar a mi lado y envolverme con su maravilloso amor. Os siento siempre a mi lado.

A mi queridísima hija Ángela, estallido de talento y sensibilidad, fuerza suave, por la delicadeza de su trazo al idear la portada de este libro.

A mi queridísima hija María, huracán de optimismo y frescura, por soñar en convertir mis novelas en grandes películas que un día dirigirá.

Finalmente, quiero cerrar este libro dando las gracias a un maravilloso ser humano que desde hace 19 años me acompaña, estimula, aconseja, comprende y, sobre todo, me ama con un amor íntegro, el de verdad, el que siempre, siempre está. Gracias, Joaquín.